Heinrich Steinfest
Der Allesforscher

PIPER

Zu diesem Buch

Sixten Brauns vollkommen normales Managerleben implodiert, als in Taiwan ein Wal explodiert und Sixten von irgendeinem Teil des Wal-Innenlebens k.o. geschlagen wird. Kaum aus dem Krankenhaus entlassen, gerät er in ein Flugzeug und in die nächste Katastrophe. Aber nicht ohne zwischendurch die große Liebe erlebt zu haben, in Gestalt von Lana Senft, der ihn betreuenden Ärztin. Zurück in Deutschland versucht er zwar, sein altes Leben wieder aufzunehmen – er heiratet brav seine Verlobte und steigt beim Schwiegervater in die Firma ein –, aber seine überseeischen Abenteuer fordern ihren Tribut. Und das auch Jahre später noch: Sixten ist mittlerweile längst von Köln nach Stuttgart gezogen und vom Businessman zum Bademeister geworden, als ein Kind in sein Leben tritt. Und plötzlich stehen sämtliche Ereignisse in einem ganz anderen Zusammenhang, und alles bekommt seinen Sinn …

»Heinrich Steinfest unterhält auf höchstem Niveau. Er öffnet uns Lesern buchstäblich die Augen für die Vielfalt und den Reichtum der Schöpfung.« Denis Scheck

Heinrich Steinfest wurde 1961 geboren. Albury, Wien, Stuttgart – das sind die Lebensstationen des erklärten Nesthockers. Er wurde mehrfach mit dem Deutschen Krimi Preis ausgezeichnet, erhielt den Stuttgarter Krimipreis 2009 und den Heimito-von-Doderer-Preis. »Der Allesforscher« wurde für den Deutschen Buchpreis 2014 nominiert.

Heinrich Steinfest

Der Allesforscher

Roman

PIPER
München Berlin Zürich

Mehr über unsere Autoren und Bücher:
www.piper.de

Von Heinrich Steinfest liegen im Piper Verlag vor:
Totengräber
Cheng. Sein erster Fall
Ein sturer Hund. Chengs zweiter Fall
Nervöse Fische
Der Umfang der Hölle
Ein dickes Fell. Chengs dritter Fall
Der Mann, der den Flug der Kugel kreuzte
Die feine Nase der Lilli Steinbeck
Gebrauchsanweisung für Österreich
Mariaschwarz
Gewitter über Pluto
Batmans Schönheit. Changs letzter Fall
Die Haischwimmerin
Der Allesforscher

MIX
Papier aus verantwor-
tungsvollen Quellen
FSC
www.fsc.org   FSC® C083411

Ungekürzte Taschenbuchausgabe
Juli 2015
© Piper Verlag GmbH, München/Berlin 2014
Umschlaggestaltung: Rothfos & Gabler, Hamburg
Umschlagmotiv und Illustrationen: Heinrich Steinfest
Satz: Kösel Media GmbH, Krugzell
Gesetzt aus der Adobe Garamond
Druck und Bindung: CPI books GmbH, Leck
Printed in Germany   ISBN 978-3-492-30632-4

Teil 1

Achtung, Sie hören jetzt Schönberg!
Eine Art Vorspann

Der Beginn eines jeden Buchs leidet unter einem großen Manko: Es fehlt die Musik.

Wie gut hat es da der Film, dessen Vorspann getragen wird von einer klanglichen Ouvertüre, die verspricht, was nachher erfüllt wird oder nicht, aber in jedem Fall den Zuseher augenblicklich in ihren Bann zieht, augenblicklich eine Aufregung, eine Rührung oder ein Staunen hervorruft.

Denken Sie zum Beispiel an *Der Weiße Hai*. Im wirklich allerersten Moment, als mitten im Weltraum die rotierende Erdkugel der Universal Studios sichtbar wird, vernehmen wir die Echolaute aus einem Unterwassersonar, harmlos noch, zwitschernd, plaudernd, ein friedliches Meer, nur daß es friedliche Meere nicht gibt. Und gleich darauf, als die Namen der Produzenten in einfachen weißen Lettern sich vor absoluter Schwärze abzeichnen, setzt die Musik ein, sie nähert sich bedrohlich, die Musik, und mit ihr der große Fisch. Man sieht ihn aber nicht, sondern die Kamera scheint in den Augen des Fisches einzusitzen, zeigt, was er sieht, wie er jetzt durchs Riff gleitet. Dies mutet zwar eher an wie der Ausblick eines Anemonenfisches, aber erstens heißt es ja, selbst diese Winzlinge würden Taucher attackieren, und außerdem ist es weiterhin die Musik – noch kräftiger, noch unheimlicher, mehr Instrumente, mehr Noten –, die so unverkennbar signalisiert, wie groß dieser Fisch sein muß und daß in dieser Geschichte sehr, sehr lange nichts gutgehen wird.

Als nun die Musik endet (beziehungsweise zum biederen Gedudel einer Mundharmonika übergeht), wechselt die Kamera zu einer fröhlichen Gruppe junger Menschen, die spätabends am Strand sitzen und feiern – und wir fragen uns sofort, wer von denen jetzt so blöd sein wird und Steven Spielberg den Gefallen tut, im Meer schwimmen zu gehen.

Es sind zwei Filme und die beiden zu ihnen gehörenden Musiken, die das Verhältnis der modernen Menschen zum Wasser insgesamt geprägt haben: *Der Weiße Hai* und *Psycho*. Einmal das Meer, einmal die Dusche. Ohne die Kompositionen von John Williams und Bernard Herrmann wäre der Horror nur der halbe. Der Fisch böse, aber auch nur ein Fisch. Das Messer tödlich, aber trotzdem ein bloßes Artefakt, das mißbräuchlich benutzt wurde. Erst die Musik gibt dem Horror eine Stimme, im wahrsten Sinne, eine Stimme, die aus der Hölle stammt und den Hai wie auch das Messer mit einer finsteren Seele ausstattet. (Man kann das leicht beweisen und braucht sich nur die beiden Filme ohne die Musik anzusehen. Was sich dann offenbart, ist zwar noch immer kein Spaß, aber es fehlt nun jene Dämonie, die die Klänge zu transportieren verstehen. Eine Dämonie, die den Schrecken schrecklicher macht – und zugleich schöner.)

Es stimmt, Titelsequenzen wurden dafür geschaffen, die Namen der Schauspieler, der produzierenden und kamera-führenden und anderweitig involvierten Personen in rascher Folge mehr oder weniger prominent zu präsentieren. Doch es ist die Musik, die zu diesem frühen Moment den Zuseher und Zuhörer unmittelbar in den Film hineinzieht. In der Art, wie man ohne jede Vorwarnung einen Kuß erhält oder eine Ohrfeige. Ein Buchumschlag oder Prolog ist dagegen schwächlich. Ein kleines Zittern im Vergleich zum Schüttel-frost.

Ich würde viel darum geben, könnte ich der Geschichte,

die hier zu erzählen ist, eine Einleitung verleihen, die mit Musik und verdichteten Bildern unterlegt wird, Bildern, vor deren Hintergrund Personen oder Dinge auftauchen und verschwinden gleich Geistern. Geistern von Bedeutung.

Wie würde ich diese Eröffnungssequenz umsetzen? Welche Musik verwenden? Eine klassische oder eher eine dieser Zwölftonkompositionen, die an unseren Nerven zerren? Aber eben ganz anders, als viele es im Konzertsaal empfinden, dort die Nerven tötend, beim Vorspann hingegen in der Tat an ihnen ziehend: eine Spannung erzeugend.

Ja, ich denke, ich würde etwas von Schönberg nehmen. Und dazu anfangs völlig uneindeutige dunkle Bilder, in die sich nach und nach helle, bläuliche Flecken mischen und den Zuseher begreifen lassen, auf eine in Zeitlupe ablaufende Unterwasserszene zu schauen. Schlußendlich realisiert das Publikum, daß es sich um ein mächtiges Wesen oder Objekt handeln muß, welches hier durchs Wasser gleitet. Keinen Hai, eher ein U-Boot oder einen Wal oder schwimmenden Elefanten, vielleicht auch ein versinkendes Schiff. So klar soll das jetzt noch gar nicht werden, weil der Vorspann etwas *verspricht,* aber nicht *verrät.* Ein riesiges Ding eben. Riesig und dennoch verletzlich, zumindest wird diese Verletzlichkeit in einer letzten Einstellung angedeutet, dann, wenn der Name des Regisseurs auf der Leinwand sichtbar wird. Wie bei einer umgekehrten Schöpfung, wo der Name des Schöpfers den Schluß der Schöpfung bildet. Beinahe im Stil eines Geständnisses, einer Reue oder Abbitte. Ein Gott, der sich entschuldigt.

Das Ende des Vorspanns gleicht dem Tod. Danach kommt das Leben. Aber es ist eben ein gewesenes.

1

»Oha!«

Ein *Oha!* denken oder sagen oder rufen kann eigentlich nur bedeuten, sich in einem Zustand der Verspätung zu befinden. Und damit ist nicht allein die Straßenbahn gemeint, die einem davonfährt. Sondern auch und vor allem die, die auf einen zufährt.

*

Als sich das Ding mit rasender Geschwindigkeit näherte, erstarrte ich. Aber was hätte ich tun sollen? Mich wegduk-ken? Fürs Wegducken ging alles viel zu schnell. Fürs Wegducken hätte es einer Vorbereitung bedurft, einer Warnung, einer Regieanweisung. Wobei ich absolut flink sein konnte, sechsundzwanzigjährig, Hürdensprinter, beinahe Deutscher Meister, jedenfalls im Besitz eines Körpers, der einem möglichen Sich-zur-Seite-Biegen, Sich-auf-den-Boden-Werfen nicht im Wege gestanden hätte. Keine selbstverschuldeten Hindernisse auf Hüfthöhe. Keine fettreichen Anhängsel.

Doch umsonst. Ich war völlig in meiner Fassungslosigkeit gefangen. Eigentlich schon von dem Moment an, als ich den Schwertransporter erblickte, der da die Straße herunterkam und auf dessen Ladefläche sich wahrhaftig ein Wal befand: ein gewaltiger Brocken von Fisch, auch wenn jedes Kind dir sagt, Wale seien keine Fische. Aber mein Gott, genau so schauen sie doch aus. Dieser hier lang wie eine Straßenbahn, aber viel massiver, kastenartig, schwärzlich, der Schädel größer noch als der Rest. Keine Frage, ein Pottwal, so viel Naturkunde hatte ich auch noch intus. Ich konnte mir nicht mal sicher sein, ob der Fisch auf dem Laster tot oder halbtot war oder eher betäubt. Und auf dem Weg wohin? Ins Museum? Ins Aquarium? Nach SeaWorld? – Daß man dort auch schon mit Pottwalen spielen konnte, wäre mir allerdings neu gewesen. Konnten Pottwale, so umständlich groß, wie sie waren, durch Reifen springen? Pirouetten drehen? Schnattern wie Delphine? Ihre schweren Köpfe hochhalten und um kleine Leckerbissen betteln? Autisten heilen? Oder war das, was ich dort auf dem Lkw sah, vielmehr eine Attrappe? Ein Werbegag? Allerdings wirkte das Tier ungemein echt, wie frisch gefangen, als es da keine paar Meter von mir entfernt vorbeikam und ich ihm hinterherglotzte.

Das war genau so ein Moment, wo man sich gerne fragt, ob man träumt oder wacht. Wobei ich noch gar nicht schlafen gegangen war, sondern die gesamte Nacht in mehreren Bars zugebracht hatte, in die wir von den taiwanischen Geschäftspartnern geführt worden waren. Eigentlich nicht meine Sache, die Sauferei, und daß da immer Mädchen neben dir stehen und dich freundlich anlächeln und ein bißchen Englisch reden, so ein gekichertes Englisch, das aus drei zerschnipselten Wörtern besteht. Dabei sind die Mädchen sicher nicht blöd, eher hat man das Gefühl, selbst blöd zu sein, so wie ein schiefes Gebäude an der Theke zu lehnen und ein Glas nach dem anderen hinunterzukippen

Sicher, theoretisch hätte man *Nein!* sagen können.

Theoretisch hätte man sein Geld auch als Bademeister verdienen können, in der Sonne stehen und gleichzeitig eine Aura der Lebensrettung verströmen. Aber wie viele Bademeister verträgt die Welt?

Die Wirklichkeit sah so aus, daß ich, ohne darum gebeten, aber auch ohne mich gewehrt zu haben, mit einer von den kichernden Hostessen in einem Hotelzimmer gelandet war. Wo ich mich erst mal ins Badezimmer flüchtete. Dort, auf dem Klodeckel sitzend, den pochenden Schädel zwischen die Hände geklemmt, fiel mir ein, daß ich drüben in Europa verlobt war, nicht einmal ungern verlobt. Gleichwohl galt die Regel, nach welcher Prostituierte nicht zählen. Weil man die ja weder heiraten noch sonstwas Außergeschäftliches von ihnen will. Wer hat schon ernsthaft im Sinn, sich für den Rest der Nacht ganz fest an so ein Mädchen zu schmiegen? Niemand, außer ein paar Romantikern, die davon träumen, eine Hure zu retten.

Nein, Prostituierte zählen nicht.

So lautete die Regel, aber es war natürlich keine Regel, die meine Verlobte unterschrieben hatte, sondern eher eine firmeninterne. Darum, weil wir, die Kollegen und ich, viel in der Welt unterwegs waren. An Orten, wo es unhöflich gewesen wäre, sich freundlichen Einladungen zu diesem oder jenem Vergnügen zu verweigern. Moralisch zu werden, statt höflich zu bleiben. Vegetarier zu sein angesichts der von Fleischbergen sich biegenden Tische. (Das war übrigens in der Tat die erste Frage gewesen, als ich mich um diesen Job beworben hatte. Ob ich Vegetarier sei. Wow! Was für eine Frage für jemanden, der in die IT-Branche will. Wobei schon klar gewesen war, die Frage könne allein metaphorisch gemeint sein. Weshalb ich keine Sekunde gezögert hatte, ganz grundsätzlich den Fleischkonsum zu bejahen. – Anscheinend die richtige Antwort.)

Die Menschheit befand sich in einem Jahr, das eben begonnen hatte und die Zahl 2004 trug. Es war Mitte Januar. Ich selbst hielt mich in Tainan auf, einer Stadt im südlichen Taiwan. – Seit ein paar Jahren fuhr ich in Asien herum, ohne je ein Gefühl der Vertrautheit entwickelt zu haben. Aber wäre es denn viel anders gewesen, hätte ich den Norden Deutschlands beackert, das Ruhrgebiet, das fröhliche Frankreich oder die unheimliche Schweiz? Sicher nicht! – Ich war zu dieser Zeit für ein Unternehmen namens Weyland Europe tätig, den Ableger eines amerikanischen Konzerns, der in den Vereinigten Staaten nur in der Fiktion mehrerer Filme und des Internets existierte, auf dem europäischen Kontinent aber Wirklichkeit geworden war. So, als hätte jemand auf der Rückseite des Globus eine Romanfigur erfunden, die dann auf der Vorderseite tatsächlich das Licht dieser Welt erblickte.

Weyland Europe war also real, wenigstens in einem börsennotierten Sinn, und konzentrierte sich auf die Entwicklung, die Produktion und den Verkauf von Mikroprozessoren. Ich erklärte oft zum Spaß, wir würden mit Bakterien handeln, weil die ja auch so klein sind. Wobei ich mich weniger um den Vertrieb als um die Herstellung kümmerte. Die Bedingungen der Herstellung. Um das Wo und Wie.

Ich will nicht behaupten, man kriegt so was hin, wenn man sich ständig ans Herz greift und einem das Herz vom vielen Hingreifen ganz weich wird. Die Frage ist immer: Was wollen wir? Wollen wir eine gerechte Welt? Was ist denn gerecht? Bessere Arbeitsbedingungen für die armen Schweine? Mein Gott, dann hätte ich aber nicht in Asien herumfahren dürfen, um geeignete Orte für die Produktion zu finden. Wenn die Leute daheim jammern, an diesem oder jenem Ding klebt so viel Blut, kann ich nur sagen: Na klar! Würde nicht Blut dran kleben, wäre es nicht so günstig. Wir wollen konsumieren. Und ich sage das ganz deutlich: Es gibt solche Waren nicht, an denen *kein* Blut klebt. Auch wenn »Bio« draufsteht oder »Glutenfrei« oder eben »Blutfrei«. Irgendwann werden die Entwickler auf die Idee kommen, Biopanzer herzustellen, Panzer, die, nachdem sie genügend oft geschossen haben, zu Kompost zerfallen oder sich in Joghurtbecher verwandeln. Oder sie erfinden Geschosse, die Kindern und Frauen ausweichen und nur die Männer erwischen. (Um noch mal auf den Vegetarismus zu kommen: Klar, da gibt es jetzt immer mehr Produkte. Das sind solche, bei denen praktisch das Blut heruntergewaschen wird, bevor sie auf den Markt kommen. Dafür zahlt man dann etwas mehr, fürs Waschen.)

Ich bin kein Zyniker. Zynisch sind die, die allen Ernstes meinen, an einem Computer zu arbeiten, auf dem ein angebissener Apfel klebt, sei irgendwie wohltätig. Oder Nudeln zu essen, in denen kein Ei steckt. Als seien solche Nudeln vom lieben Gott persönlich vorgekaut worden.

Ich saß da also mit einem Gefühl leichten Schwindels in diesem Fünf-Sterne-Badezimmer und fragte mich, was ich tun sollte, wenn ich wieder draußen war bei dem kichernden Mädchen. Ich dachte mir: »Gib ihr einen Geldschein, und schick sie nach Hause.« Aber das war natürlich Blödsinn, weil ja alles bereits bezahlt war, jeder Whisky und jede Prostituierte, sämtliche Shrimps und die Zigarren, die gestern auf meinem Zimmer gelegen hatten. Nicht, daß ich rauchte. Mußte ich auch nicht. Zigarren waren ein Symbol, alles war ein Symbol. Auch die Mädchen. Es ging nicht um die Befriedigung, die sich daraus ergab, befriedigt zu werden oder sich tatsächlich eine Zigarre anzuzünden. Sondern darum, daß das Symbol in die Welt getragen wurde und man selbst in diesem Symbol aufging. Sperma war dabei sowenig das Thema wie Tabak. Es drehte sich auch nicht wirklich um Bestechung im Sinne einer Bereicherung. Denn reich oder zumindest halbwegs reich war man ja schon. Es zählten allein die Bilder. Die Entscheidungen, die ich traf, wären keine anderen gewesen, hätte ich mich *nicht* einladen lassen. Aber ich hätte mich dann außerhalb des Symbols gestellt und damit auch außerhalb der Ordnung, gewissermaßen in einen rechtsfreien Raum. Ich wäre in meiner Verweigerung praktisch zum Kriminellen geworden.

Ich trat aus dem Badezimmer und wollte der Kleinen zu verstehen geben, sie könne gehen. Daß es vollkommen ausreiche, mich einen Abend lang angekichert und schlußendlich auch noch eine Flasche Champagner geöffnet zu haben. Sie zu trinken sei nicht nötig. In den Abfluß geschüttet, hätte sie die gleiche Bedeutung wie in den Leib geschüttet. Es wäre allein ein Sakrileg gewesen, den Champagner zurückzuschikken und damit die taiwanischen Partner, das Hotel, den Kellner, den Importeur von Champagner in Taiwan, ja gewissermaßen eine ganze Kultur zu beleidigen.

Doch als ich nun aus dem Bad kam, war das Mädchen verschwunden. Das Zimmer gähnte. Ich sah auf die Uhr. Meine Güte, ich war eine ganze Stunde auf dem Klodeckel gesessen. Wahrscheinlich hatte die bezahlte Kichererbse gemeint, ich sei in der Badewanne eingeschlafen. Allerdings war das hier gar nicht das Hotel, in dem ich wohnte. Andererseits war alles bereits beglichen, und ich hätte mich augenblicklich ins Bett legen können – ein Designerbett, das aber eher wie der Entwurf zu einem Bett als ein zu Ende gedachtes und zu Ende gebautes aussah.

Nein, ich wollte hier nicht schlafen.

Ich griff nach meinem Jackett, verließ den Raum, verließ das Gebäude und trat hinaus auf die morgendlich helle Straße, um mein eigenes Hotel zu suchen, hatte allerdings nicht einmal mehr dessen Namen im Kopf. Ich ging los ohne Plan.

Ohne Plan? Nicht ganz. Ohne einen solchen zu sein, mußte noch lange nicht heißen, daß es keinen gäbe.

Offenbar hatte jener Dämon, den wir das *Schicksal* nennen (wie man eine Bombe *Little Boy* nennt oder einen Kinderdrescher *Krampus* oder einen, der Krokodile verprügelt, *Kasperl*), das allergrößte Interesse, mich genau in jenem Augenblick die Straße hinuntermarschieren zu lassen, als eben – halb sieben Uhr in der Früh, der Berufsverkehr in vollem Gange – der Laster mit dem Pottwal vorbeifuhr und mich in ungläubiges Staunen und eine steinerne Körperhaltung versetzte.

Und während ich da fassungslos stand …

Auch im nachhinein wurde nicht klar, was genau von dem Wal – Teil eines Gedärms oder Teil eines Organs – es gewesen war, das mich mit voller Wucht im Gesicht getroffen hatte. Die Explosion hatte ich gar nicht wahrgenommen, den Knall nicht, nicht den sich öffnenden Tierleib, aus dem das Blut spritzte und die Umgebung in ein Actionpainting verwandelte, sondern allein das dunkle Stück, das auf mich zuflog und dessen Dunkelheit mich sogleich vollständig einhüllte.

Im Film wäre es jetzt zwei oder drei Sekunden schwarz und still gewesen.

2

Im wirklichen Leben dauerte es etwas länger. Als ich zu mir kam, wurde die absolute Schwärze von einer absoluten Weiße ersetzt, als hätten ein paar katholische Anstreicher – Polen natürlich – den Tod aufgehellt.

Aber ich war nicht gestorben. Nachdem die Umgebung sich nach und nach vom Eindruck einer milchigen Ummantelung befreite, begriff ich, in einem Krankenhausbett zu liegen. Neben mir die üblichen Geräte, deren Geräusche und optischen Signale mir bewiesen, am Leben zu sein. Ja, ich konnte mein Herz schreiben sehen. In Schönschrift. Sehr sauber, aber ohne eigenen Stil, ein Durchschnittsherz halt. Von der Seite fiel Tageslicht durch ein hohes Fenster. Dazu ein Geruch, der weniger an Chemie als an Nudelsuppe erinnerte. Vielleicht bloß wegen des Hungers, der mich augenblicklich quälte.

Eine Krankenschwester erschien. Weder kicherte sie, noch war ein Mitgefühl in ihrem Gesicht. Sie sprach kein Wort, überprüfte allein die Apparaturen. Eine Chinesin. Was die Vermutung nahelegte, mich noch immer in Tainan zu befinden.

Ich griff mir an den Kopf und spürte den Verband, der meinen Kopf turbanartig umgab. Mein Gedächtnis freilich funktionierte, ich litt nicht etwa an einer Amnesie. Lag keineswegs neben mir wie neben einem Fremden. Alles war bestens in Erinnerung: das Hotel, die Straße, der Laster, der

Wal. Und wie irgend etwas aus dem Wal herausgeschossen war. Gleich einem Torpedo. Einem Torpedo, der zielgenau in meinem Gesicht aufgeschlagen war. Soviel wußte ich. Aber es war ein Wissen, welches ich kaum glauben konnte.

Ein Mann trat ein. Ein Mann im Anzug, ein Weißer, also von der Hautfarbe her ein Weißer, so wie man früher sagte: ein Schwarzer. Er setzte sich an die Bettkante. Wegen der Art, mit der er Platz nahm und dabei seine Fingerkuppen zu einem Münchner Olympiadach zusammenschloß, dachte ich, er müsse hier der Arzt sein. Doch als er seinen Kopf anhob, erkannte ich ihn endlich als einen Kollegen aus meinem Weyland-Team. Er berichtete mir, was geschehen war, wie da ein gestrandeter und schließlich verendeter Pottwal, der größte, den es je an die taiwanische Küste gespült hatte, zum Zwecke einer wissenschaftlichen Untersuchung auf einen Laster gehievt und zur Universität auf der anderen Seite der Stadt gebracht worden war. Um dann genau auf diesem Weg, inmitten der Metropole, inmitten frühmorgendlichen Verkehrs, zu explodieren.

»Eine Gasexplosion«, sagte der Mann und meinte die Gärgase, die sich am hinteren Ende des Tiers einen Ausgang verschafft und den Mageninhalt und andere Teile mit großer Wucht ins Freie befördert hatten. Das »Freie« war in diesem Fall die Straße gewesen: die Häuser, die Lokale und Geschäfte, die geparkten Autos, die Passanten. Und einer von ihnen, der Unglücklichste, war eben ich gewesen. Wäre ich nur einen halben Meter weiter … eine Sekunde früher oder später …

War ich aber nicht.

»Saublöd!« tönte der Mann im Anzug. »Muß der blöde Fisch ausgerechnet dann explodieren, wenn du grad an der Straßenecke stehst. Du hast ein Stück von dem Monster voll abbekommen. Eine Niere oder so. Das müssen die noch rausfinden. Wobei's ja eigentlich egal ist. Bei der Geschwindigkeit wird ohnehin alles hart wie ein Ziegelstein. Das hätte ganz anders ausgehen können. Aber ich sag mal so: Besser, es trifft dich die Niere von so einem Bullen als dem sein Schwanz, gell?«

Er lachte laut auf und schickte sich an, mir auf die Schulter zu klopfen. Ließ es dann aber bleiben und erklärte vertrauensvoll: »Die sagen, du wirst völlig gesund, versprochen. Die Ärztin wird dir das bestätigen. Sie kommt gleich. Ein wenig eine Strenge. Aber immerhin, sie ist Deutsche. Keine Angst also.«

»Ich habe keine Angst«, versicherte ich ihm.

»Du solltest aber schon zusehen, rasch auf die Beine zu kommen. Du weißt ja, was Maître Schmidt vom Kranksein hält.«

Schmidt saß im Vorstand und bildete sich viel darauf ein, gefürchtet zu sein. Ich fand das eigentlich ganz okay, daß er zu der Angst, die er auslöste, auch stand, stolz war, Schrecken zu verbreiten, und nicht etwa den Wohltäter spielte, der er nicht war, die anderen aber auch nicht. Richtig, er neigte zur Wut, wenn einer seiner Zöglinge und Höflinge ausfiel. Für ihn gab es kein Fremdverschulden und keine höhere Gewalt. Er sagte gerne: »Ein Unglück kündigt sich immer an. Wer aber zu blöd ist, eine solche Ankündigung zu erkennen, ist falsch bei Weyland.«

So gesehen, würde ich einige Mühe haben zu erklären, wie es hatte geschehen können, einem explodierenden Wal in die Quere gekommen zu sein.

Mein Kollege meinte: »Vor allem beeil dich, den Verband von deinem Kopf runterzukriegen. Das schaut wirklich scheiße aus.«

Ich dankte für den freundlichen Hinweis.

»Gerne, Sixten«, sagte er und löste seine Fingerkuppen. Das Olympiastadion fiel auseinander.

Sixten, das war mein Vorname, schwedisch, wegen meines Vaters, der von dort stammte, während die Familie meiner Mutter angeblich schon so lange in Köln lebte, wie Köln existierte. Einen Nichtkölner zu heiraten war eigentlich verboten gewesen, andererseits gab es Schlimmeres als die Schweden, viel Schlimmeres. Und immerhin hatte mein Vater eingewilligt, den Familiennamen meiner Mutter anzunehmen. Das war ihre Bedingung gewesen, damals, 1976, im Jahr der Eherechtsreform, die solches ermöglichte. Er selbst hatte sich erst durchsetzen können, als zwei Jahre danach die Wahl eines Vornamens für mich zur Diskussion stand. – Meines Vaters kleiner schwedischer Sieg. Man taufte mich Sixten. Meiner Mutter hingegen verdankte ich den nicht gerade originellen Familiennamen Braun. Sixten Braun. Wenn man es aussprach, klang es eher englisch als deutsch oder schwedisch. Im Busineß kein Nachteil.

Der Weyland-Kollege beugte sich jetzt nahe zu mir hin und sagte: »Du weißt ja, was Schmidt immer sagt: von einem Auto überfahren werden und trotzdem nicht tot sein.«

Richtig, Schmidt zitierte gerne Robert De Niro in der Rolle eines Geschäftsmannes, der auf die Äußerung seines Gegenübers, krank gewesen zu sein, antwortet: »Krank? In dieser Liga wird man von 'nem Auto überfahren und stirbt trotzdem nicht.«

»Das ist für Schmidt einfacher«, sagte ich, »wenn man bedenkt, daß er höchstwahrscheinlich ein Untoter ist.«

»Du scherzt.«

»Eigentlich nicht. Es ist Scherz genug, daß mich so ein Seeungeheuer fast erschlagen hätte.«

»Stimmt«, sagte er und lachte erneut in seiner bellenden Weise. »Da wirst du dir noch einiges an Spott anhören müssen. Trotz der zwei Tage im Koma. Aber es ist halt ziemlich unheroisch, wenn die verirrte Kugel, die einen getroffen hat, aus einem Haufen schleimiger Walkutteln besteht.«

Da hatte er wirklich recht. Ich würde es in Zukunft soweit wie möglich vermeiden, von dieser Geschichte zu berichten, sosehr sie mein Leben entscheidend verändern sollte. Wobei ich noch nicht ahnen konnte, *wie* entscheidend.

3

Endlich kam sie. Die Ärztin. Die deutsche Ärztin in Taiwan. Wie man sagt: Endlich ist Sommer. Denn in der Tat glich ihr Gesicht einem warmen Tag, der zuvor in den Wetternachrichten als verregnet angekündigt worden war. Anders gesagt, ich begriff mit einemmal das Glück, das mir beschert war, indem ich auf die Straße getreten, von einem explodierenden Wal erwischt und in dieses Krankenhauszimmer gelangt war, um schlußendlich in ein solches Gesicht schauen zu dürfen. Ein Gesicht, als hätte eines dieser französischen Malergenies eine letzte vollkommene Zeichnung hinterlassen, die sich zauberischerweise in 3-D verwandelt hatte. Ja, diese Frau wirkte auf mich sehr viel mehr französisch als deutsch. Kein roher Kirchner oder saftiger Beckmann, sondern ein Matisse aus ein paar Bleistiftstrichen, die bewiesen, wie sehr auch Schönheit eine Formel besitzt.

Gut, ich will nicht ausschließen, daß sich in meinem Schädel einige Regale verschoben hatten, weil ein Schwärmer war ich doch nie gewesen. Dennoch war ich jetzt so gänzlich auf diese Mimik konzentriert, auf die Bewegungen der Lippen und gar nicht auf die ärztliche Diagnose, die zwischen diesen Lippen hervordrang und beschrieb, was mit mir, was vor allem mit meinem Kopf geschehen war, und wie froh ich sein dürfe, nach zwei Tagen wieder aus dem Koma erwacht zu sein. Ich vernahm Begriffe wie »Schädel-Hirn-Trauma«, »Hirnstammreflex«, »EEG« und »Pupillenbewegung«, blieb aber recht gleichgültig dagegen – nur beim Begriff »Gehirnblutung« zuckte ich kurz zusammen. Aber wirklich nur kurz. Eher so, wie man bemerkt, sich in die Fingerkuppe geschnitten zu haben, und gleich darauf denkt: »Na, ich werd schon nicht verbluten.«

Wie auch immer, ich war in diesem Augenblick sehr viel mehr auf die Sprecherin als auf das Gesprochene konzentriert. Wobei die Stimme der Frau lange nicht so anziehend wirkte wie ihr Gesicht. Ohne darum behaupten zu wollen, sie hätte eine Reibeisenstimme besessen; weder krächzte sie, noch würgte sie die Wörter hervor, aber es war eben *kein Vergleich*. Vielleicht könnte man auch sagen: Zu *so* einem Gesicht gibt es gar keine Stimme. *So* ein Gesicht kann nicht in eine Stimme übersetzt werden.

Klar, das ist pathetisch. Aber mein ganzer Zustand war pathetisch. Zuerst lächerlich, siehe Walexplosion, und dann pathetisch, indem ich nicht vom Antlitz dieser Ärztin lassen konnte. Und wenn, dann nur, um mir auch den Rest anzusehen: einen mittelgroßen, sehr geraden, kompakten Körper, einen strengen Körper, nicht streng im Sadomasosinn, sondern lehrerinnenhaft, das Autoritäre mit der Autorität verbindend. Ihre Hände steckten tief in den Taschen ihres Ärztekittels. Unter dem knielangen beigen Rock weißbestrumpfte schlanke Beine, die in gelben Turnschuhen fußten.

Bald kam mir der Gedanke, diese Person sei eine bloße Halluzination, eine Frau, die allein in meinem Kopf existierte, während ich mich in Wirklichkeit noch immer im Koma befand, ja, niemals wieder daraus erwachen würde. Wobei ich angesichts dieser Schönheit, die da täglich mit gelben Turnschuhen an mein Bett träte, um mich über meinen Zustand zu unterrichten, gerne bleiben wollte, wo ich war, auch wenn es sich um eine Illusion handeln mochte.

Wer wollte einen guten Traum gegen eine schlechte Wirklichkeit tauschen?

Entscheidend war, daß es mir gelang, die Frau Doktor

immer länger »an mein Bett zu fesseln«, sie nach ihrem Leben in Tainan zu befragen. Mit ihr zu sprechen, als würden wir uns in einem Restaurant gegenübersitzen.

Seit vier Jahren war sie in dieser Stadt, machte aber nicht den Eindruck, ein Taiwanfan oder auch nur eine Asienbegeisterte zu sein. Sie lebte allein, und das war sicher die beste Nachricht. Offenkundig war sie in erster Linie an Gehirnen interessiert. Sie versuchte, ihnen auf die Schliche zu kommen, ihr eigentliches Wesen zu durchschauen.

Nun, ihre Aufgabe in diesem Spital war weniger, Hirne zu erforschen, als sie zu reparieren. Aber zum Reparieren gehört natürlich eine gewisse Kenntnis des Objekts, das da instand gesetzt werden soll. – Es gefiel mir, wie diese Frau über die rätselhafte Schaltzentrale in unser aller Köpfe redete. Liebevoll, aber kritisch. Wie man vielleicht über einen Schurken spricht, den man jedoch bewundert. Einen genialen und eleganten Gauner. Einen, der auch tötet, aber immer aus gutem Grund.

Wobei sie, die Frau Dr. Senft, ursprünglich von der Psychologie herkam, weshalb ihr einige der jüngsten überraschenden Ergebnisse der Hirnforschung nicht ganz so überraschend erschienen. Sie wußte schon länger, daß das Hirn in der Lage ist, eine Unwahrheit so lange zu wiederholen, bis sie einem als Wahrheit erscheint.

Sie drückte es so aus: »Der Rechner da in unserem Kopf tut alles, um uns das Leben erträglich zu machen. So viel Häßliches wir meinen aushalten zu müssen, kann man trotzdem sagen, das Gehirn ist ständig damit beschäftigt, eine traurige Realität zu verbergen. Es idealisiert, wo es kann. Das Gehirn ist ein Künstler und neigt zur Apotheose. Es ist religiös, aber nur der Ästhetik wegen. Es geht in die Kirche, um die Kirche auszumalen, nicht um zu beten. – Ich hoffe, Sie können mir folgen.«

»Aber klar«, sagte ich, während ich ihr Augenpaar studierte, den Farbton von Karamel, um jetzt nicht von fossilem

Harz zu sprechen, dazu die schwarzen, ausladenden Wimpern, an denen die Lider schwer zu tragen schienen, und sah die Müdigkeit, die in diesen Augen einsaß und sie noch schöner machte, als wenn sie frisch und ausgeruht gewesen wären. Ich war mir da ganz sicher: wie sehr Erschöpfung einen Menschen hübscher machte. Wie ja auch so mancher Gegenstand erst als Antiquität seinen vollen Reiz entwickelt.

Irgendwann durfte ich das Bett verlassen und mir in den Gängen des Krankenhauses sowie in einem kleinen, schattigen Innenhof die Beine vertreten. Dort traf ich Dr. Senft, froh darum, einmal nicht aus der Position des Liegenden zu ihr hochsehen zu müssen, sondern nun zu ihr hinunterschauen zu dürfen. – Ich weiß schon, es gehört sich nicht, so was zu sagen, weil auf eine Frau hinunterzuschauen sogleich als anmaßend gilt. Aber seien wir doch ehrlich: Man muß schon ein Hollywoodstar oder Multimillionär oder Modeschöpfer oder so sein, um als Mann ein Vergnügen dabei zu empfinden, zu einer Frau hochzusehen. Es lächelt sich als Mann einfach besser von oben nach unten, auch wenn die Angelächelte die eigene Chefin ist, eine Kapazität, überlegen oder schlichtweg anbetungswürdig. Man kann eben auch von oben nach unten beten. – Ich hoffe, man versteht mich.

Jedenfalls tat ich genau das, als ich nun Dr. Senft über den Weg lief: Ich lächelte zu ihr hinunter, gar nicht weit, denn so viel kleiner war sie nicht, einen halben Kopf bloß, lächelte also bergab und fragte: »Darf ich Sie zum Abendessen einladen?«

»Mein Gott, Herr Braun, Sie sind Patient!«

»Und Sie meinen, ein Patient darf seine Ärztin nicht ...«

Sie unterbrach mich und erklärte: »Ich wollte Sie nur daran erinnern, daß Sie sich weiterhin in Behandlung befinden und noch eine gewisse Zeit Ihre Restauranteinladungen auf die Krankenhausküche beschränken müssen. Ist nun mal so.«

Ich atmete erleichtert auf und verabredete mich mit der Ärztin meines Vertrauens zum Abendessen in der Kantine.

Dinner um siebzehn Uhr.

Sicher, der Ort war nicht romantisch, unser Gespräch erstmals stockend. Wobei ich den Umstand des Stockens dahingehend interpretierte, daß sich zwischen uns, wie man so sagt, etwas tat.

Ich erzählte von der Firma, für die ich arbeitete, und in welchen Funktionen. Profanes Zeug. Während ich aber sprach und dabei zusah, wie sich Dr. Senft langweilte, stellte ich sie mir nackt vor. Ihren mittelgroßen, kompakten, festen Körper. Wahrscheinlich war alles fest an ihr, auch der mittelgroße Busen, der den weißen Stoff ihres Ärztekittels straffte.

Richtig, ich hatte nicht vergessen, drüben in Europa, in Köln, wo ich lebte, eine Verlobte zu haben. Sie schrieb mir alle zwei, drei Tage eine Mail. Keinen Roman, das nicht, auch kein Gedicht, eher etwas Sachliches, sachlich, aber freundlich. Wäre sie nicht ihrerseits so stark eingespannt gewesen, sie hätte mich augenblicklich besucht.

Ich konnte mich deutlich an den Zustand von Zufriedenheit erinnern, den das Verlobtsein mit ihr hervorrief, wenngleich ich mir im Moment schwergetan hätte, ihr Gesicht zu beschreiben. Ihr Gesicht lag in einem Nebel, der ganz Köln verdeckte.

Mir war nicht klar, wie sehr im Zuge meiner Kopfverletzung nicht doch mein Gedächtnis in Mitleidenschaft gezogen worden war. Absolut perfekt schien es nicht zu funktionieren. Ich hatte Aussetzer und Lücken. Doch manche Lücke war mir durchaus willkommen.

Freilich wußte ich, daß meine Verlobte Lydia hieß, zudem war mir der leidenschaftliche Sex mit ihr präsent. Allerdings auch, wie sehr dieser zuletzt eine eheähnliche Eintrübung erfahren hatte. Nun, wir wollten ja ohnehin heiraten. Auch waren da noch Lydias Eltern, Walter und Grita, Wallace & Gromit, wie Lydias kleiner Bruder heimlich gerne sagte, reiche Leute, die Eltern, ein bißchen steif, aber … Faktum war, daß ich mir im Moment niemanden weniger an meinem Tisch wünschte als diese Lydia. *Diese* Lydia.

Dr. Senft hingegen …

Ich fragte sie offen heraus, ob sie verheiratet sei.

»Wieso, haben Sie Interesse?« fragte sie und verzog keine Miene. »Oder wollen Sie nur ein bißchen unverschämt sein?«

»Also, das halte ich eher für das Normalste auf der Welt.«

»Was? Unverschämt sein oder Instant-Heiratsanträge?«

»Instant? Na, wir kennen uns doch schon eine Weile, nicht wahr? Außerdem wissen Sie über mein Gehirn besser Bescheid als irgend jemand anderes.«

»Sie sind ganz schön zuversichtlich«, stellte Dr. Senft fest, schob das Heiratsthema aber zur Seite und ging auf das Kopfthema ein. Sie erklärte mir, daß das Gehirn weniger die Welt abbilde als unsere Vorstellung von der Welt. Es erspare uns gewisse Sachverhalte, zum Beispiel den, für die Dauer des Blinzelns den Kontakt zur sichtbaren Welt zu verlieren. Immer wieder aufs neue, mitten am Tag in eine kurzzeitige Nacht zu geraten. Das Gehirn unterbinde es, diesen enervierenden und durchaus bedrohlichen Zustand wahrzunehmen.

»Das Gehirn lügt uns also an«, stellte ich fest.

»Na, das ist die Frage, ob man das Unterdrücken einer schlechten Nachricht als Lüge interpretieren sollte. – Wenn überhaupt, ist es doch eher eine Notlüge, damit der arme Mensch eben *nicht* verrückt wird. So, wie es auch besser ist, das schwarze Loch *nicht* zu sehen, welches da mitten in unserem Auge klafft und das wir Pupille nennen. Ich meine, das Loch ist ja da, notwendigerweise, weil schließlich die sichtbare Welt hineinströmt und unserem Hirn sagt, was draußen so los ist.«

»Viel Schlimmes.«

»Viel Anstrengendes. Lebensmittelpreise, perverse Leute im Fernsehen, bunte Geschmacklosigkeiten … da würde es wirklich noch fehlen, sich unentwegt der Dunkelheit beim Blinzeln bewußt zu sein. Wie bei einem langen Satz, der voll von Beistrichen ist.«

Ich wendete ein, Beistriche seien eigentlich ganz praktisch. »Die verleihen einem Satz eine Struktur. Eine hilfreiche dazu.«

»Nicht, wenn man den Beistrich mitliest, ich mein's wort-wörtlich, also ständig ›Beistrich‹ sagt und ›Punkt‹ und ›Anführungszeichen oben‹ und so weiter. Das würde einen dummen Satz noch dümmer machen und einen gescheiten verunstalten. Oder?«

»Was genau wollen Sie mir sagen?« fragte ich.

»Wir gehen immer davon aus, eine Schädigung spezifischer Hirnareale führe dazu, eine Information *nicht* zu erhalten, eine Nachricht, einen Reiz *nicht* zu empfangen. Was aber, wenn es umgekehrt ist? Wenn die Unterbrechung des Strangs, die Abschottung des Areals also dazu führt, daß das Gehirn aufhört, weiter seinen hilfreichen Schwindel mit uns zu trei-ben. Wir also plötzlich etwas erkennen, etwas bewußt wahr-nehmen, was immer schon vorhanden war. Einen Beistrich eben, oder das Schwarz im Moment des Zwinkerns, oder vielleicht, ganz allein auf der Welt zu sein und sich den Rest bloß einzubilden.«

»Bilde ich mir Sie nur ein, Frau Doktor, oder bin ich viel-mehr ein Teil *Ihrer* Einbildung? Weil, das wäre dann ja schon ein Unterschied.«

»Wir können nicht ausschließen, daß jemand Drittes sich *uns* ausdenkt, oder?«

»Danke«, sagte ich.

»Wieso danken Sie?«

»Ich danke dem, der sich ausgedacht hat, uns beide zusam-menzubringen.«

»Sie sind ein übler Schmeichler«, kommentierte sie.

»Übel? Wirklich?«

»Ja. Aber ich mag Sie trotzdem.«

»Echt?«

»Na vielleicht auch nur, weil ich froh bin, mich mit jemandem in meiner Landessprache unterhalten zu können.«

»Wäre das alles, wäre es traurig. Jedenfalls zuwenig für die Liebe.«

»Ich dachte, Sie wollen mich heiraten. Von Liebe war keine Rede.«

Ich sagte ihr, ich würde das gerne verbinden.

»So maßlos?«

»Ja, so maßlos«, beharrte ich. Und fragte: »Gefalle ich Ihnen denn? Ich meine, mal so rein äußerlich.«

»Sie sehen gut aus, das stimmt. Aber bei einem Mann, den man heiraten möchte, muß man sich fragen, ob er auch später noch gut aussieht. Das ist nämlich ebenfalls so eine Sache, die im Gehirn passiert. Obwohl es uns was vorgaukelt, also jemanden, für den wir schwärmen, hübscher aussehen läßt, als er eigentlich ist, neigt das gleiche Hirn leider auch dazu, einen Unsympathler – da kann sein Bauch noch so flach und sein Kinn noch so kantig sein – irgendwann auch unsympathisch erscheinen zu lassen. Da wird dann aus dem Wort *kantig* das Wort *monströs*.«

»Ich bin nicht unsympathisch«, insistierte ich.

»Sie könnten es werden«, sagte die Ärztin. »Einmal verheiratet, mutiert der Mensch. Man ehelicht einen hübschen Dracula, und nachher hat man einen häßlichen Werwolf.«

»Merkwürdiger Vergleich.«

»Traurige Wahrheit.«

»Waren Sie schon mal verheiratet?« wollte ich endlich wissen.

»Halten Sie mich denn für so alt?«

Nun, ich schätzte, sie war wohl ein wenig älter als ich. Vielleicht Anfang dreißig. Jedenfalls alt genug, um bereits eine Scheidung hinter sich zu haben. Ich sagte ihr: »Sie sind eine Frau, die zeitlebens schön sein wird. Niemals ein Werwolf beziehungsweise eine Werwölfin.«

Sie aber entgegnete: »Das Femininum ist nicht immer passend.« Um dann die Sprache auf etwas anderes zu bringen. »Wissen Sie, was mich am meisten stört?«

»Ja, was?«

»Daß man hier nichts zu trinken bekommt. Keinen Wein. Mir gehen diese verdammten Tees, die sie einem ständig servieren, derart auf die Nerven. Ein Glas Rotwein würde mir jetzt wirklich guttun.«

Ich war etwas enttäuscht. Ich hätte diese Frau nicht für eine Trinkerin gehalten. Zumindest nicht für eine Person, die den Alkohol nötig hatte, um sich wohl zu fühlen.

Ich fragte: »Genüge ich Ihnen denn nicht?«

»Was heißt schon genügen? Der Wein nährt das Hirn. Der Tee füllt bloß die Blase. Jedenfalls sollten wir bei unserem nächsten Treffen ein Lokal auswählen, wo's einen anständigen Wein gibt. Ein Grund mehr, Herr Braun, Sie rasch zu entlassen. Auch, damit ich sehen kann, wie Sie wirken, wenn Sie einen Anzug tragen. Ich glaube, Sie gehören zu denen, die im Anzug gewinnen.«

»Und worin verliere ich? In der Unterwäsche?«

»Da verliert ein jeder. Das braucht Sie nicht zu kränken.«

»Vielleicht ändern Sie noch Ihre Meinung«, sagte ich.

Dr. Senft lächelte. Und zwar vielversprechend. Möglicherweise war ihr eigenes Gehirn darangegangen, meiner relativen Hübschheit eine sehr viel attraktivere Anmut zu bescheren. Eine Anmut und ein Geheimnis. Sie hatte mich als Patient untersucht und würde mich vielleicht, nachdem sie mich einmal aus dem Krankenhaus entlassen hatte, auch noch als Mann untersuchen wollen.

4

Ich schlug der Kölner Firmenleitung vor, mich noch einige Tage in Taiwan zu lassen, um einen Termin in Japan vorzubereiten, der demnächst anstand und mir die Möglichkeit geben würde zu beweisen, daß mit mir alles in Ordnung war. Immerhin mußte ich gegen die Befürchtung antreten, in meinem Schädel sei etwas durcheinandergeraten, ich sei ein »vom Wal Geschlagener«. Um so wichtiger, in den kommenden Verhandlungen eine Brillanz zu offenbaren, die jede mögliche Veränderung meiner Hirntätigkeit eher als *genial* denn als *durchgeknallt* erscheinen ließe.

Wichtiger aber war, Dr. Senft wiederzusehen. Diesmal an einem Ort, an dem es auch Wein gab. Weshalb ich sie in ein Restaurant einlud, das ihre eigenen Möglichkeiten vermutlich um einiges überstieg. Freilich erschien sie nun ohne den Ärztekittel, den ich an ihr so gewohnt war. Doch ihre Gestalt, ihr Haar – das Blond nahe am Gelb –, die Ohrringe, die sie zu jeder Zeit zu tragen pflegte, vor allem ihre Art zu gehen, vorsichtig auftretend, als schreite sie über heiße Kohlen, wie diese Yogis, die sich niemals verbrennen, dies alles erfüllte sich in der bekannten Weise.

Ich hatte bereits am reservierten Tisch gesessen, erhob mich nun und sagte ihr, wie hübsch sie aussehe und wie gerne ich sie immer wieder aufs neue betrachtete.

»Sie übertreiben.«

»Ach, Sie ahnen gar nicht, wie wenig ich übertreibe.«

Sie schenkte mir ein Lächeln, das als ein schmaler, flockiger Wolkenstreifen den blauen Himmel in ihrem Gesicht kreuzte.

Wir aßen und wir redeten. Dazu gab es den versprochenen Rotwein, eine wirklich teure Flasche, aber kein Wort darüber, was sie kostete, um so mehr, als der Wein nicht sonderlich gut war und sein hoher Preis eher das Klischee von der Blödheit als von der Vornehmheit bestätigt hätte.

Frau Dr. Senft erzählte von Tübingen, wo sie studiert, von Budapest, wo sie eine Zeitlang gearbeitet hatte, erzählte von ihrer Mutter, einer kunstvoll ihr Scheitern kultivierenden Musiklehrerin, die in Stuttgart lebte, sich aber viel zu schade für diese Stadt war.

»Und *Ihre* Eltern?« fragte sie.

»Kleine Leute«, antwortete ich.

»Zwerge?«

Nein, ich meinte natürlich kleinbürgerlich. So extravagant die schwedische Herkunft des Vaters und das »altkölnische Bewußtsein« der Mutter auch anmuteten, es waren kleine Leute. Nicht ungebildet, nicht dumm, das nicht, der Vater als Arbeiter in einer Kartonagenfabrik, die Mutter als gelernte Friseurin, die später nur noch die eigene Frisur und die des Gatten und der Kinder und von einigen Nachbarn betreute und sich im übrigen um einen Haushalt kümmerte, der nicht einmal geschmacklos war – kein Kitsch oder so –, sondern vor allem gesichtslos. Gesichtslos und staubfrei. Sie jagte den Staub wie einen bösen Geist.

Ich hatte mich für diese beiden Menschen immer geniert, brave Bürger, die sehr spät in ihrem Leben Eltern geworden waren. Im Grunde waren sie nicht peinlich, sondern zurückhaltend in jeder Hinsicht, doch genau diese Zurückhaltung war mir so oft unangenehm gewesen. Diese dumme Demut angesichts der eigenen Mittelmäßigkeit. Dieser Verzicht in allen Dingen. Wie sie ständig sparen mußten, ohne daß dabei eine Ersparnis zutage getreten wäre. Solche Leute arbeiteten und legten Geld zur Seite, aber das Geld blieb immer so klein wie sie selbst.

»Was wollen Sie denn?« meinte meine Ärztin. »Schließlich haben Sie doch selbst Karriere gemacht. Ist das nicht besser als andersherum? Besser, als der Größe seiner Erzeuger hinterherzuhecheln?«

Woraus ich leider den falschen Schluß zog und wieder anfing, von meiner Arbeit zu berichten. Um erneut festzustellen, wie sehr sie das langweilte. Nicht die Mikroprozessoren an sich, die »Bakterien«, doch von denen konnte ich ja wenig erzählen, sondern allein vom Aufbau der Produktionsstätten. Aus purer Selbstachtung blieb ich noch ein wenig beim Jobthema, verlagerte dann aber das Gespräch auf die Kunst, in der Folge auf den Sport, denn dies zu verbinden bewies, daß ich kein Bildungsspießer war. Immerhin pflegte ich regelmäßig über Hürden zu sprinten und wäre dabei beinahe Deutscher Meister geworden.

Sie war keck genug zu fragen: »Und Sie kommen da wirklich drüber?«

Ich erklärte ihr: »Eigentlich fliegt man die meiste Zeit. Das ist das Schöne am Hürdenlauf, das Fliegen.«

»Na, ein bißchen was rennen müssen Sie schon, gell?«

So redeten wir uns durch den Abend, landeten hernach in einer Bar, nahe einer Gruppe kichernder Hostessen. Wobei ich keinesfalls in der Lage gewesen wäre, sagen zu können, ob eine von ihnen …

»Ich bin müde«, sagte Dr. Senft mit einemmal.

Ich aber fragte: »Darf ich Sie Lana nennen?«

»Weil ich müde bin?«

»Nein, weil ich dann eher das Gefühl hätte, Ihnen nahe zu sein. Das *Sie* kann ruhig bleiben, aber es ist ja ein Unterschied, ob ich eine Lana sieze oder eine Frau Doktor.«

»Na gut, Sixten.«

»Ich will Sie nicht zwingen …«, sagte ich und griff über den kleinen, runden Tisch nach ihrer Hand. Sie schaute hinunter auf die meine, die da schwer auf der ihren lag. Es war eindeutig, daß sie nachdachte. Wohl ein wenig gegen die Wand dachte, die der viele Alkohol und die Stunden eines langen Tages errichtet hatten. Gleichwohl überlegend, ob sie es später bereuen würde, wenn sie jetzt nachgab.

Im Grunde hätte man sagen können: Morgen ist auch noch ein Tag. Aber erstens ist das ja nie hundertprozentig sicher – Kometen, Tsunamis, explodierende Wale –, und zweitens war ich so voller Sehnsucht, sie hier und jetzt zu küssen. Nicht morgen oder übermorgen. Nein, ich wollte es an diesem Abend, in dieser Nacht geschehen lassen, nicht zuletzt aus der Überzeugung, in diesem Moment über den absolut idealen Gehirnzustand zu verfügen, um die wahre Schönheit eines Kusses zu begreifen.

Gehirnzustand? Na, auch Gehirne haben solche und solche Tage.

Jetzt könnte man freilich einwenden, daß das *eine* Küssen gerne wie das *andere* daherkam und sich nur die sauschlechten Küsse wirklich vom Rest der Masse abhoben. Aber vielleicht war ich bisher einfach nicht aufmerksam genug gewesen, zu sehr hingerissen vom Empfinden, zuwenig mit dem Kopf dabei.

Im Zuge solcher Einsicht sagte ich – ich sagte es laut, obwohl ich es eigentlich nur hatte denken wollen –, ich sagte also: »Man muß küssen wie ein Schriftsteller.«

»Wie bitte?«

»Meine Güte, verzeihen Sie, Frau Doktor. Ich behaupte nicht, daß Schriftsteller besser küssen.«

»Wieso auch sollten sie?«

»Ich meine nur, daß man sich auf jede einzelne Nuance so konzentrieren sollte, als würde man einen Bericht verfassen, einen Roman schreiben, ein Gedicht.«

»Sie haben eine merkwürdige Art, mich nach einem Kuß zu fragen. Wo Sie doch vorher nicht gefragt haben, ob Sie nach meiner Hand greifen dürfen.«

Richtig, die Hand war noch immer dort, wo ich sie abgelegt hatte, und im Grunde hätte ich ja erst einmal damit anfangen können, genau *diesen* Zustand mit schriftstellerischer Eindringlichkeit zu würdigen. Aber ich war jetzt halt ganz aufs Küssen versessen. Darum löste ich meine Hand und näherte dafür mein Gesicht dem ihren. Ich konnte mich in ihren Augen spiegeln.

Und dann der Kuß, das spürbare Zögern, mit dem die Lippen endlich den Mund freigaben. Ein Zögern, das sich fortsetzte, ohne sich aber wie eine Beleidigung anzufühlen. Wie man zögert, ins Meer zu gehen, auch wenn man gerne im Wasser ist.

Ihre Zunge fühlte sich so kompakt und fest an, wie ihr Körper aussah. Kein Brett, nicht steif, aber doch wie ein Stein, wenn man sich vorstellt, Steine wären beweglich. Oder Architektur könnte sich bewegen. Häuser, die sich biegen und dehnen und deren Feuchtigkeit vom Regen stammt, der an den Fassaden herunterperlt. Diese Zunge vermittelte in keiner Weise die totale Hingabe, gab sich nicht auf, erniedrigte sich nicht, nur weil das Wort »Liebe« im Raum stand. Im Grunde spürte ich, daß ich diese Frau niemals, wie man so sagt, besitzen würde. Jetzt nicht und später nicht. Aber es ist eben mehr als bloß eine religiöse oder pädagogische Phrase, wie gut etwas sein kann, das man nicht besitzt. Den warmen Wind besitzt man auch nicht, und er tut trotzdem gut. Er kommt halt oder er kommt nicht, das ist seine Freiheit, der wir unterliegen. Und es braucht gar nicht zu verwundern, daß wir um das Wetter noch mehr Theater machen als um die Liebe. Manche interessieren sich für Politik, manche für den Sport, andere flüchten in die Kunst, das Wetter aber interessiert alle. Und heimlich sind alle froh, daß man es weder bestellen noch kaufen, noch erpressen kann. (Obgleich gewisse Nationen, etwa die Chinesen, einiges versuchen, um das Wetter an die Wand zu stellen und zu erschießen.)

»Und jetzt?« fragte ich, nachdem unsere Münder sich wieder getrennt hatten, und fügte ein gehauchtes »Du« an.

Na, vielleicht hätte etwas weniger Hauch besser gewirkt. Jedenfalls meinte Lana: »Ich würde tatsächlich sehr gerne beim *Sie* bleiben, wenn das geht.«

»Kein Problem«, beeilte ich mich zu erklären. Und: »Können wir trotzdem miteinander schlafen?«

Sie nickte. Dabei wirkte sie jetzt wirklich müde. Ein Schleier verdeckte den Himmel in ihrem Gesicht, silbriggrau.

Mich packte das schlechte Gewissen. Ich sagte ihr, wenn sie zu müde sei …

»Nein. Lassen Sie uns gehen.«

Wir gingen. Nicht zu ihr und auch nicht zu mir. Sondern in ein Hotel, welches gleich um die Ecke lag. Kein Luxushotel, aber das war ziemlich egal.

Alsbald standen wir im Zimmer und betrachteten uns. Ich dachte mir: »Verdammt, wie bei einem Duell.«

Dann aber kam sie näher und begann mich auszuziehen. Ganz die Frau Doktor, die sie war. Als seziere sie. Doch es war nicht gefühllos, nur sehr präzise und diszipliniert, wie sie da einen Knopf nach dem anderen durch den Schlitz führte. Man hätte nach dem gleichmäßigen Intervall, der das Öffnen der einzelnen Knöpfe bestimmte, wahrscheinlich eine neue Zeitskala entwickeln können.

Ich war von der Art, wie sie mich da »aufknöpfte«, derart fasziniert, daß ich es nicht wagte, den Prozeß dadurch zu stören, ihr Kostüm auch nur anzufassen. So geschah, was mir noch nie passiert war. Nämlich mit einemmal gänzlich nackt vor einer noch vollkommen angezogenen Frau zu stehen.

Sie war einen Schritt zurückgetreten, legte den Kopf schräg, blickte mich ungeniert von oben bis unten an und meinte: »Man sieht Ihnen wirklich an, daß Sie über Hürden springen. Hübsch!«

Ich wollte mich beschweren darüber, wie hier Noten vergeben wurden, einmal abgesehen davon, daß man über Hürden nicht sprang, wie ich bereits ausgeführt hatte, überlegte es mir aber, ging auf Lana zu und nahm sie in die Arme. Ich spürte Jacke und Rock ihres Kostüms auf meiner Haut. Wolle, ein wenig grob, aber nicht unangenehm. Wie bei einem Tier, einem Zebra vielleicht oder einer Giraffe, einem Steppentier jedenfalls.

So nah und fest an ihr, vernahm ich ihre Stimme an meinem Ohr. Sie wollte wissen: »Stört es Sie, wenn ich angezogen bleibe?«

Ich schluckte. Wie sollte ich das verstehen? Gleichzeitig wurde mir klar, wie sehr sich jegliche Gegenfrage verbot. Lana hatte mich um etwas gebeten, nicht fordernd, nicht diktierend, sondern durchaus so, wie ein Liebender den anderen Liebenden um etwas bittet, ohne sich erklären zu wollen.

Und genau darin besteht ja der Sinn der Liebe: keine Erklärungen abgeben zu müssen. Im wirklichen Leben – denn die Liebe ist in der Tat genau das Gegenteil – muß man sich ständig rechtfertigen. Darum wird auch so viel gelogen. Von Kindheit an erscheint das Lügen als ein grundsätzliches Prinzip des wirklichen Lebens. Die Liebe hingegen gipfelt darin, nicht lügen zu müssen. Nicht darum, weil man so ehrlich ist, sondern weil einer den anderen nicht zwingt, die Wahrheit auszusprechen. (Dort, wo es anders ist, ist es keine Liebe, sondern irgendein wackeliger Deal.)

Klar, ich hätte ob dieses Ersuchens, angezogen zu bleiben, beleidigt sein können. Und war es auch für einen Moment. Dann aber begriff ich den Sinn und begriff, daß Lana mir ja weder den Sex noch ihre Zuneigung versagte, sondern bloß einen Teil ihrer Haut. Dafür konnte es Gründe geben, die mit mir zu tun hatten, aber noch viel mehr Gründe, die nicht mit mir zu tun hatten. Ich sagte: »Bleiben Sie, wie Sie sind.«

»Danke«, gab sie zurück und küßte mich jetzt mit großer

Heftigkeit. Wenn ich das so dramatisch sagen darf: Ich spürte, wie ihr Körper unter mir zu brennen begann. Zusammen mit dem Kostüm, das passenderweise den gleichen flammenden Farbton wie leicht verdünnter Campari besaß. Wobei ich erst jetzt die kleine Brosche aus rotem Glasstein bemerkte. Als verstecke sich ein durchsichtiges Käferchen auf dem Ornat eines Kardinals.

Ich nackt, sie angezogen, fielen wir gemeinsam aufs Bett. Die Altsteinzeit sich mit der späten Zivilisation verbindend. Ich schob ihr den Rock sachte nach oben, um an ihre Unterwäsche zu gelangen. Aber sie trug keine, was ich weniger schockierend als praktisch fand.

Ich berührte sie am Geschlecht, zunächst einmal nur die Hand dagegen haltend. Ein kleiner Seufzer drang aus dem Spalt zwischen den weißen Zähnen hervor. Ich löste einen Finger und begann Lana zu massieren. Ich bemerkte, wie sehr es mich erregte, daß sie dieses Kostüm trug, unter dessen Kruste ihr Körper zu ahnen war.

Ich streckte die Hand aus und griff nach dem Präservativ, das auf dem Kopfpolster lag. Gleich diesen obligaten Willkommenspralinen. – Hatte ich selbst es dort hingetan? Oder Lana, die vorausschauende Medizinerin? Mitunter war mein Gedächtnis ein verrückter Golfplatz. Nun gut, Hauptsache, das Ding lag bereit. Ich riß das Päckchen auf und war bemüht, so geschickt wie möglich die nötigen Handgriffe zu absolvieren. Sodann zog ich Lanas Beine sachte auseinander, nahm die Hürde eines gestreckten Beins und drang in sie ein.

Keine Frage, als Mann praktiziert man den Sex stets mit dem Gefühl, etwas würde nicht stimmen, gehe zu langsam oder zu schnell, zu heftig oder zu lahmarschig. Die Liebe schließt ja Fehler nicht aus, Ungeschicklichkeiten, daß man Schmerz verursacht, wo man eigentlich ein Glücksgefühl herstellen möchte. Ganz abgesehen von der verdammten

Möglichkeit, zu früh zu kommen, sich gleich einem Sechzehnjährigen nicht im Griff zu haben. Man fürchtet, daß einem die Technik versagt. Sich die ganze »Technikgläubigkeit« als Trugschluß erweist.

Ich nahm die Geschwindigkeit heraus, trabte sachte dahin, schaute nach rechts und links, betrachtete die Landschaft des Zimmers und wurde wirklich ruhiger. Ich dachte daran, sobald ich zurück in Köln war, meine Verlobung aufzulösen, die Beziehung zu dieser Frau zu beenden, die in einem Nebel verborgen blieb. Ich verspürte nicht das geringste Bedürfnis, den Nebel zu durchdringen, um alte Gewohnheiten wiederaufzunehmen.

»Wo bist du?« hörte ich Lana sprechen.

»Schon wieder da«, sagte ich und nahm erneut Tempo auf. Das klingt wie bei einer Maschine. Aber aus der kurzzeitigen Ablenkung heraus geriet mein Körper jetzt in einen idealen Rhythmus, jene Abfolge der Schritte, die den Hürdenläufer befähigt, das Hindernis nicht als Übel zu begreifen, im Gegenteil, das Hindernis trägt einen, wie die Luft den Segler trägt.

Nicht eine einzige Hürde fiel, und schließlich war ich ganz *in* und *bei* Lana. Keine Frage der Technik, sondern des Hirns. Und das Hirn war jetzt gut und brav und spendierte uns ein Ziel, an das wir beide glücklich gelangten.

Danach lagen wir nebeneinander und hielten uns an der Hand. Ich bemerkte, daß Lana eingeschlafen war. Ich wäre jetzt gerne in ihrem Schlaf gewesen, in ihren Träumen, wie man sich ja auch wünscht, hin und wieder die Gedanken des anderen zu lesen. Aber das ist wahrscheinlich etwas, was man sich für den Tod aufsparen muß. Romantisch gesehen. Romantisch gesehen, ist Gedankenübertragung ein Vorgeschmack auf die Möglichkeiten, die einem das Jenseits beschert. Wenn's das gibt. Eine andere Art von Sex. Jetzt aber blieb mir nichts als mein eigener Schlaf.

5

Als ich erwachte, lag ich allein im Bett. Ich richtete mich auf und registrierte, daß Lana am Fenster stand. Mit dem Rükken zu mir, erkannte ich ihr Kostüm.

Sie drehte sich um. Ihr Gesicht wirkte noch ein wenig müder als am Abend zuvor, und darum noch ein wenig hübscher. Ich fragte mich, wie Lana aussehen würde, wenn sie hundert war. Wahrscheinlich vollkommen. Auch war ich überzeugt, sie könne ein solch hohes Alter mit Leichtigkeit erreichen.

»Frühstück im Zimmer?« fragte sie, während sie sich neben mich aufs Bett setzte, an die Kante, so nah wie fern, als wäre ich wieder in der Rolle des Patienten.

Ich nickte. Sie griff zum Telefon und bestellte. Auf chinesisch. Und zwar erstklassig. Zur Not hätte sie auf Dolmetscherin umsatteln können. Was mir selbst auch nach einem Dutzend Kurse nicht vergönnt gewesen wäre: diese Art zu reden, schlangenhaft. Für mich klingt Chinesisch, als hätte Walt Disney es erfunden.

Zur deutschen Sprache zurückkehrend, sagte Lana: »Ich muß nachher bald in die Klinik.«

»Wieso? Ist schon wieder ein Wal explodiert?«

Sie lachte mit weißen Zähnen. Ja, auch ihre Zähne erkannte ich. Der Golfplatz meines Gedächtnisses war jetzt ein übersichtliches, hübsch beflaggtes Grün.

Wir frühstückten im Bett, woraus sich ein französisches Gefühl ergab, auch dank der Croissants. Ich bat Lana darum, mich am Abend desselben Tages noch zu treffen. Nicht zuletzt, weil ich tags darauf nach Tokio aufbrechen mußte, um mich dort an den Verhandlungen eines Tochterunternehmens zu beteiligen.

Lana nannte mir den Namen einer Bar, und wir verabredeten uns. Sie schleckte sich ihre Fingerkuppen ab und drückte mir eine ihrer Fingerspitzen an die Stirn, stattete mich solcherart mit einem kleinen, runden, durchsichtigen Kreis aus Speichel und Fett aus: einem dritten Auge. Sie segnete mich auf diese Weise, und dann ging sie. Ich sah ihr nach. Als die Tür zufiel, spürte ich einen Stich in meiner linken Brust, als hätte mir jemand einen Button an die bloße Haut geheftet. *Nein zur Atomkraft. Ja zur Sonne.* Wobei ich eigentlich für die Atomkraft war, trotz Tschernobyl und Strahlung. Ich war ja auch für den Straßenverkehr, trotz mancher Unfälle hier und da. Aber noch mehr war ich – zumindest seit gestern nacht – für die Sonne.

Mein Herz? fragte ich mich.

Na, ganz sicher mein Herz.

Den Vormittag verbrachte ich damit, meine Tokioreise vorzubereiten, aß mittags in einem kleinen Restaurant und suchte am Nachmittag jene Straße auf, in der das Unglück mit dem Wal geschehen war. Natürlich war nichts mehr zu erkennen, was die kürzlich erfolgte Explosion verraten hätte. Hier waren keine Häuser eingestürzt, das Blut längst weggewaschen. Keine Walreste zu besichtigen. – Ich schaute auf die Uhr. Vier Stunden noch, bis ich Lana treffen würde. Gott, wie ich mich nach ihr sehnte, nach ihrer souveränen Art, mit der sie darauf bestand, mich zu siezen, und mir einen Teil ihres Körpers verweigerte. Mir dann aber höchstpersönliche Aschekreuze auf die Stirn drückte.

Ich begab mich noch einmal in das Hotel, aus dem ich

gekommen war, als mich der Pottwal erwischt hatte. Dort setzte ich mich in die Lounge und bestellte mir zum Kaffee (eine schwarze Suppe, um genau zu sein) ein Stück Papier und einen Bleistift. Ich wollte Lanas Gesicht aufzeichnen, ein bißchen Matisse spielen. – Absolut lächerlich! Was dachte ich mir? Daß das Wunder der Liebe ein plötzliches Genie aus mir machte? Nein, das Gesicht, das auf dem Papier entstand, setzte sich zwar aus wenigen Strichen zusammen, doch auch wenige Spielzüge führen nicht unbedingt zum Tor. Das Gesicht, das ich gezeichnet hatte, verspottete die Wirklichkeit. Auch die Wirklichkeit, wie sie vielleicht in siebzig Jahren bestehen mochte, etwas, worauf große Künstler gerne verweisen, wenn die von ihnen Porträtierten sich nicht wiedererkennen.

Ich legte den Bleistift weg und trank meine Suppe.

Um so schöner, als ich abends Lana wiedersah: das Original. Sie trug dasselbe Kostüm wie am Vorabend und Morgen, mit derselben im Rot sich verbergenden Brosche. Was mich dazu verführte, uns zwei Campari zu bestellen, ohne Lana aber zu fragen, ob ihr das überhaupt recht sei.

Sie ließ es geschehen.

Ich hob mein Glas ein wenig in die Höhe und erklärte feierlich: »Auf diesen Abend und diese Nacht!«

»Und danach?« fragte sie und trank einen Schluck.

»Sie wissen ja, Frau Doktor, daß ich morgen nach Tokio muß. Aber ich komme wieder.«

»Hierher?«

»Natürlich. Ich fliege erst Ende der Woche zurück nach Köln.«

»Klar doch, Ihre Verlobte wartet.«

Ich erschrak. »Mein Gott, woher wissen Sie das?«

»Keine Panik! Ich mach ja kein Drama draus«, versicherte sie und erklärte mir, als zuständige Ärztin mit meiner Verlobten in Köln telefoniert zu haben. Es sei ihre Pflicht gewesen.

Ich fragte: »Wieso? Um ihr zu sagen, ich sei verrückt geworden?«

»Nein, so was geb ich nicht weiter«, meinte Lana und lächelte, »das fällt unter die Schweigepflicht. Außerdem, als ich mit ihr sprach, da lagen Sie noch im Koma. Ich mußte Ihre Verlobte über die Aussichten aufklären, und die waren zu diesem Zeitpunkt gar nicht rosig. – Eine gefaßte Frau, wenn ich das sagen darf.«

»Ich glaube nicht, daß ich mit ihr zusammenbleiben möchte.«

»Wieso? Weil sie gefaßt war, anstatt zu schreien und Gott zu verfluchen?«

»Nein, nicht darum.«

»Doch nicht wegen dem, was gestern zwischen uns war und was heute noch zwischen uns sein wird?«

»Wäre das so ungewöhnlich?« fragte ich. »Konsequenzen ziehen?«

»Es wäre eine Übertreibung, deshalb eine Verlobung zu lösen. Sie werden doch sicher wissen, was Sie drüben in Europa an dieser Frau haben.«

Genau *das* wußte ich eben nicht. Nicht mehr. Und hatte nicht die geringste Lust, es erneut in Erfahrung zu bringen. Ich sagte: »Ich weiß vor allem, was ich an *Ihnen* habe.«

»Klar doch, nach einer Nacht kennt man sich aus«, meinte sie spöttisch. Und dann, vollkommen ernst: »Hören Sie mir zu, Sixten … Was ist das überhaupt für ein Name, Sixten?«

»Schwedisch.«

»Sixten Braun. Ich dachte mir, als ich ihn das erste Mal hörte, das klingt schon sehr nach Geheimagent. Wie erfunden, wie aus einem Groschenroman.«

»Ist aber echt.«

»Trotzdem sollten Sie aufhören, sich was einzureden. Wir schlafen heute noch einmal miteinander, und das war's dann. Die Ärztin und ihr Patient, letztes Kapitel. Sie sind völlig gesundet, und ich kann Sie entlassen.«

»Stimmt nicht«, warf ich ein, »ich bin noch immer krank. Ich hatte heute einen heftigen Schmerz in der Brust. Mein Herz. Wenn ich zurückkomme, müssen Sie mich untersuchen.«

»Ich bin für Ihr Hirn, nicht für Ihr Herz zuständig.«

Ich entgegnete: »Sie müssen mich als Ganzes nehmen. Was wäre ein Hirn ohne den, der es trägt?«

»Ein Verdrängungsmechanismus, der sich nicht bewegen kann.«

»He, kommen Sie ...«

Sie meinte ganz trocken: »Sie wissen, daß wir keine Zukunft haben.«

»Macht Sie das denn gar nicht traurig?« Es war ein Betteln in meiner Stimme.

»Wenn ich ehrlich bin: sehr!« sagte sie, nun sehr viel weniger trocken. »Aber ich werde nicht nach Deutschland zurückgehen, und Sie werden nicht nach Tainan umziehen. Stimmt doch? Und Brieffreunde wollen wir nicht sein, denk ich mir, oder? Da ist es besser, Schluß zu machen, wenn es schön ist, und nicht anzufangen, dem Unmöglichen nachzulaufen.«

Das war ein schrecklicher Gedanke, daß die Liebe tatsächlich der Geographie unterworfen ist. Dem Umstand von Berufen und Lebensorten. Und darum die Leute, die füreinander bestimmt sind, so selten zusammenkommen. Statt dessen heiraten die, die in derselben Firma arbeiten, in derselben Stadt leben, denselben Tanzkurs besuchen.

Dennoch stellte sich die Frage, wieso es für Lana unmöglich sein sollte, in ihre Heimat zurückzukehren. Ich fragte sie, ob sie so was wie eine Linksradikale oder militante Tierschützerin sei, eine in deutschen Landen Unliebsame.

»Hirnforschung und Tierschutz?« Sie hob ihre Brauen an. »Wie soll das denn gehen? Außerdem würde ich sagen, wenn schon Verbrechen, wäre doch Steuerflucht naheliegender, oder? Sind das nicht die wahren Terroristen? – Jedenfalls brauchen Sie keine Angst zu haben ...«

»Ich habe keine Angst«, erklärte ich trotzig.

»Ach!? Auch nicht davor, ich könnte doch noch mein Kleid ausziehen?«

Richtig, ich hatte nicht vermeiden können, während des Tages des öfteren daran zu denken. Mich zu fragen, was das sei, was sich unter ihrem Kleid verbarg. Denn die pure Scham ob der eigenen Nacktheit konnte es kaum sein. Hing es mit einer Operation zusammen? Einer fehlenden Brust? War es eine Hautkrankheit, die sich auf den Rumpf beschränkte? Brandwunden? Eine obskure Tätowierung? Narben? Schlimme Narben?

Neugierig war ich schon, sagte aber, daß meine Liebe zu ihr ganz sicher nicht davon abhänge, welches Geheimnis sich unter ihrem Kostüm befinde.

»Erstaunlich«, fand sie, »wie oft Sie, seitdem wir uns kennen, das Wort *Liebe* verwendet haben. Ist das immer so bei Ihnen?«

»Absolut nein! Ich kann mich gar nicht erinnern, es vorher überhaupt mal ... weiß auch nicht ... vielleicht hab ich es mir ein Leben lang nur für Sie aufgespart.«

Ja, natürlich, das klang melodramatisch, aber ich meinte es, wie ich es sagte. Ich war vernarrt in diese Konstellation, diesen speziellen Stand der Gestirne. Vernarrt in die Ausschließlichkeit, in das Gefühl, ein Höhepunkt geschehe, der in keiner Weise wiederholt werden könne. Was ja eigentlich deprimierend war, sich einen beträchtlichen Rest von Leben vorzustellen, der nichts Vergleichbares würde bieten können. Viel Kraft, wenig Ziel. Nach dem Gipfel nur noch der Abstieg. Noch dazu angesichts der eigenen Sechsundzwanzigjährigkeit. Doch diese radikale Einsicht betörte mich auch. Und vor allem natürlich die Frau, die sie ausgelöst hatte.

Daß dies allerdings unsere letzte Nacht sein sollte, empfand ich dann doch als ein Zuviel des Dramatischen.

Was aber, wenn doch?

Ich schaute auf meine Uhr.

»Haben Sie noch was vor?« fragte Lana.

Ich beugte mich vor und küßte sie.

Wenig später lagen wir im Bett. Ich hatte eigentlich damit gerechnet, daß sie nun doch ihr Kleid ausziehen, mich auf diese Weise prüfen, mich möglicherweise schockieren wollte. Aber Lana behielt auch in dieser Nacht ihr geriffeltes Wollkostüm an. Und bei aller Neugierde entsprach es so viel mehr der wahren Liebe, *nicht* eingeweiht zu werden. Mittels des Ungeschauten verbunden zu sein. Wie man sagen kann, der Mensch bestehe aus Teilchen, die er gar nicht sieht.

Auch ist es unmöglich, den Sex, dem wir uns in dieser Nacht zweimal hingaben, näher zu beschreiben. Nicht, weil ich das Geschehene vergaß, überhaupt nicht, eher blieb mir jede Faser davon in Erinnerung, die textilen Fasern und auch die anderen. Aber leider ist es so, daß mir die Begriffe für diesen Sex fehlen. Alle Begriffe, die ich kenne, klingen derb oder lächerlich. Und neue, eigene würde keiner verstehen.

Als ich am Morgen erwachte, die Augen noch geschlossen, spürte ich ihre Lippen auf meiner Wange. Ich brauchte eine Weile, bis ich meine Augen aufbekam. Wie bei einem Klettverschluß. Als es endlich gelang, sah ich, daß Lana bereits im Türrahmen stand. Sie drehte sich noch einmal um und wünschte mir eine gute Reise. Ich richtete mich auf und meinte: »Bleiben Sie, bitte!«

»Tut mir leid, auf mich warten ein paar Kopfverletzungen.«

»Ich bin auch verletzt«, sagte ich.

Sie schenkte mir einen Augenaufschlag, so, wie ein Fächer die Luft antreibt und mit leichter Verzögerung einen vom Plafond hängenden Faden bewegt. Ja, als der Luftstrom ihres Augenaufschlags mich erzittern ließ, ganz leicht, ein Faden meiner selbst, war Lana bereits gegangen.

6

Japan lief bestens. Ich konnte mit diesen Leuten ganz gut, mit ihrer Oberflächlichkeit, die man gerne als die pure Form auffaßt. Dieses ganze Haiku- und Ikebana-Theater, auf das die Europäer so abfahren, weil das alles so bedeutend wirkt, bedeutend, aber frei von Anstrengung. Darin besteht die Verlockung: genial zu sein in drei Sätzen. Genau genommen: faul zu sein und genial. Ich weiß schon, den Japanern wird eher der Fleiß als die Faulheit zugestanden und daß sie genau in diesem Punkt den Deutschen so ähnlich seien. Aber bei ihnen kommt das eben irgendwie künstlerischer und weniger mühevoll daher. Als schwebten sie beim Fleißigsein. Vor allem aber begeistert uns, wie sie die Leere handhaben. Indem sie so tun, als wäre was, wo nichts ist.

Ich saß jetzt in der First-Class-Lounge der Fluggesellschaft, ein Glas Eistee in der Hand, dessen kühle Fläche ich an meine erhitzten Wangen hielt, und war ganz zufrieden mit mir. Die Leute in Köln hatten mir bereits signalisiert, meine »japanische Leistung« zu würdigen und über meinen »Tainaner Fauxpas« den Mantel des Schweigens breiten zu wollen. Fauxpas darum, weil der siebzehn Meter lange Pottwal ja nicht etwa vom Himmel gefallen war, wie manchmal Frösche und Kröten vom Himmel fallen, sondern recht ordnungsgemäß um die Ecke gebogen war, auf diesem Laster, auf dieser Straße. Als er explodierte, hätte ich noch im Bett liegen müssen, schlafend, fickend, egal, zwischen Bettlaken statt auf der Straße. Nicht zu vergessen, ich war der einzige Passant, der ernsthaft verletzt worden war. Geradezu peinlich. Eine Lächerlichkeit, auf diese Weise zu Schaden zu kommen. Weyland-Mitarbeiter erkrankten oder starben im Zuge von Überanstrengung, erlagen Infarkten, waren in einigen Ländern Ziel von Anschlägen, ja, selbst eine Überdosis Kokain besaß bedeutend mehr Charme, als vom Gedärm eines Wals ins Koma versetzt zu werden. Das war, wie an einem Schnupfen zu krepieren. Aber einem Schnupfen, den man sich nicht im Hochgebirge, sondern bei einem Kindergeburtstag geholt hat.

Ebendarum hatte ich mich besonders ins Zeug legen müssen, um bei den Japanern nicht als Trottel dazustehen. Das waren immerhin Leute, die Wale töteten und nicht umgekehrt.

Sodann der Rückflug: *Tokio–Taipeh*. Ein Nachmittagsflug, der sich dank einiger Verspätung in einen Abendflug verwandelt hatte. Wobei man immerhin die Zeit um eine Stunde überholen würde.

Aber was nützt eine Stunde, wenn das Wetter sich als ungnädig erweist? – Einmal über dem Meer, wurde es unruhig.

Nicht, daß ich bislang unter Flugangst gelitten hatte. Allerdings war ich zuvor auch noch nie in dieser heftigen Weise verliebt gewesen. Manches kommt. Und manches kommt geballt.

Es heißt allgemein, Piloten würden Gewitter umfliegen. Heißt es. Nun, der unsere steuerte mitten hinein. Man konnte es durch die Scheiben deutlich sehen. Der Himmel voll von schwarzen Wolkentürmen, in denen Blitze zuckten und für kurze Momente grelles Licht jede Wölbung sichtbar werden ließ.

Der Kapitän meldete sich auf japanisch, dann auf englisch, was ich erst merkte, als er fast zu Ende gesprochen hatte. Mein Sitznachbar war da etwas aufmerksamer gewesen und erklärte mir, der Pilot habe soeben bekanntgegeben, es bestehe leider kein Raum, dem Gewitter auszuweichen.

»Kein Raum!?« fuhr ich hoch. »Meine Güte, fliegen wir denn durch ein Wohnzimmer?«

»Muß ein großes Gewitter sein, eine hohe und breite Front.«

»Wir sollten umdrehen«, fand ich.

»Ihr erstes Gewitter?« fragte er, der Mann am Fenster. Siebzigjährig vielleicht. Mit einem Gesicht, als sei er seit zwanzig Jahren durchgehend braungebrannt. Ein Mann, der zu denen gehörte, die schon überall gewesen waren und fast schon alles gesehen hatten und jetzt noch den Rest ihres Lebens im Flugzeug unterwegs waren, um die allerletzten Dschungel, Wüsten und Bordelle dieser Erde aufzusuchen.

»Nein, nicht mein erstes Gewitter«, antwortete ich, »aber das erste, an dessen Erforschung ich mich beteiligen soll. Worauf ich gerne verzichten würde.«

»Im Grunde sind die Blitze kein Problem«, sagte er, auf das Prinzip des Faradayschen Käfigs anspielend. »Dumm ist nur, wenn dabei die Antennen draufgehen und die Navigation versagt. Aber statistisch gesehen, gibt es keinen Grund, jetzt nervös …«

Der Lärm, der in diesem Augenblick losbrach, war wie ein Aufbegehren gegen jegliche Statistik. Ein Gehämmer und Gehaue von allen Seiten, das immer stärker wurde. Wir flogen mitten durch einen Hagelsturm, und nirgends ein Dach, um das Flugzeug eine Weile unterzustellen. Dazu ein ungemeines Geruckel und Geschaukel, Luftlöcher, die mehr aus Loch als aus Luft zu bestehen schienen.

Niemand schrie, obwohl sicher vielen danach zumute war. Doch an Bord befanden sich fast ausschließlich Geschäftsleute, im Grunde Krieger, die nur dann schrien, wenn sie zustachen, jedoch schluckten, wurden sie gestochen. Und das wurden sie hier ganz sicher.

Ja, ein vielfaches Geschlucke und Gewürge und ein massives Zusammenbeißen der Zähne waren spürbar. Hände verkrallten sich in Lehnen, Augenpaare wurden geschlossen, weiße Hemden tränkten sich mit Schweiß. Die Flugbegleiter waren außer Sicht.

Woran dachte ich? Etwa an meine Kölner Verlobte, die in meiner Erinnerung wie auf einem Magritte-Gemälde einen Apfel vor dem Gesicht hatte? Keineswegs. Sondern natürlich an Lana, deren feine Züge ich detailgetreu hätte zeichnen können, hätte ich zeichnen können. – Einmal noch mit ihr zusammensein! Einmal noch das feste Gewebe ihres Kostüms auf meiner Haut spüren! Einmal noch … Und nachher halt die Rückkehr ins europäische Schicksal.

»Einmal noch …« war genau die Phrase, die dem Schnitter Tod zu den Ohren heraushing.

Doch ich war vollkommen unwillig, in diesem Moment aus dem Ring genommen zu werden. Ohne wenigstens ein letztes Mal Lana zu treffen. Zudem hatte ich beschlossen, in jedem Fall das bürgerliche Drama einer Verlobungsauflösung durchziehen zu wollen. – Gott, wie ich mich darauf freute, *Nein* zu sagen, mich wortreich zu entschuldigen, bei Apfel-Lydia und bei Wallace & Gromit.

Ein Dröhnen durch und durch. Erschütterung an Erschütterung.

»Ich kann jetzt nicht sterben«, jammerte ich.

»Wem sagen Sie das?« meinte mein Nachbar. »Hätte ich wenigstens Schulden, damit es sich auszahlt. Aber ich habe gerade an die zehn Millionen geerbt. Und dazu ein Haus voll mit Kunst. Ich mußte extra einen Antiquitätenhändler anstellen.«

Die Art und Weise, wie dieser Mann sprach, spiegelte weniger seine Furcht als seinen Ärger wider. Er war genau der Typ, der, auf den Boden zurückgekehrt, augenblicklich

seinen Anwalt anweisen würde, die Fluggesellschaft zu ver-
klagen. Wegen einer Todesangst, die er gar nicht verspürt
hatte.

Nun, daran sollte ich vielleicht ebenfalls denken.

Und dann fiel das Ganglicht aus, die Leselampen versagten, und selbst die Bildschirme, die auf der Rückseite der
Sitze einen zumindest virtuellen Notausgang gebildet und
dem Hagel zum Trotz *Drei Engel für Charlie* gezeigt hatten,
erloschen. In meinem *toten* Bildschirm spiegelte sich nun die
Schwärze des Raums sowie die blitzbedingte Aufhellung für
Sekunden, wobei ich meinte … da war etwas: Zahlen mit
Punkten dazwischen, digitale Ziffern, welche … mir kam
vor, es sei ein Datum gewesen.

Ich richtete mich nach vorn, ging nahe an den Bildschirm,
kniff die Augen zusammen und wartete auf den nächsten
Blitz, die nächste Weißung. Verrückterweise kam mir der
Gedanke, bei diesem Datum, welches wie der Lippenab-
druck eines Unsichtbaren auf dem Bildschirm aufgetaucht
war, könnte es sich um den Zeitpunkt meines Todes handeln. Eine Offenbarung, die mir Auskunft gab, ob ich demnächst ein toter Mann sein würde oder einen weiteren Auf-
schub erhielt (denn wir sind ja des Todes in dem Moment,
wo wir auf die Welt kommen, und leben allein von den ge-
währten Aufschüben).

Und dann der Blitz, das grelle Weiß, der im Licht taghelle
Bildschirm – und darin auch tatsächlich eine Anordnung
digitaler Ziffern. Aber es war viel zu kurz und viel zu hell.
Zudem spiegelverkehrt, als handle es sich um eine Reflexion.
Die Jahreszahl 2004 so gut möglich wie 2061. Mir präsentierte sich somit eine Palette zwischen »lange leben« und
»sofort sterben«.

Das Ganglicht sprang wieder an. Nicht aber Charlies drei
Engel. Und im Schwarz nichts zu erkennen, was ein Datum
gewesen wäre.

Noch immer trommelten Hagelkörner – die Straußeneiervariante – auf die Hülle unseres Faradayschen Käfigs, während ich stark vornübergebeugt saß und mit meiner Nasenspitze beinahe den Bildschirm berührte.

»Was tun Sie da?« fragte mein Sitznachbar durch den Lärm hindurch.

»Ich wollte nur schauen, ob meine Frisur okay ist.«

»Sehr witzig«, kommentierte er und drückte seinen geschlossenen silbernen Laptop flach gegen den eigenen Bauch. Es sah aus, als hätte er soeben den wesentlichsten Teil einer Ritterrüstung angelegt. Manche Leute, auch kluge Leute, brachten lieber ihren Bauch als ihren Kopf in Sicherheit. Die Frauen ihren Busen, die Männer ihre Bäuche. Und einige ihre Frisur. Ein solcher zu sein gab ich vor, fuhr mir allen Ernstes mit dem gestreckten Finger unter die vorderste Strähne und schob sie etwas nach hinten. Dann setzte ich mich wieder gerade hin und umfaßte mit einer Hand die Armlehne, mit der anderen einen Oberschenkel.

Der Pilot meldete sich und erklärte ...

»Was sagt er?«

»Daß er versuchen wird, tiefer zu gehen.«

»Warum nicht gleich!« kommentierte ich.

Die Formulierung »tiefer gehen« war eine Verharmlosung des Sturzfluges, der jetzt einsetzte. Einige der Geschäftsleute vergaßen ihr Kriegerethos und begannen nun doch zu schreien. Schreie, die um so deutlicher zu hören waren, weil man wegen des raschen Verlusts an Höhe immerhin aus dem Hagelsturm geriet.

Als die Sauerstoffmasken aus den Fächern rutschten und über den Köpfen schaukelten, ergab dies ein vollkommen vertrautes Bild. Hundertmal gesehen! In Katastrophenfilmen. In Dokumentationen. Vor einem jeden Start als Rollenspiel des charmanten Begleitpersonals. – Daß es jetzt wirklich geschah, erschien wie eine Bestätigung des wirklichen Lebens, dessen Sinn mitnichten darin besteht, eine beruhigende Statistik zu erhärten. So selten Sauerstoffmasken zum Einsatz kommen, kann man dennoch nicht sagen, sie existierten ohne Zweck.

Entgegen der altbekannten Aufforderung, sich die Maske zuerst selbst anzulegen und dann seinem Nachbarn zu helfen, versuchte ich, wie in Trance, vorweg dem Mann neben mir zu helfen. Der mir aber die Hand wegschlug. Kräftig genug, daß ich endlich begann, mich um mich selbst zu kümmern.

Wind pfiff durch den Gang. Mit einer Heftigkeit, als sei das Cockpit geborsten. Doch genau aus diesem Cockpit erfolgte jetzt die Anweisung, den Kopf einzuziehen und sich nach vorn zu krümmen, da man demnächst versuchen werde, Bodenkontakt herzustellen.

»Boden?« fragte ich mich. *Ground contact?* Meine Güte, unter uns befand sich die landlose Fläche des Ostchinesischen Meers. Keine Chance, festes Terrain zu erreichen. Der Ground an dieser Stelle war die Sea.

Ich hatte meinen gerade erst geheilten Kopf zwischen die Beine gesteckt und die Hände am Hinterkopf zu einem zweiten »Schädelknochen« verschränkt. Mein Kinn lag auf der Brust auf, während ich meine Kniegelenke gegen die Ohren preßte. Derart, daß es schmerzte, aber es war auch gut so. Ich vernahm nur noch stark gedämpft das Dröhnen. Wie aus einem fernen Autokino, das einen Katastrophenfilm zeigt.

So ging es lange dahin. Um einiges länger als im Kino, wo nicht ewig Zeit ist, bis etwas explodiert. Ich gewann die Hoffnung, wir könnten es vielleicht doch noch bis zum taiwanischen Festland schaffen. Oder drüben in Okinawa landen.

Aber die Maschine, die dieses Flugzeug war, hatte längst ihren Zustand gewechselt, trieb bewußtlos wasserwärts, immerhin nicht wie ein Stein herabfallend, sondern im Segelflug eine Landebahn erträumend, auf die es aufzusetzen galt. Der Pilot hatte die Zügel in der Hand und versuchte den Träumer zu lenken.

Ich spürte jetzt das Wasser unter mir, seine Nähe, seine

Härte, die *gespannte* Oberfläche. Und erst da wurde mir bewußt, noch ohne Schwimmweste zu sein. Wobei es ja auch schwer ging, zugleich die Atemmaske zu tragen und sich die Schwimmjacke überzustülpen. Nun, umgekehrt wohl schon. Denn aus dem Augenwinkel heraus registrierte ich das markante Gelb, mit dem mein Sitznachbar ausgestattet war.

Ich griff unter meinen Sitz, faßte nach dem Kunststoffteil …

Bruuuuck!

In diesem Moment streifte der Flieger das Meer. Augenblicklich katapultierte es die Maschine wieder in die Höhe, um erneut abzusacken. Was sich mehrmals wiederholte, bevor sie endgültig den »Bodenkontakt« beibehielt und in hohem Tempo die Wasseroberfläche aufriß.

Trotz der Erschütterungen war es mir gelungen, die Schwimmjacke unter dem Sitz hervorzuziehen. Die Atemmaske hatte ich heruntergerissen und hielt mir statt dessen das Plastikteil vors Gesicht. Als wollte ich solcherart meinen Kopf schützen, mein erneut bedrohtes Gehirn. Das Atmen hatte ich eingestellt. Mein ganzer Leib versteifte sich zu einer Bronzefigur. Wie vielleicht Rodin sie geschaffen hätte, hätte es zu seiner Zeit bereits abstürzende Passagierflugzeuge gegeben. Ein verkrampfter Denker! Ein von der Technik verratener, gebeugter Bürger von Calais!

Aber auch Bronze kann brechen. Vorher jedoch brach das Flugzeug. Mit einem plötzlichen Ruck beendete der willenlose Träumer seine gerade Spur, vollzog eine Drehung, und mit einem Geräusch von merkwürdiger Milde – so sanft, als knicke jemand beiläufig einen fettigen Hühnerknochen – riß der Rumpf auseinander. Ich sah es nicht, aber es war deutlich zu spüren, wie man spürt, wenn im Nebenzimmer jemand aus dem Bett fällt. Das Vorderteil, in dem ich mich befand, drehte sich mehrmals um die eigene Achse, bevor es sich aufrecht in die Höhe stellte, einen Moment innehielt und sich in der Folge rücklings überschlug. Solcherart kam der Korpus immerhin zum Stehen beziehungsweise zum Liegen. Allerdings hingen wir jetzt kopfüber in unseren Gurten, während das Wasser durch die weite Öffnung rasch eindrang.

Ich griff nach der Schnalle des Gurts, um sie zu lösen. In diesem Moment entglitt mir die Schwimmweste, die mir quasi vorausfiel. Im Sturz streckte ich die Hände, prallte auf das Gepäckfach, glitt zur Seite und geriet in das hereinströmende Wasser.

Zu sehen war nichts. Überall waren Nacht und Sturm und Schreie und schwarzes, kaltes Wasser, aus dem ich hochfuhr, mit den Armen um mich schlug und verzweifelt nach der Schwimmweste griff. Aber es war eine Schulter, die ich erwischte. Und damit eine Person, die im Gegensatz zu mir durchaus eine solche Schwimmweste besaß.

Und dann die Explosion!

Eine kleinere, der eine größere folgte. Und daraus resultierend ein mächtiger Druck, der mich erfaßte, der mich forttrug, ohne daß ich aber den Griff gelöst hätte, mit dem ich die fremde Schulter ... nein, mit dem ich eine fremde Schwimmweste gepackt, mich richtiggehend darin verkrallt hatte, während eine Folge heftiger Wellen von Luft und Wasser mich aus dem halbierten Flieger hinausspuckte.

Das war das Glück gewesen, so nahe der Bruchstelle gesessen zu haben und so fern der Explosion. Allein in den Nutzen der massiven Bewegung geratend.

Für einen Moment war ich betäubt und versank. Sekunden nur. Allerdings so weit der Wirklichkeit entrückt, daß ich, als ich wieder zu mir kam, meinte, mich unter meiner Bettdecke zu befinden. Ich griff nach Lana, die ich zwischen den Daunen vermutete. Geliebte Lana! Ja, ich erwartete, den Stoff ihres Kostüms zu spüren. Dann aber wachte ich richtig auf, schluckte Wasser, Salzwasser, ostchinesisches Salzwasser, das so vielen Lebewesen Nahrung und Raum spendet, mir aber ... Ich schlug um mich, trat ins Leere, erhielt Auftrieb. Mein Kopf schnellte über die Wasseroberfläche. Atmete.

Im Schein der Feuer, die an mehreren Stellen der stürmischen See auflodern, erkannte ich die Schwimmweste, die ich nur kurz losgelassen hatte. Ich kraulte zu ihr hin und faßte danach. Eine Schwimmweste ohne die Person, die noch kurz zuvor, im Inneren des Flugzeugs, mit dem Kopf darin gesteckt hatte.

Es war nun mein eigener Kopf, den ich durch den Halsausschnitt der luftgefüllten Konstruktion drückte. Sogleich geriet ich in die gewünschte Rückenlage, streckte die Hände seitlich aus und trieb mit den Wogen auf und ab. Während ich nach Luft schnappte, vermischten sich Meer- und Regenwasser in meinem Mund. Der prasselnde Niederschlag erfüllte die Umgebung mit derartiger Gewalt, als versuchte er ein zweites Meer zu schaffen. Eine gestrichelte Kopie des ersten. Ich spuckte und schrie. Nicht nach Hilfe. Sondern nach dem Mann, der von Rechts wegen sich in dieser Schwimmweste hätte befinden müssen.

Keine Frage, es war mein Sitznachbar gewesen: der Zehn-Millionen-Mann. Ein Mann, dessen Namen ich nicht einmal kannte, weshalb ich ein bloßes »Hallo!« und »He!« in die getränkte, lärmende Luft brüllte. Umsonst! Da war niemand außer mir, obwohl der Flieger doch voll mit Menschen gewesen war. Endlich jedoch erkannte ich auf den Kämmen entfernter Wellen gelbe Flecken, andere Menschen in Schwimmwesten, aber niemanden eben, dem ich hätte anbieten können, ihm die seine zurückzugeben. Oder sie wenigstens auf irgendeine Weise mit ihm zu teilen.

Schwimmwesten teilen!? Gott, in welcher Komödie, dachte ich, sind wir hier?

Sicher, es war keine böse Absicht gewesen, daß ich das Ding von seinem Träger heruntergezogen hatte. Was mir gar nicht gelungen wäre, hätte er daran gedacht, den dazugehörigen Gurt zu schließen. Zwar war die Weste in diesem Moment bereits aufgeblasen gewesen, aber offensichtlich war sie dem Zehn-Millionen-Mann im Zuge all der Kräfte, die hier so ungünstig wie günstig gewirkt hatten, über den Kopf gerutscht. In erster Linie natürlich dank der Kraft in meinem Arm. Ja, es war nicht mal auszuschließen, daß der Gurt sehr wohl geschlossen gewesen war, besagte Kraft jedoch …

Höchstwahrscheinlich war der Zehn-Millionen-Mann bereits tot, ertrunken im Inneren des Fliegers.

War ich deshalb ein Mörder?

Waren Leute Mörder, die aus brennenden Diskotheken liefen und dabei notgedrungen auf die am Boden Liegenden traten? Oder Leute, die das Geld besaßen, dem eigenen Kind ein lebensrettendes Organ zu beschaffen, und über das *Wie* und das *Woher* der Organbeschaffung nichts wissen wollten? Ab wann war man – moralisch gesehen – ein Mörder? Wenn man Hunderten von Leuten die Kündigung schickte, und einer von denen brachte sich um, hatte man sich dann schuldig gemacht?

Ich sagte es schon: kein Gegenstand, an dem nicht Blut kleben würde. Das Blut ist zwangsläufig. Produkte ohne Blutflecken sind eine Illusion. Mörder ist man so lange, bis man Opfer wird. – So fürchterlich es war, aber der Zehn-Millionen-Mann hatte nie eine Chance gehabt, lebend aus diesem Flugzeug zu kommen. Er war schlichtweg neben dem falschen Mann gesessen.

Und ich neben dem richtigen.

So hing ich in dieser strahlend gelben, luftgefüllten Halskrause, die mir das Leben bewahrte. Vorerst wenigstens. Denn weder konnte ich damit steuern noch mir Wärme verschaffen. Mein Bemühen, im Bereich der brennenden Flugzeugteile zu bleiben, mißlang. Alles und jeder geriet auseinander, separierte sich. Wir erlebten unseren eigenen Urknall. Ich konnte kaum noch etwas sehen, selbst die lichtspendenden Blitze entfernten sich. Bloß noch Wasser und Nacht.

So hilflos ich war, stellte ich dennoch Überlegungen an.

Allerdings ohne daß mir etwas Konstruktives in den Sinn gekommen wäre. Was hätte in dieser Situation auch konstruktiv sein können? Nein, ich dachte an Wale. Ich dachte daran, wie gerecht es eigentlich wäre, von einem Tier dieser Gattung jetzt gerettet zu werden. Korrekterweise von einem Pottwal. Allerdings waren es wohl eher Schwertwale oder Große Tümmler, die sich zur Lebensrettung anboten. Egal, weder die einen noch die anderen fanden sich ein, um mich auf ihre Rücken zu nehmen oder mir eine Finne als Haltegriff zu offerieren. Die Natur zeigte sich ausschließlich von ihrer harten Seite, und das Schicksal blieb ungnädig. Es würde mir wohl nicht zugestehen, einem Wal auf eine andere Weise zu begegnen als die, die mich an einer Tainaner Straßenecke ereilt hatte.

Bei *Finne* konnte man freilich ebenso an Haie denken. Gemäß dem Schlimmer-geht's-immer-Motto. Doch glücklicherweise waren heute auch die Haie woanders oder zumindest desinteressiert. Allein das Wasser bearbeitete mich von allen Seiten, eine zermürbende Kraft, in der Lage, gewaltige Felsen langfristig in kleine Steine zu verwandeln. Richtig, bei mir würde es schneller gehen.

Doch das gerade noch gescholtene Schicksal …

War da nicht ein Licht gewesen? Ein rotes Licht? Ein Zucken von rotem Licht? Der Eingang zum Jenseits? Eine Art Todesreklame? Oder meine Rettung? Ich entschied mich, nun doch konstruktiv zu werden und letzteres anzunehmen.

Aus der Tiefe des Wellentals heraus war nichts zu sehen, aber auf die Höhe des Kamms geratend, erkannte ich erneut den Punkt von Farbe, den raschen Wechsel von An und Aus, die flinke Taktung. Das war keine Illusion. Hier blinkte etwas. Ein Boot? Eine Boje?

Ich ruderte mit Armen und Beinen, gegen die Möglichkeit ankämpfend, den Punkt zu verfehlen, weil das Signalfeuer immer wieder außer Sicht geriet. War ich oben, sah ich es, korrigierte meine Schwimmrichtung, um sogleich ins *aussichts*lose Wellental zu stürzen. Das Ziel kam und ging. Dann aber schien es ganz verschwunden. Ich geriet in Panik. Ich hätte jetzt gerne jemandem in den Hintern getreten, jemanden verantwortlich gemacht. Den Regen! Das Wetter! Wie Kinder das gerne tun: Verschwinde, du blöder, doofer Sturm! Oder aber am besten die Person angiften, die das Wetter machte. Am allerliebsten jedoch die Leute von den Wetternachrichten. Die Meteorologen vom Dienst beschimpfen! Ihre politischen Arme im Fernsehen! Diese Sadisten, die da immer mit ihrem süffisanten Lächeln vor den Wetterkarten stehen und mit ihren Händen über ganze Länder und Kontinente fuchteln und so tun, als könnten sie die Wolken verschieben und freundliche Sonnen hervorlocken und den Regen dirigieren und die Winde in eine bestimmte Richtung zwingen. Schlimmer noch als die Sprecher sind die Sprecherinnen, Wetterhexen in Abendkostümen, die vorgeben, mit dem Schlag ihrer Wimpern Orkane auszulösen und … Ist schon jemand auf die Idee gekommen, Wetterkatastrophen nach Sprecherinnen zu benennen? Nach den Sendestationen, die diese Sprecherinnen absichtsvoll beschäftigen? In jedem Fall …

Aber da war es wieder, das blinkende Licht. Mit einemmal viel näher, greifbar nahe: ein kräftiger Farbfleck in einem dunklen Regenbild. Ich mobilisierte mein letztes bißchen Kraft, schlug ins Wasser, trat hinter mich und blies gleichzeitig in die Pfeife, die von meiner Schwimmweste hing. Für den Fall, daß da jemand war, der mich hören konnte.

Und dann war ich endlich dran an dem Ding. Bei dem es sich nicht bloß um eine kleine, schmale, aufrecht schwimmende Säule handelte, sondern um einen massiven Kasten, ein rechteckiges Objekt. Der Nachthimmel hatte sich so weit aufgehellt, um erkennen zu können, daß die Boje einen Umfang von mehreren Metern besaß, ausgestattet mit ringsum führenden Metallstreben. Obenauf befand sich ein hülsenförmiges Konstrukt, von dem eine Stange hochführte, deren Spitze jenes lockende Licht aussendete. Und ich sah, in Griffweite, eine Leiter.

Zu erschöpft, um hinaufzuklettern, hakte ich meinen Arm in eine der Sprossen ein und wickelte den Gurt der Schwimmweste um mein Handgelenk, um nicht gleich wieder fortgerissen zu werden. Keine Sekunde zu früh. Denn in diesem Moment wurde mir schwarz vor Augen.

Erneut geriet ich unter die Bettdecke. Ich vernahm jetzt Lanas Stimme, eine Stimme, so, als trete Christus als Frau auf. – Lanas Christusstimme, weich, aber nicht zu weich: gleich Obst zur besten Zeit. Keine Ahnung, worüber sie sprach. Ich vernahm allein den guten Klang.

So hing ich wohl eine ganze Weile. Als ich endlich das Bewußtsein erlangte, spürte ich die Stellen am Körper, mit denen ich immer wieder gegen die Leiter geprallt war. Doch die See hatte sich etwas beruhigt. Um so heftiger fiel der Regen. Ich löste den Gurt vom Handgelenk und kämpfte mich die Leiter hoch. Ich hatte das Gefühl, mich gegen den Regen wie gegen Abertausende kleine Hände, grausame Wichtelhände, stemmen zu müssen. Doch es gelang. Ich erreichte – wobei es mir selbst hier noch vorkam, als trüge mich die Schwimmweste – eine Plattform, in deren Mitte der Kapselkörper mit Funkmast und Leuchtsignal montiert war. Nach allen vier Seiten prangte eine aufgemalte chinesische Flagge. Viele Jahre Salz und Wind und Wasser hatten am Dekor genagt. Alles hier schien zernagt. Altes China, Mao-China, bevor Glanz und Gloria der Konzerne sich seiner bemächtigt hatten.

Endlich sah ich die kreisrunde Form einer Luke, die mit einem Drehkreuz ausgestattet war. Sofort ging ich daran, sie zu öffnen, wobei ich ein eingerostetes, widriges Ding befürchtet hatte. Doch es ließ sich ohne Schwierigkeiten bewegen. Und zwar mit einer Leichtigkeit, die mich erschreckte. – In einer Welt dauernder Unbill, dauernder

Kraftanstrengungen erscheint das Leichte, das Glückliche keineswegs wie ein Gottesgeschenk, im Gegenteil. Tiere wittern Feinde, Menschen den Teufel.

Ich ließ erst einmal den Schrecken ausklingen, dann hob ich die Luke an und rief in das schwarze Loch hinein. – Was hatte ich erwartet? Daß andere Überlebende mir zuvorgekommen waren? Chinesisches Militär? Gespenster?

Einzig meine Stimme hallte. Ich tauchte mein Bein in das Dunkel und kletterte auf der Leiter nach unten. Daß ich die Luke offenließ, half nicht wirklich. Das wenige, ohnehin von Wolken getrübte Mondlicht versickerte rasch. Blind bewältigte ich die letzten Sprossen. Es war hier drinnen ausgesprochen warm, trocken und stickig. Ich befreite mich von meiner Rettungsjacke und legte sie neben mich auf den Boden. Behutsam. Wie um meinen Respekt zu bekunden. Ich würde mich nie wieder – wie ich das oft auf Flügen zwischen Köln und München getan hatte – über Schwimmwesten lustig machen.

Erst in diesem Moment wurde mir bewußt, daß ich noch immer meinen Geschäftsmannanzug trug, noch immer die Krawatte umgebunden hatte. Wann auch hätte ich die Zeit haben sollen, sie herunterzunehmen? Selbst die schwarzen Lederschuhe hatten sich auf meinen Füßen gehalten.

Jetzt aber verfügte ich über die Zeit. Ich zog mich vollkommen nackt aus, so warm, wie es hier unten war. Anfang März im Ostchinesischen Meer, vorausgesetzt, man hockte in einer alten Boje.

Es regnete allerdings so kräftig herein, daß ich wieder nach oben stieg und die Öffnung schloß. Zurück am Fuß der Leiter, ließ ich mich niedersinken.

Ich spürte die hölzernen Balken unter mir, die dünnen Spalten. Zudem roch es nach Gekochtem. Wie damals im Krankenhaus. Aber das mußte eine Einbildung sein.

Ich wollte den Tag abwarten. Ohnehin war ich viel zu erschöpft, um nun, blind, wie ich war, den Raum abzutasten.

Auch hatte mein Handy seinen Geist aufgegeben. Restlos. Es konnte nicht einmal mehr leuchten. Also sank ich zur Seite und bettete meinen Kopf auf der noch immer luftgefüllten Schwimmweste, preßte meine Lippen auf die Plastikfläche und gab dem festen Kissen einen Kuß. Das tat ich wirklich. Bedankte mich auf solch intime Weise bei diesem Gegenstand, den ich einem anderen entwendet hatte. Niemand konnte ja sehen, was ich machte: wie hier ein erwachsener Mann eine Schwimmweste küßte.

Ein Gedanke kreiste mich ein. Eine vage Einsicht. Daß ich nämlich dem Zehn-Millionen-Mann nicht nur unwillentlich die Schwimmweste vom Kopf gerissen, sondern ihm zuvor ebenso unwillentlich einen Schlag versetzt hatte. Einen Schlag, der seine Bewußtlosigkeit zur Folge gehabt und es ihm unmöglich gemacht hatte, sich zu wehren.

Im absoluten Schwarz liegend, sah ich, wie sich das Puzzle meiner Schuld zusammensetzte. Ja, an dieser soeben geküßten Rettungsweste klebte Blut. Dennoch *fühlte* ich die Schuld nicht, ich sah sie nur, die gestanzten Teile, die sich zu einem Ganzen fügten.

Aber war es denn nicht so, daß mein eigenes Überleben auch jenseits egoistischer Gründe über das des Zehn-Millionen-Manns zu stellen war? Nämlich angesichts meiner erst sechsundzwanzig verlebten Jahre, meiner vergleichsweise geringen Aufschübe. Immerhin war ich noch in der Lage, Kinder zu zeugen, produktiv zu sein, Steuern zu zahlen, die Welt zu gestalten, zumindest ein Stück davon. – Was hatten Leute, die siebzig waren, überhaupt in einem Flugzeug verloren? (Nichts gegen das Alter, aber die Herumtollerei der Pensionisten, dieser Anspruch, es noch einmal wissen zu wollen, Versäumtes nachzuholen, Plätze zu besetzen, Mauern einzureißen, das Ende zu ignorieren, war anmaßend und lächerlich. Ein Flugverbot für alle Leute über fünfundsechzig, und man hätte einen wesentlichen Beitrag zur Verbesserung des Weltklimas leisten können, ohne ernsthaft inhuman zu werden.)

Ich schlief ein. Kurz vorher aber meinte ich, jemanden atmen zu hören.

»Ach was, du hörst dich bloß selbst!« sagte ich mir.

Sagte mir aber auch: »*So* atmest du nicht. Außerdem kommt es von dort drüben, aus der Ecke.«

Dennoch, die Müdigkeit erstickte jeglichen Zweifel.

Der Zweifel wartete, bis ich wieder wach wurde.

7

Als ich genau das tat, nämlich erwachte, war Licht im Raum, nicht viel, aber doch. Sonnenlicht, das durch kleine runde Scheiben ins Innere der Boje drang, handbreite helle Balken, die den Raum querten, sich überkreuzten. Darin tanzende Partikel, silbriger Staub. Meine Mutter hätte jetzt sofort angefangen, hier sauberzumachen. Ich selbst aber spürte quälenden Durst. Sah mich um. Hoffte auf ein Vorratslager.

Ich konnte nun einigermaßen erkennen, wo ich mich befand, erblickte die beiden Stockbetten, den hohen Schrank, sah die Geräte einer Funkanlage, alles außer Betrieb, ein Radar, das schwarze Löcher ortete, daneben erloschene Knöpfe. Der ganze Ort erinnerte an ein begehbares Museumsstück. Wäre da nicht die Bewegung des Wassers gewesen. Und das Faktum eines funktionierenden Signallichts. Und wäre da nicht …

Ich richtete mich halb auf, drehte den Kopf zur Seite, rückte mit meinem Körper ein Stück nach links, und endlich bemerkte ich in der hintersten Ecke einen dunklen Flecken. Einen Flecken, der atmete. Ich atmete zurück und sagte mit heiserer Stimme: »Hallo!« Und noch einmal: »Hallo? Können Sie mich verstehen?« Und dann das Ganze auf englisch. Aber der Flecken rührte sich nicht und blieb stumm.

War es möglich, daß es sich um einen anderen Überlebenden handelte? Ich konnte ihn so schwer erkennen. Er kauerte da wirklich ungünstig im Schatten. Einzig das Weiß seiner Augen stach hervor. Und darin zwei Pupillen gleich glänzenden Tintenflecken. Feucht und ölig. Mehr aber nicht.

Keine Frage, er konnte mich besser sehen als ich ihn. Es mußte ein Mann sein. Eine Frau hätte längst etwas gesagt, nicht, weil Frauen mehr reden – damit würde ich nämlich ein dummes Klischee bedienen –, sondern … jedenfalls war ich mir sicher.

War der Mann vielleicht tot? Und wenn ja, warum atmete er dann so deutlich hörbar? Auf eine schwere, wie ich eben meinte, männliche Weise.

Oder hockte dort drüben gar kein Mensch? Eher ein … ein Bär? Ein kleiner Bär?

Wäre das hier eine Kindergeschichte gewesen oder ein Roman von John Irving, hätte sich jetzt ein Bär ganz gut gemacht. Einer, der nicht reden konnte und darum schwieg. So daß es meine Aufgabe gewesen wäre, ihm das Sprechen beizubringen. Zeit herauszuschinden. Um nicht gefressen zu werden. Ganz auf das Verbindende und Besänftigende der Sprache setzend.

Ich näherte mich vorsichtig, leicht gebückt.

Erst in dieser Haltung wurde mir bewußt, noch immer nackt zu sein. Was ich nicht sein wollte, gleich, ob ich einem Bären oder einem Mann gegenübertrat. Darum kehrte ich zurück zu dem zerknitterten Haufen meiner vom Meersalz glitzernden Kleidungsstücke, um mir wenigstens Hose und Hemd anzuziehen.

Erstaunlich! Auf diese Weise bekleidet, schien mein Augenlicht sehr viel besser zu funktionieren. Ich erkannte die gedrungene Gestalt des Mannes, seine von Falten ze-mentierte Gesichtshaut. Und ich sah vor allem, daß er nicht hockte, sondern stand. Es handelte sich also um einen eher kleinen Mann.

Erneut rief ich: »Hallo!« Langsam klang es dämlich.

Und in der Tat erkundigte er sich jetzt, und zwar auf deutsch: »Wie oft wollen Sie eigentlich noch *Hallo!* sagen?«

»Na, Sie hätten doch auch sofort antworten können«, beschwerte ich mich.

»Was soll der Unsinn?« entgegnete er. Und fügte an: »Überrascht Sie wohl, mich lebend zu sehen.«

Die Stimme war mir gleich vertraut erschienen. Der selbstbewußte und anklagende Ton. Wie auch der Umstand einer wie von hundert heißen Sommern gebräunten Haut. Nur wirkte das Gesicht jetzt sehr viel älter, zerfurchter. Zudem war mir der Mann, als er neben mir im Flugzeug gesessen hatte, um einiges größer vorgekommen. Offenkundig gehörte er zu jenen, denen eine gewisse Korpulenz im Sitzen eine Mächtigkeit verlieh, die sich im Stehen relativierte. Ein Sitzriese, der zum Stehzwerg wurde. Und umgekehrt.

»Sie haben sicher gedacht«, sagte der Mann, »ich sei krepiert.«

Ich erwiderte: »Um ehrlich zu sein, *gedacht* hab ich vor allem an mich selbst.«

»Das stimmt nun aber wirklich«, meinte er drohend, »dafür waren Sie sogar bereit, mich zu opfern, Freundchen, was?«

»Opfern? Wie soll ich das verstehen?«

»Stellen Sie sich nicht dumm. Sie haben mich k. o. geschlagen und mir die Schwimmweste geklaut. Und dann haben Sie mich absaufen lassen.«

»Also nein, so stimmt das nicht. Ich habe nur versucht, mich irgendwo festzuhalten. Es war ganz sicher keine Absicht.«

»Dann war's auch keine Absicht, sich nachher die Schwimmweste überzuziehen, was?« Er zeigte hinüber auf das gelbe Stück am Boden, auf das ich die Nacht über meinen Kopf gebettet hatte.

Erneut erklärte ich, ich hätte niemals im Sinn gehabt, ihm zu schaden.

»Sondern?«

»Ich war in Panik«, sagte ich.

»Die Leute, die Geiseln nehmen und dann beim Ansturm der Polizei ihre Geiseln erschießen, die sind auch in Panik. – Das können Sie dann gerne dem Richter erzählen, wie Sie in Panik an diese Schwimmweste gelangt sind.«

»Wollen Sie mir drohen?« fragte ich ihn, nun wirklich verärgert. Einen Moment lang hatte ich überlegt, ihn um Verzeihung zu bitten. Ihm meine Hand anzubieten. Und meine Hilfe. Meine Hilfe für das, was jetzt noch folgen mochte. Noch trieben wir in einer Tonne mitten auf dem Meer. Und kein Geräusch, welches nahende Hubschrauber und Schiffe ankündigte, darum … Doch wenn einer anfing, mit der Justiz zu drohen, und sei es unterschwellig, dann legte sich bei mir ein Hebel um. – Diese Leute, die ständig und überall kundtun, ihren Anwalt einzuschalten, sind die neue Pest. Ein ganzer Berufszweig lebt in der unnötigsten Weise von ihnen. Es gibt dreimal so viele Anwälte, wie wir bräuchten, weil eben genau diese Typen existieren, die keine Klage auslassen.

Kein Wunder darum, daß der Zehn-Millionen-Mann auf meine Frage, ob er mir drohen wolle, auflachte, häßlich auflachte, und verkündete: »Na, das kann man wohl sagen, junger Freund. Sie haben einfach das Pech gehabt, daß ich das Gegenteil von einem Nichtschwimmer bin. Ich war für mehrere Streitkräfte als Taucher tätig. Ein Froschmann, wie man früher sagte. – Ich kann schwimmen. Ich kann die Luft anhalten. Ich kann es richtig. Sogar, wenn ich bewußtlos bin.«

Keine Ahnung, wie ich mir das mit der Bewußtlosigkeit vorstellen sollte. Oder war das nur als Bild gemeint? Jedenfalls folgerte ich: »Ein Söldner also.«

Der Mann lachte erneut. »Wenn Sie meinen, mich mit diesem Wort beleidigen zu können, täuschen Sie sich.«

Ich versuchte es dennoch, indem ich erklärte, er würde

mir für einen Söldner ziemlich klein erscheinen. Worauf er entgegnete, beim militärischen Tauchen tauge ein kurzer Körper oft mehr als ein langer. Zudem sei er in den letzten Jahren stark geschrumpft. »Aber meine Puste, meine Ausdauer, mein Gefühl fürs Wasser sind nicht geschrumpft. Ihr Pech.«

»Hören Sie endlich auf, so zu tun, als hätte ich mir sehnlichst gewünscht, Sie seien tot.«

»Nun, wenn ich tot wäre, würden Sie nicht die Schwierigkeiten kriegen, die Sie jetzt kriegen. Ich werde veranlassen, daß man Sie an die Wand stellt. Ich will Sie bluten sehen.«

»Meine Güte! Ist das Ihr Armeejargon?«

»Ich hab's gerne deutlich«, erklärte er, verschränkte seine Beine und wirkte äußerst zufrieden mit sich. Er hatte auf einer Kiste Platz genommen und mutete jetzt an wie ein kleiner König, der aber dank seiner Sitzhaltung zu einem großen König geworden war.

Mir fiel nichts Besseres ein, als zu sagen: »Ach was, leck mich!«

»Das wird Sie auch nicht retten.«

Wahrscheinlich nicht. Ich ging zurück zu meinen verbliebenen Kleidungsstücken. Mir war sehr danach, im Angesicht dieses Menschen nicht weiter mit nackten Füßen dazustehen.

Während ich mir die Schuhe zuband, drehte ich mich zu dem Mann hin und fragte ihn, ob er sich eigentlich daran erinnern könne, wie ich versucht hatte, ihm beim Aufsetzen der Atemmaske zu helfen.

Er verdrehte die Augen und sagte: »Na, vielen Dank, Sie Held. Sie hätten mich fast erstickt. Außerdem bin ich nicht behindert. Hätten Sie sich rechtzeitig um sich selbst gekümmert, hätten Sie später nicht ... wie sagten Sie? In Panik geraten müssen.«

Nun, den Hinweis auf die Atemmaske hätte ich mir wirklich sparen können.

Doch er stocherte nach: »Ihr Zivilisten begreift nicht, daß es keine Tugend ist, auf jemanden zu zielen und ihn zu verfehlen.«

»Der Vergleich hinkt«, sagte ich, »denn getroffen habe ich ja immerhin.«

»Ein Durchschuß ist so gut wie daneben«, kommentierte der ehemalige Söldner den Umstand, eben nur *beinahe* ertrunken zu sein. Und ergänzte: »Manchmal sogar schlimmer. Sie wissen schon, von wegen verletzter Tiger.«

Es hatte auch seinen Reiz, mit dem Kerl zu reden. Mit Schuhen an den Füßen näherte ich mich wieder, setzte mich links von ihm auf eine weitere Kiste und entschloß mich nun doch, ihm meine Hand anzubieten.

»Glauben Sie«, fragte der andere, »Sie können mich einseifen?«

Ich schaute auf meine Hand und sagte: »Damit wohl schwerlich.«

»Auch sonst mit nichts. Und selbst, wenn Sie sich mir als Organspender andienen, ich werde Sie trotzdem vor Gericht zerren.«

»So einfach wird das nicht gehen«, erwiderte ich. Ich meinte das Gericht. »Haben Sie Zeugen? Indizien?«

»Natürlich«, antwortete er und zeigte hinüber auf die Schwimmweste.

Ich ließ mich dazu hinreißen, ihn zu fragen, ob er ernsthaft an sprechende Rettungsjacken glaube.

Er war jetzt ganz majestätische Selbstsicherheit, als er mir offenbarte: »Es gehört zu den Standards dieser Fluggesellschaft, auf jeder Schwimmweste die dazugehörige Sitznummer aufgedruckt zu haben. Das weiß keiner, ist aber trotzdem so. – Und da wollen wir doch mal hoffen, daß es zu diesem Flug auch eine korrekte Passagierliste gibt. Ich meine, bei einer japanischen Linie darf man das annehmen.«

Sollte ich das wirklich glauben? Oder bluffte er bloß? Und selbst wenn! Das bewies gar nichts. Da würde Aussage gegen

Aussage stehen. Immerhin konnte ich behaupten, er sei mit dieser seiner Schwimmweste selbst hierher gelangt, während ich hingegen allein mit der Kraft meiner rudernden Arme …

Dennoch setzte ich mich in Bewegung, um hinüber zu dem Plastikteil zu gelangen und nachzusehen. Aber der Zehn-Millionen-Mann packte mich am Handgelenk und hielt mich zurück.

»Was soll …?«

Er tat einen Schritt an mir vorbei und meinte: »Ich werde das Beweisstück sicherheitshalber in Verwahrung bringen. Damit Sie nicht auf falsche Gedanken kommen.«

»Zuerst möchte ich die Nummer sehen.«

»Das kommt noch früh genug. Spätestens, wenn die Polizei Sie befragt. Jetzt aber bleiben Sie mal stehen, wo Sie sind.«

Er ließ mich los, aber wirklich so, wie man einen Eimer in der Ecke absetzt und das Stillstehen unbelebter Materie einfordert. Eimer und Zivilisten. Doch zumindest letztere wehren sich hin und wieder. Nach einem kurzen Moment eimerartiger Paralyse brach ich aus meiner Ecke aus, sprang hinter dem Mann her und erreichte ihn, als er gerade nach der Schwimmweste griff.

»Lassen Sie das!« rief ich, wobei ich meine Faust drohend hochhob.

Er wandte sich um, lachte mir ins Gesicht und fragte: »Wollen Sie mich noch mal niederschlagen?«

Eigentlich schon, dachte ich mir, zog den Arm aber zurück.

»Klug von Ihnen, diesmal hätte ich mich nämlich gewehrt.«

Ich gab ein »Ach was!« von mir und drehte mich von ihm weg. Wobei ich – gezielt oder nicht, ich weiß es nicht – die Schwimmweste mit dem Fuß ankickte. Kraftvoll genug, daß sie davonflog und sich dem Zugriff des Zehn-Millionen-Manns entzog. Sofort lief ich hinterher, erwischte das Plastikteil, untersuchte es rasch nach einer Sitzbezeichnung, und tatsächlich …

Ich konnte nur den grundsätzlichen Umstand einer kurzen Aufschrift feststellen, mehr nicht. Mein Kontrahent war herangetreten. So massig er war, verfügte er über enorme Wendigkeit. Ein alter Judoka wohl. Denn im gleichen Moment, da er das andere Ende der Schwimmweste packte, vollzog er mit dem gestreckten linken Fuß eine Sichelbewegung und fegte meine Füße vom Untergrund. Ich ließ die Weste los, wirbelte hoch und schlug mit meiner rechten Flanke hart am Boden auf.

Ich brüllte vor Schmerz. Der Schmerz drückte eine Träne aus meinem Auge. Eine schwere Träne, die sich anfühlte, als hänge so ein kleiner, mit Wasser gefüllter Ballon an meinem Lidrand. Eine Bombe. Ich fluchte: »Verdammt, Sie Hund, wollen Sie mich umbringen?!«

»Aber nein«, sagte er ruhig lächelnd, in jeder Hinsicht von oben herab. »Der Tod ist keine Strafe. Wenn man tot ist, schläft man und kann nicht büßen. Sie sollen aber büßen. Sie verdienen keinen himmlischen Schlaf, sondern ein weltliches Gefängnis.«

Ich erklärte ihm, während ich mich stöhnend aufrichtete, dann aber auf meinem Hintern sitzen blieb: »Ich lebe auch nicht hinter dem Mond, ich habe ebenfalls meinen Anwalt.«

In diesem Moment ging ein kräftiger Ruck durch die Boje. Etwas mußte uns gerammt haben. Der stämmige, breitfüßige Zehn-Millionen-Mann geriet aus dem Gleichgewicht, derart, daß es ihn aus dem Stand heraus bis ans Ende des Raums katapultierte. Es mochte durchaus eine sportliche Haltung sein, die er da im Flug einnahm, eine turnerische, aber es änderte nichts daran, daß er ungebremst gegen die Wand prallte.

Mein Glück war allein, noch immer auf dem Boden zu sitzen. Mehr, als ein Stück zu schlittern, geschah nicht mit mir.

Anders als der pensionierte Froschmann. Ich hörte seinen Kopf brechen. Einen Kopf, der gegen ein vorstehendes Metallteil schlug. Ich vernahm dies mit derselben Eindeutigkeit, wie wenn ein Teller auf den Boden fällt und zerspringt.

Dieser Schädel hatte aufgehört, ein intaktes Gefäß zu sein. Und keine Erste Hilfe würde daran etwas ändern können. Nur ein Wunder. Aber Wunder waren gestern, bevor die Wissenschaft Gott verscheucht hatte.

Entgegen meiner Erwartung breitete sich jedoch nirgends eine Blutlache aus, bloß ein Pünktchen Rot zierte den Mundwinkel. Als wär's ein Schönheitsfleck an untypischer Stelle. Aus der Nase und dem Ohr allerdings sickerte eine klare Flüssigkeit, die wohl aus dem Hirn dieses Mannes stammte. Doch sogar das wirkte fast harmlos. Weniger harmlos mutete hingegen die tiefe Grube an, die an der Schläfe entstanden war … anders gesagt: Die Schläfe war völlig verschwunden, statt dessen klaffte eine richtiggehende Kuhle, ein Schläfenkrater von rotblauer Färbung. Dasselbe Rotblau, das die erstarrten und etwas vorgetretenen Augen des Mannes umrahmte. Er war ganz offenkundig tot, ich konnte mir sparen, seine Halsschlagader abzutasten. Hier war nichts wiederzubeleben. Das Gesicht dieses Mannes erinnerte nicht nur optisch an den Marsmond Phobos, sondern war auch genauso menschenleer.

Ich blieb erstaunlich ruhig. War ich erleichtert? Nicht wirklich erleichtert, aber …

Sagen wir mal so: Der Mann würde für immer seinen Mund halten, ohne daß ich etwas dafürkonnte. Unfälle geschahen nun mal. Das Schicksal war zu derartigen Dingen fähig: jemanden ein Flugzeugunglück überleben zu lassen, um dann beim Stolpern seinen Tod herbeizuführen.

Ich stieg die Leiter nach oben, öffnete die Luke und trat auf die kleine Plattform. Der Himmel war klar, doch es ging ein kräftiger Wind, und die See war bewegt. Bewegt genug, um ein mehrere Meter langes Fragment des Flugzeugrumpfs herangeschwemmt und gegen die Boje geschleudert zu haben. Mich überraschte, daß dieses Flugzeugteil, so schwer, wie es aussah, nicht untergegangen war, sondern jetzt eng an die Boje gelehnt mit dieser ein schaukelndes Paar bildete.

Klar, ich würde warten, bis die Retter eintrafen. Und das würden sie demnächst ganz sicher. In der Folge wäre ich angehalten, den Unfall so zu beschreiben, wie er sich abgespielt hatte. Nicht den Streit um die Schwimmweste, natürlich nicht, sondern jene Kollision, die alles verschuldet hatte. Man würde mir ganz sicher glauben, warum denn nicht? Ich brauchte nicht einmal zu lügen. Auch die halbe Wahrheit reichte hier vollkommen aus. Andererseits ...

Ich dachte nach. Was, wenn man meine Beschreibung der Geschehnisse mißverstand? Vielleicht sogar mit Absicht mißverstand. Um etwa vom eigenen Versagen abzulenken. Dem Versagen des Piloten. Dem Versagen der Fluglinie. Dem späten Eintreffen der Rettungskräfte. Was weiß ich?! Derartiges geschah. Nicht zu vergessen die Versicherungsgesellschaften, die sich gerne mal verhörten und gerne mal was mißverstanden.

Wenn die Leiche des Zehn-Millionen-Manns hingegen auf dem Meer trieb, würde das so viel eher ins Bild dieser Katastrophe passen. Und würde rein gar nichts an meiner Unschuld ändern.

Ich kletterte wieder nach unten und schulterte den erschlafften Körper. Ein kleiner, aber kein leichter Mann. Es kostete einige Kraft und Mühe, ihn nach oben zu hieven. Während ich ihn keuchend durch die Öffnung ins Freie drückte, kam mir der Gedanke, wie das wohl auf die Retter wirken mußte, würden sie genau in diesem Augenblick eintreffen. Nun, dann konnte ich immer noch behaupten, gedacht zu haben, der Mann wäre am Leben, und darum ...

Egal, da waren nirgends Schiffe, keine Helikopter, niemand. Ich war allein mit dem Toten und dem Meer. Und war soeben dabei, den Unglücklichen mit seinem Phobos-Kopf voran ins Meer zu befördern, als mir einfiel, daß unten in der Boje noch immer die Schwimmweste lag. Möglicherweise mit einer Sitznummer versehen, die nicht die meine war.

Doch wen sollte das jetzt noch kümmern? Trotzdem fand ich es besser, die ursprüngliche Ordnung herzustellen. Riskierte also eine kleine Verzögerung und stieg wieder nach unten, um das gelbe Luftpolster zu holen. Ich war somit endlich in der Lage, die Kennzeichnung zu überprüfen. Ob es sich um eine Artikelnummer oder tatsächlich um den Sitzplatz handelte.

Aber …

Ich ließ es bleiben. Ich wollte es nicht wissen. Nicht mehr. Vor allem für den Fall, daß der Zehn-Millionen-Mann geblufft hatte. – So oder so, es war *seine* Weste. Und indem ich sie ihm nun anlegte, kam er doch noch zu seinem Recht. Auf diese Weise vervollständigt, übergab ich seinen Körper dem Ostchinesischen Meer, dessen Wellen ihn zügig von der verankerten Boje wegtrieben.

»Ruhe in Frieden!« sagte ich, auch wenn das derzeit nur schwer vorstellbar war. Mir tat das alles wirklich leid, sowenig ich es hatte verhindern können. Zugleich aber fühlte ich mich von einer Last befreit. Denn keine Frage, der gute Mann hätte darauf bestanden, sich zu rächen. Im Grunde war es der Umstand seiner Millionenerbschaft gewesen, der mir Angst bereitet hatte. Solche Leute konnten ewig prozessieren. Vor allem waren sie in der Lage, Professionalisten zu engagieren, die das Bild der Wirklichkeit neu malten, beziehungsweise in das Bild der Wirklichkeit kleine fremde Stücke einfügten, die es völlig anders erscheinen ließen. Echte Künstler, die bezahlt werden wollten. Zwar war auch ich selbst nicht völlig mittellos, aber fern den zehn Millionen. Der Mann, dessen kleiner, massiger Taucherkörper in der Ferne jetzt kaum noch auszumachen war, hätte mir durchaus Schwierigkeiten bereiten können, vielleicht große Schwierigkeiten. Mit oder ohne Sitzplatznummer.

So, wie es war, war es vielleicht nicht *richtig*, aber es war *gut*. Ein schlechtes Gewissen zu haben wäre platt gewesen. Platt und sentimental. Vor ein paar Stunden noch, als ich den Mann bereits tot wähnte, da hatte ich mich zu Recht ein wenig verantwortlich gefühlt, doch davon war nichts geblieben. Sein *zweiter* Tod war frei von meiner Intervention gewesen. Außer, daß ich seinen Körper ins Meer befördert hatte, wo man ihn dann finden würde oder auch nicht.

Mich jedenfalls fand man.

Zwei Stunden nachdem ich den Leichnam des Zehn-Millionen-Manns ausgesetzt hatte, wurde ich gerettet. Als einer von nur wenigen Überlebenden. Klar, daß ich es damit ins Fernsehen schaffte. Ob man je den Körper meines einstigen Sitznachbarn aus dem Meer gefischt hatte, sollte ich nie erfahren. Ich fragte auch nicht danach. Schließlich hatte ich nicht mal seinen Namen gekannt. Niemand konnte wissen, daß wir auch nur ein Wort gewechselt hatten.

8

Das eigentlich Fatale an dieser Geschichte bestand darin, daß ich als Folge meiner Rettung nicht nach Taiwan, sondern nach Okinawa geriet, von wo aus ich zurück nach Tokio geflogen wurde. Um nach einer medizinischen Untersuchung, die nichts als meine Unversehrtheit bestätigte, in die deutsche Heimat gebracht zu werden. Ich wehrte mich, aber ich wehrte mich umsonst. Ich war zur »diplomatischen Angelegenheit« geworden. Es schien den deutschen Behörden von großer Bedeutung, selbst nachzuschauen, ob ich tatsächlich so heil geblieben war wie behauptet. Weyland Europe wiederum wollte mich umgehend aus dem operativen Geschäft ziehen. Maître Schmidt drückte es so aus: »Wenn jemand so oft zur falschen Zeit am falschen Ort ist, zeugt das entweder von seiner Unfähigkeit, Katastrophen auszuweichen, oder es zeugt davon, daß er von Gott gestraft ist – und von Gott gestrafte Menschen haben bei Weyland eigentlich nichts verloren.«

Ich erwiderte ihm: »Immerhin habe ich gleich zweimal überlebt.«

Worauf er antwortete, und zwar im Ernst: »Nehmen wir an, Sie sind verflucht, und es gibt kein Ende. Und Sie geraten ständig in solche Dinge. Wie sieht das denn aus? Manchmal ist es besser, ehrenvoll zu sterben.«

»Wollen Sie, daß ich aus dem Fenster springe?«

»Ich sagte *ehrenvoll*. – Aber niemand will Sie tot sehen. Es wäre uns nur wichtig, daß Sie sich nicht weiter in Gefahr bringen. Irgendwo auf der Welt, wo alle zuschauen. Um dann von Ihnen auf Weyland zu schließen. Nein, ich möchte Sie hier im Haus haben, wo Sie halbwegs sicher sind.«

»Ich bin Reisender und kein Bürohengst, das wissen Sie.«

»Jetzt ist vor allem Ihre Flexibilität gefragt«, sagte er. »Sehen Sie es als ein Zeichen. Vielleicht will eine höhere Macht, daß Sie in Köln bleiben. Man kann auch hier etwas leisten.«

»Sie glauben an höhere Mächte?«

»Stellen Sie sich nicht dumm, Herr Braun, das ist ein Gleichnis. – Sie werden ab sofort in die Abteilung Produktanalyse versetzt.«

»Da passe ich nicht hin.«

»Niemand zwingt Sie zu bleiben.«

»Ach ja, daher weht der Wind.«

»Den Wind, den haben Sie selbst mitgebracht, mein Lieber.«

»Produktanalyse also!«

»Richtig«, sagte er und gab mir ein deutliches Zeichen, mich postwendend genau dort zu melden.

Es versteht sich, daß ich noch von Japan aus versuchte, Lana zu erreichen. Doch es gelang mir erst, als ich bereits in Köln war. Sofort versprach ich ihr, bei der nächstbesten Gelegenheit nach Tainan zu reisen.

»Unsinn«, sagte sie, »das bringt nichts. Was war, war gut, und dabei können wir's belassen. Sehen Sie es ein, Sie und ich sind nicht füreinander bestimmt. Wahrscheinlich ist das ohnehin niemand. Man geht von einem zum anderen.«

»Das muß nicht sein, Frau Doktor.«

»Wo es nicht so ist, ist es irgendein Klebestoff, der die Leute zusammenhält. Und wer glaubt, die Liebe würde zu den Klebestoffen gehören, hat zu viele Romane gelesen.«

»Sie tun nur so hart.«

»Nein«, sagte sie, »ich bin tatsächlich aus Stahl.«

»Wenn, dann aus Edelstahl«, schmeichelte ich und wiederholte, so bald als möglich zu ihr reisen zu wollen.

Doch Frau Dr. Senft meinte: »Sie würden kaum unverletzt bleiben, würden Sie versuchen, Tainan zu erreichen.«

»Jetzt fangen Sie auch noch an!«

»Wundert Sie das?« sagte sie. Ich konnte dabei richtiggehend ihre Lippen sehen, die Luft zwischen den Lippen, wie diese Luft zusammengepreßt und auseinandergezogen wurde. Keine Fäden, sondern eine elastische Blase. Eine Blase im Farbton der sich spiegelnden Zunge. Eine Zunge, die ich einst geschmeckt hatte.

»Ich werde kommen«, erklärte ich fest.

Sie seufzte. Mehr nicht. Ich schickte ihr einen letzten Gruß durchs Telefon und wartete, bis sie aufgelegt hatte. Eine ganze Weile horchte ich in das rauschende Nichts hinein, dann legte ich ebenfalls auf.

Unbegreiflich, wie es geschehen konnte, daß ich niemals zu dieser Reise aufbrach. – Sicher, zunächst einmal hatte ich einiges zu tun, war gezwungen, meine neue Position bei Weyland anzutreten und den Leuten dort zu beweisen, nicht der Trottel zu sein, für den sie mich neuerdings hielten. Ich mußte fürchten, wegen meiner beiden Unfälle zum tragischkomischen Außenseiter geworden zu sein: ob des ersten Unfalls belächelt und ob des zweiten stigmatisiert. In der Tat hieß es, ich sei verflucht, weshalb es nötig war, diesem Image eine nützliche Richtung zu geben. Die Gewichtung vom Lächerlichen weg und mehr zum Stigma hin zu verschieben. Eher *Mal* als *Makel*. Unter der Hand drohte ich den Leuten mit dem Verderben, das meiner Person anhaftete. Wie man mit Kollektivschuld droht. Solcherart wurde ich unbeliebt, aber auch gefürchtet. *Was* genau ich dabei arbeitete, war nicht das Thema. Das ist es sowieso nie.

Neben dem Beruflichen versuchte ich natürlich auch das

Private zu bereinigen, also meine Verlobung aufzulösen. Doch der einst mit so viel Freude erwartete Moment, da ich Lydia und ihren Eltern, Walter und Grita, Wallace & Gromit, dies eröffnen würde, verpuffte. Es kam mir einfach nicht über die Lippen, als sie mich, den Überlebthabenden, empfingen, jedoch kein Wort über den Wal verloren, allein das Flugzeug erwähnten. Lydias Eltern nannten mich zum ersten Mal »mein Junge«. Lydia blieb die ganze Zeit über in meinem Arm eingehängt, während ich ihrem aufgeregten kleinen Bruder in sämtlichen Einzelheiten den Absturz beschreiben mußte.

Später, beim Cognac, legte mir Lydias Vater seine Hand auf die Schulter, als setze er dort ein kleines Klavier mit abgesägten Beinen ab, zog mich ein Stück heran und erklärte: »Junge, wenn du willst, kannst du bei mir arbeiten. Weyland ist eine Sackgasse.«

Ich nickte, dankte ihm und sagte, ich wolle es mir überlegen.

»Und noch was, Sixten, heirate Lydia so schnell als möglich.«

War es ein Befehl gewesen? Ein freundlicher Befehl? So freundlich wie zwingend?

Richtig, ich war sicher nicht der Leibeigene dieser Leute. Aber …

Der Mensch geht in Fallen. Er sieht sie ganz deutlich, jedes Detail, nur eines sieht er nicht, die Wege, die um diese Fallen herumführen. Dabei hätte ich wirklich zu allem »Nein« sagen können, niemand hätte mich dafür gehängt. Doch ich brachte es einfach nicht fertig. Nach einem kurzen Schweigen meinerseits – während Lydias Vater die Hand von meiner Schulter nahm und mit leichtem Druck meinen Oberarm umfaßte, als prüfe er, ob auch genug Fleisch auf meinen Knochen war –, sprang ein »Ja« aus meinem Mund.

»Versprochen, Sixten?« fragte er.

»Versprochen, Walter.«

»Papa, sag Papa zu mir. Das würde mich sehr freuen.«

»Ja, gerne, Papa.«

War es einfach so, daß man sich scheute, Menschen zu enttäuschen? Daß man sich scheute, die Peinlichkeit einer Ablehnung oder Zurückweisung zu riskieren? Ein Geschenk auszuschlagen? Ich hätte mit einer Auflösung meiner Verlobung nichts riskiert, wenigstens nicht viel, dennoch bat ich am selben Abend noch einmal um Lydias Hand, diesmal ihre Eltern so formvollendet wie umständlich darum ersuchend. Genau in der Art, wie Lydia es sich immer gewünscht hatte.

Kann man das begreifen? Entbrannt in meiner Liebe zu einer deutschen Ärztin in Tainan, gab ich nur wenige Monate später Lydia das Jawort. In der Kirche selbstverständlich. Denn so modern, wie Lydia und ich waren, und sowenig wir mit der Kirche was am Hut hatten, fügten wir uns dem Sinn und Zweck des Rituals. Weiß zu heiraten war so notwendig, wie schwarz beerdigt zu werden. Anders gesagt, Lydia wäre lieber gestorben, als sich die Schmach einer unweißen Heirat anzutun.

Klar, man konnte sagen, Frau Dr. Senft hatte mich zuvor abgewiesen. Mich zumindest aufgefordert, daheimzubleiben und mein altes Leben wiederaufzunehmen. Aber das war schließlich kein Grund, den Betrug, den ich an Lydia begangen hatte, dadurch auszuweiten, sie jetzt auch noch zu heiraten. Frei von Liebe, frei vom Bedürfnis, tatsächlich auf den Tag zu warten, da der Tod uns scheiden würde.

Was wir dann ja auch nicht taten, sondern sehr viel früher auseinandergingen, nach zwei Jahren Ehe. Wobei ich leider auch gezwungen war, von ihrem Vater Abschied zu nehmen, in dessen Unternehmen ich eingestiegen war. Unsere Scheidung – also die zwischen dem Schwiegervater und mir – war die friedlichere. Es tat ihm aufrichtig leid, denn er schätzte meine Mitarbeit, meinen Ehrgeiz, meine nüchterne Sicht, doch Lydia hatte mich in diesen zwei Jahren hassen gelernt und bestand darauf, mich ganz und gar aus ihrem Leben und dem ihrer Familie zu entfernen. Zu meiner Überraschung fußte ihr Haß auf der Erkenntnis, von mir nie wirklich geliebt worden zu sein. Ich hatte nicht gedacht, es würde darauf ankommen. Und wäre auch gar nicht in der Lage gewesen, einen Menschen ernsthaft zu lieben, den zu beschreiben ich kaum in der Lage war. Den zu beschreiben ich mich auch gar nicht sehnte. Vielmehr Tag für Tag die hübsche Durchschnittlichkeit dieser Person feststellend. Es war, als würde ich ein Modejournal durchblättern und mir die immer gleichen Models in den immer gleichen Posen ansehen. Frauen, die in Summe eine »Brigitte« ergaben. Meine Brigitte war eben Lydia. Zur Liebe aber reichte das nicht, während ich überzeugt war, wäre ich zu Lana zurückgekehrt, ich hätte mich täglich von neuem an eine Frau mit Ärztekittel oder rotem Kostüm verloren.

Der grundsätzliche Irrtum war gewesen zu meinen, Lydia genüge die Fassade familiärer Bindung. Die ja keineswegs eine Lüge darstellte, denn weder war die Fassade aus Pappe noch aus Styropor. Weder ging ich dauernd fremd, noch ging Lydia dauernd fremd, noch stritten wir uns bis auf Blut. Es fehlten allein die zärtlichen Momente. Lydia sagte einmal: »Wenn du mich küßt, kommt mir das vor, als berühre mich ein Geist. Ein kalter Hauch. Brrr!«

»Hat das nicht auch was Romantisches?« fragte ich.

Sie aber meinte: »Mit einem Geist kann man nicht leben. Mit einem Eisklotz eher, aber nicht mit einem Geist.«

»Ach was, Lydia, du übertreibst.«

Aber sie hatte absolut recht. Befremdlich erschien mir allein der Haß, mit dem sie nach und nach auf meine »Geisterhaftigkeit« reagierte. Wobei sich Lydia nicht allein als gekränkte Seele erwies, sondern gleichermaßen als beinhart. Letzteres war wohl ihrer Modernität geschuldet. Der zeitgemäße Akt der Rache: das Einschalten raffinierter Anwälte.

Ich weiß, was die finsteren Advokaten angeht, wiederhole ich mich. Aber wer wollte mir nicht zustimmen?

Als die Scheidung erfolgt war, hatte ich so gut wie alles verloren: die Frau, die Schwiegereltern, das Zuhause, den Job, eine Menge Geld, zudem kursierten ungute Gerüchte über mich. Wenig Konkretes, eher der dubiose Verdacht, etwas mit mir stimme nicht. Der Verdacht, ich hätte die Sache in Tainan nie ganz überstanden. Was ja etwas für sich hatte.

Ich war verdächtig. Und nachdem ich geschieden war, war ich's erst recht.

Wie gesagt, es blieb mir selbst ein Rätsel, wieso ich damals, als ich aus Japan zurückgekommen war, meine Ankündigung nicht wahrgemacht hatte und nach Tainan gereist war. Um Lana wenigstens noch ein Mal zu begegnen. Aber ich sah sie nie wieder.

Meine gescheiterte Ehe erschien mir darum wie eine Strafe. Vor allem auch der Verlust des Jobs. Gerade noch Juniorchef, stand ich, beruflich gesehen, auf der Straße und im Abseits. Niemand wollte mich. Das Stigma aus Walunfall und Flugzeugunfall, das zwei Jahre lang ein diabolisch-interessantes *Mal* gewesen war, stand jetzt wieder auf der Seite des puren *Makels*.

Immerhin begriff ich, wie sehr diese Strafe dazugehörte. Ich hatte meine Liebe zu Lana verraten. Und da war es nur gut und richtig, damit nicht durchgekommen zu sein.

Aber die Strafe war noch nicht zu Ende. Als ich jetzt nämlich das Versäumte nachholen wollte und in dem Tainaner Krankenhaus anrief, um mich nach Frau Dr. Senft zu erkundigen, wurde mir zuerst einmal die Auskunft verweigert. Man empfahl mir, mich an die Botschaft zu wenden. Doch ich blieb stur und erinnerte an die Sache mit dem Pottwal, die mich vor über zwei Jahren in Kontakt zu Dr. Senft gebracht hatte. Nun wußte man gleich, wer ich war, und stellte mich zum Klinikdirektor durch, der sich übertrieben freundlich nach meiner Gesundheit erkundigte. Aber das war es nicht, worüber ich reden wollte. Ich fragte nach Frau

Dr. Senft. Er senkte seine Stimme, als spreche er aus der Spalte eines Marillenkerns heraus, und erklärte mir, daß »this wonderful lady and fine colleague« ein Jahr zuvor, im November 2005, am Vierzehnten des Monats, verstorben sei.

»Was ...?« Ich schrie es. Ich schrie es ohne Ton.

»Mr. Brown?«

Für einen Augenblick war ich meinerseits tot. Tot und leer.

Ich stand da, den Hörer am Ohr, bewußtlos auf erfrorenen Beinen stehend, unter mir die Bodenlosigkeit. Irgendwann fragte ich, woran sie gestorben sei.

»Ein Gehirntumor«, sagte der Direktor.

Sollte das ein Witz sein?

Kein Witz, auch wenn es zu Lana gepaßt hätte zu meinen, es sei ganz typisch – eine Ironie der Wirklichkeit –, genau an der Sache zu erkranken, mit der man sich so lange beschäftigt hatte. Wie Leute, die nach und nach ihrem Hund ähnlich werden oder ihrem Lebenspartner. Man steckt sich beim anderen an.

Die Strafe war jetzt groß und mächtig und beschattete alles, was vorangegangen war. Und als ich den Hörer aufgelegt hatte, kam mir der überraschende und völlig neue Gedanke, meinem Leben ein Ende zu bereiten. Eine Vorstellung, die mir half, so, wie wenn man weint, und ein lieber Mensch tupft einem mit dem Taschentuch auf Auge und Wange. Dabei bin ich nicht der Typ dafür. Für eine solche Schwäche, ein solches Bedürfnis nach Tränentüchern.

Nun, dieser Gedanke an Selbstmord stand zunächst gleichberechtigt neben anderen. Andererseits ist Gleichberechtigung überhaupt die größte aller Illusionen. Ich ahnte, wie sehr dieser Gedanke um die Vormacht kämpfte. Alle Gedanken tun das. Und dieser eine wurde spürbar stärker.

Ich mußte etwas unternehmen. Die Flucht antreten. Zunächst einmal die Flucht aus Köln.

Stimmt, wenn von einem derartigen Davonlaufen gesprochen wird, denkt man an ferne Inselwelten, an Himalajaklöster, an die Wälder Neuseelands und die kalten weiten Öden Alaskas. Aber von meiner Exfrau geradezu gerupft und entblößt, fehlte mir das Geld für dergleichen Unternehmungen. – Moment! Ich sollte hier ganz ehrlich sein. Ich war nicht nur ein Opfer Lydias geworden, die mich hatte bluten lassen, sondern auch der eigenen Spekulationen, beziehungsweise der Spekulationen meines Vermögensberaters. – Kein Bedürfnis hatte die Wende zwischen dem zwanzigsten und einundzwanzigsten Jahrhundert mehr geprägt als jenes, Geld zu verdienen, ohne dafür arbeiten zu müssen: ein Moment der Lust und des Triumphs, wenn aus dem Nichts das Geld sprudelte und man das Gewonnene ins nächste Nichts stopfen konnte, schöpfend, stopfend, immer wieder, immer unverschämter. Sichtbare Anzeichen solchen Schöpfens wie etwa der nagelneue Sportwagen hatten mir dabei wesentlich weniger Vergnügen bereitet als der Umstand, meinen Eltern Geschenke vorbeizubringen, die sie sich in zehn Jahren gottverdammter Sparerei nicht hätten leisten können. Und obgleich die Mutter mit diesen Sachen selten etwas hatte anfangen können, war sie immer ein wenig stolz gewesen, der Vater hingegen skeptisch.

»Sixten, da stimmt was nicht«, erklärte er oft.

»Hast du Angst, ich bin ein Verbrecher?« fragte ich lachend.

»Ich habe Angst, daß alles ein Verbrechen ist, daß man nicht mehr atmen kann, ohne ein Verbrechen zu begehen.«

»Ach Vater, so war es schon immer.«

»Nicht so schlimm wie jetzt, Sixten. Ich sage gar nicht, die Menschen waren früher besser, natürlich nicht. Aber damals hattest du eine Wahl. Heute hast du keine Wahl. Wenn du ein guter Mensch sein möchtest, mußt du zu atmen aufhören. Und dann bist du tot. Das ist die Wahl.«

Bei meinem Vater hörte man immer seine Leidenschaft für den österreichischen Schriftsteller Thomas Bernhard heraus. Und auf eine gewisse Weise hatte er ja auch recht. Aber so wie er da stand, so klein und mickrig, die pure verkörperte Sparsamkeit – mit einem so überaus blassen Mund vom vielen Vom-Mund-Absparen –, vor allem aber ohne die geringste Freude ob des Geschenks, das ich ihm gerade gemacht hatte, widerte er mich an.

Nun, die Zeit der Geschenke war vorbei. Vielmehr war ich gezwungen, meinen Vater um ein Darlehen zu bitten, um meinen Wegzug von Köln überhaupt bewerkstelligen zu können.

Wobei ich weniger seine Weigerung als eine Moralpredigt fürchtete. Allerdings zeigte sich mein Vater weder überrascht, noch sperrte er sich. Er half, ohne einen Muckser zu machen, obgleich er Sorgen genug hatte und gerade in Frührente gegangen war. Offenbar war genau das eingetreten, was er erwartet, worauf er ein Leben lang hingespart hatte. Und indem er es so völlig unterließ, seinen Triumph zu zelebrieren, wurde meine Beschämung perfekt.

Nur den Umzug selbst kommentierte der Vater. Er sagte: »Mir wäre lieber, du würdest bleiben. Nicht meinetwegen. Aber die Mama wird leiden.«

Was einfach nicht stimmte. Die Mama würde so wenig leiden wie er selbst. Ich war niemals der Sohn gewesen, den die beiden sich gewünscht hatten. Und wäre auch gar nicht in der Lage gewesen zu sagen, wie ein solcher »erwünschter Sohn« hätte aussehen, was er hätte tun müssen. Dennoch ging ich nun auf das Mamatheater ein und erklärte: »Ach was, ich ziehe doch bloß nach Stuttgart.«

»Wieso überhaupt Stuttgart?«

Sollte ich denn sagen, als Ersatz dafür, mich umzubringen? Nun, das wäre gegenüber dieser Stadt, die ich ja kaum kannte, unfair gewesen, außerdem wollte ich etwas Beruhigendes von mir geben. Weshalb ich erklärte: »Weil Stuttgart nicht Köln ist, aber trotzdem in der Nähe. Vorher mußte ich dauernd in der Welt herumfliegen, doch bei den Schwaben bin ich nur zwei gute Stunden von euch entfernt.«

»Zwei gute Stunden«, wiederholte mein Vater versunken und sagte dann: »Manche Stunde ist wie ein Bollwerk. Da kommst du nicht durch. Seit Jahren denk ich mir, auch wenn ich jetzt nicht mehr so gut sehe, ich sollte mal wieder ins Museum gehen. Du weißt, das Wallraf-Richartz, wo ich früher gleich nach der Schicht so gern war. Ist ja praktisch um die Ecke. Ich bräuchte fünf Minuten mit dem Bus. Fünf Minuten! Und schaff es trotzdem nicht. Auch fünf Minuten können ein Bollwerk sein.«

»Komm! Laß uns hinfahren. Jetzt gleich!«

»Nein, dank dir, Sixten. Ein andermal.«

Ein andermal.

9

Mit dem Geld des Vaters wechselte ich also nach Stuttgart, mietete eine kleine Wohnung und sah mich nach einem Job um. Nicht, daß die Jobs dort auf der Straße liegen. Doch ohnehin wollte ich die Loslösung von der Vergangenheit auf die Spitze treiben und mich auch des Managerdaseins entledigen. Eines Daseins freilich, das mir in den vergangenen Jahren durchaus Freude bereitet hatte. – Es war die dauernde Bewegung, die so reizvoll war. Man saß wie auf einem Pferd, weniger auf der Suche nach einem Weg als nach Hindernissen. Wege waren nur interessant, wenn sie Hindernisse besaßen. Fehlten jedoch die Hindernisse, schuf man sie. Ohne Hindernisse wäre das Ziel, der Profit, bedeutungslos gewesen. Darum irrt die Masse auch, wenn sie meint, es ginge den Managern ums Geld, es treibe sie der viele Luxus an, die Privilegien. Klar, das sind Nebenaspekte, die dankend angenommen werden. So, wie ein Künstler den Applaus annimmt. Aber der Künstler will in die Geschichte eingehen, die Geschichte kümmert ihn, nicht ein Haufen von Zeitgenossen, die es sich jederzeit auch anders überlegen können. Allein das Eingehen in die Geschichte scheint von Wert. Und immer schwingt die Katastrophe mit. Wie ein kleines goldenes napoleonisches Herz, das imstande ist, die Erde zu erschüttern und dramatische Risse zu erzeugen.

So belebend ich es gefunden hatte, den Klang dieses Herzens zu vernehmen und die mitverschuldeten Risse zu studieren, war dies nun passé für mich. Ich sagte mir, daß Lana es nicht gewollt hätte, wäre ich in dieser Sphäre verblieben, die ja eine künstliche ist (auch wenn hier die Kunst das Leben bestimmt). Nein, ganz sicher hätte sie mich lieber unter den Menschen als unter den Gespenstern gesehen, denn Manager und Künstler sind genau das: Gespenster.

Stellte sich natürlich die Frage, wozu ich mich abseits der »Kunst der Ökonomie« und des entfesselten Hindernisspringens überhaupt eignete.

Am Ende meiner Überlegungen schälte sich das eine markante Bild heraus: nämlich ein Mann zu sein, der im Meer *nicht* untergegangen war. Wäre es da nicht besonders passend, wenn ich in Zukunft versuchte, auch andere vor dem Untergehen zu bewahren? Indem ich …

Es war so ein Wunsch aus Kindertagen. Ich hatte die Bademeister immer bewundert, in ihrer strahlend weißen Kleidung, mit goldbrauner Haut. Die Autorität, die sie pfeifend und rufend und mit erhobener Hand vermittelten, souveräner und auch liebevoller als die Lehrkräfte. Ihre Interventionen waren soviel nachvollziehbarer. Jemand anderem vom Beckenrand aus auf den Kopf zu springen mochte Spaß machen, war aber eindeutig asozial und gefährlich. Wie asozial hingegen war es, in Mathe zu versagen?

Das Schwimmbad war ein Ort des Lebens, die Schule eine Vorhölle. Die Strenge der Lehrer gleich der dubioser Götter, die Strenge der Bademeister weltlich und frei von höllischen Strafen.

Bei aller Strenge verfügten die Bademeister und Bademeisterinnen auch über eine legere Haltung, denn in ihrem Revier herrschte stets Urlaub, ein Gefühl von Sommer selbst mitten im Winter.

Die Bademeister hießen jetzt Schwimmeister. Oder sie waren medizinische Bademeister. Aber wie auch immer man sie nun nannte, ich entschied mich, dem Ruf aus Kindertagen zu folgen. Wenn auch mit einiger Skepsis, was meinen Erfolg betraf.

Doch entgegen meiner Erwartung schienen die Bäderbetriebe Stuttgart auf mich, den Spätberufenen, geradezu gewartet zu haben. Nicht bewußt, natürlich nicht. Doch wie sollte das Bewußtsein einer Bäderverwaltung überhaupt aussehen? Verwaltungen sind fremdgesteuerte Objekte, Bürokratien sehr viel mehr Spielbälle kosmischer Bedingungen, als man meinen möchte. Es geschieht, was längst beschlossen ist.

Nachdem ich meine Ausbildung zum Fachangestellten in Mannheim in zwei statt in drei Jahren abgeschlossen hatte, landete ich mit knapp einunddreißig Jahren in jenem durchaus berühmt zu nennenden *Mineralbad Berg* in Stuttgart, das erst wenige Jahre zuvor in den Besitz der Stadt übergegangen war. Ein ehrwürdiges Bad, möglicherweise das ehrwürdigste auf der Welt. Ein Tasmanischer Tiger von nüchterner Schönheit, der noch immer in freier Wildbahn lebte, nicht nur gerüchteweise – obgleich es ihn gar nicht mehr hätte geben dürfen.

Dennoch, bei aller Liebe zum neuen Ort, wurde ich weder ein Stuttgarter, noch wurde ich ein Bergianer (wie die Stammgäste dieses Bades sich selbst nennen), ich wurde nicht einmal politisch (wie die Hälfte der Menschen dort im Zuge eines geplanten Bahnprojekts). Aber ich wurde nach zwei Jahren Praxis tatsächlich »Meister«, vor allem aber ein Teil dieser Badeanstalt, gewissermaßen ein Teil der Architektur, jemand, den die Leute mit »Herr Sixten« ansprachen, weil »Herr Braun« viel zu banal geklungen hätte. Eine besonders wohlmeinende ältere Dame erklärte einmal, sie fühle sich angesichts meiner Erscheinung an eine Figur aus der Sixtinischen Kapelle erinnert, weshalb mich »Herr Sixten« zu rufen ganz sicher nicht falsch sein könne.

Klar, daß ich mich erkundigte, an welche Figur sie dabei denke.

»Keine Angst, nicht an den Adam«, gab sie zur Antwort.

»Wieso keine Angst?«

»Na, weil der doch nackt ist. Und das sind Sie ja nicht. Alle anderen hier so gut wie, *Sie* nicht.«

Richtig, der Bademeister war der einzig wirklich Angezogene im Bad.

Die Dame sagte: »Nein, ich denke an den Daniel.«

Ich fragte sie, wofür dieser Daniel denn stehe, weil ja in einer bemalten Kapelle jeder für etwas stehen würde.

»Er ist der Prophet«, verriet sie, »der, den man in die Löwengrube geworfen hat, die er aber ohne einen Kratzer wieder verläßt.«

»Ach ja. Dann ist in meinem Fall *Stuttgart* die Löwengrube, oder was?«

»Stuttgart ist die Grube«, bestätigte die Dame, »und wir, die Stammgäste, sind die Löwen, die Ihnen nichts antun.« Sie lächelte verschmitzt und berührte sachte meinen Arm, wie das viele der älteren Damen hier zu tun pflegten: sehr dezent und dennoch vampirisch. Immer wenn sie mich kurz anfaßten, meine Hand, meine Schulter, wenn sie ein Stück Hüfte erwischten oder ihre Fingerkuppen auf das V meines Hemdausschnitts legten, zogen sie etwas aus mir heraus. Was aber nicht schlimm war, weil ich genug zu geben hatte.

Als die Bergianerin wieder ihre Hand von mir genommen hatte, fragte ich sie: »Was hat dieser Daniel eigentlich prophezeit?«

»Den Tod des Messias, und zwar auf den Tag genau. Ein halbes Jahrtausend, bevor Christus dann tatsächlich gekreuzigt wurde.«

Der Daniel-Vergleich verstörte mich ein wenig, nicht zuletzt, weil er völlig unpassend schien. Immerhin war ich überzeugt gewesen, Frau Dr. Senft würde ein langes Leben in anhaltender Schönheit beschieden sein. Und auch den Tod meines Sitznachbarn auf dem Flug nach Taiwan hatte ich nicht vorausgesehen. Nun gut, in erster Linie bezog sich der

Vergleich natürlich auf die Art, wie Michelangelo diesen Daniel dargestellt hatte: das bademeisterartig weiße Obergewand und die ausgeprägten Muskeln des linken Arms. Ganz sicher aber nicht auf die wüste Beethovenfrisur, die der Prophet bei Michelangelo trug. Mein eigenes Haar hingegen war eine recht glatte, dunkelblonde Umrandung meiner Kopfform, und keine noch so wilde Nacht vermochte daran etwas zu ändern.

In diesem Bad Berg nun arbeitend, erstarrte mein Leben zu einer wohltuenden Routine. Ich war von den immer gleichen Menschen umgeben, denn selbst wenn in den heißen Sommern die Zahl der Besucher dieser in bezug auf das Wasser als »arschkalt« verschrienen Badeanstalt deutlich zunahm, war es ein feststehendes Stammpublikum, das die Einrichtung frequentierte, grad ein paar Jüngere kamen frisch hinzu, wie halt ein paar Ältere manchmal verschwanden.

Nur mein Gedächtnis bereitete mir hin und wieder Schwierigkeiten. Ich begann, manche Personen durcheinanderzubringen. So kam es vor, daß ich eine Dame mit ungarischem Akzent mit einer anderen Dame mit ungarischem Akzent verwechselte oder zwei ähnlich korpulente Stuttgarter Witwen, von denen auf die gleiche intensive Weise ein Veilchenduft ausging. Doch entweder fielen meine kleinen Fauxpaß nicht wirklich auf, oder aber man ordnete mein zeitweiliges Verwirrtsein dem Geheimnis zu, das mich umgab. Immerhin war ruchbar geworden, daß ich einst für Weyland Europe und später im Unternehmen meines Schwiegervaters gearbeitet hatte, daß ich verheiratet und vermögend gewesen war und angeblich einen Flugzeugcrash überlebt hatte. Der Wechsel zur Bademeisterei mußte da mysteriös erscheinen.

Einige wußten zusätzlich um die Walgeschichte und wußten auch, daß ich ja nicht nur einen Absturz überlebt hatte, sondern in der Folge auch das wilde Ostchinesische Meer. So betrachtet, konnte man die Bademeisterei und das Bad Berg als konsequenten Endpunkt einer dramatischen Entwicklung nehmen.

Wie auch immer, man mochte mich, und niemand kam auf die Idee, meine Präsenz für ein schlechtes Omen zu halten. Etwa als Hinweis darauf, daß die Stadt Stuttgart irgendwann von einem kometengleich vom Himmel fallenden großen Wal getroffen werden würde. Oder was man sich bei dieser Stadt so alles vorstellen konnte oder wollte.

Auch außerhalb dieser unausrottbaren Badeanstalt wich mein Leben ein wenig vom Prinzip der Routine ab. Wechselnde Liebesabenteuer, viel Körper, wenig Geist. Nicht, weil die Frauen dumm waren. Aber auch nicht auf die Weise gescheit, die mich verzaubert hätte. Lanamäßig verzaubert hätte. Es verblieb alles im Bereich der Lustbarkeiten und diverser gemeinsamer Räusche, denen diverse Ernüchterungen folgten, so daß sich auf diese Weise doch wieder eine Routine ergab, ein Rhythmus. – Die meisten Menschen, die sich nahekommen, mögen sich nicht. Das kann man überspielen, manchmal lange, manchmal kurz. Doch insgesamt muß gesagt werden, eine gewisse Distanz zum anderen führt dazu, daß dieser sehr viel attraktiver erscheint. Im Grunde gefielen mir die alten Damen, denen ich im Schwimmbad begegnete, besser als die jungen, mit denen ich Sex hatte. Darin bestand das unauflösliche Dilemma, welches aber auszuhalten war, solange nicht von Ehe gesprochen wurde. – Ich ließ da nie einen Zweifel, sprach es immer offen aus. Erklärte, daß die Frau, die ich wirklich hätte heiraten wollen, gestorben war. Was mir überhaupt nicht schadete. Für lebende Frauen stellen tote Frauen das absolute Optimum dar.

Doch mit der Zeit ermüdete ich. In meinem vierten Stuttgarter Jahr bemerkte ich eine sexuelle Leere in mir. Zu früh eigentlich für einen Zweiunddreißigjährigen. Aber so war es eben. In gewisser Weise war ich den älteren und alten Damen des Bades Berg von nun an absolut treu. Und keine von ihnen verlangte mehr, als sich hin und wieder die eine oder andere Berührung herauszunehmen.

Sie sagten gerne: »Herr Sixten, Sie könnten mein Sohn sein.« Oder: »Sie könnten mein Enkel sein.« Und ich antwortete dann: »Schade, daß ich's nicht bin.«

Erstaunlicherweise hatte ich mich in körperlicher Hinsicht – Hürdenläufer, der ich einmal gewesen war – in diesen ersten Stuttgarter Jahren ziemlich gehenlassen, hatte jedes Jahr zwei, drei Kilo zugenommen und eine heftige Liebe zu Süßigkeiten entwickelt. Zehn Kilo waren zehn Kilo, und sie hatten sich nicht etwa im Kopf oder an den Zehen verteilt.

Doch ausgerechnet von dem Zeitpunkt an, da ich der Libido abschwor, entwickelte ich ein dringendes Bedürfnis, meinen Körper nach dem alten Muster, dem Muster der frühen Jahre, zu formen. Ich begann, die Schokolade zu meiden und nach Dienstschluß meinerseits zu schwimmen. Vor allem aber fing ich nach Jahren der Abstinenz wieder an, Hindernisse zu überwinden. Nicht die ökonomischen meiner Managerjahre, deren Prinzip darin bestand, kreuz und quer zu stehen. Die Hindernisse des Wirtschaftslebens führten zu einem Chaos, die des Hürdenlaufs zu einer perfekten Ordnung. Selbst wenn die Hürde zu Fall kam, war dies Teil eines vernünftigen Konzepts. Denn keine dieser Hürden zeigte sich bockig, alle pflegten nachzugeben.

Wichtig allein war die Einhaltung eines Schemas, das ein Jahrhundert zuvor von einem Amerikaner namens Alvin Kraenzlein entwickelt worden war. Und welches eben nicht auf ein Überspringen, sondern ein flugartiges Überlaufen der zehn Erhöhungen ausgerichtet war. Eine Symbiose von Mensch und Barriere: wie da einer, der Mensch, mit dem anderen, der Barriere, dank einer flüssigen Bewegung eine Verbindung einging. Wobei die Barriere die exakt richtige Höhe besaß. Wäre sie höher gewesen, hätte man sie erklimmen oder umstoßen müssen, bei geringerer Höhe wiederum wäre der laufende Mensch nicht veranlaßt gewesen, sich in einen fliegenden zu verwandeln. Nämlich dank einer Folge von drei Schritten und vier Bodenberührungen zwischen den Hürden. Der ungerade Rhythmus, der dazu führte, sich mit dem immer gleichen Bein voran über die Hürde zu schwingen. Auch dank der vogelartigen Streckung des Körpers beim Überwinden des Balkens sowie der von der Bewegung der Arme getragenen Balance. Nicht zuletzt im Zuge des Atemstillstands, der den Läufer am höchsten Punkt der Überquerung ereilte. Alles stand dann still: der Atem, der Körper, die Zeit, die Welt. Für einen *so* kurzen Moment, daß niemand es bemerkte. Ähnlich der absoluten Schwärze, die sich ergibt, wenn man zwinkert und für einen Augenblick sämtliche Dinge aus den Augen verliert, das Hirn einem jedoch vorgaukelt, alles sei unter Kontrolle. – Im Fall des Hürdensprints kam es mir vor, als würde der Läufer bei jedem Überflug in eine winzig kurze Ohnmacht geraten: zehn kleine komatöse Pausen!

Nun, damit dies alles so wie hier beschrieben auch wirklich funktionieren konnte – es ein Fliegen und nicht etwa ein Stolpern wurde –, brauchte es einen passenden Körper und die passende Beherrschung desselben. Wozu ich einerseits das zuletzt gewonnene, zusätzliche Gewicht wieder an die Natur zurückgeben mußte, ich andererseits angehalten war, meine Muskeln wachsen zu lassen und meine Kondition zu erneuern. Die Lauftechnik hingegen lag mir unverändert in Fleisch und Blut.

Ich absolvierte nun täglich ein Kraft- und Lauftraining, während ich einen großen Bogen um Orte machte, an denen in irgendeiner Weise Schokolade drohte.

Die Schokolade war meine Feindin. Was mir leid tat, weil sie ja während der letzten Jahre eine sehr gute Freundin gewesen war. Aber es ging nicht anders, ich war längst aus dem Alter heraus, wo allein der Sport ausreichte, um an allen

Stellen des Körpers die grundsätzliche Anatomie zurückzugewinnen und zu bewahren. Der alternde Mann neigt zur Deformation. Was kein Problem ist, solange auch sein Alltag dieser Deformation folgt. Beim Überfliegen von Hürden freilich …

Es gelang. Die zehn Kilo verschwanden, die Schokolade rückte in weite Ferne, und wenn ich an freien Nachmittagen auf der Tartanbahn eines waldnahen Sportplatzes meine Hürden aufstellte und sodann von einem kleinen Koma zum nächsten eilte – immer wieder die dazwischenliegende Schrittfolge einübend, die Erhaltung des Gleichgewichts, die Flugtechnik, die Einheit von Mensch und Hindernis –, dann fühlte ich mich ungemein wohl. Wohler als mit den Frauengeschichten in den Jahren davor. Ich fing auch an, in die Kirche zu gehen, nicht, um zu beten, sondern um für Lana eine Kerze zu entzünden. Ein bißchen hoffte ich, sie würde mir ein Zeichen senden. Nichts Gigantisches, nur etwas wie einen plötzlichen Luftzug, ein Flüstern aus den leeren Reihen der Kirchenbänke oder ein Schimmern, wo eigentlich keines hätte sein dürfen. Oder aber den Anblick eines Insekts, welches direkt durch die Flamme der Lana gewidmeten Andachtskerze flog, ohne sich im geringsten zu verbrennen.

So was in der Art.

Doch das Zeichen, das mich dann erreichte, war ein ganz anderes als erwartet und erhofft. Das Zeichen war kein Insekt, sondern ein Kind, auch wenn dies für manche Kinderhasser oder genervte Eltern das gleiche sein mag.

10

Es passierte an einem dieser ersten wirklich heißen Tage. Alle waren sie wieder da, die immer erst ins Bad gingen, wenn es richtig warm wurde: die Zuhältertypen, die Bodybuilder, die Schwulen, die Liegestuhlfetischisten, die dünnen Frauen in Bikinis, die dünner waren als der Lack auf ihren Nägeln, all die Eincremer und Einsprüher, die aus den Löchern der Sonnenstudios gekrabbelt kamen, und natürlich die Sixpackfanatiker, die aussahen, als schnitzten sie jeden Tag mit einem scharfen Messer feine Rillen in ihre Torsi. Nirgends gab es dann so viele gut gebaute Männer wie im Bad Berg. Und nicht wenige, deren Haut den Farbton polierter Bronze besaß. Aus diesen Männern hätte man Kanonenkugeln gießen können. Was übrigens zu einer gewissen Wehrhaftigkeit der Stammgäste gut paßte. Natürlich waren auch jene »älteren Damen« vertreten, die man das ganze Jahr über sehen konnte, aber auch jüngere Schönheiten, jedoch erstaunlich wenig Silikon. Zumindest im Vergleich. Etwa im Vergleich zu Wien, wo ich zur Fortbildung gewesen war und in den dortigen Schwimmbädern das Gefühl gehabt hatte, kaum jemand laufe noch ohne Implantat durch die Gegend. Ein Großteil der Wienerinnen schien nur noch partiell aus eigener Natur zu bestehen. Nicht so im Bad Berg, ohne daß dort die Flachbrüstigkeit regiert hätte, wirklich nicht.

Während ich da am Beckenrand stand und auf das gut gefüllte Bassin sah – wobei kaum jemand schwamm, eher spazierten die Leute durchs Wasser –, hörte ich aus dem Lautsprecher meinen Namen. Man rief mich zum Eingangsbereich.

Ich gab einer seitlich stehenden Kollegin das Zeichen, sie möge mein Kontrollfeld mit übernehmen. Wobei die einzige Gefahr in diesem Bad, in dem sich so gut wie nie Kinder oder Halbwüchsige aufhielten, darin bestand, daß eine der älteren Herrschaften einen Infarkt erlitt oder jemand nach einem langen Sonnenbad sich zu rasch ins kalte Wasser begab. Um richtig unterzugehen, war es nicht tief genug. Eher hielt einen dieses völlig unbehandelte Mineralwasser am Leben, als daß es einen tötete.

»Telefon für dich«, erklärte mir die Kollegin an der Kasse und streckte mir den Hörer entgegen.

Ich nahm ihn und sprach hinein: »Ja, hier ist Sixten.«

»Herr Braun?« fragte eine weibliche Stimme.

»Richtig, Sixten Braun.«

Die Dame rief aus München an. Sie stellte sich als Mitarbeiterin des taiwanischen Generalkonsulats vor (was nicht ganz korrekt war, da es sich bloß um die Vertretung dieses Landes handelte, eines Landes, welches im Zuge der Ein-China-Politik diplomatisch nicht anerkannt wurde, gleichwohl eine Repräsentanz besaß, natürlich, denn die Wirtschaft grüßte, und sie grüßte energisch).

Ich war überrascht, nach all den Jahren noch einmal mit dem einst vertrauten Inselstaat konfrontiert zu sein. Und erkundigte mich: »Was kann ich für Sie tun?«

Es war förmlich zu hören, wie meine Gesprächspartnerin sich auf die Lippe biß. Es quietschte, wie beim Gang über eine fragile Hängebrücke. Endlich fragte sie mich, ob mir eine Frau namens Frau Dr. Senft bekannt sei.

»Natürlich«, antwortete ich, »sie war meine Ärztin in Tainan.«

»Ja ... also wohl nicht nur Ihre Ärztin, wenn Sie erlauben, daß ich das sage.«

Ich überlegte, ob die Anruferin Taiwanerin war. Eher nicht, so wie sie klang, durchaus münchnerisch.

Ich erklärte ihr, nicht zu wissen, worauf sie hier anspielen würde.

»Nun, auf Ihr Verhältnis zu Frau Dr. Senft.«

»Frau Dr. Senft ist tot.«

»Richtig. Aber ich rede von der Zeit, als Frau Dr. Senft noch nicht tot war.«

»Ich habe keine Vorstellung«, sagte ich, »was das die taiwanische Botschaft angeht.«

»Wir sind keine Botschaft, sondern eine Vertretung.«

»Ach ja, plötzlich. – Also, können Sie mir jetzt sagen, wieso Sie mich anrufen?«

»Wissen Sie von dem Kind?«

»Einem Kind? Wovon reden Sie?«

»Also nicht?!«

»Soweit ich mich erinnern kann, hatte Frau Dr. Senft kein Kind.«

»Nicht so lange, bis Sie beide sich kennengelernt haben.«

»Wollen Sie mir jetzt sagen ...«

»Ja, Frau Dr. Senft wurde schwanger. Und sie hat das Kind auch ausgetragen. Einen Jungen. Als sie ein Jahr später starb, bot sich eine Kollegin aus der Klinik als Pflegemutter an. Eine einheimische Krankenschwester. Leider ist diese Frau jetzt aber nicht mehr in der Lage, weiter für den Kleinen zu sorgen. Über die Gründe darf ich nicht sprechen. Entscheidend bei alldem ist, daß Sie, Herr Braun, als Vater in Frage kommen.«

»Mein Gott, Sie können mir doch nicht einfach ein Kind unterjubeln, weil ich mal mit meiner Ärztin ... Nicht, daß ich Ihnen eine solche Auskunft schuldig bin, aber bitte gerne: Wir hatten geschützten Verkehr. Definitiv! Ich bin in solchen Dingen überaus pedantisch. Um mir nämlich derartige Anrufe zu ersparen.«

»Was aber nichts genützt hat.«

»Sie meinen, weil ich jetzt trotzdem mit Ihnen reden muß?«

»Müssen Sie nicht. Ich bitte Sie nur um Ihre Kooperation. Ihr Name ist uns in diesem Zusammenhang erst kürzlich bekannt geworden. Und bevor man in Taiwan irgendwelche Schritte unternimmt, wollten wir Sie kontaktieren. Niemand versucht Ihnen etwas unterzujubeln. Eher geht es darum, für ein Kind, einen siebenjährigen Jungen, der nach nur einem Lebensjahr seine Mutter verloren hat und dessen Ziehmutter außerstande ist, auch künftig für ihn dazusein, daß wir für dieses Kind also einen guten Platz finden. Einen guten und vielleicht sogar den einzig legitimen Platz.«

»Sehr löblich, daß Sie sich derart engagieren. Auch wenn Sie das wohl kaum in Ihrer Freizeit machen.«

»Was hat meine Freizeit damit zu tun?«

»Ich will sagen«, erklärte ich, »Sie tun hier folgendes: während Ihrer und meiner Arbeitszeit im trüben fischen, indem Sie mich anrufen, nur weil ich eine kurze – und ich bedaure wirklich zu sagen, eine sehr kurze – Affäre mit dieser Frau hatte.«

Affäre war das absolut falsche Wort. Doch dessen nicht genug, fügte ich noch an: »Ich werde vielleicht nicht der einzige Liebhaber von Frau Dr. Senft gewesen sein, oder?«

Die Konsulatsangestellte – entgegen ihrer anfänglichen Unsicherheit wahrlich keine von den Langsamen – traf augenblicklich den entscheidenden Punkt, indem sie meinte: »Ja, wollen Sie denn, daß Sie einer von vielen waren?«

Ich zögerte, erklärte dann aber: »Nein, das will ich nicht. Überhaupt nicht. Aber ich will auch nicht einer Vaterschaft verdächtigt werden, die ich so gut wie ausschließen kann.«

»Es geht hier nicht um einen Bankraub«, versicherte meine Gesprächspartnerin.

Meine Güte, reden so Diplomatinnen?

Na gut, sie war ja keine Diplomatin. Eher so eine Art Zahnarzthelferin im konsularischen Dienst. Und offensichtlich von der entschlossenen Sorte. Sie berichtete: »Die Pflegemutter des kleinen Simon war eine sehr gute Freundin von Frau Dr. Senft. Von dieser Pflegemutter wissen wir, wie intensiv die Beziehung zwischen Ihnen und Frau Senft damals war.«

»Intensiv ist das falsche Wort.«

»Ich will ganz sicher nicht mit Ihnen über die passenden Wörter streiten.«

Ich beeilte mich zu versichern, die Beziehung zu Frau Dr. Senft keineswegs bagatellisieren zu wollen. Ich würde allein die Schwangerschaft bezweifeln.

Was natürlich ungeschickt ausgedrückt war, denn die Dame in München verbürgte sich dafür, daß eine solche Schwangerschaft stattgefunden habe.

»Schon klar«, sagte ich. »Sie wissen, was ich meine.«

»Sie meinen«, sagte sie, »daß Sie sich weigern werden, die Vaterschaft anzuerkennen, und daß Sie sich vor allem weigern, das Kind bei sich aufzunehmen.«

»Natürlich! Weil es nämlich meines nicht sein kann. Abgesehen davon, bin ich zutiefst überzeugt, daß man ein Kind aus seiner Umgebung nicht herausreißen sollte. Diese Adoptivkinder, die wie Exportbier ins Ausland verschifft werden ... ich halte das für Schwachsinn. Nur weil ein paar frustrierte Ehepaare die Umstände des Lebens und der Natur nicht akzeptieren.«

»Da gebe ich Ihnen gerne recht, Herr Braun. Aber weder ist Taiwan ein Entwicklungsland, noch geht es hier um eine Adoption. Und leider muß ich sagen, daß Simon demnächst niemanden mehr haben wird, der das gewährleistet, was Sie gerade als Umgebung bezeichnet haben. Außer der Umgebung eines Heims. Darauf läuft es nämlich hinaus. – Wenn ich also mit Ihnen telefoniere, dann, weil ich mir dachte, es wäre auch Ihnen ein Anliegen, dies zu vermeiden.«

Die blöde Kuh hörte einfach nicht auf, so zu tun, als stehe

meine Vaterschaft außer Frage. Sie sagte: »Ein Test könnte Ihnen Gewißheit verschaffen.«

»Herrgott noch mal«, stöhnte ich auf, »ich will doch gar nichts beweisen. *Sie* wollen etwas beweisen.«

»Ich will nur, daß der kleine Simon eine Zukunft hat.«

»Wenn Taiwan so zivilisiert ist, wie Sie behaupten, hat er dort auch im Heim eine Zukunft.«

»Heime sind immer eine schlechte Lösung, in Taiwan wie in Deutschland.«

»Also, mir ist das jetzt zu blöd«, sagte ich, »ich werde dieses Gespräch beenden. Und ich werde mich beschweren. Sie basteln da aus ein paar Halbwahrheiten eine Geschichte, nur um irgendeinen Aktenordner schließen zu können.«

Sie blieb ganz ruhig und meinte: »Natürlich können Sie sich beschweren. Wenn Sie mögen, verbinde ich Sie gleich mit meinem Vorgesetzten.«

Ich schmiß den Hörer auf die Gabel und wurde laut: »Verdammt!«

Die Kollegin blickte herüber und fragte: »War das jemand aus dem Rathaus?«

»Nein, nein, was Privates«, antwortete ich, was der Wahrheit entsprach und trotzdem gelogen war.

Es versteht sich, daß ich die Sache nicht mehr aus dem Kopf bekam. An die beiden Male erinnert zu werden, da ich mit Lana die Nacht verbracht hatte, schmerzte genauso, wie es mich berührte. Wobei für mich absolut kein Zweifel bestand, jedes Mal ein Präservativ benutzt zu haben. Auch war mir keinerlei Perforation der Kondome aufgefallen. – Klar, mit einer Lupe hatte ich mir die Dinger nicht angesehen, bevor ich sie entsorgt hatte. Somit war nicht auszuschließen, daß … In derartigen Fällen war absolut gar nichts auszuschließen. Die Fortpflanzung war eine Schlange und bahnte sich an allen Abwehrversuchen der Menschen vorbei ihren Weg.

War dies aber tatsächlich der Fall, warum hatte Lana nie

versucht, mit mir Kontakt aufzunehmen? Hatte sie nicht gewollt? Nicht gekonnt? Hatte sie gefürchtet, der Vater ihres Kindes könnte sich als Arschloch herausstellen? – Die Dame von der Botschaft, die keine Botschaft war, hätte jetzt bestimmt gesagt: »Das letztere höchstwahrscheinlich.«

Vor allem aber eines: Was war es, das mich antrieb, am nächsten Tag genau diese Dame anzurufen? Wollte ich ihr nur zuvorkommen?

Sie erkundigte sich sogleich, ob ich ihren Vorgesetzten sprechen wolle.

»Nein, nein, wir zwei kriegen das schon hin.«

»Das freut mich, daß Sie das meinen«, sagte sie.

Ich wartete eine Weile, wie um den Frieden auszukosten, der in diesem Moment herrschte, und wollte dann wissen, was man von mir erwarte.

»Darf ich es kurz machen?« fragte meine *neue Freundin*.

»Von mir aus.«

»Ihre Vaterschaft anerkennen und das Kind zu sich nach Deutschland nehmen.«

»Ach ja. So einfach also.«

»Wir würden zusehen, daß Ihnen von taiwanischer Seite keine Steine in den Weg gelegt werden. Und ich denke, auch die deutsche Behörde wird nichts unternehmen, was den Prozeß komplizieren könnte. Ich darf vielleicht sagen, daß man sich durchaus noch bewußt ist, wie dramatisch die Umstände Ihres Taiwanaufenthalts damals waren, auch wenn es sich bei dem abgestürzten Flugzeug um eine japanische Maschine gehandelt hat.«

»Was hat das denn damit zu tun?«

»Dies war doch immerhin der Grund, daß Sie nicht wieder nach Tainan zurückgekehrt sind, sondern sofort nach Deutschland ausgeflogen wurden.«

Nun, wäre nicht die Walgeschichte gewesen, wäre ich bereits viel früher zu Hause gewesen. Doch auch jetzt, gegenüber der Dame von der taiwanischen Vertretung, verzichtete ich, diese peinliche Begegnung mit einem toten Fünfzigtonner zu erwähnen. Vielmehr verwies ich darauf – bereits tief in der Defensive stehend –, geschieden zu sein, zudem derzeit ohne Lebenspartnerin. Ich könnte in keiner Weise familiäre Verhältnisse garantieren.

»Na, in diesem Fall zählt wohl Ihr einstiger Kontakt zur Mutter des Kindes und nicht, ob Sie aktuell in einer eheähnlichen Beziehung leben. Außerdem: Ein Vater und ein Kind, das ist dann bereits eine Familie, nicht wahr?«

Das hatte etwas für sich. Eine Familie waren zwei. Und wenn man sich Gott vorstellte, war man praktisch schon zu dritt. – Genau, ich hatte angefangen, an Gott zu glauben. Merkwürdigerweise aber nicht in dem Sinne, eine Überzeugung gewonnen zu haben, die ich vorher nicht gehabt hatte. Auch nicht aus Gründen der Angst oder Vorsorge. Oder gar der Konvention, wie im Falle meiner »weißen Heirat«. Eher war es so wie mit diesen zugelaufenen Tieren. Sie waren plötzlich da, und man bekam sie nicht mehr weg, auch wenn man versuchte, sie fortzuscheuchen. In erster Linie, weil man den Dreck fürchtete, den sie machten. Haare auf dem Sofa und Schlimmeres.

Ich will jetzt nicht sagen, Gott würde Dreck machen … na, in gewisser Weise eben doch. Geistigen Dreck. Er verführt einen zu seltsamen Gedanken, die ebenfalls auf dem Sofa kleben bleiben oder sich als spirituelle Knäuel in den Zimmerecken sammeln. Andererseits ist seine Anwesenheit sehr angenehm. Er verströmt ein behagliches Gefühl. Man kann ihn an guten Tagen gewissermaßen schnurren hören. Was nicht heißen soll – denn wir sind ja keine alten Ägypter –, Gott sei eine Katze. Aber sein Verhalten ist manchmal schon recht ähnlich.

Nicht auszuschließen, daß jener Gott seine »Katzenfinger« im Spiel hatte, als ich mich nur einen Tag später hinreißen ließ, die in München agierende Angestellte der Taipeh-

Vertretung erneut anzurufen und ihr zu sagen: »Okay, ich kooperiere.«

»Ach, wie schön«, meinte sie. Ihre Stimme war wie diese kleinen, zarten Damenhüte, die das Haar vor so gut wie gar nichts schützen, aber in einer kecken Weise schmücken.

Wenn zuvor gesagt wurde, Bürokratien unterlägen »kosmischen Bedingungen«, dann war das hier ein guter Beweis: einerseits der Fügungen, andererseits aber auch des Chaos wegen, das diesen Fügungen innewohnte. – Man wird bald sehen, warum ich das sage.

Zunächst einmal rechnete ich selbst nach. Denn es versteht sich, daß die Münchner Dame bereits beim ersten Gespräch das Geburtsdatum des Kindes genannt hatte: den 5. Dezember 2004. Wenn ich nun die üblichen neun Monate abzog, so paßte alles zusammen. Was nicht paßte, war weiterhin der Umstand der Verhütung. Andererseits hätte ich, um mich als Vater gänzlich auszuschließen, in der Tat eine promiskuitive Ader Lanas annehmen müssen. Zumindest die Existenz eines zweiten Mannes. Wogegen ich mich aber sträubte. Ich hatte diese Frau geliebt. Ich wollte mir keinen zweiten Mann vorstellen.

Nun gut, wie meine »neue Freundin« bereits erwähnt hatte, hätte mir ein Test Klarheit verschaffen können. Allerdings war ich der einzige, der für diesen Test in Frage kam. Denn selbst wenn ein zweiter oder dritter Mann existierte, blieben sie im verborgenen. Sollte sich herausstellen, daß ich als Vater auszuschließen wäre, würde es keinen anderen geben, den man testen konnte.

Wie erbärmlich! dachte ich.

Die Vorstellung nämlich, daß am Ende die ganze Wahrheit einzig und allein darin bestehen könnte zu wissen, wer hier *nicht* der Vater sei. Eine negative Erkenntnis präsentierend, die das Kind geradewegs ins Heim führte.

Und darum also dachte ich: »Wie erbärmlich!«

Aha! Das war ja mal was Neues, so zu denken.

Ganz offenkundig hatte mich die Dame von der Taipeh-Vertretung infiziert. Und Gott mit seinem katzenhaften Schnurren die Infektion begünstigt. Einmal abgesehen davon, wie viele Hilfsgeister da geflötet und geflüstert haben mochten. Jedenfalls trieb mich ein heftiges Empfinden dazu, meine überfallartige Vaterschaft zu bejahen. Ich bestand – pathetisch gesprochen – nur noch aus zwei offenen Armen.

Aber auch offene Arme benötigen rechtliche Standpunkte.

Wie man mir versicherte, konnte ein Familiengericht für den Fall, daß dies dem Wohl des Kindes diene, die elterliche Sorge auf den Vater übertragen, selbst wenn dieser nicht mit der verstorbenen Mutter verheiratet gewesen war. Freilich lagen zwischen dem Tod Lanas und der Möglichkeit einer solchen richterlichen Entscheidung sechseinhalb Jahre. Sechseinhalb Jahre, in denen sich eine taiwanische Pflegemutter um Simon gekümmert hatte. Eine Frau allerdings – soviel erfuhr ich nun doch –, die man kürzlich in eine psychiatrische Klinik eingewiesen hatte.

Einen unheimlichen Moment lang überlegte ich, ob die seelische Störung dieser Frau mit der Pflege des Kindes zusammenhängen könnte. Wenn man sich nämlich ein Kind mit der Fähigkeit dachte, einen jeden in die Klapsmühle zu befördern. Doch solche Phantasien – sich wirklich den Teufel ins Haus zu holen – stammten vor allem aus dem Kino. Und so unterhaltsam das Kino auch sein mag, man sollte sich davon nicht verrückt machen lassen. Im Kino konnte alles und jeder zum Monstrum werden: Ameisen, Aufzüge, Tomaten oder Kinder.

Nach mehreren Gesprächen mit einem Anwalt sowie einer Vertreterin des Jugendamts wie auch des Familiengerichts, und immer wieder mit jener Dame der Taipeh-Vertretung in München, wurde zwischen den taiwanischen und deutschen Behörden vereinbart, den siebenjährigen Simon Senft nach Deutschland zu bringen. Ich hatte mich bereit erklärt, eine eidesstattliche Erklärung darüber abzugeben, im Zeitraum der Empfängnis Lana Senft »beigewohnt« zu haben. Ich fand das Wort gar nicht so übel. Es nahm in der Liste häßlicher oder unpassender Wörter einen unteren Rang ein, klang bloß ein wenig kalt, als handle es sich um eine Form der Untermiete.

Auch wenn dieser formale Akt erledigt war und meine persönlichen Verhältnisse einer Prüfung standgehalten hatten – der Beruf des Bademeisters schafft heutzutage offenbar ein größeres Vertrauen als der des Managers –, so blieb vieles merkwürdig und rätselhaft. Taiwanische Dokumente fehlten, und vor allem war die Frage, wieso man nicht schon viel früher an mich herangetreten war. Oder wenigstens an Lanas eigene Mutter. Nicht, daß ich selbst viel an diese Frau gedacht hätte, eine Person, die immerhin in Stuttgart lebte, und zwar, wie ich hörte, genau so, wie Lana es beschrieben hatte: als Klavierlehrerin, streng und verbittert. – Aber mein Gott, *streng und verbittert in Stuttgart*, das wäre vielen wie die Aussage erschienen, jemand sei am Ende eines Marathons *müde und verschwitzt*. Jedenfalls kam ein Treffen zwischen uns nie zustande. Weder wollte Frau Senft den Mann kennenlernen, den ihre Tochter als Ärztin gepflegt und diese Pflege etwas übertrieben hatte, noch das Kind, das aus dieser »Übertreibung« entstanden war. Für Frau Senft war ihre Tochter nicht nur einfach gestorben, sondern auch alles, was mit ihr zusammenhing (wobei Lanas Vater bereits kurz nach ihrer Geburt tödlich verunglückt war – mitunter hat Verbitterung gute Gründe).

Auch sonst meldete sich niemand aus Lanas Verwandtschaft, den diese Sache interessiert hätte. Zu erben gab es nichts. Wenn einst etwas Geld vorhanden gewesen war, dann hatte die taiwanische Pflegemutter es ausgegeben. Eine Frau, die einige Fragen hätte beantworten können. Wäre sie dazu noch in der Lage gewesen. War sie aber nicht. Der deutlichste Ausdruck ihrer Krankheit bestand darin, den Mund nicht mehr aufzumachen. Das letzte, was sie von sich gegeben hatte, war der Hinweis auf meine Person gewesen und wie eng mein Verhältnis zu Lana gewesen war.

Blieb allein der Junge, von dem man nicht wußte, ob er in den vergangenen Jahren überhaupt je mit der deutschen Sprache konfrontiert worden war. Wenn man bedachte, daß er bei einer Chinesin aufgewachsen war. Auch meine Dame von der Münchner Taipeh-Vertretung, die sich mächtig anstrengte, Details in Erfahrung zu bringen, konnte mir dazu keine genauen Informationen geben. Schließlich meinte sie: »Wenn das Kind mal da ist, werden wir schon sehen.«

Ich fragte mich, wie das für den Jungen wohl sein würde, einerseits die zwangsläufige Fremdheit, die sich ergab: der nie gesehene Vater, das nie gesehene Land, eine vielleicht nie gehörte Sprache. Aber natürlich auch, wie es für mich selbst sein würde, der ich mit Kindern nicht die geringste Erfahrung besaß, nicht einmal als Bademeister in diesem so gut wie kinderlosen Schwimmbad. Ich wußte so wenig über die Hege und Pflege eines Siebenjährigen.

Wer würde mir da helfen können? – Wobei ich keineswegs mit dem Jungen nach Köln zu meinen Eltern wollte. Das war mir schon früher bei Freunden und Verwandten als das Allerletzte erschienen, wenn sie ihre Kinder an die eigenen Eltern weitergaben. Und sich damit alles Schreckliche und Dumme wiederholte. Klar, jeder machte Fehler. Aber eigene, neue Fehler waren doch was anderes als fremde, alte Fehler.

Und dann kam der Junge. Ein Flugzeug brachte ihn, wie andere Kinder der Storch.

Ich fuhr nach München, wo das erste Treffen in einem Raum der Taipeh-Vertretung stattfinden sollte. Ich nahm den Zug, nicht nur wegen der Kürze der Strecke. Seit meinem Erlebnis über dem Ostchinesischen Meer mied ich die Luftfahrt. Denn trotz der überaus geringen Wahrscheinlichkeit, gleich zweimal im Leben in ein abstürzendes Flugzeug zu geraten, konnte man ebenso sicher sagen, daß, wenn dieses zweite Mal eben *doch* eintrat, man es kaum überleben würde. Zweimal abstürzen führte selten bis nie zu zweimal überleben.

Zug also. München also.

Jetzt endlich begegnete ich ihr leibhaftig, meiner Telefonpartnerin, die den Namen Heinsberg trug, Frau Heinsberg, in der Tat eine Deutsche, aber sehr viel jünger als vermutet, auch sehr viel zarter. Sie wirkte nervös. Nicht wie ein Prüfling, eher wie ein Prüfer, der um die Schwere des Gegenstands weiß.

Frau Heinsberg bat mich in einen leeren Raum. Wir setzten uns. Sie redete ein wenig umher – um den heißen Brei, wie man so sagt. Ich fragte sie, gemäß unserer bislang recht direkten Verständigungsweise: »Sie stottern doch wohl nicht, weil Sie so aufgeregt sind, mich endlich zu sehen?«

Sie lachte. Sehr hübsch. Hübsch und verlegen. Dann sagte sie: »Bevor ich viele Worte mache, hole ich einfach den Jungen, okay?«

»Ich bin bereit«, erklärte ich und nahm eine aufrechte Haltung ein.

Sie ging nach draußen und kam zurück mit dem Kind an ihrer Hand.

Simon!

Ich blies durch die Nase, und mein Brustkorb sank ein.

Nein, nicht darum, weil er etwa in einem Rollstuhl saß. Er war auch kein Zwilling oder zu dritt oder mißgebildet oder zwei Meter groß. Es waren vielmehr seine Augen, die mich aufschrecken ließen: die markante Hautfalte an den inneren Augenwinkeln. Es konnte gar kein Zweifel bestehen, daß wenigstens ein Elternteil dieses Kindes asiatischer Abstammung sein mußte.

Ich fragte: »Was soll das?«

»Das ist Simon«, sagte Frau Heinsberg, »der Sohn von Frau Dr. Senft.«

»Ja, daß das Lanas Sohn ist, kann ich vielleicht glauben, aber ...«

»Wir hatten keine Ahnung, wirklich nicht, Herr Braun. Es gab hier einige Mißverständnisse.«

»Ach was?!«

»Wir sind natürlich davon ausgegangen, Simon sei das Kind zweier deutscher Eltern. Die Tainaner Behörde hat uns in keiner Weise mitgeteilt, wie wenig das der Fall sein kann.«

»Aber Sie müssen doch Fotos gesehen haben.«

»Hätte ich Fotos gesehen, würden wir jetzt nicht hier stehen.«

»Das ist doch Wahnsinn!« wurde ich laut. »So was von einer Schlamperei! Ist das hier das einundzwanzigste Jahrhundert mit Computern und Internet? Oder tiefste bürokratische Steinzeit? Herrgott noch mal!«

»Bitte nicht, Herr Braun. Simon versteht zwar kein Wort Deutsch, aber er weiß ja genau, daß es sich um ihn dreht. Wenn Sie so schreien, muß er denken, Sie würden ihn für ein kleines exotisches Ungeheuer halten. Nur weil er die falschen Augen hat.«

»Meine Güte, Frau Heinsberg, was wollen Sie mir schon wieder unterstellen? Falsche Augen! Sie möchten immer, daß ich mich schlecht fühle. So geht das schon die ganze Zeit mit Ihnen. Sie versuchen mit allen Mitteln, die Welt zu retten, und jetzt sehen Sie, was dabei herauskommt. – Es ist mir ein Rätsel, wie ein solcher Irrtum geschehen konnte. Seit wann klingt der Name Braun denn Chinesisch? Die Leute in Taipeh mußten doch wissen, daß ich deutscher Staatsbürger bin. Und daß ich unmöglich der Vater dieses Kindes sein kann.«

»Vielleicht die Leute in Taipeh, aber nicht die Leute in Tainan. Offensichtlich ist man in Taipeh von einem rein deutschen Kind ausgegangen und in Tainan von einem in Deutschland lebenden Vater taiwanischer Nationalität, der eine Deutsche geheiratet und deren Namen angenommen hat.«

»Hier wurde viel vermutet und wenig festgestellt.«

»Auch Computer ändern nichts am Überfordertsein der Menschen. Und am Wirrwarr, das zwischen so unterschiedlichen Sprachen besteht«, bemühte sich die Münchnerin in Taiwans Diensten eine Erklärung zu finden, wobei sie die ganze Zeit ihre Hand sachte auf der Schulter des Jungen abgelegt hatte. Sicher nicht, um sich abzustützen, so dünn, wie der Junge war. Auch recht klein für einen Siebenjährigen, aber nicht kleinwüchsig. Klein halt. Und feingliedrig. Mit ängstlichem Blick, was nun wirklich kein Wunder war. Er trug einen viel zu großen Pullover, unter dem man sich das bißchen Haut und Knochen vorstellen konnte. Dabei war dieser Junge keinesfalls unterernährt, sondern bloß mager, wie nicht wenige Erstkläßler überall auf der Welt mager sind, selbst dann, wenn sie den lieben langen Tag Kuchen und Gummibärchen in sich hineinstopfen.

Ich fragte mich, ob das Absicht war, daß man ihn so angezogen hatte, Größe L, dicke Wolle, und das bei der Hitze. Ob man also versuchte, mir ein trauriges, kleines, mitleiderregendes, dauerfrierendes Geschöpf zu präsentieren. Denn in der Tat, ich fühlte mich wie im Waisenhaus oder im Tierschutzheim. Meinte man denn, ich würde das superreiche Taiwan mit dem superarmen Nordkorea verwechseln? Dünn mit verhungert? Am liebsten wäre ich sofort aufgestanden, um den Raum zu verlassen und mir das Elend nicht länger anschauen zu müssen. Freilich bestand das Elend in erster Linie in den erstaunlichen Fehlschlüssen, die dazu geführt hatten, daß man ein Kind, welches schon rein optisch nicht das meine sein konnte, nach Deutschland geflogen hatte. Oder stand dahinter gar ein Kalkül? Hatte sich irgendeine Bürokratie dumm gestellt? Oder alle zusammen?

Ich sagte: »Es muß doch einen Hinweis auf den richtigen Vater geben.«

»Wenn's einen solchen gäbe, glauben Sie denn, man hätte den Jungen hierher gebracht?«

»Ach was, Sie immer mit Ihren Antworten!« beschwerte ich mich. Und beschwerte mich weiter: »Den Taiwanern trau ich auch zu, eins von diesen freilaufenden Parkäffchen nach Europa zu schicken, nur damit in Tainan ein Affe weniger ist, der Dreck macht und aus den Taschen der Touristen die Sachen klaut.«

Heinsberg schüttelte angewidert den Kopf und meinte: »Ich habe mich in Ihnen getäuscht, Herr Braun. Wenn Sie so reden, erkenne ich Sie nicht wieder. Simon ist kein Affe, und er ist auch kein kleiner Taschendieb.«

»So habe ich das nicht gemeint.«

»Nein?! Nicht?! – Nun, ich werde Simon jetzt zurückbringen. Nachher darf ich Sie zu meinem Vorgesetzten führen. Er möchte sich ganz offiziell für die Mühe, der Sie sich unterzogen haben, entschuldigen. Sinnlose Mühe, leider Gottes.«

Auch wenn Frau Heinsberg in keiner Weise Frau Dr. Senft ähnlich sah, so meinte ich dennoch eine große Verwandtschaft zwischen diesen beiden Frauen festzustellen. Nicht, daß ich hier und jetzt begann, mich in Frau Heinsberg zu verlieben, nur weil sie mir soeben das Leben schwermachte. Da hätte ich mich noch viel öfter verlieben müssen. Nein, das war es nicht. Doch je länger ich diese Frau betrachtete, um so mehr bekam ich den Eindruck, es handle sich um eine grundsätzlich angezogene Person, eine grundsätzlich bekleidete, eine niemals wirklich nackte. So, als wäre sie mit diesem Kleid, den leichten Sandaletten, dem silbernen Sternchen in ihrem rechten Nasenflügel und den blaugrün lakkierten Fingernägeln bereits auf die Welt gekommen und all das mit ihr mitgewachsen. Ebenso lanamäßig empfand ich, wie Heinsbergs Hand fortgesetzt auf der Schulter des Jungen ruhte. So, konnte man sich vorstellen, war es, wenn ein Engel einen berührte. Ruhig, fast körperlos, aber effektiv. (Und seien wir doch ehrlich, auch Engel, zumindest erwachsene

Engel, kann man sich eigentlich nur irgendwie bekleidet denken, oder?)

Genau diese Hand schob sie nun auf den Nacken Simons und lenkte ihn solcherart zurück zur Tür, durch die sie beide gekommen waren.

»Warten Sie!« rief ich.

»Ja?« Sie bog allein ihren Kopf in meine Richtung, zusammen mit dem Kind im Schritt erstarrend.

»Hören Sie. Ich weiß nicht, was man in dieser Situation eigentlich machen kann. Aber ich will nicht, daß Sie den Jungen zurückschicken.«

»Wenn Sie das nicht wollen«, meinte sie, »müssen Sie auch bereit sein, etwas für ihn zu tun.«

Erneut fragte ich: »An was denken Sie denn? Daß ich das Kind adoptiere? Ohne Ehefrau, ohne Lebensgefährtin?«

»Das deutsche Adoptionsrecht läßt so was zu. Auch Alleinstehende kommen in Frage. Und glauben Sie mir, vor allem die Behörde in Tainan würde alles tun, um in dieser verfahrenen Situation ...«

»Abstrusen Situation«, wandte ich ein.

»Gleich, wie sie heißen soll, die Situation, man wäre sicher bereit, hier eine Lösung zu finden«, erklärte Frau Heinsberg. »Auch wenn dazu nötig ist, ein paar Regeln zu umgehen. Der ganze Prozeß läuft ohnehin jenseits des Üblichen.«

Aber wirklich! Gleichzeitig muß gesagt werden, daß trotz Haager Konvention ein reger illegaler Kinderhandel in der Welt kursierte, um die Kinderwünsche derer zu befriedigen, die anders nicht weiterkamen. Viel Schlimmes geschah, während ich selbst ja keineswegs alle möglichen Hebel und Schalter in Bewegung gesetzt hatte, um mir einen langgehegten Wunsch zu erfüllen. Nein, es war umgekehrt. Der Wunsch – wenn wir uns ihn als ein aktives, umtriebiges Wesen vorstellen – hatte sich *mich* ausgewählt. *Ich* war es, den er sich erfüllte.

Frau Heinsberg, diese Frau mit blaugrünen Fingernägeln und wächserner Haut, die wohl in Wirklichkeit einer höheren Institution als der taiwanischen Auslandsvertretung verpflichtet war, kam zusammen mit Simon zurück. Sie beugte sich seitlich zu dem Jungen hinunter, zeigte zu mir hoch und erklärte etwas auf chinesisch. Er schien sie aber nicht zu verstehen, möglicherweise sprach sie das falsche Chinesisch.

Sie blickte zu mir hin und forderte mich auf: »Geben Sie ihm die Hand.«

Ich hob meinen Arm und spreizte leicht meine Finger. Er tat es mir gleich. Ich sah, wie seine rechte Hand in dem breiten Pulloverärmel hin und her schlackerte. Ich griff vorsichtig nach ihr. Wäre ich blind gewesen und jemand hätte mir erklärt, ich hielte gerade einen Papierflieger in der Hand, ich hätte es geglaubt.

Verdammt! Man sollte nichts berühren. Berührungen machen einen schwach. Das Fell einer Katze, der Stiel eines Weinglases, die kalte Macht einer Geldmünze, die polierte Fläche eines Pokals, die Hand eines Kindes.

Ich sagte: »Hallo, Simon. Es freut mich, dich kennenzulernen.«

Ich lächelte ihn an. Er lächelte zurück. Ein Lächeln gleich einem Pinselstrich von Eiklar, dünn und durchsichtig, aber frei von Lüge, frei von Routine oder Spekulation.

Ich hatte noch immer seine Hand in der meinen. Ich hörte jetzt Frau Heinsberg, wie sie meinte: »Muß ich die Feuerwehr rufen?«

»Wieso denn?«

»Na, damit sie mit einem Schneidbrenner anrückt, um Ihrer beide Hände wieder zu trennen.«

Sie meinte es absolut liebenswürdig. Ich sah ihre Freude. Und ich sah meine eigene Freude. Und die Simons, selbst wenn ihm der Witz auch dann unverständlich geblieben wäre, hätte er Deutsch gekonnt.

Stimmt, ich würde ihm diese Sprache beibringen müssen. Deutsch und Schwimmen und Hürdenlauf. – Der perfekte Dreikampf.

11

Natürlich, ich konnte den kleinen Simon nicht einfach einpacken und mitnehmen, als handle es sich um ein Stück Wurst. Andererseits war meine »Eignung« als Adoptivvater bereits festgestellt worden, wenngleich unter der Voraussetzung, der leibliche Vater dieses Kindes zu sein, zumindest mich zu dieser »Leiblichkeit« eidesstattlich bekannt zu haben. Was nun nicht mehr der Fall sein konnte. Dennoch war man willens, meine Tauglichkeit weiterhin als gegeben anzusehen. Auf eine gewisse Weise war ich ganz einfach der *logische* und *zwangsläufige* Vater für dieses Kind. Es war so offensichtlich, wie sehr das Schicksal keinerlei Umstände gescheut und gleich zwei Bürokratien ausgetrickst hatte, um mich und dieses Kind zusammenzubringen. Das konnte etwas Gutes oder Schlechtes bedeuten, aber es wirkte doch ungemein mächtig. Und ich habe es ja schon einmal gesagt: Bürokratien sind viel mehr vom Metaphysischen abhängig, als man meinen mag. Das ist es, was sie so *unfaßbar* macht und weshalb man sich im Umgang mit ihnen so ausgeliefert fühlt. Und nicht, weil dort lauter böse Menschen arbeiten.

Man bat mich, die nächsten Tage in München zu bleiben, um diverse Klärungen abzuwarten. Und vor allem, um Simon zusammen mit Frau Heinsberg sowie einer Vertreterin des Jugendamts und einem Dolmetscher zu treffen, damit wir uns aneinander gewöhnen könnten.

Vorher aber informierte mich die Dame vom Jugendamt

über die Psyche Simons, zumindest beschrieb sie mir die Psyche von Kindern in solchen Situationen. Nicht, daß sie wirklich etwas wußte. Zwar hatte sie Simon gesehen und versucht, sich mit ihm zu unterhalten, aber sie erklärte mir nun: »Das Kind scheint einen Dialekt zu sprechen, den niemand hier versteht. Auch Frau Heinsberg nicht. Darum haben wir einen zusätzlichen Dolmetscher kommen lassen.«

»Na ja«, meinte ich, »ob Hochchinesisch oder Dialekt, ist für mich eigentlich egal.«

»Sie sollten aber schon versuchen, seine Sprache zu lernen. Das ist ein wichtiger Punkt. Die Wurzeln des Kindes zu erhalten. Und immerhin eine Bereicherung für Sie selbst, Herr Braun.«

Ich hätte ihr gerne geantwortet: »Lern selbst mal Chinesisch, du dumme Nuß.«

Sie war mir gleich zu Beginn unsympathisch gewesen. Eine Frau in weiten Kleidern und mit einer riesenhaften Brille und einer Halskette aus Elementen groß wie Holzklötze von Matador. Dazu eine Stimme wie ein Polizeiausweis. Eine Emanze von der unguten Sorte. Ich habe da meine Vorurteile, wie ich gerne gestehe.

Doch das Problem mit der Sprache lag ohnehin sehr viel tiefer. Wie tief, erklärte uns dann der Dolmetscher, ein älterer Herr, ein Han-Chinese, der Taiwanisch sprach sowie sämtliche Hakka-Dialekte beherrschte und auch als Spezialist für die Ureinwohnersprachen auf Taiwan galt. Zudem verfügte er über ein ganz wunderbares Deutsch, mit einem winzig kleinen Akzent, gerade so viel, um der deutschen Sprache einige exotische Ornamente zu verleihen: ähnlich Untertiteln, aber nicht aus Schriftzeichen, sondern Musiknoten. – Es war wirklich angenehm, ihm zuzuhören. Auch besaß er eine gute Art, auf Simon einzugehen, sich zu ihm beugend, ohne ihn zu berühren, ohne auch nur einen Finger auf dem Kind abzusetzen, wie das Erwachsene gerne und unbewußt tun, auch die, die sich darüber aufregen, wenn andere über das Haar der lieben Kleinen streichen oder Bonbons verteilen.

Der alte Mann richtete das Wort an Simon und probierte verschiedene Dialekte aus. Ohne daß jedoch Simon reagiert hätte. Es war nicht so, daß er sich in sein Schweigen vergrub, aber er schien einfach nicht zu verstehen, was hier gesprochen wurde.

Der Dolmetscher zeigte in der Folge auf den Tisch, um den herum man saß, und sagte »table«, denn immerhin verwendeten viele Taiwaner die englische Sprache. Sodann übersetzte er das Wort in die häufigsten Formen, die auf dem nationalchinesischen Inselstaat Anwendung fanden.

Mitten in dieser Aufzählung unterbrach Simon den Übersetzer, zeigte seinerseits auf den Tisch und sprach ein Wort. Und gleich darauf auch andere Wörter, die zu Ketten und Sätzen verschmolzen. Ich dachte mir: »Fein, unser Dolmetscher hat den richtigen Knopf gedrückt.«

Aber nur bedingt. Denn am Ende von Simons kleiner Redeflut drehte sich der alte Mann zu uns anderen hin und erklärte: »Ich kann Ihnen nicht sagen, was der Junge da von sich gibt. Ich kann Ihnen nur sagen, daß es sich um keine der bekannten Sprachen auf Taiwan handelt. Keinen chinesischen Dialekt und keine Ureinwohnersprache. Nichts davon.«

Die Jugendamtsdame fingerte an ihren Schmucksteinen herum und meinte, die Unverständlichkeit resultiere vielleicht nur daraus, daß Simon sprachlich ein wenig zurückgeblieben sei.

»Finden Sie denn, daß er undeutlich redet?« fragte der Übersetzer.

Ich dachte mir: »Zeig's ihr.«

Der Übersetzer gab auch gleich selbst die Antwort: »Der Junge drückt sich vollkommen präzise aus, nur daß es keine Sprache ist, die ich kenne. Und ich kenne einige.«

»Aber nicht alle«, meinte die Frau vom Jugendamt.

Der alte Mann blieb ganz ruhig und sagte: »Richtig, alle kenne ich nicht. Aber wenn ich eine Vermutung aufstellen darf, würde ich sagen, Sie werden niemanden finden, der die Sprache dieses Jungen beherrscht.«

»Wie meinen Sie das?« fragte ich ihn. »Redet Simon in einer Geheimsprache?«

»Ja, in seiner eigenen.«

»Das ist eine gewagte Annahme«, meinte die Jugendämtlerin, die ganz offensichtlich diesen Mann nicht ausgewählt hatte. Das war Frau Heinsberg gewesen.

Doch Heinsbergs Wahl sollte sich als genauso richtig erweisen wie eben auch die These des Übersetzers. Weitere Spezialisten konnten nur bestätigen, daß Simon sich in einer unbekannten, höchstwahrscheinlich von ihm selbst entwickelten und nur ihm selbst verständlichen Sprache ausdrückte, vorausgesetzt, das, was er da von sich gab, besaß überhaupt konkrete Bedeutungen. Ein nachvollziehbarer Bezug zu einem der bekannten Sprachstämme fehlte gänzlich. Diese Sprache war ohne Stamm. Somit auch ohne Wurzeln. Pures Blätterwerk. Zugleich wirkte sie recht komplex, kein Gestammel oder Gebrabbel, nicht die Babysprache eines Zurückgebliebenen.

Das war die eine Erkenntnis. Die andere, sehr viel problematischere war die, daß Simon offensichtlich nur diese eine höchstpersönliche Lautsprache beherrschte. Entweder, weil er eine andere nie erlernt hatte oder eine Blockade es ihm unmöglich machte, diese anzuwenden. Seine Vorgeschichte blieb dabei weiterhin ziemlich im unklaren. Denn offensichtlich hatte seine Pflegemutter, jene Krankenschwester, die mit Frau Dr. Senft zusammengearbeitet hatte, sich bald nach deren Tod mit dem einjährigen Simon aufs Land zurückgezogen, beziehungsweise in die Berge, in ein Dorf im Süden des Zentralgebirges.

Der Übersetzer, mit dem ich mich noch einmal traf, diesmal allein, sagte zu mir: »Mag sein, daß sich der Junge in dieser Sprache, die er spricht, versteckt und gar nicht verstanden werden will. Daß seine Sprache ein Panzer ist, wie die Frau vom Jugendamt behauptet. Aber so Leute vom Jugendamt, die sehen überall sofort ein Trauma. Ich glaube hingegen, es ist etwas anderes. Bemühen Sie sich, ihn zu verstehen, und bekommen Sie heraus, was dahintersteckt.«

Nun, das sagte sich so. Dabei wäre es schwer genug gewesen, sich Chinesisch oder Taiwanisch oder irgend so ein Minderheitenkauderwelsch anzueignen. Und jetzt sollte ich auch noch eine gar nicht existente Sprache erlernen. Dabei reichten mir Englisch und Französisch wirklich. Erst recht als der Bademeister, der ich war. Kein Linguist und kein Sprachgenie.

»Es ist klar«, erklärte Heinsberg, »daß Sie unter diesen Voraussetzungen Ihren Adoptionsantrag zurückziehen können. Damit haben wir nicht gerechnet.«

»Sie haben mit einigem nicht gerechnet, oder?«

»Stimmt«, sagte sie.

Sie hatte ihren Kopf gesenkt. Ich kam mir richtig schlecht vor. Denn schließlich war diese Frau doch bei allem der »gute Engel« gewesen. Niemand, dessen Kopf ich so weit unten sehen wollte. Dennoch sagte ich: »Schon wieder.«

»Was schon wieder?« fragte sie und richtete sich auf.

»Sie machen mir immer ein schlechtes Gewissen. Das war von Beginn an so. Das ist Ihre ganze Strategie.«

»Da irren Sie sich«, erklärte sie, in diesem Moment ihren Kopf so ungemein gerade haltend, die Augen, den Mund, alles so fest und unverrückbar aufrecht, als hätte sie nie in ihrem Leben jemals zu Boden geschaut.

Na, wie auch immer, ich sagte: »Ich will den Jungen trotzdem adoptieren. Daß die Sache mit der Sprache nicht ganz einfach werden wird, war sowieso abzusehen.«

»Ich könnte Sie umarmen«, rief sie.

Schon klar, das war symbolisch gemeint. Trotzdem meinte

ich: »Sie kriegen mich immer dorthin, wo Sie mich hinhaben wollen.«

»Vielleicht kriege ich Sie nur dorthin, wo Sie selbst ohnedies hinmöchten.«

Meine Güte, dachte ich, ist das hier die Lebensberatung? Sodann überlegte ich, wie alt die Heinsberg wohl sein mochte. Keine fünfundzwanzig. Ich fragte sie nach ihrem Namen, ihrem Vornamen.

»Wieso?«

»Na, gerade wollten Sie mich noch umarmen.«

Sie schaute zur Seite, als stünde dort jemand, bei dem sie um Erlaubnis bitten mußte. Jemand, dessen gesenkter oder aufgerichteter Daumen oberstes Gesetz war, jemand, den ich nicht sehen konnte. Dann blickte sie wieder zu mir her und sagte: »Kerstin.«

Hätte sie jetzt zum Beispiel »Barbara« oder »Sandra« gesagt, ich glaube, ich hätte die Begegnung mit ihr einfach als ein markantes Erlebnis abgebucht, damit aber auch abgeschlossen. Umgekehrt war es natürlich nicht so, daß ich nur, weil sie diesen schönen Namen trug, augenblicklich beschlossen hatte, den Antrag einer symbolisch gemeinten Umarmung in die Realität umzusetzen. Aber immerhin machte ich einen Vorschlag. Ich sagte: »Es wäre schön, wenn wir in Kontakt blieben.«

Sie betrachtete mich. Es war ein Grübeln in ihrem Gesicht. Zeit genug, um mir dieses Gesicht genau einzuprägen. Was nämlich meistens versäumt wird. Wir sind stundenlang mit Menschen zusammen, auch mit noch so faszinierenden, selbst mit monströsen, und haben nachher trotzdem kaum eine Ahnung, wie der andere ausgesehen hat. – Produzieren wir darum so viele Fotos?

Aber Kerstin Heinsberg zu fragen, ob ich sie fotografieren dürfe, hätte alles zunichte gemacht. Sosehr Fotos der Erinnerung dienen, zerstören sie die Gegenwart. Sie erinnern uns sodann an ein Ereignis, das gar nicht eintrat, weil wir da gerade mit dem Fotografieren beschäftigt waren. Kein Wunder, daß manche Kulturen sich so sehr dagegen sträuben.

Nein, ich wollte mir ihr Gesicht einprägen: die schmale Form, den vornehm blassen Teint, die ungleichen Augen – das eine braun, das andere sehr viel heller, zudem blau. Ein bläulicher Kranz, wie beim Cover von diesem Roman von Frank Schätzing, aber eine Spur lichter, auch wirkte es müder als das andere, das Lid enger. Zudem schien das Schätzing-Auge, ihr linkes, eine kleinere Pupille zu haben, kleiner als die des gegenüberliegenden Auges und auch kleiner als auf dem bekannten Romanumschlag.

Ein ungleiches Augenpaar und doch harmonisch!

Die längliche Nase wiederum unterstrich die einheitlich schlanke Gesichtsform. In der flachen Mulde ihres rechten Nasenflügels ruhte ein metallenes Sternchen mit sechs Zakken. Es wirkte wie ein winziges, versilbertes Weihnachtsgebäck. Ihre Lippen hingegen hatten etwas Schwermütiges an sich, ohne aber gequält herunterzuhängen. Es handelte sich um eine hübsche Schwermut, wie ein Romantiker sie gemalt hätte. Jetzt, während sie nachdachte, meinte ich einen Anflug von Falten auf ihrer Stirn zu sehen, nur die Schatten, gerade so, als wären es meine eigenen Falten, deren leichter »Wurf« sich dort, auf fremder Stirn, abzeichnete. Seitlich davon zogen sich Strähnen von rotbraunem dünnen Haar nach hinten, wo sie zu einem kurzen Zopf gebündelt waren. Es war kein schönes Haar, aber schönes Haar hätte auch gestört. Entweder schönes Haar oder ein schönes Gesicht! Beides zusammen pflegte sich auszustechen, das hatte ich schon oft erlebt und bedauert. Bei meiner Verlobten war das so gewesen. Frau Dr. Senft hingegen hatte ähnlich dünnes Haar gehabt, blond, gelbblond, man hätte auch *krank*blond dazu sagen können, Haar, das immer ein wenig fettig gewirkt hatte. So auch bei Kerstin Heinsberg. Aber es war eben ihr Gesicht, welches ich mir einprägte, nicht ihr Haar, nicht ihre Frisur.

»Gut«, sagte sie, »ich schreibe Ihnen meine private Nummer auf. Dann können Sie mich anrufen, wenn Sie mir erzählen wollen, wie es Ihnen als Vater so geht.«

»Ein wenig Angst habe ich schon«, gestand ich.

»Wäre ja noch schöner, hätten Sie keine. Männer ohne Angst gehören ins Gefrierfach, damit sie keinen Schaden in der Welt anrichten können.«

»Interessante Formulierung«, sagte ich und dachte mir, daß ich viele Jahre ein solcher angstfreier Mann gewesen war. Und es war ja auch gar nicht der Flugzeugabsturz gewesen, der mir die Fähigkeit des Angsthabens beschert hatte, sondern meine Liebe zu Lana. Wer wirklich liebt, fürchtet natürlich um diese Liebe. Das ist etwas anderes, als im Aktiengeschäft Geld zu verlieren. Angst um die Liebe und Angst um die Kinder, das ist fundamental. Im Vergleich dazu besitzt selbst die Angst um den Job – die gerne geschürt wird gleich der Angst vor Bakterien – bloß die Kraft eines Schulterzuckens.

Stimmt, da gibt es noch die Angst vor dem Tod. Aber wer seine Liebe oder sein Kind verloren hat, wie könnte der noch Angst vor dem Tod haben?

Bei mir war es freilich so, kein Kind verloren, sondern soeben eines gewonnen zu haben. Und vielleicht sogar … nein, von Liebe zu dieser Konsulatsangestellten mit silbernem Sternpiercing auf dem rechten Nasenflügel und der gestörten Pigmentierung im linken Auge zu sprechen, wäre vermessen gewesen. Doch als sie sich zu mir hinstreckte, sich mit ihrer Hand an meiner Schulter sachte festhielt und mir ihre schwermütigen Lippen gegen die Wange drückte – genau jene Dauer wählend, die nichts verspricht, aber auch nichts ausschließt –, da meinte ich einen Schauer zu empfangen, so einen winzig kleinen Meteoritenschauer.

Ich weiß schon, selbst diese kleinen Meteoriten können immensen Schaden anrichten. Aber wer wollte auch behaupten, Liebe sei frei von Schaden?

Zwei Tage später erhielt ich den Bescheid, Simon mit nach Stuttgart nehmen zu können, um mit der Probezeit zu beginnen, wobei mich eine Mitarbeiterin des dortigen Jugendamts unterstützen würde. Unterstützen und kontrollieren. Was mich nicht störte. Ich ging davon aus, daß nicht alle Jugendämtlerinnen so waren wie die Matadorfrau aus München. Zudem war Kontrolle besser als das Gefühl, allein gelassen zu werden. Im Cockpit eines Fliegers wäre es mir auch recht gewesen, wenn mir jemand kenntnisreich auf die Finger geschaut hätte.

Wobei die Frage eben nicht nur darin bestand, ob es mir gelingen würde, einen Siebenjährigen, der die letzten Jahre im taiwanischen Zentralgebirge zugebracht hatte, davon abzuhalten, bei Rot über die Kreuzung zu laufen, sondern vor allem, ob mir ein Zustand gelingen würde, den die Behörde als »echtes Eltern-Kind-Verhältnis« definieren konnte. Und zwar mit einem Kind, das ja nicht nur *ich* nicht verstand, sondern auch sonst niemand.

12

Die Menschen sind Tiere.

Das ist hier aber nicht gemeint als Hinweis auf die oft besungene Bestialität des Homo sapiens, die ja nicht selten über das Tierische hinausweist, sehr viel verspielter anmutet, sehr viel weniger zweckgebunden ist: ein kunstvoll rabiates Verspieltsein. Der Begriff *Kampfkunst* trifft es ziemlich gut. Das gilt selbst noch für Tobsuchtsanfälle.

Aber ich meine etwas anderes. Ich meine unsere Abhängigkeit davon, was wir als normal empfinden, als naturgegeben. Wie sehr uns die Abweichung schreckt oder irritiert oder wütend macht und dabei unseren Instinkt beleidigt. Sobald die Norm durchbrochen wird, sind wir ganz Tier.

Mir war das früher nie so klar gewesen. Sehr wohl aber von dem Moment an, da ich für alle sichtbar mit diesem einen Kind zusammen war, es an meiner Hand führte, in behütender Weise den Jungen an der Schulter faßte, ihn zur Begrüßung in die Arme nahm, tröstete, sorgsam war, mitunter streng, genervt, laut, dann wieder helfend. – Bei alldem war offenkundig, daß Simon nicht zu mir paßte. Simon mit seinem asiatischen Gesichtsbild, während ich selbst durch und durch ein »weißer Mann« war. Was nun für alle, die uns wahrnahmen, ohne uns zu kennen – und wahrgenommen wurden wir weit mehr als andere –, einige Möglichkeiten eröffnete. Eine Adoption war so denkbar wie der Umstand, daß ich hier in beruflicher oder ehrenamtlicher Weise ein Kind fremder Eltern betreute. Vor allem bot sich natürlich an, daß es sich bei meiner Frau, der Mutter dieses Jungen, um eine Chinesin handelte. Das mochte heutzutage nicht mehr als »Perversion« oder »Rassenschande« gelten, empfunden wurde es aber schon so. Der Blick der Menschen signalisierte ihre Verunsicherung, ihren Widerwillen. Alles, was außerhalb der Ordnung steht, tut dies. Manche kochen daraus ihr ideologisches Süppchen, die Rassisten wie auch jene, die den Tabubruch überhöhen. Sosehr die Vermischung der Rassen ein genauso unumstößliches Faktum darstellt wie die Mobilität des neuzeitlichen Menschen, gilt dies gleichermaßen für das Unbehagen darüber. Jeder Blick, der mich und Simon traf, bewies mir das. Auch der freundliche Blick. Ja, der freundliche Blick ganz besonders, der Blick der liberalen Geister, die so was »ganz toll« finden, ein ungleiches Menschenpaar als Veredelung, bloß daß diese Leute im eigenen Falle dann doch lieber herkömmliche Beziehungen pflegen und herkömmliche Musterfamilien bilden.

Der zweite Punkt ergab sich natürlich aus Simons »Behinderung«. Welche nicht sofort erkennbar war. Er bewegte sich normal, gestikulierte in der gewohnten Form, sein Lachen war nicht breiter oder schriller als bei Gleichaltrigen, seine Verstimmungen nicht dunkler oder zerstörerischer. Und wenn er einmal redete, dann führte das Unverständliche seiner Worte zunächst zur Annahme, es entsprechend seiner Augenform mit einer exotischen Sprache zu tun zu haben. Nach und nach aber begriffen die Leute, was es damit auf sich hatte. Und begriffen auch die Unfähigkeit Simons, eine andere Sprache als jene zu erlernen, die er schon beherrschte und die allein ihm gehörte.

Richtig, der Mensch unterscheidet sich von den Tieren nicht nur durch jene Kommunikationsform, die es ihm ermöglicht, in Talkshows aufzutreten, sondern nicht minder durch seinen Umgang mit denen, die behindert sind. Er, der zeitgenössische Mensch, läßt seine Gehandicapten und Eingeschränkten nicht einfach in der Steppe zurück, läßt sie weder erfrieren noch verhungern, er nimmt sie auf die Schultern, schafft Geräte für ihre Fortbewegung, hängt sie an Schläuche, füttert sie, erhebt einige von ihnen sogar in den Stand der Führungseliten ... Eigentlich kaum zu glauben, daß die Welt trotzdem immer schneller wird.

Und dennoch, die Behinderung bleibt verdächtig. Und viel verdächtiger als im Falle Simons ging es gar nicht mehr.

Gleich, was ich auch unternahm, und gleich, was die anderen unternahmen, Simon verharrte in seinem höchstpersönlichen Sprachschatz. Wobei er weder stur noch aufsässig wirkte. Was sein Verhalten aber erst recht als behindert erscheinen ließ. Behindert im Sinne einer niemals gewachsenen und auch in Zukunft nicht mehr wachsenden, also nachwachsenden Extremität. Er schien weder traumatisiert noch ein radikaler Rebell zu sein, sondern schlichtweg eingeschränkt.

Mein krankes, fremdes, anderes Kind!

Die Gutmeinenden erklärten mir dann immer: »Ihr Kind ist besonders.«

Oft lag mir auf der Zunge, so was zu sagen wie: »Hitler war auch besonders.« Aber klar, das tut man nicht, wie man ebensowenig die Hand dessen wegschlägt, der einem zu helfen versucht.

Zugleich muß gesagt sein, daß ein solches Kind auch eine enorme Freiheit bedeutet. Denn mit einemmal steht man außerhalb der Anforderungen, die uns allen einen erheblichen Streß bescheren. Vor allem, was die Bildung betrifft und ihren militärischen Arm, die Schule.

Obgleich ich selbst ein Schüler gewesen war, der gute und beste Noten abgeliefert hatte, obgleich versiert im Klassensprechertheater (der Trick, innerhalb der Diktatur demokratische Formen zu kultivieren, wie man an einer bestimmten, unwichtigen Stelle des Gartens Unkraut wachsen läßt), also ganz sicher kein Schulversager, im Gegenteil, erinnerte ich mich ungern an diese Einrichtung. Kein Ort in meinem Leben hatte mir derart den Eindruck verschafft, das Leben könnte eine Art von Vorhölle sein und der Mensch also durchaus erleichtert, nach seinem Tode festzustellen, das Schlimmste bereits hinter sich zu haben. Es braucht überhaupt nicht zu wundern, daß ausgerechnet an diesem Ort so viele Amokläufe geschehen.

Nun gut, Simon war siebeneinhalb, und er war in keiner Weise ansteckend. Ein Alien zwar, aber kein Außerirdischer. Auch nicht an ein Bett oder sonstwas gefesselt. Er mußte somit eine Schule besuchen, doch war in seinem Fall der »militärische Anteil« ein höchst eingeschränkter. Simon war für den Krieg und für die Vorhölle einfach nicht geeignet.

Dennoch, die Schule stand ihm zu. Etwas, was der Gesetzgeber als »Teilhabe auf unteilbares Recht« definiert. Es besteht eben auch ein Recht auf jene Dinge, die man gar nicht einfordert. Daneben war nicht ganz unwichtig, daß ich weder Millionär noch Privatpädagoge war und weiterhin dem Beruf des Bademeisters nachging. Simons ganztägige Unterbringung in einer Schule für geistig Behinderte stellte eine Notwendigkeit dar.

Wie anders hätte es funktionieren sollen? Da war nirgends eine Wolke, auf die ich mich zusammen mit ihm hätte setzen können, um auf einen göttlichen Übersetzer zu warten.

Nein, die Schule war in diesem Fall ein Glück. Und mein eigenes Glück war, daß meine Leistung als Vater nicht daran gemessen wurde, wie rasch ich Simon die deutsche Sprache beibrachte, die beizubringen auch seine sonderpädagogischen Betreuerinnen nicht in der Lage waren. Diese seine »Unfähigkeit« erwies sich bald als fundamental. Diesbezüglich war er unangreifbar. Man könnte sagen: unknackbar. Eine Bergianerin drückte es so aus: »Ein Tresor, aber ein lieber Tresor.«

Bei einem Kind ohne Beine verlangt niemand, daß es sich

irgendwann aufrichtet und auf nicht vorhandenen Gliedmaßen herumläuft. Bei Simon war es ähnlich. Allerdings gibt es
für die Beinlosen Prothesen. Und an der Gestaltung einer
Prothese für Simon – einer Art Sprachbrücke – wurde natürlich durchaus gearbeitet. Von verschiedenen Seiten, von meiner, von Seiten der Lehrkräfte und auch von der einer Thera-
peutin, zu der ich Simon zweimal in der Woche brachte.
Übrigens nun bereits als offizieller Adoptivvater, nachdem
das Jugendamt das vorgeschriebene Eltern-Kind-Verhältnis
festgestellt und das Familiengericht den besonderen Umstand, es hier mit einem alleinstehenden Antragsteller zu tun
zu haben, in die auch insgesamt besonderen Umstände ein-
geordnet hatte. Die ganze Angelegenheit war ein Spezialfall.
Wäre ich hingegen schön brav verheiratet gewesen, es hätte
eigentlich kaum gepaßt. Nein, hier fügte sich ein Sonderfall
in den anderen, und das deutsche Recht – das ja nicht das
schlechteste ist, wenn man es ernst nimmt – hatte dafür eine
komfortable Nische parat.

Daneben bestand ein Zutrauen des Kindes zu mir, das ich
mir gar nicht erst hatte verdienen müssen. Es war einfach
vorhanden gewesen, von dem Moment an, als ich Simon in
einem Raum der Münchner Taipeh-Vertretung die Hand
gereicht hatte. Wobei mich niemals das Gefühl verließ, daß
dieses »Gottvertrauen«, mit dem das Kind mich beschenkte,
der Konsulatsangestellten Heinsberg zu verdanken war. Auf
eine gewisse Weise hatte sie mich für Simon ausgesucht. Mitunter kam mir sogar der Gedanke, Heinsberg hätte in einer
irren Weise etwas damit zu tun, daß mir viele Jahre zuvor ein
toter Pottwal in die Quere gekommen war, der aber auf eine
bakterielle Weise doch noch lebendig gewesen war und mich
praktisch mit einem allerletzten Akt in ausgerechnet dieses
Tainaner Krankenhaus befördert hatte.

Es gibt keine Zufälle. Den Glauben an den Zufall hat die
Aufklärung geschaffen, um die weißen Flecken auf der Land-
karte des Lebens zu füllen.

Klar, mit gescheiten Sprüchen allein war es nicht getan. Da war noch ein Alltag, von dem gerne gesagt wird, man müsse ihn bewältigen. Da war die Zubereitung des Frühstücks, da war der Beginn der Schule, meine Arbeitsstunden im Bad Berg, das Ende der Tagesbetreuung, die gemeinsamen Abende, die Gestaltung der Wochenenden, das Angeglotztwerden auf der Straße, die Frauen, die meinten, mir Ratschläge geben zu müssen, die Momente wiederum, da mir gute Ratschläge fehlten. Da waren meine lausigen Kochkünste, Simons Aversion gegen die Badewanne, das Vorlesen vorm Einschlafen (richtig, ich las Geschichten vor, und er betrachtete die Bilder und vernahm den Klang meiner Stimme, lachte, manchmal an passenden Stellen, manchmal an unpassenden), da war auch das Kranksein hin und wieder, Simons Launen, meine Launen, verdreckte Kloschüsseln, verschwundene Socken, Zahnarztbesuche … Wollte man den Alltag darstellen, er wäre ein von Ameisen geschaffenes Mosaik, unübersichtlich, abstrakt anmutend und am konkretesten im Fehlen einzelner Socken.

Aber da war noch etwas.

Der Hürdenlauf!

Natürlich wies man mich darauf hin, es sei ein wenig früh, den Jungen für den Hürdenlauf begeistern zu wollen. Laufen allein sollte ja wohl reichen. Eine Hürde sei bedrohlich, ein Hindernis, gewissermaßen eine umgedrehte Grube: eine sichtbare Falle. Weshalb der Instinkt eigentlich gebiete, einen Bogen um den Balken zu machen, anstatt ihn überwinden zu wollen.

Dennoch, ich war überzeugt, daß es besser war, dieses »besondere Kind« auch recht bald in eine besondere Form athletischer Raumbewältigung einzuweisen. Vor allem dachte ich, zumindest anfangs, daß das Wort »Hürde« sich bestens eigne, mit der deutschen Sprache zu beginnen.

Ich wartete eine Weile, dann endlich fuhren wir mit der Straßenbahn hoch zur Waldau, eine im Stadtbezirk Degerloch untergebrachte Anlage aus mehreren Sportstätten, im schmalen Schatten jenes Stuttgarter Fernsehturms gelegen, der nicht nur als erster seiner Art gilt, sondern auch als der schönste: schlank und erhaben, ohne jene gewisse Blässe oder jenes massive Auftrumpfen, wie man es bei den meisten Kopien erlebt. Dieser Turm war vergleichbar all den Kinofilmen, die eine Reihe begründet hatten, etwa *Rocky, Alien, Transformers, Jaws,* und bei denen sich die meisten Zuschauer immer wieder nach dem Original sehnen. – Da hatten es die Stuttgarter gut, da sie von vielen Punkten der Stadt aus auf diesen hochgelegenen Urturm sehen und darüber so manches verdrängen konnten, was in ihrer Stadt geschah und geschehen war. So wie man zu einem Kruzifix hochschaut und ob der Würde des Gekreuzigten das Elend einer ganzen Kirche vergißt.

Ich war Mitglied bei den Stuttgarter Kickers geworden, eigentlich ein Fußballverein, der mich nicht interessierte, mir aber die Möglichkeit bot, auf der Laufbahn, die einen der Rasenplätze gleich einem anschmiegsamen Saturnring umgab, zu gewissen festgelegten Zeiten meine Hürden aufzustellen und mein eigenes trainerloses Training zu absolvieren. Immerhin hatte ich früher zur Elite der deutschen Hürdensprinter gezählt. Das lag freilich lange zurück, und ich galt am neuen Ort als der »springende Bademeister«, auch wenn »fliegender Bademeister« korrekter gewesen wäre, was dann aber doch zu falschen Assoziationen geführt hätte. Jedenfalls hatte ich dort meine Bahn und meine Ruhe. Und nun eben auch die Möglichkeit, Simon zu unterrichten.

Es war jetzt spät im Sommer und spät am Tag, und das Orangerot der untergehenden Sonne ließ die Tartanbahn besonders schön glühen. Es war ausgesprochen warm, und Simon stand mit kurzer Hose und kurzem Leibchen und Sportschuhen am Rand der Bahn. Sein Anblick verursachte mir einen Stich in der Brust, dieses Haut-und-Knochen-

Kind mit der Ausstrahlung einer Gliederpuppe, an der die Kleidung geisterhaft wehte. Da nützte auch nicht zu wissen, wie viele Pizzastücke dieses Kind verdrücken konnte und auch verdrückte. Außerdem hätte man natürlich argumentieren können, daß sein »äthiopischer« Körper sich doch bestens für den Laufsport eigne. Allerdings eher für die Langstrecke als den raschen Lauf über Hindernisse. Etwas muskulöser durfte der Junge also schon noch werden.

Ich stellte die vier mitgebrachten Übungshürden in gleichmäßigen Abständen auf und zog die Balken auf die niedrigste Höhe herunter. Bei alldem schilderte ich genau, was ich tat und wozu. Ich hatte mir das angewöhnt, mit Simon zu reden, ja, ich redete mehr als »normale« Eltern, kommentierte beinahe einen jeden Handgriff, schaute dabei Simon an und hoffte auf ein Zeichen, daß er mich verstanden hatte. Überzeugt, er sei in der Lage, das Wort »Hürde« nachzusprechen. Was er aber nicht tat, kein bißchen.

Hielt ich ihn für einen Simulanten?

Manchmal ja, manchmal nein. Mitunter kam mir vor, die Matadordame aus München hätte recht gehabt, und Simon versuche, sich auf diese Weise zu schützen. Ein bißchen wie die Leute, die lieber Verrückte spielen, als in den Krieg zu müssen. Oder Frauen, die sich häßlich machen, um nicht angequatscht zu werden.

Es war ein Geheimnis um dieses Kind, das tiefer führte als die Aussage, es sei behindert oder besonders.

Ich war mir unsicher, ob Simon mir zuhörte. Ob er irgend etwas begriff von dem, was ich sagte. Oder mir vielmehr freundlich zusah, wie ich meine Lippen bewegte. Und im übrigen einfach gewisse Regeln befolgte, etwa die, daß ein hingelegter Pyjama bedeutete, es sei Schlafenszeit. Während die Erwähnung der konkreten Uhrzeit unerheblich blieb.

In gewissen Abständen geriet er selbst in einen Redefluß. Manchmal, als spreche er mit dem Salzstreuer auf dem Tisch, dann wieder direkt an mich gerichtet. Bisweilen, wenn ich müde war, heuchelte ich Aufmerksamkeit, oft aber war ich konzentriert und darum bemüht, seinen unverständlichen Worten und Lauten zu folgen. In der Hoffnung, Wiederholungen zu bemerken, die dann also ein System nahegelegt hätten. Hin und wieder meinte ich, einen Ausdruck wiederzuerkennen. In etwa.

Es war, als versuchte ich einen Hund oder eine Katze zu verstehen. Und bei denen sind wir ja auch nicht sicher, ob die jetzt intelligente Wesen sind oder doch nur simple Körper auf vier Beinen.

Als ich die Aufstellung der Hürden beendet hatte, nahm ich Simon an der Hand, zog ihn sachte auf die Laufbahn und begann zu traben. Er trabte mit. Ich sagte: »Jetzt wärmen wir uns mal auf.«

»Ich bin schon warm genug.«

Nicht, daß er das wirklich von sich gegeben hatte. Vielmehr hatte ich gedacht, das sei genau die Antwort, wie ich sie von einem Jungen seines Alters erwartete.

Es war aber etwas anderes, was er, nachdem wir in die Gegengerade eingebogen waren, laut ausrief. Etwas wie *Chaanda-sa-hrck!*

Dabei war er abrupt stehengeblieben und wies jetzt mit dem Arm nach rechts, immer wieder dieses eine Wort aus einem Gewimmel anderer Begriffe und Laute herausrufend. Endlich war eine Wiederholung unverkennbar. Man kann sagen, Simon hatte zwar das Wort »Hürde« nicht gelernt, aber *ich* den Ausruf »Chaanda-sa-hrck!« Und brauchte jetzt nur noch zu begreifen, was das zu bedeuten hatte.

Ich blickte in die Richtung, in die Simon zeigte. Beziehungsweise auf die Konstruktion, welche jenseits des Zauns, der den Sportplatz abgrenzte, aufragte: ein Felsen. Ein mächtiger Felsen. Zudem ein künstlicher. Und auf diesem mächtigen, künstlichen Felsen viele bunte Elemente, als hätte der Felsen einen lustigen Hautausschlag. Wie Kinder ihn gestalten würden, könnten sie wenigstens das Aussehen von allergischen Reaktionen bestimmen.

Jedenfalls handelte es sich um einen Kletterfelsen, an dem eine Vielzahl von Personen sich daran versuchte, die Wände hochsteigend oder sich an den gesicherten Seilen herunterlassend.

Natürlich sah ich diesen farblich gepunkteten Kegel nicht zum ersten Mal, auch wenn ich mein Training eher in die Gegenrichtung absolvierte. Abgesehen davon, daß ich beim Hürdenlauf immer nur die Hürden wahrnahm und sicher nicht die sie umgebende Landschaft. Aber spätestens beim Zurücktraben …

Ich hatte einen Grund, diese markante Erhöhung unbeachtet zu lassen. Mein Verhältnis zu Bergen und erst recht zu deren Besteigung war ein gestörtes. Freilich nicht aus eigener Anschauung. Ich war niemals auf Felsen geklettert, gleich ob echt oder künstlich. Die Höhe war mir seit jeher ein Greuel, wobei es einen Unterschied machte, aus einem Flugzeug Tausende Meter hinunterzuschauen oder Hunderte von einem Berg senkrecht ins Tal. Oder auch nur zehn Meter. Meine Schwester hingegen …

13

Richtig, über meine Schwester ist hier noch kein einziges Wort gefallen. Aber wie oft geschieht es überhaupt, daß die Leute von ihren Geschwistern reden? Von ihren Hunden, das schon, ihren Kindern, ihren Eltern, geliebt oder ungeliebt, ihren Feinden und Freunden, aber kaum ein Erwachsener erwähnt seine Geschwister. Wenn, dann wird wie über eine Nebensache gesprochen. Geschwister sind die Leute, die man zu Weihnachten trifft. Und wie oft ist Weihnachten?

Stimmt schon, *so* muß es nicht sein, aber meistens eben schon. Zudem war es in meinem Fall noch weit schwieriger. Ich sah meine Schwester, ich sah Astri, auch Weihnachten nicht mehr. Seit über einem Jahrzehnt lag sie auf einem Kölner Friedhof. Im Spätsommer 2002, eineinhalb Jahre bevor ich meinen eigenen Unfall hatte und in einer defekten Boeing ins Ostchinesische Meer gestürzt war, war meine Schwester in den Tiroler Bergen ums Leben gekommen.

Sie verunglückte, als ein Blitz in den Felsen einschlug und sie hinauskatapultierte. Sie war an die hundert Meter gefallen, ohne auch nur einmal die Steilwand zu streifen, und schließlich auf dem Felssockel aufgeprallt. Als die Bergrettung sie einen Tag später barg, hatte eine Haube von Schnee ihren Körper bedeckt. Wie ein Sarkophag, hatte einer der Männer gemeint. Und tatsächlich dachte ich oft, wieviel besser es gewesen wäre, sie nahe dem Berg zu begraben, als sie hinunter ins Tal zu bringen, hinaus aus Österreich, hinein nach Deutschland, hinüber auf den Kölner Friedhof, wo weit und breit kein Berg war, bloß viele gebändigte Steine.

Übrigens war es Ende September gewesen und das Unwetter vollkommen überraschend gekommen, während es in meinem Fall durchaus angekündigt gewesen war. Aber in beiden Fällen hatte ein Gewitter seine dramatische Wirkung getan.

War das alles, was uns verband?

Jedenfalls nicht die Liebe der Eltern. Es war allein Astri gewesen, die diese Liebe auf sich gezogen hatte. Die des Vaters noch stärker als jene der Mutter. Zwei Jahre nach mir geboren, waren sich diesmal beide Elternteile über die Namensgebung einig gewesen. Sie wählten eine der finnischen Formen von Astrid: Astri. Denn unter den Ahnen beider Familien hatte es sowohl eine Astrid wie auch eine Astri gegeben, die beide über hundert Jahre alt geworden waren. Somit sollte die Wahl dieses Vornamens als ein gutes Omen wirken.

Später klagte meine Mutter, wie wahnsinnig es gewesen sei, das Schicksal auf diese Weise herauszufordern. Sie erkannte darin allen Ernstes eine Schuld. Sie sagte: »Als hätten wir ein Todesurteil unterschrieben.«

Astri wurde bloß zweiundzwanzig. Das ist, wie man so sagt, kein Alter zum Sterben. Wobei sie immerhin an jenem Ort umkam, der ihr der liebste gewesen war. Das war auch immer ihre Rede gewesen, lieber jung sterben zu wollen, dafür beim Klettern, als im Krankenhausbett oder sonstwie bewegungsunfähig ein hohes Alter zu erreichen. Oder auch nur Mutter zu werden und gleich der eigenen Mutter in die Fänge eines Haushalts zu geraten.

Klar, es gibt auch eine Mitte. Es gibt auch die Möglichkeit, Mutter zu werden und dennoch weiter in die Berge zu gehen. Aber für Astri war dort, in der Mitte, kein Platz gewesen.

Bezeichnenderweise hatte sie sich als ihre persönliche

»Heiligenfigur« den österreichischen Arzt und Bergsteiger Emil Zsigmondy ausgesucht, der 1861 geboren wurde und ebenfalls sehr jung, nämlich vierundzwanzigjährig, in den französischen Alpen abgestürzt war. Vor allem aber fällt auf, daß Zsigmondy 1881 als erster die Südflanke jenes Berg begangen hatte, an dessen Nordkante Astri 2002 ums Leben gekommen war.

Ich hatte derartige Leidenschaften nie begriffen, sich an *unmenschliche* Orte zu begeben, tief ins Meer, hoch in die Lüfte, in dunkle Höhlen, eisige Weiten. Worin besteht denn das Vergnügen, sich die Zehen abzufrieren? Klar, es geht um Überwindung, um die Beherrschung des eigenen Körpers, gerade dort, wo er nichts verloren hat. Weshalb man ja diesen Körper auf die Bedingungen zuschneidet. Astri hatte eine ungewöhnliche Kombination aus geringem Gewicht und ausgeprägten Muskeln entwickelt. Eine Kreuzung aus Eiskunstläuferin und Bodybuilderin. Wenn sie hundert Liegestütze machte, dann mit einer Leichtigkeit, als hänge sie an dienstbaren Fäden.

Bei rascher Betrachtung mag es eigentümlich wirken, wie wenig uns der Umstand verband, daß ich ein Hürdensportler wurde und sie eine Kletterin. Kein Interesse am anderen, keine Konkurrenz, keine Bewunderung. Was ich tat, war eben bloß ein Sport, Astri hingegen praktizierte eine Religion. Sie kletterte gewissermaßen *mit* Gott *gegen* Gott, während ich selbst maximal gegen Gegner oder die Zeit lief. Zudem war in meinem Fall stets klar, daß ich, bei aller Liebe zu den Hürden, ihnen nicht mein ganzes Leben widmen würde. Astri hingegen war eine Nonne. Sie hatte ihren Körper und ihr Leben etwas Höherem versprochen. Klar, sie ging auch mal mit Jungs weg, ging mal ins Kino oder in die Disco, aber das war eher den Stunden geschuldet, die sie im Tal – Köln war einfach »das Tal« – verbringen mußte, um die Schule zu besuchen, später die Universität (sicher hätte sie lieber in Innsbruck studiert, aber das war nicht drin). Doch selbst im Tal befand sie sich die meiste Zeit in der Senkrechten oder mit dem Rücken zur Erde, einerseits in einer Kletterhalle, andererseits in einem Raum, den sie sich auf dem Dachboden der Großeltern selbst eingerichtet hatte. Ein Raum als Überhang, ein höchstpersönlicher künstlicher Felsen, auf dem sie wie auf der Unterseite eines Netzes lebte. Die Nonne als Spinne.

Mir war immer klar gewesen, daß Astri in den Bergen sterben würde. Nur geschah es viel zu früh. Wobei die meisten Bergsteiger gerade fürchten, es könnte zu spät geschehen, es könne sie erst ereilen, wenn sie außerstande sind, die Felsen und Hänge aufzusuchen.

Als Astri gestorben war, hatten meine Eltern aufgehört, sich als Eltern zu fühlen. Der Elternteil in ihnen war genauso erloschen wie ihr Kind. Sie hatten nur noch in einem bürokratischen Sinn weitergelebt, ihre Pflicht erfüllend: der Vater in der Fabrik bei seinen Kartonagen, der nun auch seine frühere Leidenschaft für die Malerei und die Literatur (seinen Thomas-Bernhard-Glauben) aufgab, die Mutter als Hausfrau und Privatfriseuse, ohne echte Liebe zum Haushalt und ohne echte Liebe zu den Frisuren (im Grunde war sie am ehesten dem Staub verbunden, gegen dessen Unsterblichkeit sie aufbegehrte), auch ohne echte Liebe für den kleinen Garten am Stadtrand, den sie nur noch so betreute, wie man jemanden an ein paar Schläuche hängt und seine Windeln wechselt. Aber niemals seine Wangen berührt oder mit ihm redet.

Sie taten, als hätten sie ihr einziges Kind verloren.

Zwischen ihnen und mir hatte nie eine Beziehung bestanden, die dieses Wort verdient hätte. Zu keiner Zeit. Ich war als Kind auch nur ein »Garten vor dem Haus« gewesen, den man an Schläuche hängt und dem man die Windeln wechselt. Keine Frage, ich war niemals vernachlässigt worden, in einem körperlichen Sinn. Ich war immer ordentlich gegossen worden. Meine Geschenke waren nicht kleiner gewesen, meine

Kleidung nicht billiger. Aber ich hatte stets die Kälte empfunden, mit der Vater wie Mutter mich behandelten, ganz gleich, wie gut die Noten waren, die ich nach Hause brachte. Gleich, wie bemüht die Zeichnungen waren, die ich zu ihren Geburtstagen anfertigte. Wenn man sich freilich diese Zeichnungen ansah, erkannte man in ihnen die gleiche Kälte: sehr sauber, sehr brav, sehr gleichgültig.

Ich hatte nie etwas anderes für die beiden empfunden als jenes dumpfe Gefühl, etwas würde nicht stimmen. Durchaus in der Art, wie Kinder überlegen, bei der Geburt vertauscht worden zu sein. Und daß darum die Fremdheit zwischen ihnen und ihren Eltern – und in der Folge die Abneigung – eine im Grunde natürliche ist.

Ganz anders bei Astri. Sie hatte mit den Eltern eine Einheit gebildet, eine Dreiheit, auch und gerade mittels der ständigen Abenteuereien, der Mutproben und Wagnisse, die sie von klein an gepflegt hatte. Sie war nie ein braves Kind gewesen. Der experimentelle Typ. Aber nicht asozial. Keine, die Katzen von Brücken warf. Eher sprang sie selbst von Brücken, um zu sehen, was passierte. Die Mutter war viel in Sorge um ihre Tochter gewesen, der Vater oft nachgiebig, zudem stolz. Selbst ein begeisterter Kletterer – gleichwohl kein »Genie am Berg« –, hatte er große Genugtuung empfunden, als die erst Achtjährige ihn überflügelte. Und eben nicht nur ihn. Er sagte einmal: »Astri klettert, als sei das der Lebensraum, für den sie eigentlich geboren wurde.«

Das stimmte. Auf ebener Erde hingegen wirkte ihr Gang unsicher. Unsicher und unglücklich.

Als ich meinen ersten wirklich gut dotierten Vertrag erhielt und in der nagelneuen Limousine und im maßgeschneiderten Anzug vorfuhr, erkannte ich den abfälligen Blick meines Vaters. Für meine Mutter war es okay, weil meine finanzielle Absicherung sie beruhigte. Anders gesagt: Es war ihr lieber, ihr Sohn war Manager, als Junkie oder Hungerkünstler. Bei Vater aber war das anders. Nicht, daß er Junkies mochte, aber für ihn waren das die harmloseren Kriminellen.

Sein abfälliger Blick würde ewig auf mir kleben bleiben. So wie auf Astri sein liebevoll stolzer. Gleich, wie lange ich lebte, und gleich, wie lange sie schon tot war.

Astri war übrigens nicht nur eine Meisterin im Klettern, sondern auch im Fallen. Zwei Stürze vom Motorrad überstand sie ohne Kratzer, wie auch Stürze aus der Wand und beim Skifahren. Sie war sogar einer Lawine entgangen. Nur gegen diesen einen Blitz hatte sie nichts ausrichten können.

Ich stellte mir immer wieder vor, wie zornig meine Eltern die Vorstellung machen mußte, daß im Zuge des einen Unwetters, der einen elektrischen Entladung, das eine geliebte Kind gestorben war, während das andere unter den Umständen einer ebensolchen Naturgewalt überlebt hatte. Das falsche Kind.

Solche Dinge spricht man nicht aus, natürlich. Gedacht werden sie dennoch.

Wobei ich Astri nie beneidet hatte, nie auf sie eifersüchtig gewesen war.

Fragt sich allerdings, wie ich mein Bedürfnis nach Liebe gesättigt hatte. Denn ein solches besteht ja in der Regel. Ich war schließlich nicht als kleiner Roboter auf die Welt gekommen. – In der Tat war da jemand gewesen, dem ich in den Jahren meiner Kindheit mit Zuneigung begegnet war, so wie er mir. Ein Nachbar, der im letzten Stock wohnte und von dessen Wohnung aus Köln aussah, als würde es nur aus den Dachkammern armer Poeten bestehen. Ein Spitzweg-Köln. Wie auch der Bewohner dieser aussichtsreichen Wohnung ein Spitzweg-Mann gewesen war: ältlich, mit Brille, sehr hager, sehr lang. Ein warmherziger Mensch, zudem vornehm und würdevoll, auf eine leicht komische, aber nicht peinliche Weise. Peinlich waren die Leute im Fernsehen, nicht dieser Mann. Weil ich mir aber seinen richtigen Namen nicht merken konnte, polnisch oder russisch oder so, und weil mir sein

Gesicht ob der Entfernung immer so klein erschien und ich zudem von einigen Indianergeschichten inspiriert war, nannte ich ihn bei mir *Little Face*.

Bei ihm fühlte ich mich wohl. Mehr als bei den Kölner Großeltern, die sich zwar nicht ganz so lieblos wie meine Eltern verhielten, sich aber vor allem dadurch auszeichneten, keine Zeit zu haben. Selbst meine Eltern schienen im Vergleich dazu unterbeschäftigt.

Meine Großeltern waren Leute von der Sorte, die immer nur Hilfe zur Selbsthilfe betrieben. Die also einem Ertrinkenden weder die Hand reichten noch zu ihm ins Wasser sprangen, sondern dem armen Kerl im raschen Vorbeigehen zuriefen: »Schwimmen Sie!« In ihren besten Momenten machten sie noch schnell Vorschläge über die geeignete Art, sich über Wasser zu halten.

Ganz anders Little Face. Er hatte immer Zeit, und er war immer zu Hause. Wenn ich bei ihm anläutete, öffnete er und bat mich mit einer großzügigen Geste einzutreten. Er war wohl das, was man »alte Schule« nennt. In seiner mit Büchern und Bildern, mit Präparaten und Stößen von Zeitschriften vollgeräumten Wohnung, in der selbst die Bildschirme zweier Computer aussahen, als stammten sie aus dem neunzehnten Jahrhundert, herrschte stets ein Zwielicht. Und stets überfiel mich eine angenehme Müdigkeit, wenn ich in einen der tiefen Polstersessel glitt und Little Face begann, mir zu erzählen, womit er gerade beschäftigt war. Wobei er, glaube ich, überhaupt keine Rücksicht auf mein Alter nahm. Er sprach mit mir, als wäre ich ein Erwachsener. Und zwar ein gebildeter. Was dazu führte, daß ich nur wenig von dem verstand, was er mir darlegte. Aber es klang einfach gut: geheimnisvoll und wesentlich. Als wären dagegen die Dinge, die zwei Stockwerke darunter meine Eltern und den Rest der Menschheit beschäftigten, völlig unwichtig. Als würde alles Fundamentale allein im Kopf dieses Mannes kreisen, Mikrokosmos und Makrokosmos, die sichtbaren Gewänder des Normalen und die unsichtbaren des Paranormalen.

Als ich einmal fragte, was denn eigentlich sein Beruf sei, sagte er: »Allesforscher.«

»Was ist das?«

»Wonach klingt es?« fragte er zurück.

»Hm, also entweder erforschen Sie etwas, daß das *Alles* ist, oder Sie erforschen *alles*.«

Er lächelte mich an. Aus der Ferne seines Gesichts fiel dieses Lächeln wie ein Segen auf mich herunter. Offensichtlich gefiel ihm meine Antwort. Aber er ließ sie unkommentiert. Und ich kann sagen, daß es mir noch einiges Kopfzerbrechen bereitete, mir eine Sache vorzustellen, die man als das *Alles* bezeichnen konnte. Während natürlich viel einfacher war, sich schlichterdings einen Universalgelehrten zu denken, für den kein Wissensgebiet unwichtiger war als ein anderes und der mit dem gleichen Interesse ein Mickymaus Heft studierte wie eins dieser Bücher, die man als »schwer« bezeichnete, damit aber nicht ihr Gewicht meinte.

Sämtliche Dinge zu erforschen war sicher anstrengend genug, aber wie kompliziert mußte es erst sein, etwas zu entdecken, in dem sich alles zu einem Alles vereinte. (Viele Jahre später stieß ich auf den Begriff der »Weltformel«. Ich stellte mir gerne vor, daß das, woran Little Face geforscht hatte, etwas Ähnliches gewesen war. Und ich stellte mir mindestens so gerne vor, daß es ihm gelungen war zu entdecken, wonach er so lange gesucht hatte.)

Meine Eltern freilich meinten, der Mann sei einfach ein Spinner. Wobei sie ihn aber wohl für harmlos hielten. Hätten sie denn ansonsten erlaubt, daß ich ihn besuchte? (Ich will jetzt nicht so weit gehen zu sagen, es wäre ihnen gleichgültig gewesen, ob der Mann, bei dem ihr Erstgeborener seine Zeit zubrachte, gefährlich war oder nicht.)

Ich begegnete Little Face das erste Mal, als ich sechs war und er mir im Innenhof unseres Hauses half, meinen Papierflieger so weit zu korrigieren, daß dieser auch flog. Und wie der flog! Kein Wunder, daß ich diesen Mann sogleich mochte.

Das letzte Mal, als ich ihn sah, war ich dreizehn. Er hatte auf mein Läuten hin die Tür nicht geöffnet. Was noch nie vorgekommen war. Allerdings wußte ich um einen Entlüftungsschacht, der seine fensterlose Küche mit einer kleinen Terrasse verband, die vom Stiegenhaus aus zugänglich war, dort, wo früher die Mieter ihre Teppiche ausgeklopft hatten. Die Tür zur Terrasse war entgegen der Vorschrift meist offen. Auch diesmal. Ich kletterte in den Schacht und robbte voran. Was keine Premiere war. In all den Jahren hatte sich Little Face immer wieder mal ausgesperrt und mich dann um Hilfe gebeten. Und in all den Jahren hatte ich ganz gut durch die enge Röhre gepaßt. Wobei das eigentlich der geeignete Job für meine Schwester gewesen wäre, doch sie hatte mit Little Face nie etwas zu tun gehabt. Little Face war einzig und allein *mein* Allesforscher gewesen.

So gelangte ich also in die Küche und von der Küche in den Wohnraum. Dort sah ich Little Face auf dem breiten Sofa. Den Mund leicht geöffnet. Seine Haut ein graues Tuch. Die rechte Hand war gegen die seitliche Lehne gestützt, die andere ruhte auf den Knien. Es sah aus, als hätte er versucht, im Moment des Todes das Gleichgewicht zu halten, sich bemüht, nicht umzukippen oder gar auf den Boden zu fallen. Er war im Sitzen gestorben. Ein Herr!

Ich ging ganz nahe an ihn heran, hielt mein Ohr an seinen Mund. Aber da war kein Atemwind, nur ein Geruch. Kein schlimmer Geruch, nichts Verschimmeltes, nur etwas Verwelktes. Gut, er war wohl noch nicht lange tot.

Ich zitterte. Aber nicht, weil ich mich fürchtete oder geschockt war von dem Anblick. Der Tod machte mir keine Angst. Um so mehr, als ich von der Existenz eines Jenseits genauso überzeugt war wie davon, daß Little Face dort drüben unvermittelt seine Allesforschung fortsetzen würde. Nein, ich zitterte, weil ich nun allein war. Der einzige

Mensch, bei dem ich mich geborgen gefühlt hatte, war gegangen. Und mit ihm würde sowohl die Möglichkeit enden, von diesen Zimmern aus das poetische Dächermeer von Köln zu betrachten als auch eine Ahnung vom »Alles« zu erhalten.

Tatsächlich wurde die Wohnung des alten Mannes alsbald vollkommen ausgeweidet, ein weiteres Geschoß oben aufgesetzt und das Ganze in eine todschicke Wohnmaschine verwandelt, in die sodann ein Anwalt samt seiner Kanzlei einzog. Gar keine Frage, dies war der Ursprung meines umfassenden Hasses gegen Advokaten.

Erstaunlich ist sicher, daß der wissenschaftliche Samen, den Little Face in mich gepflanzt hatte, so wenig fruchtete. Vielleicht auch, weil die Keimungsbedingungen nach seinem Fortgang recht ungünstig waren. Mit meinen dreizehn Jahren geriet ich in das Fahrwasser der Normalität. Der Anpassung. Das bißchen Ungepflegtsein, das bißchen laute Musik, das bißchen Verachtung für die Welt erschienen bloß wie eine Krankheit, die ich herausschwitzte. Aus dem Puppenstadium meiner Pubertät und Adoleszenz entlassen, war ich der perfekte Geschäftsmann, ein rasierter, gescheitelter, schlanker, flotter Anzugträger. Ein Träger randloser Brillen und stets schwarz glänzender Schuhe: eine zum Businessman verwandelte Lackdose.

Anders Astri. Nicht, daß sie eine Revoluzzerin wurde. Dazu hätte die Welt sie kümmern müssen. Was nicht der Fall war. Ich hörte sie nie vom Klima sprechen oder über tote Delphine jammern. Sie redete auch später – wenn wir uns bei den Familienfesten trafen – nicht über die Arbeitsbedingungen in Südostasien, dort, wo ich mein Geld machte. Etwas, was mein Vater mit Vorliebe tat. Er schien sich extra zu erkundigen, wußte exakt die Höhe der Hungerlöhne, wie viele Arbeiterinnen jährlich umkamen oder aus Schwäche in Ohnmacht fielen, redete über Kindersterblichkeit, Prostitution …

Oft war es Astri, die ihn bat, damit aufzuhören.

Dennoch fand ich Astris Kletterei einfach blöde. Sich einer Gefahr auszusetzen. In der Halle war es okay, aber am freien Berg – bedroht von der Eigenwilligkeit des Wetters – ein Wagnis ohne Zweck.

Und dann, 2002, fiel sie. Man könnte sagen: Sie fiel in die Arme jenes Gottes, gegen den sie um die Wette geklettert war.

Woraufhin also meine Eltern ihr Elternleben beendeten, während ich selbst bei Weyland Europe eine neue Familie gefunden hatte. Denn genau das stellen die großen Unternehmen, die Konzerne, die Gesellschaften dar: Familien. Was ja auch der Grund dafür ist, daß der Begriff der Loyalität eine solch wichtige Rolle spielt. Die Verbundenheit mit den Ideen und Zielen des Unternehmens. Die Bereitschaft, absolut alles mitzutragen, was das »Familienvermögen« erhöht. Familien wollen immer, daß es ihren Mitgliedern gutgeht. Dazu scheint unweigerlich zu gehören, daß es anderen Familien schlechtgeht.

Aber Weyland war vorbei. Ich war jetzt mein eigenes Familienunternehmen. Und mein einziger »Mitarbeiter« war Simon. So wie ich der seine.

14

»Komm jetzt«, sagte ich und zeigte hinüber zu den Hürden. Doch Simon hörte nicht auf, mich auf den Kletterberg aufmerksam zu machen. Ich versuchte ihm zu verstehen zu geben, daß ich diese Konstruktion sehr wohl beachtet hätte, es damit aber auch genug sei. Aber es war nicht genug. Ich erkannte die Verzweiflung in Simons Gesicht. Den Schatten. Den Zorn. Die Träne, die über seine Wange glitt.

Ich sagte »Okay!« und nickte. Ohne noch genau zu wissen, worin mein Zugeständnis bestehen würde. Aber Simon lächelte. Entweder weil er das Wort verstand oder den Klang des Wortes oder einfach das Nicken richtig interpretierte. Jedenfalls wischte er sich die Träne aus dem Gesicht und folgte mir hinüber zu den Hürden, die ich wieder einsammelte. Er half mir dabei. Er war jetzt ganz willig, ganz fröhlich, als erspartte ich ihm, Krötenfleisch zu essen. Um statt dessen eine Torte zu servieren. Ja, die Torte war in seinem Fall der Klettergarten, zu dem wir uns nun hinüberbewegten. Allerdings war es nötig, außen herumzugehen, um auf den Vordereingang des Kletterzentrums zu stoßen. Einen Moment geriet Simon in Panik, weil er dachte, wir würden uns vom Ziel wegbewegen. Er atmete schwer und laut. Seinerseits ein kleiner Berg, zumindest, wenn man sich atmende Berge vorstellen konnte. Und ich muß sagen, daß ich mir seit meinem Erlebnis mit einem explodierenden Wal einiges vorstellen konnte.

Ich faßte Simon an den Schultern und schaute ihm in die Augen. Mein Blick war ein kleiner Klebestreifen, der ein Versprechen festhielt. Simon sah den Streifen und das Versprechen. Und glaubte es. Sein bergiger Atem kam zur Ruhe. Ich nahm ihn an der Hand, und wir folgten dem Weg, der nach einer Rechtskurve auf den Gebäudeeingang zuführte: *Kletterzentrum Stuttgart.* Übrigens eine Einrichtung des Deutschen Alpenvereins. – Ich kann mir nicht helfen, aber bei diesem Begriff kommt mir immer in den Sinn, das sei ein Naziverein. Und wie sehr überhaupt in dieser ganzen Kletterei ein stark nationalistischer Zug steckt: ein Heimatwahn und ein Rassenwahn. Bezeichnenderweise war dieser Verein nicht erst in dem Moment antisemitisch geworden, als so gut wie alle den Antisemitismus in sich entdeckten, sondern schon lange zuvor, bereits um die Jahrhundertwende. Und ich vermute, daß diese Wurzel weiterwirkt, weil das Wurzeln so tun. Und daß auf eine heimliche Weise der ganze alpine Tourismus, das ganze Hüttenwesen diesen Samen in sich trägt. Klar, heutzutage ist man international gesinnt, schon wegen der Sportkleidung, und natürlich will keiner Skinheads in den Bergen und auf den Hütten haben. Niemand will Skinheads haben.

Meine Güte, ich will nicht sagen, ich hätte mich je ernsthaft mit diesem Thema beschäftigt, Faschismus und Alpenverein, sowenig, wie ich zu denen gehöre, die überall und ständig alte und neue Nazis wittern, doch wenn ich das Wort »Alpenverein« höre, dann meine ich trotz der vielen farbigen Tupfer auf all den Kunstfelsen und trotz der schicken, leuchtenden und weltoffenen Sportbekleidung stets den braunen Grundton zu erkennen. Egal, wie rot oder grün das Herz des Menschen ist, der da hochklettert.

Aber jetzt war Simon-Zeit. Und schon standen wir an der Theke des Eingangsbereiches und blickten hinüber in die Halle, auf kleine Menschen an hohen Wänden.

»Der Kindergeburtstag hat schon längst angefangen. Ihr seid spät dran.« Es war eine junge Frau hinter der Theke, die mich angesprochen hatte. Wenn ich etwas nicht leiden konnte, dann war es, von jungen Menschen geduzt zu werden.

»Sie irren sich«, sagte ich, »wir kommen zu keinem Kindergeburtstag.«

»Ach ja. Na gut, dann seid ihr natürlich nicht zu spät dran.« Sie blieb stur bei der einmal gewählten Form.

Ich auch. Und erklärte ihr, daß mein Sohn sich dafür interessiere, in den Klettergarten zu schauen.

»Schauen oder klettern?« fragte die Tussi.

»Na, wohl auch klettern.«

»Hast du denn Erfahrung?« wollte sie von mir wissen. »Kannst du sichern?«

»Nein, kann ich nicht. Wir hätten gerne einen Trainer.«

»Den kriegt man hier nicht am Automaten«, meinte sie spöttisch. Ganz offenkundig würden wir zwei kein Liebespaar werden. Sie war mir auch viel zu muskulös. Ihre Arme erinnerten mich an meine Schwester. Aber nur die Arme. Immerhin war sie so freundlich, mir zu erklären, daß eine Voranmeldung nötig sei, welche jedoch prinzipiell über den Alpenverein laufe.

In diesem Moment trat hinter ihr ein junger Mann an die Theke, welcher zu Simon hinunterblickte und ihn fragte: »Wie alt bist du denn?«

»Er versteht Sie nicht«, sagte ich und erklärte, daß Simon noch nicht lange in Deutschland lebe und unsere Sprache nicht beherrsche. »Er ist acht und heißt Simon.«

»Na gut«, meinte der junge Mann, »wir werden das auch ohne Deutsch hinkriegen.« Dann fragte er: »Sie sind aber schon sein Vater, nicht wahr?«

»Der bin ich.«

»Wollen Sie auch schnuppern?«

»Ja, aber nur mit den Augen. Mir reicht es zuzusehen. Ich bin kein Freund der Höhe.«

»Kein Problem. Hier wird niemand den Felsen hochgejagt.« Er erklärte mir, in einer Dreiviertelstunde einen Kletterkurs für einige Geschäftsleute zu leiten. Bis dahin sei er aber gerne bereit, Simon ein bißchen einzuweisen und auf den Geschmack zu bringen. Er sagte: »Das wäre dann meine gute Tat für diesen Tag.«

»Aber wirklich!« höhnte die Frau.

Er sprach jetzt ganz ernst, als er ihr antwortete: »Ich versuche halt, mein Konto halbwegs ausgeglichen zu halten.«

Sodann erkundigte er sich nach Simons Schuhgröße, verschwand kurz und kam mit einem Hüftgurt sowie kleinen Kletterschuhen zurück, die etwas von den Schläppchen minderjähriger Ballettänzerinnen an sich hatten, wollte man nicht an das zarte Schuhwerk verkrüppelter chinesischer Frauenfüße denken.

Der Trainer, der den Namen Mick trug, wollte uns in die Halle führen, doch Simon griff ihn am Arm, streckte seine Kopf Richtung Außenbereich und entließ jenen Laut, der in meinen Ohren auf ein *Chaanda-sa-hrck!* hinauslief.

»Was sagt er?« fragte Mick.

»Er will draußen klettern«, erklärte ich.

»Drinnen wäre aber besser für den Anfang«, meinte der Trainer. »Können Sie ihm das sagen?«

»Um ehrlich zu sein … er spricht nicht nur kein Deutsch, sondern auch sonst keine von den … wie soll ich sagen … von den gängigen Sprachen.« Sodann klärte ich Mick in wenigen Worten über die Besonderheit Simons auf.

»Körperlich ist aber alles in Ordnung, oder?« fragte Mick.

»Nicht, daß Behinderte nicht klettern dürfen, aber ich muß es schon vorher wissen.«

»Keine Angst. Es ist einfach nur seine Sprache. Und wissen Sie, ich glaube, es wäre ihm sehr wichtig, draußen zu klettern. Er ist in den Bergen aufgewachsen. Das wird es wohl sein.«

»In welchen Bergen?«

»In Taiwan. Im Süden des Zentralen Berglandes. In einem Dorf, dessen Namen ich nicht kenne.«

»Wie? Ich dachte, Sie sind sein Vater.«

»Das weiß ich erst seit kurzem, daß ich das bin«, sagte ich. Und das war ja auch die Wahrheit.

»Also gut«, meinte Mick. »Gehen wir nach draußen und schauen mal, ob sich Simon da wohl fühlt. Die Figur zum Kletterer hat er ja. Schön dünn.«

Nun, auch Mick war nicht dick. Überhaupt waren hier nirgends dicke Menschen zu sehen, die an diesem warmen, von später Sonne erfüllten Abend auf den Felsen und Wänden herumturnten oder ihre Partner sicherten. Wobei, zum Sichern hätte man ja auch dick sein dürfen. – Ein großer Mangel des Homo sapiens besteht darin, nicht über ein variables Gewicht zu verfügen. Ein variables Gewicht, dazu vier Arme, mehrere Mägen, das wär's.

Nun, der ausgesprochen dünne Simon war sichtbar glücklich, als wir jetzt vor die künstliche Felsenlandschaft hintraten. Welche aus der Nähe betrachtet sehr viel skulpturaler ausfiel, verspielter. Eine senkrecht dastehende, halbierte Schale, ein gewaltiger Gehäuseteil.

An einer Kante dieser Schale blieb man stehen. Bis zur Mitte hin war die Kletterstrecke recht moderat, leicht gewölbt, bevor dann zwei busenartige Buckel sowie ein kurzer, aber waagrechter Überhang jenen stark bogenförmigen Teil einleiteten, der zum höchsten Punkt hinaufführte.

Mick legte Simon den Gurt an, wobei auch er genau formulierte, was er tat. Im Grunde war es wie beim Arzt. Die erklären neuerdings auch immer alles, und man nickt dazu, selbst wenn man keine Ahnung hat und mitunter kaum die guten von den schlechten Nachrichten unterscheiden kann. – Freilich war noch nicht heraus, ob Simons Nicken hirnlos war oder eher sein Hirn bestätigte. Denn daß dieses

Kind bei aller »Eigentümlichkeit der Sprache« nicht ganz dumm war, die Idee war mir auch schon gekommen.

Trainer Mick rief nun hinüber zu einer Gruppe von Kletterern, die im Kreis standen und sich unterhielten. Einer von ihnen kam, um Mick zu sichern, welcher leichtfüßig nach oben stieg und das Seil auf halber Höhe durch eine Umlenkung führte, einen Karabiner, welcher an der Spitze des kleinen Überhangs in einer Kette hing. Keine Frage, Mick hätte für diese kurze, leichte Route keiner Sicherung bedurft. Einer wie er wäre da wohl auch einarmig und blind hochgekommen. Aber spätestens zum Abseilen gehörten zwei.

Zurück auf dem mit kleinen, losen Steinen ausgelegten Boden, begann Mick das Seilende durch die Anseilschlaufe von Simons Gurt zu führen und sodann einen Achterknoten zu formen, den Anseilknoten, wie er erklärte, um in der Folge den eigenen Karabiner mit einem Sicherungsknoten auszustatten. So bildete sich eine endgültige wie lebenserhaltende Verbindung zwischen Wand, Kind und Trainer.

Das, was hier entstanden war, nannte sich Toprope-Sicherung. Mick sagte es laut vor: »Top … rope!« Dazu zeigte er gestisch an, wie das Seil von Simon aus nach oben verlief, über den Sicherungspunkt wieder nach unten führte und als Standplatzknoten in Micks Gurt mündete.

Ich muß gestehen, es hätte mich geärgert, hätte Simon, der sonst nie etwas nachsprach, sich jetzt dazu verführen lassen, das Wort »Toprope« nachzusagen. Was er aber nicht tat, sondern rasch an den künstlichen Felsen herantrat.

Seine Ungeduld zeichnete rote Flecken auf seine Wangen.

Nun, trotz aller offenkundigen Begeisterung für das kommende Abenteuer, hatte ich erwartet, daß Simon mit seinen knochigen Armen und den knochigen Beinen gleich auf dem ersten Meter quasi hängenbleiben würde. Er hatte sich in der kurzen Zeit, die wir uns kannten, nicht etwa als Sportskanone erwiesen. Beim Ballspiel sah es immer aus, als würde der Ball ihn »übermannen«. Sein Laufstil besaß eine pinocchioartige Ausprägung, und beim Tischtennis konnte man meinen, er verwechsle den Schläger mit einem Schmetterlingsnetz. Er schlug die Bälle nicht, sondern versuchte sie einzufangen. (Seine Ungeschicklichkeit beim Pingpong erschien vielen als der markanteste Ausdruck seiner Behinderung, weil sie ja dachten, ein kleiner Chinese müßte so was im Blut haben.)

Kein Wunder, daß ich jetzt fassungslos zusah, wie Simon die mit Haltegriffen gespickte Wand hochmarschierte, die für ihn augenscheinlich *keine* Hürde darstellte.

»Langsam!« rief Mick.

Aber Simon wurde nicht langsam.

Während Mick kontinuierlich das Seil nachzog, wandte er sich zu mir um und fragte: »Ist das hier so eine Geschichte mit versteckter Kamera?«

In unserer aufgeklärten Welt schien man jede wundersame Wendung durch eine »versteckte Kamera« begründen zu wollen. Doch mein offener Mund war Antwort genug.

Mein offener Mund kommentierte tonlos, wie flüssig und leicht sich der kleine Knochenmann bewegte, die Haltegriffe immer nur kurz anfassend oder sich mit den Füßen abstoßend, wobei er auch Löcher und Unregelmäßigkeiten im Fels nutzte, ja sogar die ebene Fläche. Mick hatte Mühe, bei solcher Geschwindigkeit das Seil auf Spannung zu halten.

Und schon hatte Simon den kleinen Überhang erreicht, fixierte sich mit einer Hand, während die andere locker herunterhing. Er schaute zu mir herab und grinste mich an. Nicht triumphierend, aber doch stolz. Wie Kinder eben stolz sind, wenn sie ihre Eltern ob einer unerwarteten Leistung fassungslos machen.

»Okay, ich laß dich runter!« rief Mick.

Zwar deutete Simon an, seitlich des Überhangs weiterklettern zu wollen, aber dies hätte zu einem Vorstieg geführt, und Simon hatte ja keine Expreßsets bei sich, also vernähte

Karabinerhaken, um sich im oberen Gelände zu sichern – mein Gott, natürlich nicht, schließlich war noch wenige Augenblicke zuvor ein bloßes »Schnuppern« in Betracht gezogen worden. Die behutsame Gewöhnung eines achtjährigen Anfängers.

Mick zeigte mit einer wiederholten Krümmung seines Fingers an, daß Simon nach unten kommen solle. Der Junge seufzte, hängte sich aber ohne weitere Umstände ins Seil, die Beine leicht gegrätscht, und stieß sich beim Hinuntergleiten in der bekannten waagrecht hüpfenden Manier vom Felsen ab.

Zum Schluß setzte er sanft auf. Unter seinen Füßen knirschten die glatten Kiesel. Ein kleines Klettermärchen war geschrieben.

Mick klopfte Simon bestätigend auf die Schulter, mir aber schenkte er einen fragenden Blick.

Ich sagte: »Ich kann Ihnen das auch nicht erklären. Von mir hat er es definitiv nicht.«

Wobei ich unerwähnt ließ, gar nicht der leibliche Vater zu sein. Das ließ ich stets unerwähnt. Simon besaß ja dank der mütterlichen Gene durchaus einen westlichen Einschlag, obgleich die markante Augenform sein Gesicht dominierte. Zumindest vom Standpunkt eines hiesigen Betrachters.

Wenn ich also sagte, er habe das nicht von mir, dann in der gleichen Weise, wie ein leiblicher Elternteil ein bestimmtes Talent seines Kindes einer anderen Quelle zuordnet.

Darum war auch naheliegend, daß Mick jetzt meinte: »Vielleicht von seiner Mutter. Sie sagten ja, er sei in den Bergen aufgewachsen.«

»Das schon. Aber ich weiß nicht, ob er dort geklettert ist.«

»Ganz offensichtlich ist er das«, stellte Mick fest.

Ein Eindruck, der sich weiter bestätigte, als nun an anderer Stelle eine höhere Wand in Angriff genommen wurde.

»Ich lasse Ihren Jungen diesmal den Vorstieg machen. Ist das okay?« fragte Mick.

»Kann da was passieren?« fragte ich zurück.

»Ein paar Schrammen, wenn er zuviel wagt und abrutscht. Der Schreck vielleicht, wenn er ins Seil fällt. Aber ehrlich gesagt, ich glaube nicht, daß so was passiert. Er klettert nicht nur schnell, sondern auch absolut sicher. Ich glaube, Sie haben da ein kleines Genie.«

Ich dachte: »Ausgerechnet!« Und ich dachte: »Als würde die Sache mit meiner Schwester nicht reichen.«

Aber man kann vielleicht sagen, daß eins der prägnantesten Phänomene in einem noch so chaotischen Universum die Wiederholung ist.

Auch diesen Vorstieg – also ein von unten gesichertes Vorausklettern – absolvierte Simon bravourös, nicht allein den Akt des Kletterns, die insektenhafte Gleichmäßigkeit der Bewegungen, sondern auch, wie er mit nur einer Hand die Expressen an die Haken fügte und sodann das Seil in den gebogenen Karabiner einschnappen ließ. Als hätte er das mit der Muttermilch aufgesogen. – Ich konnte mich nicht erinnern, daß Lana je ein Wort über das Klettern oder auch nur die Schönheit der taiwanischen Bergwelt verloren hätte. Sie hatte es mit Hirnen gehabt, nicht mit dem Sport oder der Natur.

Mick erklärte mir, was ich da sah. Denn mir fehlten die Begriffe. Und auch die Worte.

Als Simon wieder am Boden war, schaute Mick auf die Uhr und meinte mit Bedauern, gleich zu seiner Gruppe zu müssen. Und auch danach sei er leider verplant. »Aber ich würde Simon gerne weitertrainieren. Ich mache das auch umsonst.«

»Umsonst ganz sicher nicht«, sagte ich.

»Wie auch immer. Ich will es machen. Ich kann dann mal später sagen, ich war sein erster Trainer. Zumindest der erste hier in Stuttgart.«

»Meine Güte, Sie wollen doch hoffentlich keinen Profi aus ihm machen. Ich meine … vergessen Sie nicht, Simon besucht eine Schule für geistig Behinderte.«

Doch Mick zeigte sich pragmatisch: »Kriegt er Anfälle?«

Ich dachte nach. Hatte Simon je eine Art Anfall gehabt? Das einzige, was immer wieder geschah, waren Momente, in denen er einem Schlafwandler glich. Sich bewegte, als würde er von jemand Unsichtbarem gezogen werden. Zudem hatte er sich bei diversen Tests vollkommen unwillig gezeigt. Aber wie hatte es eine seiner Lehrerinnen ausgedrückt? »Vielleicht sind es die falschen Tests.«

Den Bergtest jedenfalls hatte er bestanden. Ich sagte: »Nein. Keine Anfälle.«

»Gut. Und in Mathe will ich ihn auch gar nicht unterrichten«, versicherte Mick. »Wobei angeblich auch schon ein paar Mathegenies als geistig behindert galten.«

Ich merkte an: »Na, ein wenig rechnen muß man aber schon beim Bergsteigen, oder?«

»Manche rechnen und manche fühlen.« Damit war für Mick das Thema erledigt. »Also? Sehen wir uns morgen? Morgen oder Sonntag?«

Ich hatte am Wochenende dienstfrei. Das hatte ich meistens, seitdem Simon bei mir war. Es paßte also. Andererseits hatte ich eigentlich gehofft, mit einem kurzen Besuch dieser Anlage das Kletterthema erledigen zu können. Doch diese Hoffnung konnte ich begraben. Ich willigte ein und sagte: »Gut, Sonntag.«

»Sie sehen unglücklich aus«, stellte Mick fest.

»Bin ich auch.«

»Das wird sich ändern. Sie werden auch noch mit dem Klettern anfangen. Versprochen.«

»Versprechen Sie mir lieber was anderes«, sagte ich. Genauer wurde ich aber nicht.

Mick lachte.

Ich dachte mir: »Du Teufel!«

Selbiger »Teufel« drehte sich zu Simon hin, befreite ihn vom Gurt und hob die offene Hand hoch, damit Simon einschlagen konnte. Was er zu meiner Überraschung auch wirk-

lich tat. So fühlte ich doch noch etwas wie Eifersucht. Überlegte aber, daß Simon diese Geste wahrscheinlich aus der
Schule kannte. Auch geistig Behinderte praktizieren allge-
meine Rituale.

Mir hingegen reichte Mick die Hand in der alten Form.
Ich schüttelte sie, und wir verabredeten eine Zeit für Sonntag.

»Ciao!« sagte Mick und ging.

Ich blickte hinunter zu Simon. »Keine Angst, wir sehen
ihn wieder.«

Wahrscheinlich verstand mich Simon. Denn beim Verlassen des Kletterzentrums wirkte er ungemein fröhlich.

Und niemals würde er über Hürden sprinten.

Als wir hinüber zur Stadtbahn marschierten, mischte sich die
Nacht unter den Abend.

15

Sonntags pausierten nicht nur viele Arbeitnehmer, sondern auch der Sommer. Wenig Licht, viel Regen. Es schüttete unaufhörlich und war unangenehm kühl geworden. Um so feiner, daß man im geschützten Raum klettern konnte.

Wir hielten uns in einer Art niedriger Grotte auf, deren Boden mit weichen Matten ausgelegt war. Wenn zuvor von einem »lustigen Hautausschlag« gesprochen wurde, so paßte hier der Begriff der »bunten Beulenpest«. Der gewölbte Raum war übersät von kleinen und großen, mitunter stark verspielten Haltegriffen, wobei einige Wände gleich zu Beginn extrem spitze Winkel bildeten. Hier konnte man mit dem Rücken zum Boden klettern und die Ruheposition von Faultieren imitieren. Wer freilich über sechzig Kilo wog, war unter solchen Bedingungen ein armes Schwein.

Würde Simon je so schwer werden? So untergewichtig, wie er war? Allerdings »normal untergewichtig«, wie der Kinderarzt gemeint und dabei auf die unklaren Verhältnisse in Simons vergangenen Lebensjahren angespielt hatte. Wie auch auf den Umstand, daß der Junge wohl kaum verhungern würde. In der Tat war ich bemüht, ihn aufzupäppeln. Doch seine Veranlagung schien die jener Menschen zu sein, die auch große Mengen verdrücken können, ohne ihre hühnchenhafte Gestalt zu verlieren. Klar, das mochte sich später noch als Glück herausstellen. Vielleicht würde Simon niemals gezwungen sein, der geliebten Schokolade zu entsagen.

Er befand sich jetzt am höchsten Punkt der Höhlendecke, während Mick unter ihm stand, die Hände nach oben gestreckt, und die Aufgabe des »Spotters« innehatte. Was nicht bedeutete, sich über Simons Haltung lustig zu machen, sondern entsprechend dem englischen Wortes *spot* – also erspähen – einen möglichen Absturz Simons zu mildern. Nicht ihn vollständig aufzufangen, sondern seinen Sturz gewissermaßen zu begleiten, ihm zu helfen, auf den Beinen aufzukommen. Sich vom Faultier in eine Katze zu verwandeln.

Und genau das geschah nun auch. Indem nämlich Simon versuchte, in dieser höchst schwierigen Situation sein linkes Bein von einem rosafarbenen Element zu einem anderen zu schwingen, verlor er den Halt, rutschte von den Griffen und fiel.

Während Mick die schmalen Hüften umfaßt hielt, kam Simon federnd auf der Matte auf, jedoch einen Fluch ausstoßend, der seinem Scheitern galt.

»Okay, schau mir jetzt zu«, sagte Mick, wobei er mit Zeige- und Mittelfinger ein V bildete, dieses an Simons Augenpaar heranführte, so daß dieser ein wenig schielte, und in der Folge das V in Richtung Kletterwand führte. Solcherart den Blick des Jungen dirigierend.

Nun stieg Mick in dieselbe Wand ein, sich knapp über dem Boden an vier Haltepunkten fixierend. Als hänge er gemütlich in Seil und Gurt. Welche freilich fehlten.

Soeben hatte ich gelernt, daß man das Klettern an derartigen Installationen »Bouldern« nannte, ein Klettern an Wänden und Blöcken, die man ohne Sicherung beging, wobei man immer nur so tief fallen konnte, daß man heil blieb. Beziehungsweise von einem Spotter in eine sanfte Landung eingewiesen wurde.

»Wollen Sie spotten?« fragte Mick und bog sich weit nach hinten, um mir mit auf dem Kopf stehendem Gesicht einen fragenden Blick zuzuwerfen.

Mir war klar, daß Mick angesichts der Matte, der geringen Höhe und seiner famosen Technik eine solche Absicherung nicht nötig hatte. Offensichtlich war es ein Versuch, mich aus meiner Passivität zu locken. Schließlich stand ich inmitten dieser Halle wie eingefroren.

Ich kam also näher, hob meine Arme etwas an und sagte: »Erschlagen Sie mich bloß nicht.«

Mick lachte, dann begann er, in einer insgesamt schwingenden Weise – gleich einem Turner, der von Gerät zu Gerät wirbelt – an den »bunten Beulen« hochzusteigen, und überwand schließlich auch die Stelle, an der Simon gescheitert war. Er tat dies mit der Leichtigkeit einer *Fortpflanzung:* eine Bewegung aus der vorherigen schöpfend.

Ich dachte: »Wie bei Astri.« Und dachte auch: »Der Mensch als muskulöser Windhauch. Nicht schlecht.«

Pathetisch g`prodien`, aber es stimmte.

Sodann ließ sich Mick mit den Händen an zweien der Griffe senkrecht nach unten hängen und offenbarte auf diese Weise die Tätowierungen an den Innenseiten seiner Arme. Die Zeichen waren so dicht gedrängt, als hätte er versucht, auf den beiden schmalen Flächen die gesamte Maorikultur unterzubringen (während er die Außenseiten seiner Arme vollkommen frei gelassen hatte). Ganz langsam löste er sich aus seiner Verankerung und kam butterweich auf der Matte auf.

In meinen Spotterhänden verfing sich ein kühler Luftzug.

Wir blieben noch eine Weile im Boulderbereich und wechselten dann zu den hohen Wänden, die es hier in großer Vielzahl und unterschiedlicher Schwierigkeit gab. Allerdings ebenso eine Menge aktiver Menschen. Es dröhnte von den Stimmen wie auch von den Regentropfen, die unaufhörlich aufs Dach schlugen.

Ich setzte mich auf eine zweistufige Tribüne und sah Mick und Simon zu, wie sie eine Route besprachen. Genauer gesagt: Mick zeigte auf die Farbe, die den Weg vorgab, und wies dann mit dem Finger eine imaginäre, leicht geschlängelte Linie hoch, die er kommentierte. Auch Simon redete. Es war allerdings viel zu laut in der Halle und ich selbst zu weit weg, als daß ich ihn hätte hören können. Bezweifelte aber nicht, daß er auch jetzt in seiner Sprache verblieb. Das »Verstehen« zwischen Simon und Mick ergab sich quasi daraus, daß der Berg – und hier eben die Wand, die den Berg imitierte – ihnen als Übersetzer diente.

Sie verstanden sich. Und wenn da zwei Tage zuvor eine Eifersucht gewesen war, war sie nun verschwunden. Statt dessen empfand ich eine große Zufriedenheit, mein Kind *so* zu sehen. In dieser normalen Situation kontrollierten Abenteuers.

Eine Zufriedenheit, die eine halbe Stunde später allerdings dadurch unterbrochen wurde, indem Mick an mich herantrat, mich angrinste und verkündete: »Jetzt sind Sie aber wirklich mal dran, alter Mann.«

Es war freundlich gemeint. Und fünfunddreißig war ja auch kein Alter. Aber was war denn ein Alter? Bis man auseinanderfiel? Oder nur noch aus einem einzigen Rückenschmerz bestand? Einem Rückenschmerz selbst noch in den Zehen?

»Nein danke, ich will wirklich nicht«, antwortete ich ihm.

Simon stand neben Mick und sah mich erwartungsvoll an. Mann, dieser Kinderblick in Form von Hundeaugen. Hunde und Kinder hat der liebe Gott geschaffen, uns schwach zu machen.

Dennoch betonte ich erneut, das Klettern sei nichts für mich.

»Hätten Sie einen Bierbauch und nur Speck an den Armen«, sagte Mick, »würde ich Sie nicht fragen. Aber Sie sind absolut fit, das sieht man.«

»Ich bin Läufer. Meine Domäne ist die Horizontale.«

»Man kann die Wand auch hochlaufen«, meinte Mick.

»Ja danke, ein andermal.«

Doch Mick gab nicht auf, erklärte, Simon würde es gefallen, wenn sein Vater sich ebenfalls im Klettern versuche.

»Hat er Ihnen das gesagt?« fragte ich schnippisch.

»Jeden Achtjährigen freut es, wenn die Eltern mitmachen.«

»Das ist den Kindern eher peinlich«, argumentierte ich mich an den Rand.

»Peinlich wird es erst später«, äußerte Mick. »Und auch nur darum, weil die Eltern zu faul sind, sich zu überwinden, und die Kinder aus der Not eine Tugend machen und sich damit rausreden, es sei eh alles total peinlich und sie würden das sowieso alles lieber ohne ihre Alten machen.«

Sodann erzählte Mick, daß *sein* Vater ihn stets zum Klettern mitgenommen habe. Und später dann *er* den Vater.

»Und heute?« Sogleich bereute ich die Frage. Was kam jetzt? Tod oder Rollstuhl?

Gott sei Dank nichts davon. Mick sagte: »Wir gehen noch immer zusammen in die Berge. Nur in die Halle nicht, die mag der Papa nicht so gern.«

Ich hätte jetzt erklären können: »Na, ich auch nicht.« Aber natürlich war es so, daß, wenn ich schon klettern mußte, dann lieber hier drinnen statt draußen, wo zu aller Unbill noch das Wetter kam.

Wetter gab's zwar auch beim Hürdenlauf, aber zwischen Hürde und zivilisierter Welt war ein viel kürzerer Weg als vom Gebirge zum nächsten Taxistand.

Ich gab mich geschlagen. Stand auf und seufzte.

»Super!« jubelte Mick und holte einen Gurt, den er mir um Bauch und Beine legte und mittels Seil sich und mich in der üblichen Weise verschnürte.

Ich schaute zu Simon. Er hob anerkennend den Daumen.

Sein Lächeln war eine kleine, feine Schlagzeile, etwas wie: *Sparzinsen steigen wieder.*

»Viel Glück«, gab Mick den Startschuß.

Aber das hier war keine Frage des Glücks. Ebensowenig der Beine oder Arme, die in gutem Zustand waren. Sondern der Nerven.

Meine Höhenangst war gewissermaßen auch eine Schwesternangst.

Ich hatte in all den Jahren so gut wie nie an Astri gedacht. Ihren Tod verdrängt wie auch die Erinnerung an sie. Erst recht in den Momenten, da ich bei den Eltern gewesen war. Wenn Erinnerung, dann eine, die rasch vorbeihuschte. Doch als ich nun begann, die Finger meiner Hände und die Spitzen meiner Füße auf die Griffe und Tritte zu fügen, und mich im übrigen so eng als möglich an die Wand drückte, da meinte ich ... ja, ich spürte Astri. Nicht in einer übersinnlichen Weise, da war kein Geist, der in mich fuhr. Vielmehr blieb jene Erinnerung, die üblicherweise vorbeizuhuschen pflegte, direkt neben mir stehen – massiv wie die Wand, die senkrecht vor mir aufragte.

»Nehmen Sie jedes Element, das sich anbietet«, empfahl Mick hinter mir. »Gleich welche Farbe.«

»Nichts anderes habe ich vor«, antwortete ich, gegen die Wand sprechend.

»Und vergessen Sie nicht Ihre Beine. Sie besitzen kräftige Arme, Herr Braun, aber mit denen allein kommen Sie nicht hoch. Der ganze Körper soll nach oben.«

»Ja«, sagte ich und begann zu klettern, und zwar ohne größere Probleme. Die Griffe und Tritte, nach denen ich faßte oder auf denen ich meine Füße plazierte, waren groß genug und in einer entgegenkommenden Weise geformt. Zudem spürte ich den Zug des Seils, welches Mick so weit gespannt hielt, um mich nicht nur zu sichern, sondern mir auch Sicherheit zu geben. Gleich einer langen Hand.

Ich empfand jetzt eine Euphorie, die wie eine Welle war,

die mich hochschwappte. Ich kam sehr viel schneller vorwärts als erwartet. Und vergaß geradezu, worin die Konsequenz solcher Progression bestand.

Die Euphorie gebar auf halber Höhe einen kleinen Hochmut, indem ich darauf verzichtete, im Weiterklettern den einfachsten der sich anbietenden Griffe zu wählen, und es mit einem kleinen, schwarz gefärbten Element versuchte, welches wie ein Stück Lakritze links von mir an der Wand klebte und das zu erreichen ich mich stark strecken mußte. Woraus die für Klettermenschen typische spinnenartige Ausdehnung der Gliedmaßen resultierte.

Man kann sagen, ich sah jetzt *echt* aus.

Genau während ich dies wagte, hörte ich meinen Namen. Es war aber nicht die Stimme Micks. Und leider auch nicht die von Simon, der mich weder »Vater« noch »Sixten« rief, sondern, wenn er nach mir verlangte, etwas aussprach, das sich wie »Calo« anhörte, manchmal auch wie »Calto«, und im Falle der Verdoppelung – vergleichbar dem Ruf *Papa, Papa!* – an ein »Kater Karlo!« erinnerte.

Aber nein, es war eine Frauenstimme, die zu mir nach oben drang und mit einem »Hallo, Herr Braun!« auf sich aufmerksam machte.

Während ich noch nach der Lakritze griff, tat ich, was ich bisher tunlichst vermieden hatte, nämlich nach unten zu schauen. So geschahen drei Dinge gleichzeitig: das Erreichen des kleinen schwarzen Griffs, was jedoch zu einer äußerst unsicheren Haltung führte, zweitens das Wahrnehmen einer Frau, die mir zuwinkte, und drittens die Erkenntnis, wie weit unten diese Frau sich befand beziehungsweise wie weit oben ich mich selbst.

Bis dahin war die sichtbare Höhe der Abstand zwischen meiner Nasenspitze und der Kletterwand gewesen, ein Abstand, zu dem ich nun rasch zurückkehrte. Umsonst. Die Verhältnisse hatten sich geändert. Mein Geist rebellierte und ließ den Körper im Stich. Der Geist fragte: »Was machst du hier überhaupt? Was soll der Unfug? Bist du eine Gemse?«

Der Körper hätte gerne argumentiert, gesichert zu sein, tausendprozentig gesichert, noch dazu von einem Kletterprofi, aber das nützte nichts. Dabei bestand nicht einmal ein Schwindelgefühl, sondern die bloße Angst vor der Höhe, gleich der bloßen Angst vor dem Meer, ohne daß man darum eine Haiflosse zu sehen braucht.

Ich klebte nicht an der Wand, sondern an der Angst.

Dennoch schaute ich erneut nach unten, diesmal aber nicht rückwärts über die Schulter, sondern durch die Lücke zwischen meiner Achsel und der Wand, eine schmale Lücke nur, durch die hindurch ich zu erkennen meinte …

War das wirklich Kerstin Heinsberg? Ich glaubte sogar, auf ihrer Nase ein Glitzern festzustellen. Das Glitzern ihres Nasenpiercings. Nicht schlecht für die Entfernung! Aber ich war mir sicher. Und konnte jetzt auch sehen, wie Simon nach der Hand dieser Frau griff. Was er kaum getan hätte, wäre es nicht tatsächlich Heinsberg gewesen.

Meine Güte, was machte sie hier? In diesem für mich unvorteilhaftesten aller Momente. Hätte sie mich nackt unter der Dusche erwischt, es wäre mir sehr viel angenehmer gewesen. Anstatt mir im Zustand einer Paralyse zu begegnen, die auszulösen sie sogar mitgeholfen hatte.

Ich richtete meinen Blick wieder auf die Wand, schaute jetzt nach oben, dann ein Stück unter mich. Und fühlte, wie mein Bauch auf dem Kopf stand. Ich mußte von der Lakritze loskommen, um wieder einen besseren Halt zu gewinnen. Eigentlich hätte es genügt, in die vormalige Position zurückzukehren, aber mein rechtes Bein hing in der Luft und fand einfach keinen Tritt. Die Wand wirkte verändert, die Elemente verschoben, die blauen Teile, die ich zuvor genutzt hatte, schienen von mir weggerückt zu sein. War es möglich, daß ich mich so weit von der ursprünglichen Linie entfernt hatte? (Oder stimmte die Theorie, daß die Welt sich ständig veränderte, der Mensch sich automatisch anpaßte, und nur die, die in Panik waren, diese Veränderung bemerkten?)

Das gelbe Teil wiederum, nach dem ich jetzt faßte, war zwar groß, doch auf der glatten Oberfläche rutschten meine Finger ab. Finger, aus denen alle Kraft geronnen war. Meine Hände und Füße zitterten. Das Kräftigste an mir war mein Schweiß: kleine Glöckchen, die von meinem Körper baumelten und ihn noch schwerer machten.

Man spricht ja gerne von *gefühlter Temperatur*, aber es gibt auch ein *gefühltes Körpergewicht*.

Mick rief etwas zu mir hoch. Ich konnte es nicht verstehen. Ich war gefangen in meiner Angst wie in meiner Scham. Nicht vorwärts zu kommen war ja nicht schlimm, sondern der Umstand der Aufmerksamkeit, die ich auf mich zog, indem ich eben gar nichts tat, nicht einmal »abstürzte«. Wie lange wollte ich so verharren? Bis sie mit einem Kran hochkamen und mich herunterhievten?

Es war genau dieser Moment, wo man sich denkt: Ich möchte lieber tot sein als peinlich.

Man kann überhaupt sagen, daß das Dumme am Sterben ist, daß man es nicht öfter tun kann.

Es geschah nun, daß ein Kletterer, der links von mir nach oben stieg, sich gestisch anbot, mir zu helfen. Irgendein widerlich-lässiger Mensch mit Rastalocken, der sich mit seinen Fingerspitzen an einem winzig kleinen Element festhielt – auch schwarz, auch Lakritze, aber bloß ein Bonbon – und mit seiner freien Hand Zeichen in die Luft schrieb.

»Fick dich doch!« sagte ich. Weil es aber so laut in der Halle war, sagte ich es lautlos, meine Worte jedoch deutlich mit dem Mund malend.

In diesem Moment tat Mick einen Zug am Seil, heftig genug, daß ich endgültig den Halt verlor, zur Gänze aus der Wand geriet und in einem leichten Bogen zur bisherigen Route zurückschwang beziehungsweise schrammte, mit dem

Knie gegen ein gelbes Teil schlagend. Ich schluckte, statt aufzuschreien. Immerhin wurde ich ein Stück nach oben gezogen und erreichte Elemente, auf denen meine Hände und Füße ausreichend Platz fanden. Ich spürte, wie Blut aus meinem Knie brach. Na, besser Blut als Urin.

Ich nutzte diesen Befreiungs*schlag,* um aus meiner Starre zu tauchen und den Weg nach oben fortzusetzen. Nicht, daß meine Angst sich gegeben hatte oder mit der steigenden Höhe eine emotionale Temperaturumkehr stattgefunden hätte, aber ich war wie losgetreten, als fiele ich nach oben. Auf eine weitere Lakritzenverkostung verzichtete ich freilich. Mied das Schwarz.

Am höchsten Punkt angekommen, vier Stockwerke oder so, griff ich nach der finalen Kante und rief laut aus: »Oben!«

Nun, das war weder ein Moment der Intelligenz noch der Poesie. Sondern der Erleichterung. Trotz beträchtlicher Höhe.

»Loslassen!« verlangte Mick. Ich ahnte es mehr, als daß ich ihn wirklich hörte. Es war ganz einfach logisch.

Wenn man als Laie etwas bestens kennt, dann ist es die Abwärtsbewegung von Bergsteigern am Seil, das charakteristische Bild, wie sie sich mit ihren Beinen vom Felsen abstoßen und in jener hüpfenden Weise nach unten gelangen.

Ich bemühte mich um eine ähnliche Haltung.

»Hände ans Seil!« rief Mick hoch.

Aber ich brauchte meine Hände, um immer wieder nach den Beulen und Auswucherungen und Bonbons zu greifen, sie kurz zu berühren, nur für den Fall, daß das Seil riß oder sich der Knoten löste, Dinge, die wohl kaum geschehen würden, so wie in aller Regel auch niemand von herumfliegenden Teilen eines Walfisches getroffen wird.

Erst ganz zum Schluß befolgte ich Micks Anweisung, umklammerte das Seil auf Höhe meiner Brust und landete mit beiden Beinen am Fuße der Kletterwand.

»Wow!« sagte Kerstin Heinsberg.

»Was meinen Sie damit?« fragte ich und sah sie streng an. Wollte sie mich auslachen?

Sie aber erklärte, sie hätte niemals die Nerven, so eine Wand hochzuklettern. Denn abgesehen davon, daß die Kraft in ihren Armen einzig und allein ausreiche, Stifte zu halten und Tastaturen zu bedienen, leide sie unter Höhenangst.

»Ich auch«, verriet ich ihr.

»Ja, das hat mir Ihr Freund gerade erzählt. Und genau aus dem Grund sage ich: *Wow!*«

Und schon wieder hatte Heinsberg es geschafft, mir ein schlechtes Gewissen zu bereiten. Wobei ich mich ertappte, wie sehr ich diesen Zustand genoß. Es war das gewohnte Spiel zwischen uns, und ich war glücklich, es erneut spielen zu dürfen. Glücklich, in das ungleiche Augenpaar schauen zu dürfen. Das Rehbraun und das trübe Blau.

Wie nebenbei warf ich auch noch einen kurzen Blick auf mein geschundenes Knie. Doch die Wunde war minimal. Ein roter Punkt bloß, als wäre ich ein verkauftes Kunstwerk in einer Galerie.

Während ich noch immer mit dem Seil verbunden war, machte ich Heinsberg und Mick miteinander offiziell bekannt, wobei mir jetzt erst bewußt wurde, Micks Nachnamen gar nicht zu kennen.

»Blumberg«, stellte er sich selbst vor.

»Wie der Bürgermeister von New York«, meinte Heinsberg.

»Nein, wie die Stadt im Schwarzwald«, sagte er.

Mir hingegen schien es amüsant, daß hier gleich zwei Menschen standen, deren Nachname mit »Berg« endete, und dies angesichts einer Welt aus künstlichen Felsen. Von dem gleichnamigen Schwimmbad unten im Tal einmal abgesehen.

In diesem Moment geschah aber noch etwas anderes, und dies war wirklich von Bedeutung. Eine Freundin von Mick trat zu uns, so daß sich eine erneute Runde gegenseitigen

Bekanntmachens ergab. Dabei erwähnte Mick, ich sei der Vater von Simon. Simon, der bereits ungeduldig darauf wartete, eine weitere, diesmal sehr viel schwierigere Wand und Route hochzusteigen.

Micks Freundin kniete sich zu Simon hinunter und überprüfte seine Ausrüstung. Offenkundig würde sie diesmal die Sicherung am Seil übernehmen. Und dann sagte sie etwas, was mir einen Stich gab, sie sagte, indem sie sich zu mir hindrehte: »Man sieht sofort, daß er Ihr Sohn ist. Wie aus dem Gesicht geschnitten.«

Ich erwiderte: »Aber seine Augen sind schon andere, gell?«

»Anders geformt«, sagte sie, »aber derselbe Ausdruck. Das ist ja das Tolle. Wie man trotz eines solchen Unterschieds die große Ähnlichkeit erkennt. Die Gene setzen sich halt durch.«

Heinsberg lächelte mich an und meinte: »Na, was sage ich Ihnen immer? Vielleicht glauben Sie mir jetzt endlich.«

Mick, der um die wahren Verhältnisse, also die Adoption, ebensowenig wie seine Freundin wußte, stimmte zu. Er sagte: »Aber beim Klettern ist Ihr Sohn schon besser.«

Was dieser nun auch gleich bewies, indem er eine Wand in Angriff nahm, die in dieser Halle zu den schwersten zählte und welche bereits zu Beginn schräg nach innen führte und in der sich sodann ein Überhang an den anderen reihte. Eine Masochistenwand. Allein vom Hochsehen kriegte ich einen Stein im Magen. Eingedenk solcher Konstrukte stellte sich eigentlich weniger die Frage, wieso Menschen unter Höhenangst litten, sondern eher die, wieso manche *nicht*. Beziehungsweise wie es ihnen gelungen war, ihre Angst zu umgehen.

Die Frage, die sich aber vor allem aufdrängte, stellte jetzt Heinsberg: »Meine Güte, woher kann er das?«

Sie sah ungläubig zu, wie Simon zügig Meter um Meter hochkraxelte und in regelmäßigen Abständen das Seil in die fix montierten Expressen fügte, wobei er das Seil zuvor zwischen die Zähne zu nehmen pflegte.

Ich blickte Heinsberg vergnügt an und meinte: »Mag ja sein, daß er sein Gesicht von mir hat, aber die Lust am Vertikalen muß er seiner Mutter verdanken. Sie war immerhin Hirnforscherin. Vielleicht hat sie den Hirnlappen manipuliert, wo die Höhenangst einsitzt.«

»Das erklärt aber nicht, warum er sich so bewegt, wie er sich bewegt.«

»Richtig. Aber seine Vorgeschichte ist doch *Ihr* Fall, oder nicht?«

»Nun, er ist in den Bergen aufgewachsen«, konstatierte Heinsberg das Bekannte. »Und hatte dort offenkundig einen Lehrer. Ich stelle mir so was wie einen kletternden Mönch vor.«

»Das wäre dann filmreif«, fand ich, fragte aber endlich, was Heinsberg hier eigentlich tue.

»Na, ich besuche Sie«, sagte sie und erzählte, ein paar Tage bei ihren in den Vogesen lebenden Eltern verbracht zu haben. Während der Rückreise sei ihr die Idee gekommen, in Stuttgart vorbeizuschauen. Es sollte eine Überraschung sein.

»Es *ist* eine Überraschung«, sagte ich. Und ergänzte: »Eine schöne.«

Wie sich herausstellte, hatte eine meiner Nachbarinnen, eine ältere Dame und Witwe, Heinsberg verraten, wo ich zu finden sei. – Klar, Heinsberg besaß meine Handynummer und hätte sich also bei mir ankündigen können, aber ihr war wohl sehr am Effekt der Überraschung gelegen. Es schien ihr geliebtes Prinzip, mich zu überfallen.

»Müssen Sie dann gleich wieder weiter?« fragte ich.

»Ich habe morgen noch frei.«

»Dann bleiben Sie doch bei uns, heute abend, meine ich, finde ich. Wir könnten essen gehen, und ich besorge Ihnen ein Zimmer.«

»Haben Sie denn so wenig Platz zu Hause?«

»Nun, eigentlich … nein, genügend Platz.«

»Gut«, sagte sie, »dann kann ich mir gleich ansehen, wie Simon lebt.«

Mit einem Seufzer, halb gnädig, halb leidend, meinte ich, dem Jungen wohl demnächst einen Kletterraum einrichten zu müssen. Und sagte: »Meine Schwester hatte so einen.«

»Ihre Schwester?«

»Ja, sie war Bergsteigerin.«

»Na schauen Sie, daher hat Simon das Talent.«

Es klang vollkommen ernst gemeint, als existierten quasi auch *fliegende* oder *frei schwebende* Gene.

»Und was macht Ihre Schwester jetzt?«

»Sie liegt auf einem Friedhof in Köln.«

»Ein Absturz?«

Ich nickte.

»Und trotzdem lassen Sie Simon da hochsteigen.«

»Ist das ein Vorwurf?«

»Nein, gar nicht. Ich bewundere das. Und natürlich erst recht, daß sogar Sie selbst es versuchen.«

»Eigentlich wollte ich Simon das Hürdenlaufen beibringen.«

»Statt dessen klettern Sie nun.«

»Na, ich habe nicht vor, es zu übertreiben. Genauer gesagt, ich würde es gerne bei diesem einen Versuch belassen.«

»Das wäre aber schade«, fand sie. »Die Überwindung ist ein hohes Gut.«

»Wie? Sie selbst wollen es aber nicht versuchen, dachte ich?«

»Bei mir wäre diese Überwindung sinnlos, bei Ihnen aber hat sie einen Wert«, erklärte sie, und ohne es zu wissen, stieß sie ins selbe Horn wie Mick: »Sie folgen Ihrem Sohn.«

Ich sah hoch zu Simon und sagte: »Aber ganz sicher nicht in diese Wand.«

Simon hatte soeben den obersten Abschnitt erreicht und katapultierte sich mit dem rechten Bein voran über eine scharfe Kante. Der Stein in meinem Magen bekam ein Baby.

Am gleichen Abend saßen wir alle, ebenso Mick und seine Freundin, in dem Restaurant nahe meiner Wohnung. Erneut fragte mich Heinsberg nach meiner Schwester. Jetzt horchten auch Mick und seine Freundin auf. Bei aller Tragik des vor Jahren Geschehenen war da auch ein Reiz: der frühe Tod, der junge Tod. Früh und jung und beeindruckend. Sehr im Gegensatz zu jenen profanen Enden, die Menschen in Form verschluckter Gräten oder ungünstiger Gerinnsel ereilte. Oder im Zuge einer Besoffenheit im Autoverkehr oder jenes banalen Pechs, im falschen Moment eine Stromleitung berührt zu haben. Nein, der Tod meiner Schwester hatte … nun, er hatte Klasse. Und auf eine merkwürdige Weise gefiel es mir mit einemmal, darüber zu reden, auch über Astris Hang damals, rascher als die anderen sein zu wollen, vor allem rascher als die Jungs, und dafür auch ein gewisses Risiko einzugehen. So zumindest war es mir berichtet worden, der ich ja kein einziges Mal dabeigewesen war.

»Sag, Sixten, wie sieht der Berg eigentlich aus, wo das geschehen ist?« fragte Kerstin, die mir kurz zuvor das von mir gerne angenommene Duwort angeboten hatte.

»Wie meinst du *aussehen?*«

»Na, er hat ja wohl eine Form, der Berg.«

»Ich habe keine Ahnung.«

»Was?! Du warst nie dort«, staunte Kerstin.

»Nein, nie. Wieso auch? Das hätte sie nicht wieder lebendig gemacht.«

»Wer redet von Lebendigmachen? Aber … also, vielleicht klingt das übertrieben, aber der Berg hat deine Schwester umgebracht, da will man doch wissen, wie er ausschaut. Oder ist das blöd, wenn ich das sage?«

Ich überlegte, ob man eher dem Blitz oder eher dem Berg die Schuld geben sollte. In jedem Fall hatte Kerstin recht, wenn es sie erstaunte, daß ich nie versucht hatte – auch nicht in Büchern oder im Netz –, mir den Berg anzusehen, auf dem meine Schwester ums Leben gekommen war.

Als Kerstin und ich später am Abend auf dem Sofa meiner Wohnung saßen, Mick und seine Freundin gegangen waren und Simon wie eine betäubte Taube ins Bett gefallen war, da meinte Kerstin: »Du solltest mit dem Jungen dort hinfahren.«

»Zu dem Berg?«

»Ja.«

»Wieso? Um Simon zu zeigen, wie gefährlich sein neues Hobby ist?«

»Natürlich nicht. Einfach hinfahren und anschauen.«

»Ich kann den Sinn nicht erkennen«, sagte ich, aber das war eine Lüge. Ich hatte den Berg verdrängt und meine Schwester verdrängt. Und wenn ich behauptet hätte, Astri hätte mir wenig bedeutet, wäre das ebenso eine Lüge gewesen. Fremd, das schon, aber *lieb* fremd, wenn man sich darunter etwas vorstellen kann.

»Weißt du was?« sagte Kerstin, und dabei legte sie ihre Hand auf meine Knie und kam so nahe, daß mir ihr Anblick etwas verschwamm. Ich senkte die Augen, aber eigentlich nur, um mir ihren Busen anzusehen, der unter der bestickten Stretchbluse deutlich hervortrat und den Ausschnitt beim Einatmen spannte.

Ich war lange einer solchen Situation ausgewichen, im Grunde froh ums Alleinsein und erst recht froh ums Alleinsein mit dem Kind. Doch Kerstins Gegenwart, ihre Berührung, ihr Blick auf mir, braun und blaßblau, der Stern in der Mulde ihres Nasenflügels, ihr Geruch, das Leuchten heller Haut im Ausschnitt …

Ich fragte: »Ja, was denn?«

»Ich hab 'ne Idee. Wir fahren übernächstes Wochenende dorthin, wo deine Schwester gestorben ist«, sagte sie. »Wir legen Blumen an den Berg. Zehn Jahre ist lang, aber zu spät ist es trotzdem nicht. Es wird dir guttun, an deine Schwester zu denken, es wird Simon guttun, einen echten Berg zu sehen, und mir auch, wenn ich mit euch zusammen bin. Oder findest du das schlecht, wenn wir zusammen sind?«

Ich beugte mich vor und gab ihr eine Antwort auf die Lippen.

Teil 2

16

Eine Zeitschrift hatte einmal geschrieben: *Er ist der Mann, der die Schönheit pflegt.*

Der, über den man solches sagte, saß am Strand und blickte hinaus aufs Meer. Eine ruhige See an diesem Tag. Die Brandung ein kleines Seufzen. Wellen, die sanft aufs Land trafen gleich todmüden Kindern, die über einem Polster einnicken. Freilich konnte dieses große Wasser auch ganz anders. Das hatte er oft genug erlebt.

Er entschied sich. Und zwar zur Vorsicht.

Er entschied sich, das Meer zu verlassen und in die Berge zu gehen. Und damit auch hinüber nach Europa, das auf der anderen Seite dieser Kugel lag, die man die Erde nannte und von der gesagt wurde, sie sei vom Weltraum aus so schön anzusehen. – Schöner als Jupiter? Schöner als Saturn? Nur weil sie blau war, aber ohne Ring auskam und einen grauen Mond besaß?

Sein Name war Auden Chen, geboren im Norden Taiwans, in Keelung, als Sohn eines Lehrerehepaars, die beide Englisch unterrichteten und kurz nach der Geburt des Sohnes nach Amerika gezogen waren. Er besaß auch einen chinesischen Vornamen, den er aber so gut wie nie verwendete, sondern allein den englischen: Auden. Stimmt, das war kein Vor-, sondern ein Nachname. Doch die Begeisterung seiner Eltern für die Gedichte des zuerst englischen und dann amerikanischen und schließlich in Österreich begrabenen Dichters W. H. Auden glich einer Besessenheit. Die beiden kannten so gut wie jeden Satz, den Auden geschrieben hatte, und nicht wenige von denen, die aus den Federn von Audens Freunden stammten. Mitunter warfen sich Herr und Frau Chen kleine Gedichtbrocken gleich Handküssen zu. Darum war es ihnen ungemein wichtig, ihre Liebe zur Audenschen Poesie im eigenen Kind zu manifestieren. Das mochte zwar ähnlich egoistisch sein wie Leute, die ihren Nachwuchs nach Schauspielern, Zeichentrickfiguren, berühmten Indianern oder nach Waschmitteln benannten, aber immerhin ergab sich daraus ein ausgesprochener Wohlklang: Auden Chen.

Ein Name, als würde ein Engel mit den Fingern schnippen.

Naturgemäß hatte Auden später nur zwei Möglichkeiten: die Literatur Audens zu hassen oder sie zu lieben. Selbige einfach zu ignorieren erschien unmöglich. Er entschied sich für die Liebe. Wie er sich in vielen Fragen für sie entschied. Er tendierte mit auffälliger Hingabe dazu, eine bestimmte Sache gut zu finden, sich in etwas zu vernarren oder an einem häßlichen Ding einen Vorzug zu entdecken. Wobei er keineswegs der idiotische Das-Glas-ist-halb-voll-Interpret war. Er erkannte durchaus den leeren Teil eines Glases und wie sehr diese Leere auf die Vergänglichkeit des halbvollen Restes verwies, doch zählte er zu denen, die bei alldem auch das Glas wahrnahmen, die Feinheit und Beständigkeit eines transparenten Gefäßes, innerhalb dessen sich die Dramen des Halbleeren und Halbvollen abspielten. Er war somit weder ein Halbvoll- noch ein Halbleermensch, sondern ein Glasmensch. Religiös auf eine ästhetische Weise. Er bekannte sich zum Christentum, zu einem Schöpfergott, der keine perfekte, aber eine interessante Welt geschaffen hatte. Daß in ihr der Mensch wütete, übersah Auden nicht, ließ sich aber davon den Blick aufs Leben nicht verderben.

Bei solcher Einstellung und einem solchen Vornamen war es freilich unmöglich, Waffenhändler oder etwas ähnliches zu werden. Er wurde Chemiker, womit man natürlich auch einigen Schaden anrichten kann. Was er aber nicht tat. Noch während seines Studiums begann er, in einem kleinen Privatlabor mit natürlichen Essenzen zu arbeiten und eine Palette neuartiger Hautcremes zu entwickeln. Er ließ sein Studium unbeendet, zog zwanzigjährig in das Land seiner Geburt und gründete in Taipeh ein Unternehmen, dem er den Namen KAI gab, was ausgeschrieben *Kallman, Auden & Isherwood* bedeutete und nach dem Schriftsteller und seinen beiden Kollegen und Liebhabern benannt war. Übrigens war Auden, *unser* Auden, kein bißchen schwul. Mit seinen Cremes freilich erfreute er Männer wie Frauen. Unter dem Namen KAI und einem Logo, das sich aus zwei gekreuzten Streifen von grünem Lauch zusammensetzte, produzierte er eine überschaubare Menge hochwertiger Kosmetik, die alsbald in den Ruf gelangte, nicht nur die Haut zu verschönern und dem Alterungsprozeß ein wenig Einhalt zu gebieten, sondern die betreffenden Anwender auch glücklicher zu machen. Wofür die Konkurrenz verbotene psychoaktive Stoffe verantwortlich machte, die allerdings bei diversen Untersuchungen nicht gefunden werden konnten. KAI-Produkte schienen frei von nachweisbaren Drogen, weshalb die Konkurrenz nun anfing, den Placeboeffekt dieser Ware zu behaupten. Aber was auch immer es war, die Cremes verkauften sich bestens, und selbst nach Jahren fand sich niemand, dem die Gesichtshaut abgefallen, dem ein Rüssel gewachsen oder dessen psychische Zufriedenheit in eine Depression umgekippt wäre. Blieb allein der Verdacht, die Kundschaft sei auf diese Cremes süchtig geworden, richtiggehend davon abhängig. Aber das galt für so viele Produkte auf den Märkten der Welt und schien im Falle KAIscher Fabrikate sogar ohne irgendeine Bewußtseinstrübung der Benutzer abzulaufen.

Dazu paßte, daß Auden es unterließ, billiger zu produzieren und in den Massenmarkt einzusteigen. Was notwendigerweise auf Kosten der Qualität gegangen wäre. Auch der

Qualität des eigenen Lebens. Nein, Auden bestand auf der exklusiven Nische und erhielt seiner Produktionsstätte den Charme einer Hexenküche. Zudem kam er ohne Zwischenhändler aus, ließ die Ware direkt an die einschlägigen Geschäfte oder Kundinnen versenden. Es gab lange Vorbestellungslisten. Doch für Auden waren seine Cremes Kunstwerke der Schönheitspflege, die wollte er nicht herstellen wie eine Tageszeitung oder eine Vitamintablette.

Natürlich hatte Auden mehrere Übernahmeversuche abwehren müssen, aber weil er nie richtig gewachsen war, blieb er auch unangreifbar. Seine Größe war seine Sicherheit. Er pflegte zu sagen, daß, wenn die Kleinen geschluckt wurden, nicht darum, weil sie klein waren, sondern, weil sie versucht hatten, größer zu werden. Er machte aus seiner Haltung nicht einmal ein Theater, indem er sich etwa als David aufspielte. Er ignorierte die Goliaths und experimentierte weiter mit seinen diversen Wirkstoffen.

Nichtsdestotrotz verfügte Auden Chen über das beherrschte und überlegte Auftreten des Geschäftsmanns, der er ja ebenfalls war. Ein Mann im Anzug, nicht in kurzen Hosen und T-Shirts. Er pflegte seine Kontakte zu den ausgewählten Ladengeschäften, in denen seine Ware vertrieben wurde. Wenn er schon nicht jede seiner Kundinnen persönlich kennenlernen konnte – etwas, was er als Frauenliebhaber durchaus bedauerte –, so wollte er wenigstens den einzelnen Ladenbesitzern begegnen. Auch galt es, die Kontrolle zu bewahren. Es durfte nicht geschehen, daß jemand Mißbrauch mit den KAI-Produkten trieb. Verdünnte, was nicht verdünnt werden durfte. Vermischte, was zu vermischen sich verbot. Indem Auden ständig präsent war – so charmant wie bestimmt –, war er wie jemand, der den Finger auf eine hypothetische Wunde legt. Aber nicht, um in der Wunde zu rühren und einen Schmerz zu verursachen, sondern diese Wunde gar nicht erst entstehen zu lassen. Wobei mit »Wunde« nichts anderes gemeint war als die Bereitschaft des

Menschen, der Gier zu erliegen. Diese dumme, kleine Unart, die im ganzen Universum verpönt war, auf der man aber auf der angeblich so schönen Erde ein ganzes komplettes Wertesystem errichtet hatte, bis es sogar gelungen war, die Begriffe Gier und Fleiß zu vertauschen.

Kontrolle also. Darum reiste Auden Chen. Verzichtete jedoch währenddessen nicht darauf, seine Experimente fortzusetzen. Stets hatte er ein Minilabor bei sich, einen kleinen Koffer, für den er eine spezielle Genehmigung besaß, um nicht bei jeder Flughafenkontrolle das betreffende Einsatzkommando auf den Plan zu rufen. So bewahrte er sich an allen Plätzen der Welt das Vergnügen, das eine oder andere Kraut, den einen oder anderen Pilz, mitunter ein aus dem Beton herauswachsendes Blümchen, einen Samen, ein Blatt, hin und wieder den Faden einer Spinne, die Deckflügel eines toten Käfers, dies alles der Natur mit höflicher Geste zu entziehen, zu pulverisieren und der KAI-Basispaste zuzufügen. Er sagte: »Einfach mal sehen, was passiert!«

17

Auden Chen kam also in der Welt herum. Vergaß jedoch nicht das eigene Land, die eigene Insel, die China war und doch nicht China. So schaute er auch immer wieder in Tainan vorbei, wo ein kleiner Laden, eigentlich ein Gemischtwarenladen, die KAI-Produkte exklusiv vertrieb und es sich darum ergab, daß die Damen der Tainaner Gesellschaft zwischen allerlei Plunder standen, zwischen Plastikeimern und Zigarettenschachteln, und die bestellten KAI-Behältnisse in Empfang nahmen (einfache Holzkisten, aber einfach in der Weise, wie man sagen kann, Piet Mondrian habe einfache Gemälde gemalt).

Bei einem dieser Besuche in Tainan war Auden zu einer Party geladen worden, die zu besuchen das gute Benehmen erforderte. Ohnehin war »gutes Benehmen« ein Verhalten, das eigentlich alles, auch Partys, erträglich machte. An diesem Abend aber kam das Glück hinzu, eine deutsche Ärztin kennenzulernen. Nicht die erste deutsche Frau in Audens Leben und mitnichten die erste Ärztin, aber ... nun, er wußte sofort, daß er sich in sie verlieben würde. Obgleich er irritiert war, daß sie gelbe Turnschuhe trug, zitronengelbe, während sie im übrigen mit einem so engen wie strengen schwarzen Hosenanzug bekleidet war, zu dem halbhohe, ebenso schwarze Schuhe gepaßt hätten. Na, vielleicht war es ihr Markenzeichen oder entsprach einer Art Ablenkungsmanöver. Ablenkung wovon? Von ihren Augen? Bernsteinaugen, sehr hell, wie von hinten beleuchtet, wie im Museum. Kein verstaubtes Museum, natürlich nicht. Sondern ein Museum, welches um diese zwei so gut wie identischen Bernsteinstücke herum gebaut worden war.

Sie blieb an diesem Abend abweisend. Etwas, das er nicht gewohnt war. Die meisten Frauen setzten seine Person mit seinen Produkten gleich und waren ihm rasch gewogen. Hier war es anders. Vielleicht kannte sie seine Cremes nicht. Er ließ ihr am Tag darauf ein Holzkistchen mit KAI*blue heart*© zusenden und besuchte sie sodann in dem Krankenhaus, in dem sie arbeitete.

Sie fragte ihn: »Finden Sie denn, ich hätte eine Gesichtscreme nötig?«

»So war es wirklich nicht gemeint, liebe Frau Doktor.«

»Ich werde es einer Freundin von mir schenken.«

Er unterdrückte den Impuls, ihr zu sagen, wieviel dieses Kistchen wert sei, verbeugte sich – nicht japanisch, weil er ja auch kein Japaner war – und verließ das Krankenhaus.

Er gab auf. Ein bißchen schnell, aber lästig zu sein war wirklich nicht seine Art.

Um so überraschter war er, als Tage später sein Handy läutete und sich Frau Dr. Senft meldete. Ja, er hatte die eigene Nummer auf den Boden der KAI-Box notiert, kaum sichtbar. Lana mußte sie entdeckt haben und sagte jetzt auch, wie lächerlich es sei, eine Telefonnummer ohne speziellen Hinweis auf die Unterseite eines Holzkistchens zu schreiben.

Er fragte sie, ob sie ihn darum anrufe, um sich zu beschweren.

»Nein. Ich wollte nur sagen, daß, wenn Sie wieder in Tainan sind, Sie mich gerne besuchen können, wenn Sie wollen.«

»Ich bin morgen dort«, erklärte er augenblicklich. Er hatte es soeben beschlossen.

Er führte sie tags darauf in eine Ausstellung. Danach in eine Bar. Sie erzählte, und er hörte zu.

Einmal fragte sie: »Ihre Cremes sind Hokuspokus, nicht wahr?«

»Was ist das ... Hokuspokus?«

»Mumbo jumbo«, sagte sie.

Aber das war es nicht, was er meinte. Das Wort hatte er verstanden. Er erklärte: »Meine Cremes wirken. Wahrscheinlich muß man auch daran glauben, daß sie wirken. Aber gilt das nicht für alles? Ohne den guten Glauben würde auch dieser Whisky hier nicht schmecken.«

Sie betrachtete ihn, als denke sie, die Hirnforscherin, darüber nach, wieviel guter Glauben nötig sei, um ihn lieben zu können. Nicht den Whisky, den Mann. Dabei war Auden wirklich nicht häßlich. Im Gegenteil. Für einen Asiaten recht großgewachsen, eher breit, aber nicht *zu* breit, breit wie Richard Burton, zudem sehr elegant, eine dunkle Hornbrille tragend, dahinter ein Gesicht, wegen dem einer mal gesagt hatte, Auden sehe aus wie eine Mischung aus Preisboxer und romantischem Schöngeist.

Sie erwähnte den alten Spruch, der Glaube versetze Berge, daß dabei aber gerne übersehen werde, wieviel Werbung im Vorfeld solcher Gläubigkeit für die Versetzbarkeit von Bergen gemacht werde.

»Ich gebe gerne zu«, sagte er, »daß die Verpackung wichtig ist. Aber ist das nicht normal bei einer Spezies, die es aufgegeben hat, nackt durch die Gegend zu laufen?«

»Das ist komisch, daß Sie das sagen«, meinte sie.

»Wieso?« fragte er.

Bekam aber keine Antwort. Erst später, als sie beide miteinander im Bett lagen und Frau Dr. Senft es unterließ, sich vollständig auszuziehen, ihren BH und ihre Bluse anbehielt und ihm zudem verbot, unter ebendiese Bluse zu greifen, verstand er ihre Bemerkung. Er durfte sie berühren, aber eben *mit* Bluse. Wobei sie sich ihm ja nicht verweigerte. Sie unterband allein den Anblick ihrer vollständigen Nacktheit, im übrigen war sie so liebevoll wie hingebungsvoll.

Er fragte sie, ob es an ihm liege, ob er etwas falsch mache.

Sie schüttelte den Kopf.

Beeilte sich aber, ihm zu versichern, wie wenig sie sich nach einer Gesprächstherapie sehne. Sonst wäre sie nämlich mit ihm an der Bar sitzen geblieben und hätte ihn gefragt, ob er ihr *guter Freund* werden wolle. »Willst du das?«

»Nein«, sagte er. »Aber man muß auch über manche Sachen sprechen können.«

»Über manche schon«, gab sie zur Antwort und küßte seine glatte warme Brust, die unter der Berührung ihrer Lippen eine hübsche Gänsehaut gebar.

Er mußte sich entscheiden. Und entschied sich. Und zwar eingedenk jenes banalen, aber nicht ganz unrichtigen Spruchs, im Leben werde sowieso zuviel geredet.

Lana und Auden wurden ein Paar. Natürlich war es nicht einfach, sich zu sehen, sie als Ärztin in Tainan, er auf seinen Weltreisen und als Oberhexenmeister in seiner Produktionsstätte nahe Taipeh. Aber sobald sie dann zusammenkamen, wurden es gute Stunden. Nicht nur Stunden, die vom Sex bestimmt waren und vom damit verbundenen Geruch lieblicher Verwesung, sondern auch Stunden auf Parkbänken mit dem damit verbundenen Geruch frisch geschälten Obstes. Nicht zuletzt zählten die Momente, da sie sich unterhielten. Denn natürlich wurde auch gesprochen. Nur nicht über die Frage, wieso Lana sich nicht vollständig auszog.

Übrigens gab es nie Beschwerden, wenn einer von ihnen mal zu spät kam. Niemand notierte, wer häufiger zum Telefon griff. Keiner zählte die eigenen Komplimente oder wie oft man selbst gelächelt hatte und der andere nicht. Gleichwohl dachten sie über viele Dinge recht verschieden. Der Wirtschaftsmann Auden stand sehr viel weiter links als die Hirnspezialistin Lana. Und hätten die beiden eine gemeinsame Wohnung einrichten müssen, es wäre unmöglich gewesen. Aber derartiges kam ohnehin nicht in Frage. Es war Lanas Apartment, in dem man die Nächte und die darauffolgenden Tagesanfänge verbrachte, und es war Auden, der den eher üppigen Einrichtungsstil seiner Geliebten geflissentlich übersah. Dies war Lanas Welt, und er wollte darin kein kritischer Geist sein, sondern ein guter Gast.

Nur in einem trafen sie sich absolut punktgenau. Der Abend, da Auden aufhörte, auf die Verhütung zu achten, fügte sich puzzleartig in eine diesbezügliche Sorglosigkeit ihrerseits.

Sorglosigkeit oder Nachlässigkeit? Wollte Lana Mutter werden? Und Auden Vater?

Warum nicht, dachte er. Er war im richtigen Alter, und schließlich gehörte derartiges zum Leben. Wenn nicht mit dieser Frau, mit welcher dann? Daß sie keine Asiatin war, schien bei alldem keine Rolle zu spielen. Vorerst.

So ging es Monate, ohne daß Lana schwanger wurde. Was ja auch kein definiertes Ziel darstellte. Dennoch paßte es ganz gut, daß genau in dieser Zeit das Gerücht aufkam, eine von Audens Gesichtscremes – eine blaßgrüne, transparente Paste, die aussah wie eingedicktes Bitter Lemon und die Bezeichnung KAI-*G7*© trug –, diese Paste hätte bei mehreren Frauen angeblich eine Schwangerschaft begünstigt.

Meine Güte! mochte man sagen. Und zwar in vielerlei Hinsicht.

So existierte etwa bezüglich des Namens das Mißverständnis, Auden würde hier auf die Bezeichnung der Gruppe der größten Industrienationen anspielen, als diese ohne Rußland noch nicht als G8, sondern als G7 getitelt wurden. Man hielt das für eine antirussische Geste des in Amerika aufgewachsenen Taiwaners. In Wirklichkeit aber handelte es sich um eine Anspielung auf W. H. Audens und Christopher Isherwoods Theaterstück *The Ascent of F6,* ein politisches Bergsteigerdrama, das eher antiimperialistisch als antirussisch zu nennen war. F6 imitierte K2, und G7 wiederum entsprach einfach der alphabetischen und zahlenmäßigen Steigerung von F6 um jeweils eine Stufe. – Berge also! Mit Kosmetik hatte das gar nichts zu tun, aber Chen schmuggelte immer wieder Hinweise auf die Audensche Dichtkunst in seine Produkte ein. Und dies allein, um seinen Eltern – die weiterhin drüben in den Staaten lebten – das Vergnügen des Erkennens zu bereiten. Ob hingegen sonst noch jemand den Hinweis verstand oder einzig Mißverständnisse die Runde machten, war ihm gleich.

Auden Chen trug nie etwas dazu bei, Mißverständnisse aufzuklären. Und unterließ auch jeglichen Kommentar, als nun ruchbar wurde, mehrere Benutzerinnen von G7, deren Kinderwunsch angeblich lange Zeit unerfüllt geblieben war, seien nach der monatelangen Benutzung der betreffenden Creme schwanger geworden. Einige von ihnen in einem durchaus als fortgeschritten zu nennenden Alter. Was zu einer Faltencreme ja auch paßte.

Klar, die Sache mit den Schwangerschaften galt vielen als Blödsinn. Andererseits war schwer zu sagen, ob nicht eine bestimmte Ingredienz von G7 einen »Auslöser« besaß, der zusammen mit dem Glauben an versetzbare Berge … Egal, das Gerücht war da und tat seine Wirkung, sosehr die Konkurrenz von einer lancierten Lüge sprach und davon, daß Auden Chen vor keiner Geschmacklosigkeit haltmache. Er hingegen sagte gar nichts dazu und sperrte sich gegen die Bemühungen seiner Mitarbeiter und Abnehmer, die Produktion von G7 zu erhöhen. Er entschied: »Wir machen weiter wie bisher.«

Aber das stimmte nicht ganz. Zumindest nicht in persönlicher Hinsicht. Denn Auden Chen ließ sich von dem kolportierten Wunder inspirieren und füllte eine kleine Menge G7 in ein spezielles Döschen, das von seiner Großmutter stammte und welches er nun Lana schenkte.

War es ihm denn so wichtig, Vater zu werden?

Oder war es nicht eigentlich so, daß er dieses Kind allein

darum wollte, um sich solcherart eines Teils von Lana zu versichern? Sollte er Lana je verlieren, würde da noch immer das Kind sein. Und mit Verlieren meinte er jede erdenkliche Möglichkeit, die sich ergab. Ein Kind erschien ihm als Garantie.

Ob nun Lana einen solchen Antrieb ahnte, sollte so unklar bleiben wie die Frage, ob sie überhaupt von dem Gerücht um die $G7$-Creme gehört hatte. In jedem Fall gefiel ihr das Döschen aus rotem Schnitzlack mit der intensiven Ornamentik. Es war soviel verspielter als die strengen Holzkisten der KAI-Serie. Lana mochte diese alten Dinger, die alle das Wort »Ming« zu morsen schienen. Sie freute sich über das Geschenk und versprach, die Creme zu nutzen.

»Nicht, daß du das nötig hast«, beeilte er sich zu erklären eingedenk jener ersten Bemerkung. »Deine Haut ist wunderbar.«

»Wer weiß schon, was man alles nötig hat?« meinte sie. »Und schaden kann es ja nicht.«

Die Äußerung, etwas könne nicht schaden, paßte nun gar nicht zur Medizinerin Lana. Aber sie sagte es, tauchte ihren Finger vorsichtig in die gallertige Masse und trug sie rechts und links auf ihre Wangenknochen auf. Gleich einer durchsichtigen Kriegsbemalung, die man erst bemerkte, wenn man schon zu nahe war.

Worüber nun jenes Gerücht bezüglich der empfängnisfördernden Kraft von $G7$ gar keine Auskunft gab, war die Frage, von wem jeweils all diese Frauen schwanger geworden waren. Denn diese Möglichkeit bestand ja gleichfalls, daß nämlich $G7$ simplerweise den sexuellen Drang förderte, somit mehr ein Aphrodisiakum denn ein Eisprungauslöser war. Gerade auf diese Weise wäre das Phänomen überraschender Fruchtbarkeit gut zu erklären gewesen.

Genau eine solche Überlegung stellte Auden Chen Wochen später an. Erschrocken darüber, sich selbst eine Grube gegraben zu haben.

Lana hatte ihn, während er nach Brisbane unterwegs war, auf seinem Handy erreicht und in einem klaren, sachlichen Ton erklärt, jemanden kennengelernt zu haben.

»Wie soll ich das verstehen?« fragte er, obwohl er es ja wußte.

»Ich habe mit ihm geschlafen.«

»Liebst du ihn denn?«

»Ja.«

»Mehr als mich?«

»Gleich viel, aber anders.«

»Ich will dich aber nicht teilen«, erklärte er, wobei er spürte, wie er soeben seine souveräne Art, mit allem Guten und allem Schlechten in der Welt umzugehen, einbüßte. Er fühlte eine Schwäche. Er sagte: »Mit *anders lieben* meinst du wahrscheinlich, daß dieser Mann dich ganz ausziehen darf. Habe ich recht?«

Sie schwieg.

»Warum schweigst du?«

»Ist es das, was dich eifersüchtig macht?« fragte sie. »Die Vorstellung, daß ein anderer meine Brüste sehen darf? Meinen Nabel? Meine Rippen?«

Er konnte sich nicht wirklich vorstellen, daß man Lanas Rippen erkennen konnte. So dünn war sie nicht. Doch in der Tat, ihn schmerzte der Gedanke, daß dieser andere Mann in Lanas Geheimnis eingeweiht wurde, gleich, wie horribel oder tragisch oder banal selbiges sein mochte.

Und dann sagte Auden, der einst so Beherrschte, mit einer ihn selbst erschreckenden Plötzlichkeit: »Wenn ich den Kerl in die Finger kriege, reiß ich ihm den Kopf ab.«

»Und du meinst, das würde mich ganz zu dir zurückbringen?«

»Bist du denn weg von mir? Nur weil du mit ihm geschlafen hast?«

»Es wird nicht das letzte Mal gewesen sein.«

»Ach ja, so sicher ist das also schon.«

»Wahrscheinlich schon, Auden. Es ist eben mehr als ein kleiner Seitensprung.«

Er stellte sich vor, wie beklemmend es sein mußte, in Lana jetzt dort einzudringen, wo zuvor ein anderer gewesen war. Einen Mund zu küssen, den ein anderer geküßt, eine Zunge zu berühren, die mit einer anderen Zunge kürzlich verschmolzen gewesen war. Das hatte nicht unbedingt mit Besitzanspruch zu tun. Es war viel einfacher. Ganz in der Art des Ekels, wenn man ein Glas an die Lippen setzt und noch während des Schluckens begreift, nach dem falschen Glas gegriffen und folglich das Getränk eines fremden Menschen im Mund zu haben. Woraus sich eine massive Vorstellung von der Welt der Bakterien ergibt. Bakterien, die freilich genauso in der Luft sind und auch in noch so ausgewaschenen Gläsern drohen. Und doch … man nimmt sie bei einem Glas, aus dem gerade ein anderer getrunken hat, soviel deutlicher und intensiver und bedrohlicher wahr.

Stadtluft einatmen und Hände schütteln war etwas anderes als Trinken und Geschlechtsverkehr. Jetzt abgesehen von der Vorstellung, auch der andere Mann hätte auf die Benutzung eines Präservativs verzichtet.

Lana erklärte, sie könne noch nicht sagen, wohin das alles führe. Aber sie habe ganz offen sein wollen. So, wie man das ja abgemacht hatte. Nicht über alles und jedes zu reden, aber darüber eben schon, wenn einer von ihnen jemanden Dritten ins Spiel brachte.

»Ist er Amerikaner?« fragte Auden.

»Wieso gerade das? Nein, Deutscher.«

»Na, dann paßt es ja bestens.«

»Was soll das jetzt?«

»Wir haben nie darüber gesprochen, Lana, aber seien wir ehrlich, so hübsch diese Mischlingskinder aussehen, man will es ihnen nicht wirklich antun, oder? Die Eltern, die vorgeben, so was wäre überhaupt kein Problem, machen sich was vor.«

»Du magst sogar recht haben«, antwortete Lana, »aber das ist absolut nicht der Grund, daß ich diesen Mann kennengelernt habe. Ich habe nirgends annonciert, ich habe niemals gefleht: Lieber Gott, gib mir einen Deutschen!«

Doch Auden fragte: »Und was soll ich jetzt tun? Darauf warten, daß du seiner überdrüssig wirst?«

»Du kannst nicht sicher sein, daß ich das überhaupt werde.«

»Bist du denn meiner überdrüssig?«

»Gar nicht«, sagte sie. Und fügte an: »Leider. Es wäre dann einfacher. Manchmal ist das so. Manchmal wird nicht das eine durch das andere ersetzt. Sondern es kommt etwas dazu. Die Welt wird größer. Notgedrungen wird sie dann auch komplizierter.«

Eine Äußerung, die Auden mit einem verächtlichen Ton quittierte und Lana fragte, wo sie diesen Mann kennengelernt habe.

»Was bringt das denn?«

»Sag schon!«

»Hör zu, Auden, er war ein Patient von mir. So was kommt vor. Und jetzt hör auf, mich zu löchern.«

Er stellte sich vor, wie hübsch sie selbst noch durchlöchert aussehen würde, und fügte darum eine weitere Frage an: »Willst du denn, daß ich mit diesem Mann konkurriere?«

Sie lachte kalt und äußerte: »Jedenfalls nicht in der Weise, sofort herzufliegen und ihm den Schädel einzuschlagen.«

Auden versicherte, das sei ihm nur so herausgerutscht. Doch die Wahrheit war die, daß er diesem Kerl noch was ganz anderes hätte ausreißen mögen. So plötzlich ihn das Gefühl des Hasses gegen den Unbekannten auch ereilt hatte, spürte es sich dennoch befriedigend an. Es war gleich dem Reiz der Ausnahme. Etwas tun, wofür man nicht bestraft wurde. Als hätte jeder Mensch zumindest *eine* Bösartigkeit frei.

Auden sagte: »Ich muß überlegen, was ich tue.«

»Tu mal gar nichts«, schlug Lana vor. »Machen wir einfach eine Pause.«

Er aber meinte: »Wie soll ich mir eine Pause vorstellen? Nicht an dich denken?«

»Wenn das ginge, wäre es sicher das Beste.«

»Was für ein Scheißvorschlag!« sagte er. *What a fucking idea!* Die Leute, die ihn kannten, hätten es nicht für möglich gehalten, daß er so etwas von sich gab und vor allem, *wie* er dabei sprach. *Wie* er dabei den Mund verzog und sein im Grunde hübsches Gesicht in Mitleidenschaft zog.

Lana legte auf. Auden hielt noch eine Weile sein Handy in der Hand. Er stand im schmalen Gang zwischen Flughafenrestaurant und Toilette. Er hätte Lust gehabt, das Telefon gegen den Spiegel zu werfen, dem er gegenüberstand und in dem er sich selbst betrachtete. Der Anblick erinnerte ihn an die Gemälde dieses Renaissancemalers, der die von ihm porträtierten Personen aus Obst und Gemüse zusammengestellt hatte. Bloß daß sein eigenes Antlitz, Audens Antlitz, eher einer Menge toter Vögel und verkohlter Bücher entsprach, dunkel und unheimlich, allerdings auch sehr gut gemalt, mit viel Glanz auf den Federn und schwarzen Blättern.

Er steckte sein Handy ein, wandte sich von dem Stilleben seiner selbst ab und ging auf die Toilette, um sein Gesicht unters kalte Wasser zu halten.

Ein Witz! Das Wasser war lauwarm. Und die Zeit, die das Wasser aus dem Hahn strömte, änderte daran sowenig, wie die Zeit, von der es heißt, sie würde alle Wunden heilen, aber rein gar nichts heilt.

18

Zwei Wochen später rief Lana erneut an. Sie machte es kurz: »Ich bin schwanger.«

»Gratuliere.«

»Nein, ich denke, das Kind muß noch von dir sein.«

»Noch von mir?«

»Nach meinen Berechnungen bist du der Vater.«

»Wie sicher sind die, deine *Berechnungen?*«

»Na, tausendprozentig ist es erst, wenn der kleine Wurm mal auf der Welt ist. Wobei wir uns dann den Vaterschaftstest sparen können. Ein Blick auf die Augen wird ausreichen. – Wie auch immer, Auden, ich kann dir jetzt schon versprechen, daß er von dir ist.«

»Der Wurm!?«

»Im Deutschen ist das lieb gemeint. Der Wurm, das Baby, das Kind.«

»Und was sagt dein neuer Freund dazu?«

»Ich habe es ihm noch nicht gesagt. Er ist gerade in Japan. Er fliegt heute zurück.«

Auden wußte noch immer nicht, wer der Mann war, wie er hieß. Aber hätte es geholfen, einen Namen zu haben? Den Beruf des anderen zu kennen? Sein Gewicht, seine Haarfarbe? Wäre es erträglicher gewesen, bei Vollmond betrogen zu werden? An Tagen, an denen es regnete?

Auden fragte Lana: »Wirst du es ihm sagen?«

»Weiß ich noch nicht.«

»Das mußt du.«

»Na, irgendwann wird er es bemerken. Mir war jetzt einmal wichtig, es *dir* zu sagen. Wichtiger, als jemand anderem zu sagen, er sei *nicht* der Vater.«

»Sehr pragmatisch.«

»Findest du? Jedenfalls sollten wir das Ganze mit einem Anwalt besprechen.«

»Wieso nicht mit einem Priester?«

»Ach was, willst du mich denn ebenfalls heiraten?«

»Ebenfalls? Möchte dieser Kerl denn …?«

»Ja, er möchte.«

»Na, das wird er sich noch überlegen, wenn er hört, daß du von einem anderen ein Kind kriegst.«

»Gut, man wird sehen, ob ihn das dazu bringt, seine Meinung zu ändern.«

»Das wird er, glaub mir.«

»Was auch immer geschieht«, sagte Lana, »für mich wäre es wichtig, daß du mir sagst, ob du das Kind annimmst als *dein* Kind und nicht nur als *meines,* für das du halt ein bißchen Geld hergibst.«

»Mein Kind«, sagte er bestimmt. »Und mit aller Fürsorge, die ich habe, und aller Zeit, die ich mir nehme. Und ich nehme sie mir.«

»Was kein Grund ist, das Geld zu vergessen«, mahnte Lana.

»Natürlich. Geld und Zeit, und das alles, ganz gleich, ob du dich für oder gegen mich entscheidest.«

»Nichts anderes habe ich erwartet.«

»Wirklich? Ich hatte den Eindruck …«

»Ich bemühe mich gerade, soviel Klarheiten wie möglich herzustellen. Ein paar Dinge abzuhaken.«

»Ja. Bring deine Liste in Ordnung. Die ganze Liste«, riet er.

»Mach ich. Vorher muß ich nur noch ein paar Patienten zusammenflicken. Das ist wesentlich einfacher.«

Sie schickte ihm einen Gruß und legte auf.

Während Auden das Telefon weglegte, dachte er mit einemmal, daß an allem seine eigene Erfindung, das *G7*, schuld war. Nämlich eingedenk der erotisierenden Wirkung, die in der Paste möglicherweise steckte.

Nun, worin auch immer die Wahrheit bestand, man konnte davon ausgehen, daß, wenn sich herumsprach, daß jetzt auch die Freundin des Begründers und Betreibers des Kosmetikherstellers KAI ein Kind bekam, der Hype um die *G7*-Creme hysterische Züge annehmen würde.

Am nächsten Tag landete er in Honolulu, um den dortigen Laden zu besuchen, in dem die KAI-Produkte für den gesamten polynesischen Raum vertrieben wurden. Am Abend traf er die Besitzerin und ging mit ihr essen. Er mochte die Dame, eine alte Französin mit einem Wurzelwerk von Gesichtshaut, silbergrauem Haar und stechendblauen Augen – sehr elegant, sehr dünn, sehr gebildet. Man nannte sie »die Samuel Beckett unter den Drogistinnen«.

»Wo sind Sie?« fragte die Französin, während sie ein Salatblatt mit Gabel und Messer zu einem mundgroßen, kuvertartigen Stück faltete.

»Wie? Was meinen Sie?«

»Wo Sie mit Ihren Gedanken sind, lieber Chen? Jedenfalls nicht bei mir.«

»Verzeihen Sie.«

»Verliebt?« fragte sie.

»Sorgen«, antwortete er.

»Ist das nicht das gleiche?«

»Na, es gibt wohl verschiedene Arten von Sorgen«, meinte Auden.

»Da haben Sie schon recht«, sagte die alte Dame. »Übrigens, wenn wir gerade dabei sind. Ich muß Sie warnen.«

»Vor wem?«

»Vor Ihren Konkurrenten. Den großen Namen in der

Schönheitsindustrie. Sie gelten bei den Konzernen langsam als ein Terrorist.«

»Ich habe keine Konkurrenten. Wer wollte mit mir konkurrieren? Ich gefährde niemandes Markt. KAI spielt in seiner eigenen Liga, oder?«

»Das stimmt und stimmt nicht. Man wird Ihnen nicht ewig zuschauen, wie Sie Ihr Spiel spielen. Man wird Sie zwingen, Ihr Wissen zu teilen. Man wird Sie zwingen, Ihren Gewinn zu erhöhen. Ihre Bescheidenheit aufzugeben. Und die *ganze* Welt zu beliefern. Nicht nur ein paar kleine Läden, die von kleinen alten Damen geführt werden.«

Die Französin behauptete, in *G7* stecke das Potential einer Revolution. Das Gegenmodell zur Antibabypille. Und damit die Freiheit, nicht nur *nicht* schwanger zu werden, wenn man nicht wolle, sondern eben auch das Gegenteil zu erreichen.

»Das ist ein Gerücht«, sagte Chen.

»Das Gerücht verfestigt sich. Wenn die Antibabypille die Frau des zwanzigsten Jahrhunderts geprägt hat, dann vielleicht *G7* die Frau des einundzwanzigsten.«

Chen lachte. »Sie übertreiben.«

»Mag sein. Aber gar keine Frage, daß man in den Kosmetiklabors der Big Players sehr fleißig dabei ist, Ihre Creme zu analysieren. Daß man dort versucht, etwas Ähnliches herzustellen. Scheint jedoch nicht ganz einfach zu sein. Trotz der vielen Technik. Die kommen nicht drauf, was da alles drinsteckt. Jedenfalls ist von deren eigenen Cremes noch niemand schwanger geworden. Ganz abgesehen von der juristischen Seite, dem Patentrecht. Ich denke, Monsieur Chen, Sie würden einige Vorstandsdirektoren sehr glücklich machen, wenn Sie deren großzügige Angebote annähmen.«

»Mir genügt völlig, einige Frauen glücklich zu machen.«

Sie zwinkerte ihn an. »So elitär!«

»Elitär?«

»Sie helfen bloß ein paar nicht mehr ganz jungen, nicht ganz armen Damen, deren egoistische Kinderwünsche zu erfüllen. Anstatt G7 der gesamten Welt zu schenken. Allen Frauen.«

»Ach was! Das ist wie mit der Kunst«, sagte Chen. »Die ist auch nur für wenige. Ist sie darum verbrecherisch?«

»Kunst kann man ins Museum hängen«, erwiderte die Französin.

»Und trotzdem gehen nicht alle Menschen dorthin. Nein, meine liebe Freundin, ich bleibe bei meinem Weg. Ließe ich zu, daß KAI-Cremes zum Massenprodukt werden, sie würden ihren Zauber verlieren. Magie ist immer auch eine Frage der Menge. Das ist der Grund, daß es so wenige Wunder gibt. Man kann nicht alle Leute heilen. Außerdem: Nicht alle Reichen leisten sich KAI, und nicht alle, die sich KAI leisten, sind reich.«

»Dennoch, Sie müssen aufpassen, Monsieur Chen«, wiederholte die Französin. Und meinte, daß die Leute in der Kosmetikindustrie kaum zimperlicher seien als die Herren Waffenproduzenten oder die Haifische in den Pharmakonzernen. Und wenn man sich nur vorstelle, G7 halte, was es verspreche …

»Es verspricht nichts anderes als eine Belebung der Gesichtshaut.«

»*Belebung* ist das richtige Wort. G7 verspricht Leben. Gleich, ob Sie das beabsichtigt hatten oder nicht.«

»Der Effekt, wenn er denn besteht«, sagte Chen, der ja immerhin soeben erfahren hatte, Vater zu werden, »ist in keiner Weise gewollt. Purer Zufall.«

»Oh mon Dieu!« tönte die noble Greisin. »Das meiste, was entdeckt wird, ob Cremes oder Landmassen, ist Zufällen zu verdanken. Auch wenn die Zufälle vielleicht ein System verraten. Jedenfalls wird man Sie nicht in Ruhe lassen.«

Chen grinste. Aber er erkannte die ernste Sorge im Gesicht der alten Frau.

Sie aßen zu Ende, dann bestellte man zwei Taxis.

Als sie Auden zum Abschied die Hand reichte, fragte die

Französin: »Ich weiß gar nicht, ob Sie Familie haben, Chen. Ich meine, abgesehen von Ihren Eltern.«

»Nein, keine Familie.«

»Das ist gut so.«

»Warum?«

»Sollte jemand auf die Idee kommen, Ihnen zu drohen, ist immer die Frage, womit er Ihnen droht. Ohne Frau und ohne Kind ist man da sehr viel besser dran. Oder was meinen Sie?«

»Ganz sicher«, sagte Chen und küßte den Handrücken der alten Dame. Er roch nach Holz und Waldboden und Pilzen und dem Wechsel der Jahreszeiten. Er wäre gerne noch etwas länger mit seiner Nase über diesem Handrücken verblieben. Richtete sich freilich auf und sagte: »Adieu!«

Später, in seinem Hotelbett liegend, überlegte er, wie absolut richtig das war, was die Französin ihm erklärt hatte, wieviel unabhängiger und mutiger man in seinen Entscheidungen sein konnte, wenn man durch selbige nur sich selbst gefährdete. Indem er sich aber demnächst – möglicherweise – zu einem Kind bekannte, welches Lana in ihrem Körper trug, würde er sich genau dieser Freiheit berauben.

Fragte sich, ob denn ernsthaft eine Gefahr bestand. Hier ging es schließlich nicht um den Irak, nicht um Bombencodes oder um die nationale Sicherheit. Auch nicht um den Weltmarkt von Kokain.

G7 war keine Droge.

Wirklich nicht?

Er dachte nach. Dachte an die freundlichen Angebote, die ihm bislang unterbreitet worden waren. Wie er sein ihm allein gehörendes Unternehmen in eine »unabhängige Tochter« eines der großen Kosmetikhersteller verwandeln oder sich an einem Joint-venture beteiligen könnte.

Er hatte sich das ein jedes Mal in Ruhe angehört, wie da mit Zahlen jongliert wurde, Zahlen, die mit jedem Satz größer und hübscher wurden, gleich prächtigen, heiratsfähigen

Kindern – und sodann dankend abgelehnt. Er hatte sich letztendlich wie einer dieser Kleinbauern verhalten, die ihr Land für kein Geld der Welt hergeben wollen und sich einer Straße oder einem Staudamm entgegenstellen.

Freilich, all diese Straßen und Staudämme und Supermärkte werden dann trotzdem gebaut.

War er also ernsthaft in Gefahr? Er fragte sich, ob solche Szenarien nicht eher der Dramaturgie einer Fiktion entsprachen. Romanhaft. Filmreif. – Natürlich, auch wirkliche Menschen wurden umgebracht, ebenjene Kleinbauern. Und selbst Leute in Anzügen kamen hin und wieder unter die Räder. Aber wie weit würde eine Firma gehen, deren freundliche oder auch unfreundliche Angebote nicht fruchteten? L'Oréal, Nestlé und wie sie alle hießen. Waren das wirklich die Mafiabetriebe, als die die Weltverbesserer sie gerne sahen, sich ihr Feindbild mit heftigem Strich ausmalend?

Nun, der Fehler war wohl, sich die Mächtigen der Welt noch immer als »Bosse« zu denken, Bosse, welche mittels einer kleinen, abfälligen Bemerkung quasi ein Todesurteil unterschrieben. Während sie in Wirklichkeit so waren, wie Audens Namenspatron, Wystan Hugh Auden, sie dargestellt hatte:

Hell, bis tief in die Nacht
*   Sind die Fenster*
Der Mächtigen, und dort hocken sie tiefgebeugt
*   Über irgendeinem*
Erschöpfenden Bericht über dies oder das,
*   Immerzu, wie ein Gott oder eine Krankheit*
Auf dieser Welt, die der große Grund ist, aus dem
*   Sie so müd sind …*

Es handelte sich um eine Stelle aus W. H. Audens Gedicht *Die Manager*. Chens Eltern hatten es ihm oft vorgelesen, wie andere Kinder Gutenachtgeschichten von Bären und

Hasen und melancholischen Monstern erzählt bekommen. So war der kleine Chen nicht nur mit der englischen Sprache aufgewachsen, sondern auch mit poetischen Bildern, die fern dem Kindlichen standen. Ja, man konnte sagen, die poetischen Bilder eines schwulen, linken, letztlich auch noch katholischen Pulitzer-Preisträgers hatten Chen durch die Kindheit begleitet und seine Phantasien angeregt. Nicht, daß er alles verstanden hatte. Aber er hatte auch nicht alles von *Alice im Wunderland* und *Horton hört ein Hu!* verstanden oder in dem dicken Buch mit den chinesischen Märchen. Nicht alle Geschichten im Leben und im Buch waren so einfach gestrickt wie bei diesen Jungs, die sich *Die drei Fragezeichen* nannten.

Manche Dinge mußte man erst einmal fühlen und ahnen und riechen und schmecken und sich vor ihnen fürchten, bevor man sie irgendwann begriff.

Wenn er an die Mondlandung der Amerikaner dachte, dann weniger an das berühmt-vertrottelte Gleichnis vom kleinen und vom großen Schritt, sondern vielmehr an W. H. Audens Aussage, daß es sich hierbei um einen »Phallus-Triumph« der »Boys« gehandelt habe und daß »vom Augenblick an, da der erste Stein beschabt wurde, diese Landung nur eine Frage der Zeit war«. – War ein beschabter Stein nicht ein ungleich stärkeres Bild als besagter Fußabdruck im schwarzweißen Staub?

Nach W. H. Auden waren die Mächtigen also müde von der großen Welt, die sie beherrschten.

Freilich, auch müde Menschen unterschrieben Todesurteile. Wenngleich längst nicht mehr auf den Rückseiten von Spielkarten. Heutzutage ging es profaner und pragmatischer zu. Doch diese gewisse Blässe der Mächtigen änderte nichts daran, daß weiterhin unliebsame Menschen aus dem Weg geräumt wurden, auf die eine oder andere Weise. Menschen verschwanden, und was nützte es schon, wenn sie auf Facebook weiterlebten oder sogar einen Wikipediaeintrag gleich einem Grabstein besaßen.

Die alte Französin – nicht gerade die typische Weltverbesserin, aber ziemlich realistisch – hatte Chen einen Floh ins Ohr gesetzt. Es war kein Riesenfloh, aber seine Anwesenheit deutlich spürbar.

Übrigens war Auden Chen in der Tat die einzige Person in seinem Unternehmen, welche die genaue Formel von $G7$ kannte. Wobei er die Rezeptur, so kompliziert sie war, tagtäglich memorierte. Ein kleines Gebet, das ihm guttat. Die einzige schriftliche Aufzeichnung der Zusammensetzung – wie auch aller anderen Rezepte des KAI-Programms – hatte er an den Seitenrand einer Erstausgabe von W. H. Audens *The Age of Anxiety* notiert. Es versteht sich, daß er dieses Büchlein stets bei sich trug und dafür in allen seinen Sakkos Extrataschen hatte einnähen lassen, etwas, was wiederum nur seine beiden engsten Mitarbeiter wußten.

Einige Tage später landete er erneut in Australien, diesmal in Perth. Nach dieser letzten Station seiner Reise wollte er nach Taiwan zurückkehren und Lana aufsuchen, um ein entscheidendes Gespräch zu führen. Er wollte, so gut es ging, einen reinen Tisch schaffen.

Zum Abendessen traf er sich mit einer Gruppe von lokalen Geschäftsleuten, die sich bemühten, eine KAI-Vertretung in Perth zu etablieren. Die Art und Weise, wie diese Leute über $G7$ sprachen, zeigte, wie sehr derzeit ein bloßes Gerücht bestand, aber eben auch der Wille, diesem Gerücht – wie die kleine Französin es ausgedrückt hatte – eine feste Form zu verleihen. Nicht etwa das Geheimnis geheimnislos zu machen, sondern einen Mythos in die Welt zu setzen. Vielleicht ähnlich dem, den man von Bachblüten kannte. Medizin vom lieben Gott.

Und welche Medizin könnte göttlicher sein als die, die neues Leben schuf?

Doch Auden fühlte sich erschöpft wie selten noch. Die

ganzen letzten Tage schon. Man kann vielleicht sagen, zu dem Floh in seinem Ohr war ein Gewicht in seinem Kopf hinzugekommen.

Gegen elf Uhr bat er, sich zurückziehen zu dürfen. Er werde sich das Angebot der Perth-Leute genau überlegen. Dann fuhr er hoch in sein Hotelzimmer, wo er noch ein kleines Glas Bourbon trank, sich bis auf die Unterhose auszog und aufs Bett warf. Sekunden später war er eingeschlafen.

Er träumte. In diesem Traum war eine riesige Menschenmenge. Und in dieser Menge jemand, der ein Schild hochhielt. Darauf stand ein Wort. Allerdings schwer zu lesen. Was ja eigentlich ein Witz war, unleserliche Plakate schreiben. Wie in diesem Woody-Allen-Film, wo sich alle schwertun, die schriftliche Forderung des Bankräubers zu entziffern.

Auden drängte sich durch die Massen. Endlich war er nahe genug, das eine Wort zu erkennen. *Aufwachen!* stand da.

Es war wohl die heftige Anstrengung, nämlich die Anstrengung beim Lesen, die ihn tatsächlich aus dem Traum trieb. Er öffnete seine Augen.

Er lag in völliger Dunkelheit. Spürte aber sofort, nicht allein zu sein. Es war eine Bewegung im Raum, eine vorsichtige, eine Katzenbewegung oder, besser gesagt, eine Großkatzenbewegung, die aber auch etwas Schwerfälliges hatte. Ein alter Tiger oder alter Löwe.

Auden vernahm das Geräusch, das sich daraus ergab, daß jemand den Kleiderschrank geöffnet hatte und sich an den Anzügen zu schaffen machte. Mit leisen Pfoten, keine Frage. Aber in tiefer Nacht war auch das Leise ein Lautes.

Auden überlegte, daß es das Sicherste wäre, sich schlafend zu stellen und den Raub vorübergehen zu lassen. Wobei sich natürlich die Frage stellte, worauf der Einbrecher es abgesehen hatte. Geld? Schmuck? Oder geschah jetzt genau das, wovor die alte Französin ihn gewarnt hatte? War er, Auden, verraten worden? Und wurde gerade versucht, an die Rezeptformel zu gelangen, die er in einem Buch versteckt hatte, das *Das Zeitalter der Angst* hieß?

Wenn er nun das Licht anmachte und den Einbrecher zur Rede stellte …

Meine Güte, konnte man denn Einbrecher zur Rede stellen? Waren Einbrecher Kinder, die man ertappte, wie sie gerade ihre Finger in die Schokocreme tauchten? *Aber beim nächsten Mal …*

Immerhin befand sich Auden Chen in einem ziemlich guten Zustand. Körperlich gesehen. Er konnte Judo, und er konnte boxen. Wobei allerdings die Projektile, die aus Waffen flogen, völlig blind waren für die Nahkampfkünste der Menschen. Niemand war so blind wie eine todbringende Kugel.

Dennoch, die Vorstellung, *Das Zeitalter der Angst* und damit sämtliche KAI-Rezepte könnten gestohlen werden, führte dazu, daß Auden entschlossen aus dem Bett sprang und mit dem Gewicht seines muskulösen Körpers in Richtung Kleiderschrank stürmte. Dabei prallte er gegen die Tür, welche wiederum auf den dahinter stehenden Körper stieß. Ein Körper, der umfiel.

Auden hingegen war in der Aufrechten geblieben, eilte hinüber zum Fenster und zog den Vorhang zur Seite, hinter dem das leuchtende Perth lag. Im Perthlicht erkannte Auden die Fußtaste einer Stehlampe und betätigte sie. Gleich darauf auch einen Generalschalter, der sämtliche Lichter des Hotelzimmers in Betrieb setzte.

Heller ging es nicht mehr.

Ein Mann lag am Boden, bewegungslos. Neben ihm eine Pistole, deren Lauf die typische Verlängerung eines Schalldämpfers besaß. Daneben eine Taschenlampe, deren Lichtstreifen eine ovale Sonne auf den Teppichboden brannte.

Auden wollte zum Telefonhörer greifen. Aber seine Hand schwang am Hörer vorbei und faßte nach der Pistole. Der ersten echten in seinem Leben. Alle anderen waren Spielzeugwaffen gewesen. Und er griff keine Sekunde zu früh. Denn in diesem Moment löste sich der am Boden Liegende aus seiner kurzen Betäubung. Er richtete sich halb auf, kam auf die Beine, hielt sich eine Hand an die Schläfe, blinzelte hinüber zu Auden und erkannte die Waffe in dessen Hand. Er seufzte, tat einen Schritt zurück und ließ sich in die Mitte eines Sofas fallen.

Er wirkte sehr müde. So, wie sich Auden Stunden zuvor noch gefühlt hatte. Nur war dieser Mann hier um einiges älter und sehr viel unförmiger. Ein gealterter James Bond. In seinem schwammigen Gesicht – mit Augenschlitzen so eng, als müßten die Lider ein linsengroßes Ei festklammern – öffnete sich ein kleiner Mund. Der Mann fragte: »Können Sie mit so einer Waffe überhaupt umgehen?«

»Ich weiß nicht«, sagte Auden. »Ich denke, man drückt einfach ab.«

Genau das tat er auch.

Ja, ein Schuß fiel. Nicht mit Absicht, natürlich nicht. Sondern so, wie wenn man jemanden bittet, still zu sein, und, während man das sagt, sich automatisch den Finger an die Lippen legt.

Indem er vom Abdrücken sprach, drückte er ab.

Glücklicherweise war der Lauf nicht gegen das besetzte Sofa, sondern gegen den unbesetzten Polstersessel gerichtet gewesen, so daß die Kugel, die mit einem *Flupp!* den Schalldämpfer verließ, mit einem ganz ähnlichen *Flupp!* in die Rückenlehne des Möbels eindrang und ausdrang und auch noch die dahinter liegende Wand perforierte. Hätte dort eine Person gesessen, sie hätte nun auf Brusthöhe einen Tunnel gehabt.

»Zum Teufel! Vorsicht!« rief der Mann, dem diese Waffe eigentlich gehörte.

»Verzeihung«, sagte Auden und lachte in der Art des Fassungslosen. Fassungslos worüber? Daß er geschossen hatte? Oder daß er sich dafür entschuldigte?

Auden trat nun einen Schritt hinüber zum Kleiderschrank, um rasch festzustellen, daß das Buch fehlte, welches er bei sich auch gerne das »Angstbüchlein« nannte.

»Her damit!« verlangte er.

»Und wenn nicht?«

Auden legte die Waffe aufs Bett und näherte sich dem Mann auf dem Sofa. Dieser hob die Arme leicht an und sagte: »Sie brauchen mich nicht zu schlagen.«

»So weit wollte ich gar nicht gehen«, äußerte Auden.

Der andere griff sich in die Jackentasche, zog das Buch hervor und händigte es aus. Wobei er erklärte: »Das nützt Ihnen auch nichts. Oder denken Sie, die geben auf?«

»Wer sind *die*?«

»Das wissen Sie nicht?« staunte der Mann. »Also, wenn *Sie* es nicht wissen … Sie sollten Ihre Gegner kennen.«

»Und Sie sollten Ihre Auftraggeber kennen.«

»Ich bitte Sie, darin besteht doch der Sinn, daß ich keine Ahnung habe, wer das ist. Und einfach tue, wofür ich bezahlt werde.«

»Was Ihnen schön mißlungen ist«, stellte Auden fest.

Der Mann senkte den Kopf und meinte bedauernd: »Absolut.«

Dann hob er den Kopf wieder an und sagte: »Wenn ich das hier versaue, werden die jemand anderen engagieren. Jemanden, der jünger und schneller und brutaler ist. Dessen Herz viel kleiner ist als meines.«

In der Tat wunderte sich Auden, daß, wer auch immer »die« waren, einen so alten Typen geschickt hatten. Aber wer weiß, vielleicht hatte dieser »alte Typ« einen guten Namen und war in dieser speziellen Situation weniger ungeschickt als glücklos gewesen. (Relativ glücklos, denn immerhin muß gesagt werden, daß er das laienhafte Abfeuern einer Kugel überlebt hatte.)

Jedenfalls meinte der Mann auf dem Sofa nun: »Es wäre wirklich besser, wir zwei würden ins Geschäft kommen.«

»Besser für wen?«

»Für uns beide.«

»Inwiefern?«

»Sie geben mir das Büchlein, und ich lasse Sie entkommen. Dann hätte ich zwar nur den halben Auftrag erfüllt, aber ...«

»Wieso entkommen lassen?« fragte Auden und bewegte sich wieder dorthin, wo die Waffe lag.

»Denken Sie denn, es war daran gedacht, daß Sie diese Nacht überleben?«

»Das ist ein Scherz, nicht wahr?« meinte Auden. »Sie sind doch kein Killer. Bücher klauen ja, eine Waffe dabei, na gut, sicherheitshalber – aber doch kein Killer.«

»Nein, ich bin kein Killer. Aber wenn es der Auftrag erfordert, schalte ich Leute aus. Ungerne. Aber leider kann ich mir nicht aussuchen, wie genau ein Auftrag beschaffen ist. So frei bin ich nicht. Nur, weil man freischaffend ist, bestimmt man nicht eben den Gang der Dinge.«

Doch Auden blieb ungläubig. »Daß jemand an die Formel will, das kann ich verstehen. Mich aber töten?«

»Wären Sie jetzt tot, würden Sie mir glauben«, sagte der Mann. Und fügte an: »Nun, nachdem das heute schiefgegangen ist und Sie gewarnt sind, könnte man noch auf die Idee kommen, sich eine Person aus Ihrer Familie vorzunehmen. Haben Sie Kinder?«

Schon wieder wurde ihm diese Frage gestellt. Und wieder sagte er »Nein«, obgleich das nicht wirklich der Wahrheit entsprach.

»Gut für Sie«, meinte der müde Mann. »Die schwächste Stelle eines Menschen ist sein eigenes Kind. Kein Wunder, daß so selten die Ehefrauen der Reichen entführt werden und so oft deren Nachwuchs.«

»Verschonen Sie mich«, sagte Auden.

»Womit? Mit der Wahrheit?«

»Gehen Sie einfach.«

Der Mann stand auf. Es sah aus, als hätte er seit dem Mittelalter auf diesem Sofa gesessen. Man konnte seine Knochen hören. Den Klang einer alten Rüstung. Aus dem metallenen Mund dieses Manns drang nun ein letzter Versuch: »Geben Sie mir das Buch. Ich werde denen erzählen, ich hätte mich dagegen entschieden, es wie einen Selbstmord aussehen zu lassen, und Sie statt dessen im Meer versenkt. Wenn Sie richtig verschwinden, für immer, kann ich das tun. Das ist der kleine Spielraum, den ich habe.«

»Seit wann benutzen Leute, die sich umbringen wollen, einen Schalldämpfer?« zeigte Auden, daß er mitdachte.

»Keine Angst, den hätte ich vorher abgeschraubt.« Und dann sagte der Mann: »Kaum zu glauben, daß Sie in so einem Moment den Klugscheißer geben.«

Wobei Auden sogar noch eine weitere Spitzfindigkeit auf der Zunge lag, nämlich anzumerken, daß es doch wohl sinnvoll gewesen wäre, als erstes ihn, Auden, zu erschießen und erst danach im Kleiderschrank nach dem Buch zu suchen. Freilich hätte man ihm entgegnen können, daß eine Tötung sich immer erst dann anbot, wenn das Objekt, um das es ging, auch gefunden war. In diesem Fall das Angstbuch mit den KAI-Rezepten. Und noch was: Wäre er, Auden, auch nur Sekunden später – getrieben von einem unleserlichen Schriftzug in seinem Traum – erwacht, dann wäre alles seinen geplanten Weg gegangen. Und er wäre jetzt tot und bräuchte nicht zu zweifeln.

Wie auch immer, Auden reagierte auf den Vorwurf der Klugscheißerei, indem er sagte: »Sie haben recht. Das war unnötig.« Beinahe hätte er sich erneut entschuldigt. Machte nun aber klar, daß er das Buch, *sein* Buch, nicht hergeben werde. »Es ist mein Leben.«

Der Killer, der keiner war – an diesem Abend zumindest ganz sicher nicht –, räusperte sich und meinte abfällig, er habe schon gehört, daß manche Menschen ungeheuerliche Beziehungen zu ihren Büchern pflegten.

»Ungeheuerlich? Denken Sie denn, das ist das richtige Wort?«

»Ja«, sagte der Mann und öffnete die Tür. Im Rahmen blieb er noch einmal stehen und erkundigte sich mit einem fragenden Blick, ob es sich Auden nicht doch noch überlegen wollte.

Auden Chen schüttelte den Kopf.

Der andere schüttelte ihn ebenfalls und ging.

19

Auden überlegte. Wieviel Zeit hatte er? Wieviel Zeit, um *was* zu unternehmen? Die Polizei zu benachrichtigen? Das Projektil aus der Wand zu kratzen? Ein nicht begangenes Verbrechen zu melden? Das hätte er eigentlich gleich zu Anfang tun müssen, als der andere noch im Zimmer gewesen war. Warum hatte er es unterlassen? Etwa aus Angst davor, erklären zu müssen, wieso *er* und nicht der andere geschossen hatte? Manche Wahrheit war so schrecklich unglaubwürdig, so verfahren.

Bot sich nicht eher an, postwendend einen Bodyguard herzuschaffen? Oder besser eine ganze Armee?

Er lächelte bei der Vorstellung, wie viele zufriedene KAI-Kundinnen bereit wären, um ihn herum einen lebenden Schild zu bilden.

Erneut griff er nach der Waffe, betrachtete sie, wie sie da zusammen mit seiner Hand durchaus eine Symbiose bildete. Die Waffe war ja auf die auslösende Hand genauso angewiesen wie umgekehrt die Hand auf das zu bedienende Gerät. Ohne die Pistole hätte sich die Hand zur Faust ballen müssen, um eine gewollte Bedrohung darzustellen. Aber das Ballen allein nützte wenig, während hingegen das Abdrücken bereits Sinn und Zweck der Symbiose in Gang setzte. Eine Faust war auf sich gestellt, ein Schußfinger nicht.

Sollte darin seine Zukunft bestehen? Bewaffnet oder von Dritten beschützt sein Leben fortzusetzen und seine *G7*-Formel, sein Angstbüchlein, vor den dunklen Mächten der Schönheitsindustrie zu bewahren? Oder war es besser, an die Öffentlichkeit zu gehen? Zu klagen? – Fragte sich, ob sie einen retten konnte, die Öffentlichkeit.

Was Auden aber vor allem zu denken gab, war der mehrfache Hinweis, wie gut es sei, daß er keine Kinder habe, dank derer man Druck auf ihn hätte ausüben können. Das stimmte! Wie fatal darum, wären seine Beziehung zu Frau Dr. Senft und deren Schwangerschaft bekannt geworden, erst recht vor dem Hintergrund einer möglichen Begünstigung dieser Schwangerschaft durch G7. Er hätte dann weniger sich selbst als Frau Dr. Senft beschützen müssen. Wobei anzunehmen war, daß Lana sich weigern und derartige Befürchtungen als paranoid abtun würde. Oder noch schlimmer: daß sie meinte, er hätte sich das alles nur ausgedacht, um sie dazu zu bringen, sich wieder mit ihm zu beschäftigen.

Die Gedanken schwirrten in seinem Kopf herum. Ein verrückt gewordenes Bienenvolk.

Auden sagte sich: »Und wenn ich das nur träume?«

Aber die Frage war viel eher, ob der Mann, dessen Pistole Auden Chen noch immer in der Hand hielt, soeben dabei war, sich eine Ersatzwaffe zu besorgen, und sodann einen weiteren Versuch unternehmen würde, doch noch seinen Auftrag zu erfüllen.

So gesehen, drängte sich auf, als erstes einmal das Zimmer und den Ort zu verlassen.

Auden packte eilig seine Sachen und zog sich an. Wobei er sich das Angstbüchlein diesmal hinten in die Hose klemmte, dort, wo üblicherweise die Pistolen unterkamen (zumindest, wenn man Kriminalfilme als Quelle nahm). Die Waffe hingegen fügte er in die spezialgefertigte Innentasche seines Jakketts. Buch und Waffe hatten den Platz getauscht.

Auden verließ das Zimmer, verließ ungesehen das Hotel, stieg – um drei Uhr morgens – in ein Taxi und ließ sich zum Flughafen bringen. Dort angekommen, änderte er jedoch seinen Plan und wies den Fahrer an, ihn zur Bahnstation East Perth zu fahren. Ihm war die Idee gekommen, den Indian Pacific zu nehmen, um nach Adelaide zu reisen und erst von dort den Kontinent zu verlassen.

Den Zug nach Adelaide also. Eine umständliche Art, die über vierzig Stunden in Anspruch nahm und eigentlich allein von Touristen genutzt wurde, die den Verlust an Zeit als »schöne Erfahrung« verbuchten.

Doch genau diese Umständlichkeit erschien Auden als der sicherere Weg. Was ja für die meisten Dinge im Leben galt.

Auden nutzte die lange Fahrt, um einige weitreichende Entscheidungen zu treffen. Er beschloß zu verschwinden. Er beschloß, quasi aus dem Stand heraus seine bisherige Existenz abzuschütteln und an anderem Ort und in gänzlich anderer Bestimmung ein neues Leben zu beginnen. Nur auf diese Weise würde er sich und die anderen, vor allem Lana und das Kind, schützen können. Und wohl auch seine Eltern, die ja noch immer in den Staaten lebten. Nur so würde er unangreifbar werden. Denn um jemanden zu erpressen, mußte er doch erreichbar sein, oder? Auch die bösesten Briefe benötigten einen Adressaten.

Er wollte unsichtbar werden. Unsichtbar für die, die offensichtlich bereit waren, noch so häßliche Wege zu beschreiten, um an das Rezept von $G7$ zu gelangen. Dazu war allerdings nötig, die Spuren in die Unsichtbarkeit so gering als möglich zu halten. Weshalb es sich verbot, jetzt seinen Anwalt anzurufen und sein Vermögen auf Lana zu übertragen oder dergleichen. Solcherart hätte er Lana erst recht in Gefahr gebracht. Nein, sein Verschwinden mußte so gut wie ansatzlos sein.

In Adelaide würde er ein letztes Mal Bargeld abheben, genug, um sich gefälschte Papiere zu besorgen und die Kosten der Reise zu bestreiten, die ihn an einen neuen Ort bringen würde. Danach wollte er seine Kreditkarten zerschnipseln. Eine Art von Suizid.

Doch welcher Ort sollte es sein, an den er gehen wollte?

Auden überlegte, daß, wenn Menschen geheime Zufluchten wählten, sie bei aller Geheimhaltung dennoch persönlichen Vorlieben erlagen. Wenn sich Leute in Venedig versteckten, dann, weil sie vorher so viel Donna Leon gelesen hatten. Freunde des Reggaes flüchteten gerne in die Karibik, Single-Malt-Fans bevorzugten ... So wie man ja auch bei der Benutzung von Codewörtern gerne die eigenen Leidenschaften oder gar die Namen der eigenen Familie ins Spiel brachte. Das war unklug, aber die Regel.

Genau dies jedoch wollte Auden vermeiden. Der Zufall sollte bestimmen, wo er hinging. Der Zufall lag in keiner Weise in seiner Biographie begründet. Der Zufall war nicht eruierbar oder wenigstens schwer.

In einem dem Speisewagen benachbarten Lounge-Abteil fand Auden, was er benötigte, um den Zufall in Gang zu bringen: einen Atlas. Der Plan war, einfach eine beliebige Seite aufzuschlagen und, ohne hinzusehen, mit dem Finger über die Fläche irgendeines Landes oder Kontinents zu fahren, um dann in der Art eines Hochzeitsstraußes oder blind geworfenen Dartpfeils an einem bestimmten Punkt zum Halten zu kommen.

Doch Auden überlegte, daß, wenn er selbst dies unternahm, immer noch die Gefahr einer den Zufall konterkarierenden Lenkung bestand. Ein besserer Weg wäre somit, eine andere, eine fremde Person zu bitten, einen beliebigen Punkt in der Welt auszuwählen.

Im Speisewagen kam er mit einem kleinen Jungen ins Gespräch, der am Nebentisch saß, auf seine Mutter wartete, und eine Cola schlürfte. Daneben zeichnete er kleine Figuren auf ein Blatt Papier. Bunte Krieger.

»Ich hätte eine Bitte«, sagte Auden.

»Hm?«

Auden reichte dem Jungen den Atlas. »Kannst du mir einen Ort suchen?«

»Jetzt gleich?«

»Wäre nett von dir«, meinte Auden. »Ich kauf dir auch 'ne Cola.«

»Ich hab doch schon eine«, sagte der Junge und zeigte stirnrunzelnd auf die Flasche, als erkläre er einem Idioten, daß Kreise rund sind.

Aber Auden fragte: »Kannst du mir helfen oder nicht?«

»Was für ein Ort denn überhaupt?«

»Irgendeinen. Schlag den Atlas auf, wo du magst, fahr mit dem Finger auf der Karte herum, und dann entscheide dich für eine Stelle: eine Stadt, eine Insel, ein Dorf, ganz wie du möchtest. Nur nicht fürs offene Meer.«

»Und was hat das für einen Sinn?«

»Es ist ein Spiel.«

»Was für ein Spiel?«

»Eines, für das ich dich bezahle«, sagte Auden und legte Königin Elisabeth II. in Form einer Banknote auf den Tisch. Fünf Australische Dollar.

Der Junge betrachtete den Schein von der Seite und fragte, ob der echt sei.

»Klar.«

»Ich hätte noch gerne einen zweiten.«

»Komm, Junge, stell dich nicht an.«

Der Bub zog eine Schnute, griff aber nach dem Fünfer und steckte ihn ein. Sodann schlug er das dicke, breite Buch auf, blätterte ein wenig umher, entschied sich schließlich für eine Karte im vorderen Drittel, nahm einen blauen Zeichenstift und begann, eine wilde Linie über das Papier zu ziehen.

Klar, das war Sachbeschädigung. Aber Auden unterbrach das Kind nicht, um so mehr, als deutlich zu sehen war, wie sehr es dem Jungen Vergnügen bereitete, in Schlangenlinien, in engen Kurven und weiten Schlenkern über die eingeebnete Erdoberfläche zu fegen. Ohne Anstalten zu machen, an einem bestimmten Punkt zu verweilen, ihn einzukreisen und somit das vergütete Spiel zu beenden. Er ließ die Länder hinter sich gleich zerbombten Flächen.

Auden hätte ihn drängen wollen. Aber dies wäre dem Charakter des Zufalls zuwidergelaufen. Der Zufall mußte frei sein. Somit auch das Kind.

»Was machst du da?« Es war die Mutter des Jungen, die sich an den Tisch setzte. »Du kannst doch nicht ... Woher hast du den Atlas?«

»Ich darf das«, sagte er und zwinkerte zum Nachbartisch hinüber, an dem Auden saß.

»Mach fertig!« kommandierte die Frau. »Das Essen kommt gleich.«

»Ja, ja.«

Und in der Tat, das Essen kam. Das Essen als Schere des Zufalls, eine Stelle in der Zeit durchschneidend.

»Hier!« rief der Junge, nachdem die Mutter ein sehr knappes Ultimatum gestellt hatte. Er hatte um den roten Flecken, der die Form und Ausdehnung einer größeren Stadt darstellte, mehrere blaue Kreise gezogen. Er hob den offenen Atlas hoch und reichte ihn Auden.

»Laß den Mann in Frieden«, mahnte die Mutter, die gar nichts verstand.

»Schon okay«, versicherte Auden und lächelte gütig. Dann betrachtete er die Karte, die mit »Süddeutschland, Schweiz« überschrieben war. Allerdings gehörte der von dem Jungen am rechten Rand eingekreiste Ort zum westlichen Teil Österreichs. Der Name der Stadt: Innsbruck.

Innsbruck also.

Auden war noch nie dort gewesen. Doch er wußte, daß diese Stadt in Tirol lag, in einem Tal mit Flughafenanschluß, eine von mächtigen Gebirgszügen freundlich eingekerkerte Landeshauptstadt, die erstaunlicherweise für ein Dach berühmt war, kein helles, flaches Nutzdach, natürlich nicht, sondern eins in Gold. Eine aus feuervergoldeten Kupferschindeln bestehende Abdeckung eines Erkers, den man an ein älteres Gebäude angefügt hatte, so, wie man heutzutage Lifte und Wintergärten und die hübschen Logos von H & M und ZARA und Peek & Cloppenburg auf die alten Fassaden klebte. Und damals eben – zwecks Einläutung der Zeitenwende – diesen stark dekorierten Erker samt einer Goldmedaille, die sich selbst ehrt.

»Danke, mein Junge«, sagte Auden und stand auf. Er hörte noch, wie die Mutter fragte: »Was wollte der Mann von dir?«

»Na, daß ich seinen Atlas anmale.«

»Kunstsammler oder Psychiater«, sagte die Mutter. Es klang, als meine sie es ernst.

Auden begab sich in sein Schlafwagenabteil, öffnete das Fenster und warf sein Handy samt der Pistole hinaus.

Jetzt sollten die Amerikaner mal versuchen, seine Position festzustellen. Oder die Franzosen oder Japaner oder …

Er blickte hinaus auf die weite, leere Landschaft. Die Wüste. Sein altes Leben war nun ohne Wasser und würde langsam verdursten. Leider auch sein Name, Auden. Das war es, was ihm am meisten weh tat. Nie wieder Auden zu heißen.

Teil 3

20

Es war wie im Krieg, nur friedlicher – aus den geplanten zwei Wochen wurde ein ganzes Jahr.

Zur Erinnerung: Als Kerstin mich fragte, ob wir zu dritt – sie und Simon und ich – das übernächste Wochenende nutzen wollten, um den Berg aufzusuchen, an dem meine Schwester zehn Jahre zuvor ums Leben gekommen war, da drückte ich ihr als Antwort einen Kuß auf die Lippen.

Weniger, weil ich begierig war, mir diesen Berg anzuschauen, aber durchaus begierig, zusammen mit dieser Frau und meinem Sohn eine Reise anzutreten. Für den Moment der Reise eine »Großfamilie« zu sein. Und vielleicht auch darüber hinaus.

Wie günstig darum, daß sie meinen Kuß erwiderte, heftig erwiderte. Und so fügte sich eine Liebkosung an die andere, und wir bewegten uns Arm in Arm in Richtung meines Schlafzimmers. Allerdings löste ich mich auf dem Weg dahin kurz von ihr und schaute zu Simon, ob es ihm auch gutging.

»Was tust du?« flüsterte Kerstin, die hinter mir im Türrahmen stehengeblieben war.

Ich war jetzt tief über das schlafende Kind gebeugt, mein linkes Ohr gegen seinen Mund gerichtet, und hielt mir die Hand in Form eines Trichters an meine Ohrmuschel. Sein Atem war kaum zu hören, so leise ging er, aber er ging. So war das eben. Mitunter schnarchte Simon im Stile eines alten Säufers, dann wieder vernahm ich bloß ein sachtes Schnaufen oder den gleichförmigen Austausch der Kinderzimmerluft.

Als ich zu Kerstin zurückkam und wir die Tür schlossen, sagte ich:»Ich wollte nur nachsehen, ob er atmet.«

»Also, für einen plötzlichen Kindstod ist er schon zu alt, oder?«

»Ich weiß, es ist lächerlich. Aber ich kann nicht anders. Ich muß immer wieder mal sichergehen, daß alles okay ist.«

»Und wie lange willst du das durchziehen? Ich meine, jetzt hat er noch 'nen superfesten Schlaf, aber irgendwann wird er alt genug sein, daß er aufwacht, wenn du dich so auf ihn drauflegst.«

»Ich leg mich nicht auf ihn drauf«, korrigierte ich.

»Na fast«, sagte sie und meinte dann:»Aber du könntest das bei mir machen. Ich lasse gerne bei mir nachprüfen, ob ich noch atme.«

»Mit Vergnügen«, nickte ich, nahm ihre Hand und führte sie ins Schlafzimmer.

Ein wenig hatte ich gefürchtet … nein, nicht gefürchtet, sondern bloß erwartet, daß sie mir nun erklären würde, sich nicht vollständig ausziehen zu wollen. Ja, ich hatte mit einer Wiederholung im Stile Lanas gerechnet, einer deutlichen Parallele zwischen der Frau, die Simon auf die Welt gebracht hatte, und der Konsulatsangestellten, die Simons Reise und Adoption begünstigt hatte. Doch Kerstin sprang mit großer Leichtigkeit aus ihrer gesamten Wäsche und stand bereits nackt vor mir, als ich eben erst mein Hemd ausgezogen hatte und ihr meinen Oberkörper präsentierte.

»Wow!« sagte sie. »Du hast echt eine gute Figur.«

Ich dachte mir, was für ein Glück es war, wieder mit dem Sport angefangen und die Schokolade gestrichen zu haben. Drei Jahre zuvor wäre ich mit einem, wie man so sagt, Schwimmreifen vor ihr gestanden. Und hätte widerlich ausgesehen. Denn *etwas* in die Breite zu gehen war viel schlimmer, als wenn Männer richtig auseinandergingen, mächtig und voluminös wurden. Am häßlichsten war dieses *Ange-speckstein*, dieses Dicksein der eigentlich Dünnen.

Wie auch immer, ich war froh um den Anblick, den ich bot. Wie aber auch um den Anblick, den Kerstin bot. Sehr mädchenhaft, nicht wie ein Kind, natürlich nicht, aber mehr eine Achtzehnjährige als die Vierundzwanzigjährige, die sie tatsächlich war. Ihr Körper machte auf mich einen chinesischen Eindruck – zierlich, aber nicht zerbrechlich; von nichts zuwenig und von nichts zuviel, etwa ihr Busen, der auch ohne BH *gehalten* wirkte; die Arme und Beine sehr gerade; ein kleiner Bauch, darauf ein Nabel gleich dem Atemloch eines Delphins; das auf dem Kopf stehende Dreieck rötlicher Schamhaare, das ihrem Geschlecht eine geometrische Diszi-plin verlieh.

Meine Güte, war ich jetzt schon in dem Alter, wo ich mich nach Frauen sehnte, die noch Mädchen waren oder zumin-dest mädchenhaft? – Um mich woran zu erinnern? An die Peinlichkeiten beim ersten Mal? Daran, sich nicht auszukenn-nen? Daran, zu früh zu kommen? Daran, sich schmutzig zu fühlen?

»Willst du mich noch lange so anschauen?« unterbrach Kerstin meine Nachdenklichkeit. »Ich meine, du kannst ruhig. Es ist nur komisch, solange du selbst halb angezogen bleibst.«

Ja, das wäre dann wie im Kino gewesen, wenn die Frauen ganz nackt sein mußten und die Männer fortgesetzt mit Badetüchern oder Shorts oder dank Kameraführung von der Taille aufwärts durch die Szenerie liefen.

»Klaro«, sagte ich und schlüpfte aus Hose und Unterhose und streifte mit den Füßen meine Socken ab.

Wir schmiegten uns aneinander und waren ein Paar.

Was hätte Lana dazu gesagt?

Zum ersten Mal hatte ich das Gefühl, ihr untreu zu sein. Die Affären davor waren nur fürs Bett gewesen – als blättere man in einem Sexheftchen, aus dem dann richtige Frauen herausstiegen –, aber jetzt war es anders, ein Gefühl tiefster Zuneigung. Ich zitterte.

»Ist dir kalt?« fragte Kerstin.

»Ja«, antwortete ich. (Ich habe gelesen, der Mensch lügt zweihundertmal am Tag. Mag sein, daß auch diese Zahl eine Lüge ist, aber bei hundertmal am Tag würde ich sofort mit unterschreiben.)

Die Lüge brachte mich zusammen mit Kerstin unter die Decke, wo sich unser Verlangen weiter steigerte.

»Moment«, keuchte ich, »nimmst du die Pille? Oder soll ich mir einen Gummi holen?«

Stimmt, wir waren im einundzwanzigsten Jahrhundert und das Präservativ in einem solchen frühen Stadium obligat. Aber darum fragte ich nicht. Ich verspürte nicht die geringste Angst, mich anzustecken. Als schwebe über Kerstin eine kleine Leuchtschrift, einige hübsch geschwungene Neonröhren, welche die Aufschrift *gesund* ergaben.

Aber ganz gesund war Kerstin doch nicht. Denn sie schob mich ein klein wenig von sich weg, und ich erkannte die Falte zwischen ihren Augen und den Kummer in ihren ungleichen Augen. Sie sagte: »Ich kann keine Kinder kriegen. Ich hab's schriftlich. Aber nicht wegen einer Krankheit, die du fürchten müßtest. Wenn du aber … wenn du eine Frau willst, mit der du Kinder haben kannst, dann …«

Obzwar es natürlich zu früh war, so etwas zu sagen, meinte ich dennoch: »Wir haben Simon. Er genügt uns doch, oder?«

»Absolut«, sagte sie und nahm mich fest in ihre Arme. Und ich sie in meine. Nicht, daß wir jetzt verschmolzen, aber für einen gewissen Moment hatte ich das Gefühl, mehr bei ihr als bei mir selbst zu sein. Wie man sagt: zu Besuch am fremden Ort. Und es gibt ja fremde Orte, wo man gar nicht mehr weg möchte.

Aus der einen Nacht wurde ein ganzer Tag und eine weitere Nacht, dann aber mußte Kerstin frühmorgens zurück nach

München beziehungsweise München-Taipeh, wie sie es bezeichnete.

Doch zuvor besprachen wir abermals unseren geplanten Ausflug nach Tirol, um den Berg zu sehen, der ja Astri nicht nur das Leben gekostet hatte, sondern auch ihr Lieblingsberg gewesen war. Und dessen österreichischen Erstbesteiger sie zu ihrem Lieblingsalpinisten erkoren hatte, zu ihrem Heiligen. – Blumen an den Fuß dieses Felsens zu legen, wie Kerstin es vorgeschlagen hatte, erschien mir plötzlich als notwendiger Akt, um ein Versäumnis zu bereinigen.

Obgleich nun Kerstin keine Bergsteigerin war und auch niemals eine werden würde, so hatte ich dennoch das Gefühl, als seien in ihr die beiden toten Frauen meines Lebens vereint: Astri + Lana = Kerstin. Ein Eindruck, den ich Kerstin gegenüber verschwieg. Dennoch geschah es, daß ich sie am nächsten Tag einmal mit dem Namen meiner Schwester und einmal mit dem Namen von Simons Mutter ansprach. Beim zweiten Mal schüttelte sie vergnügt den Kopf und fragte mich: »Hättest du mich lieber tot?«

Ich antwortete mit einem »Nein!«, froh darum, die Wahrheit aussprechen zu dürfen. (Wenn der Mensch zwischen zweimal und zweihundertmal täglich lügt, stellt sich erst recht die Frage, wie oft er eigentlich am Tag die Wahrheit sagt und ob das nicht weit mehr wiegt als die hilflose Flunkerei, die unseren Alltag tapeziert – wobei wir ja gut darum wissen, daß es sich um eine Tapete handelt.)

Eine Wahrheit bestand nun leider auch darin, daß Kerstin, als sie nach München kam, vom Tod eines jungen Mannes erfuhr, mit dem sie eine platonische Beziehung geführt hatte. Wobei sich dieser Mann durchaus mehr gewünscht hatte. Er war in einer – wie man so sagt – unsterblichen Weise in Kerstin verliebt gewesen, während sie selbst seine Nähe geschätzt und nicht zuletzt ein zärtliches Gefühl für ihn empfunden hatte, aber ihre Liebe zu ihm war wie die zu einem Bruder gewesen. Das war schon Jahre so gegangen und mußte ihm eine Qual bereitet haben, eine Qual, um die Kerstin gewußt, die sie ihm aber auch nicht hatte ersparen können. Dennoch war für keinen von beiden eine Trennung in Frage gekommen. Zumindest keine profane Trennung.

Dieser junge Mann, Erich, hatte sämtliche seiner Antidepressiva in einem großen Glas Whisky aufgelöst, das Glas leer getrunken, sich ins Bett gelegt und sich die Pulsadern aufgeschnitten. – Herrje, ich würde vorher in Ohnmacht fallen, bevor ich mir mit einer Rasierklinge die Haut öffnen könnte.

Nicht so Erich. Er wollte auf diese Weise sterben und tat es auch. Der eigene Tod war das Gefäß, in dem die Unsterblichkeit seiner Liebe auch wirklich ewig fortdauern konnte. Und obgleich mir die Art seines Suizids Gänsehaut bereitete, konnte ich ihn dennoch verstehen. Wer, wenn nicht ich?

Eine Ironie des Schicksals bestand nun darin, daß, wenn man die Angaben der Polizei glaubte – und das tat Kerstin –, sich Erich in der exakt gleichen Stunde umgebracht hatte, als Kerstin und ich das erste Mal miteinander geschlafen hatten. Nicht, daß Erich davon hatte wissen können. Wie denn auch? Nein, die Idee, sich das Leben zu nehmen, mußte schon länger bestanden haben. Die Verteilung seines Nachlasses war akkurat vorbereitet worden. Dazu eine aufgeräumte Wohnung, vier verschiedene Abschiedsbriefe fein säuberlich kuvertiert auf den Schreibtisch gelegt, gegossene Pflanzen, entleerter Müll. Und – allen Ernstes – Trinkgeld für die Leute des Bestattungsunternehmens. Vom vielen Blut einmal abgesehen, konnte man sagen, daß nur wenige Menschen – auch unter den Selbstmördern – so geordnet aus dem Leben schieden wie Erich.

Mit mir hatte das also nichts zu tun. Es war nicht Eifersucht gewesen, sondern *unerhörte* Liebe. Dennoch, der Umstand, daß die beiden Ereignisse – Erichs Tod und unsere Liebesnacht – so präzise zusammenfielen, machte Kerstin zu schaffen.

»Es ist nun mal so. Ich kann dir das nicht erklären«, sagte sie am Telefon und kündigte an, eine Weile allein sein zu wollen. Das sei sie Erich schuldig.

»Gar nichts bist du ihm schuldig«, erwiderte ich, »außerdem ist das jetzt wirklich zu spät.«

»Wofür ist es zu spät? Zu trauern? Oder meinst du, ich sollte ebenfalls ein Jahrzehnt damit warten?«

»Ich dachte eigentlich, du würdest mir genau dabei helfen. Mich in die Berge begleiten. Mich und Simon.«

»Das geht jetzt nicht.«

»Wir könnten gemeinsam trauern«, schlug ich hilfloserweise vor.

»Unsinn, Sixten.« Sie sagte es ganz sanft. Doch die Sanftheit war ein massiver Block. Keiner, den man bouldernd überwinden konnte. Und dann fügte sie an: »Gib mir Zeit.«

»Natürlich«, sagte ich. Und dachte mir: »Gegen einen Toten ist man chancenlos.«

Und das stimmte. Sowenig es Erich zu Lebzeiten gelungen war, vollständig und absolut in Kerstins Herz aufgenommen zu werden, so trauerte sie nun um ihn wie um die Liebe ihres Lebens. Der tote Erich schien sehr viel begehrenswerter als der lebende.

Nicht, daß Kerstin mich vergaß. Wir schickten uns Mails und telefonierten, und nach zwei Monaten sahen wir uns auch wieder, trafen uns auf halbem Wege zwischen Stuttgart und München, in Ulm. An einem für einen Reim und ein Münster berühmten Ort, was besser ist, als für seine Hooligans berühmt zu sein.

Ich hatte Simon mitgenommen, und er war sichtbar glücklich, Kerstin zu sehen. Ich meinerseits blieb auf Distanz, wollte ihr nicht zeigen, wie sehr ich litt. Das hatte ja Erich bereits versucht, sein Leiden offenbart, was ihm wenig genützt hatte. Leiden macht häßlich, wenn man kein Engel oder kein Hund ist oder nicht von Schiele oder Munch porträtiert wird.

In Ulm wirkte Kerstin abwesend. Sehr blaß und sehr dünn. Sie mußte in diesen zwei Monaten einiges abgenommen haben. Simon hielt ihre Hand, als hätte er die Teile dieser Hand gerade mit Uhu zusammengeklebt und traue sich nun nicht, sie wieder loszulassen. Er hatte bereits begriffen, daß die eigentliche Aufgabe der Kinder darin bestand, die Erwachsenen zu trösten. Auch wenn es umgekehrt sein sollte. Aber selbst wenn man eine schlechte Schulnote bekam, mußte man seinen Eltern begreiflich machen, daß das nicht das Ende der Welt sei.

Wir redeten nicht viel, saßen in einem Café, und jeder nippte an seinem Getränk. Ein paar belanglose Worte über die Arbeit und den Alltag. Kein Wort hingegen über Erich, der jedoch spürbar mit am Tisch saß. Vor allem meinte ich zu erkennen, wie sehr er triumphierte. Wie sehr es ihn befriedigte, ohne den Aufwand von Worten und eines Körpers Kerstin zu beherrschen. Sich in ihrem Kopf festgesetzt zu haben, so daß sie unfrei war. Unfrei, sich von mir auch nur anfassen zu lassen. Als ich es am Schluß dennoch versuchte, sie an der Schulter berührte und ihr einen Kuß auf die Wange gab, meinte ich ein Fossil zu küssen, einen Abdruck. Und zwar einen tiefgekühlten, tiefgekühlt, um zu verhindern, daß irgendeine uralte Seuche ausbrach.

Ulm ging vorbei. Aber die richtige Eiszeit begann erst. Ich durfte kaum hoffen. Eher war zu befürchten, daß Kerstin sich entschied, ins Kloster zu gehen. Sie trauerte wie eine ewige Witwe.

Ich haßte Erich. Und fragte mich, wie man einen Toten ausschalten konnte.

Der Haß hinterließ eine Spur in meinem Gesicht. Meine weiblichen Stammgäste im Bad Berg fragten mich. »Was ist los mit Ihnen, Herr Sixten? Sind Sie krank?«

»Gewissermaßen.«

Eine der Damen erklärte: »Was Sie brauchen, ist nicht

Liebeskummer, sondern eine Frau. Ich meine, so blendend, wie Sie aussehen, kann doch der kleine Simon kein Hindernisgrund sein.«

Sie hatte es nicht böse gemeint. Aber so dachten die Leute nun mal.

Die Zeit verging. Wobei ich nicht begriff, daß sie für mich arbeitete, die Zeit. Sowenig es stimmte, daß die Zeit die Wunden heilte, war es aber so, daß mitunter mit der Zeit die Verursacher der Wunden verschwanden. Daß zum Beispiel die Toten das Interesse an den Lebenden verloren, daß jemand wie Erich keine Lust mehr verspürte, ständig als besitzergreifender Geist Kerstin zu umschwirren, täglich durch ihr Hirn zu wandeln und sie zu *berühren*.

Nicht Kerstin löste sich von Erich, sondern er sich von ihr. Das mochte sie schmerzen, noch mehr als sein Tod, aber es machte sie frei. Nach und nach.

Das alles dauerte ein ganzes Jahr.

Und dann geschah es, daß Kerstin mich aus München anrief und sagte: »Wir wollten doch zu diesem Berg fahren, um deiner Schwester Blumen zu bringen.«

»Gott, Kerstin, es ist lange her, daß wir das ausgemacht haben.«

»Na und? Warst du denn in der Zwischenzeit schon dort?«

»Nein, das nicht ...«

»Was spricht dann dagegen? Das eine Jahr? Als ich sieben war, hat mir mein Vater einen Aquarellkasten geschenkt. Und als ich dann siebzehn war, habe ich zu aquarellieren begonnen. Manches dauert. Manches geschieht nie.«

Ich konnte mir Kerstin aquarellierend gar nicht vorstellen. Ich fragte sie: »Willst du malen in den Bergen? Im Ernst?«

»Das wäre doch eine schöne Idee. Ich könnte es Simon beibringen. In der Natur malen ist zwar ein bißchen von gestern: Romantik, Biedermeier, Volkshochschule – aber es macht Spaß! Könntest du auch versuchen.«

Die Malerei war sowenig meine Sache wie das Klettern,

das ich im vergangenen Jahr zwar betrieben hatte, ohne aber meine Angst verloren zu haben. Obgleich meine Technik sich etwas verbessert hatte, scheiterte ich fortgesetzt an jenen Stellen, die mir bedrohlich erschienen. Ich nannte sie die Im-Anblick-des-Tigers-Passagen. Immerhin hatte ich mir ange-wöhnt, im Seil zu hängen und mir die Tigerpassagen mehr anzusehen, als sie zu klettern. Der Umstand, daß in diesen Momenten der Knoten sich noch fester schloß, gab mir Sicherheit.

Man kann vielleicht sagen: Ich zählte eher zu den lang-samen Kletterern.

Ganz anders Simon, der zwischenzeitlich an Wettbewer-ben teilnahm und als Wunderkind in der Szene galt. In einem Fachmagazin war er als »junger Mozart unter den Sportkletterern« bezeichnet worden. Das Faktum, daß er noch immer kein einziges allgemeinverständliches Wort sprach, schien eher den Mozartschen Genius zu bestätigen. Es war übrigens weiterhin Mick, der wort- und gestenreich Simon trainierte. Und ihn auch managte, nicht ohne Ge-schick, und auch ohne den Jungen zu verheizen. Mick war kein Leopold Mozart. Und ich erst recht nicht. Nein, ich hatte wenig damit zu tun, sondern ließ es einfach geschehen. Daß ich selbst hin und wieder kletterte, entsprach eher mei-ner Sturheit. Wie diese Leute, die seit Jahrzehnten ins Kasino gehen und noch nie etwas gewonnen haben und deren Spiel-weise allgemein als vertrottelt gilt.

Es war Ende August, als ich Kerstin vom Bahnhof abholte. Simon hatte ich bei der Nachbarin gelassen. Manchmal war mir wichtig zu sehen, wie ich ohne ihn wirkte.

Und da stand Kerstin, mager, aber hübsch mager. Sie wirkte weniger punkig als früher, trug ein geblümtes Som-merkleid und elegante, hohe Sandaletten im rötlichen Ton des Kleids. Der Gurt ihrer Laptoptasche durchschnitt den Rumpf und verlieh ihr die Wirkung eines Musketiers. Ich war etwas erstaunt, als ich die großen Koffer sah, die zwei Bahnbedienstete ihr halfen aus dem Zug zu befördern.

Sie streckte mir die Hand hin, sehr gerade, Abstand wahrend, aber ihr Lächeln war ein freundliches Versprechen.

Sie fragte mich: »Bist du mit jemandem zusammen?«

Stimmt, das hätte ja sein können. Aber ich schüttelte den Kopf.

»Gut. Kann ich bei dir wohnen?«

Ich schaute auf die drei gewaltigen Gepäckstücke und fragte sie, was genau sie plane. Denn im Grunde hatten wir ja bloß besprochen gehabt, das kommende Wochenende zu nutzen, um nach Tirol zu fahren und endlich, mit einjähriger Verspätung, Astris Berg aufzusuchen.

Kerstin sagte: »Ich habe meinen Job gekündigt. Und meine Wohnung in München verkauft.« Und dann, als hänge alles zusammen: »Und Erich hat einen neuen Grabstein bekommen.«

»Wie? Vom Geld, das du für die Wohnung gekriegt hast?«

Sie lachte. »Nein, so schlimm ist es nicht.«

»Soll das heißen, du gehst weg von München?«

»Ich bin schon weg von München«, sagte sie. »Ich bin hier.« Und auf die Koffer weisend: »Das ist mein ganzes Zeug. – Wenn du aber zuwenig Platz in deiner Wohnung hast …«

»Das kommt ein wenig überraschend.«

»Ich weiß. Aber du kannst ja *nein* sagen, und ich gehe ins Hotel. Ich habe nun ausreichend Geld.«

»Warum? Ich meine, warum *jetzt*?«

»Weil es *jetzt* einfach an der Zeit ist. Ich will mich verändern. Und wenn du einverstanden bist, kannst du ein Teil von dieser Veränderung sein. Wenn du nicht magst, dann nicht.«

»So einfach?«

»So einfach«, sagte sie.

Ich hätte sie gerne in den Arm genommen, aber das wäre

zu früh gewesen. Der Plan war ja nicht, erneut für eine oder zwei Nächte das Bett zu teilen. Der Plan war, wie Kerstin gesagt hatte, eine »Veränderung«.

Anstatt sie also zu umfangen und zu küssen und ihr meine in diesen zwei Jahren keineswegs verloschene Liebe zu erklären, griff ich nach zweien der Koffer. Kerstin nahm den dritten, und mit dem heftig knatternden Geräusch von sechs Rollen bewegten wir uns über den Bahnsteig jenes Stuttgarter Bahnhofs, den man stückchenweise demontiert hatte, wie bei einer vornehmen alten Dame, der man da und dort eine völlig gesunde Gliedmaße abtrennt und da und dort ein völlig gesundes Organ entnimmt. Aber sie stand noch immer, die alte Dame, gleich einem Lazarett ihrer selbst. (Ich sagte schon, daß mich das Politikum um diesen Bahnhof nicht kümmerte, aber als Bademeister des Bades Berg hatte ich nun mal ein Faible für vornehme alte Damen entwickelt.)

Am Abend saßen Kerstin, Simon und ich um den großen Küchentisch und legten ein Puzzle. Simon war ein großer Puzzlefan geworden (bevor er dann ein ebenso großer Fan des Brettspiels Go werden würde). Das Puzzeln war neben dem Klettern die zweite Sache, die er mit enormer Geschwindigkeit und Selbstverständlichkeit zu bewältigen verstand, auch dann, wenn er die Puzzleteile verkehrt herum auflegte, also ohne Bild, sich lediglich an den Formen orientierend. Dabei machte er aber keineswegs einen krankhaften Eindruck. Dennoch war da ein Wort, welches ihn gleich einem Planetenring ständig umkreiste: Asperger. Ein Begriff, der in Mode gekommen war und an viele Stellen gesetzt wurde, wo früher ein Fragezeichen gestanden hatte.

Sosehr Simon also von diesem ringförmigen Allerweltswort umlaufen wurde, puzzelte er am liebsten in Gesellschaft. Er erkannte die Bedeutung der Spiele, das Miteinander oder auch Gegeneinander. Klar, gerade ein Puzzle konnte man gut allein spielen, aber war es dann noch ein Spiel?

Das Aspergerkind Simon wollte nicht allein puzzeln. Zu spielen bedeutete, um ein Lagerfeuer zu sitzen. Das Puzzle loderte so schön.

Es waren Ferien, und Simon durfte länger aufbleiben. Blieb er auch. Doch wie so oft überkam ihn sehr plötzlich die Müdigkeit. Er sprach ein Wort aus, das für Schlafen stand, etwas, das sich wie »Bochs!« anhörte.

»Okay, geh bochsen«, sagte ich und drückte ihm einen Kuß auf die Stirn.

»Boxen?« fragte Kerstin.

»Na ja, vielleicht ist ja der Schlaf auch nur eine Art von Faustkampf, nicht wahr?«

Kerstin brachte Simon ins Bett und las ihm aus einem Buch vor. Wir würden wahrscheinlich nie erfahren, ob er diese Geschichten verstand oder nicht, oder ob eben allein der Akt des Erzählens den nun Neunjährigen beruhigte, weil ja nach dem Lagerfeuer die Glut kommt, das Glimmen. (Bevor dann tief im Schlaf der Fight beginnt.)

Nachdem die Erzählerin zurückgekommen war, schenkte ich Wein in unsere Gläser nach. Wir führten die Gläser zu einer klingenden Kollision und tranken.

»Das Wetter nächstes Wochenende soll ideal sein«, sagte Kerstin. »Ich meine in Tirol, in den Alpen, den Zillertaler Alpen. Wir müssen das nutzen. Erstens muß Simon bald wieder in die Schule. Und außerdem kann es dort oben auch ganz schön häßlich werden. Gewitter, Regen, früher Schnee.«

»Du hast dich informiert«, stellte ich fest.

»Ja, klar. Und vorher kauf ich mir noch gute Schuhe. Wenn man schon nicht schwindelfrei ist, sollte man vermeiden, dort mit Pfennigabsätzen hochzumarschieren, gell!«

Sie erzählte mir, was sie über den Berg und den Weg zum Berg gelesen hatte. Auch über den Tod Astris. Zudem sei sie im Netz auf einige Fotos meiner Schwester gestoßen. Kerstin sagte: »Im ersten Moment denkt man, daß sie dir gar nicht ähnlich sieht. Aber Simon, ja Simon, der sieht deiner Schwester ähnlich, finde ich. Während er aber wiederum – da hat die Freundin von deinem Kletterlehrer schon recht gehabt – auch was von dir hat. Vor allem die Augen, trotz des Unterschieds in der Form.«

»Meine Güte, Kerstin, du weißt doch gut, daß das esoterischer Schwachsinn ist.«

»Vielleicht. Aber wenn ohnehin der Schwachsinn die Welt regiert, in der Politik, in der Liebe, dann darf es ja auch mal ein romantischer Schwachsinn sein, oder? Einer, der uns verbindet.«

Ich gestand nun, schon mehrmals eine Ähnlichkeit zwischen ihr und Astri festgestellt zu haben. »Wir sind vielleicht alle eine Familie.«

»Dann wäre *das* jetzt aber Inzucht«, sagte sie, stand auf, setzte sich zu mir und begann mich zu küssen. Sie hörte gar nicht mehr auf.

Das Wort Inzucht war in diesem Moment mein eigener Planetenring.

21

Am nächsten Tag gingen wir zu dritt Schuhe kaufen. Und zwar in einen dieser Läden, wo der moderne Mensch für das Überleben in der Natur ausgerüstet wird. – Ich weiß, daß man nicht dauernd über den Fortschritt jammern soll. Der Fortschritt macht das Leben ja erst so bequem: Essen, das quasi fix und fertig aus einer hübschen Verpackung rutscht; die ganze Welt im Fenster eines immer noch schneller werdenden Elektronengehirns; Kriege, bei denen man nicht höchstpersönlich jemanden aufschlitzen muß, falls man das nicht möchte. Und irgendwann werden die Theaterkarten sprechen können und einem sagen, wenn man in der falschen Reihe sitzt. – Ist das schlecht? Wer wollte ernsthaft mit dem Mittelalter tauschen? Allein die Sache mit den Klosetts! Aborterker! Wenn darauf die Rede kommt, will keiner tauschen.

Andererseits konnte man sich gerade angesichts heutiger Outdoorprodukte die Frage stellen, inwieweit der Mensch nicht bloß ein Mittel zum Zweck war, ein *Transportmittel*. Denn obgleich er es ist, der unter eine Lawine gerät, sind es sodann der Lawinenairbag, die Lawinenweste und der Lawinenpiepser, die sich zu bewähren haben, die im eigentlichen Widerstreit mit den Mächten der Natur stehen. Der Piepser lenkt die Hilfskräfte, nicht umgekehrt. Wie ja auch der Schirm den Regen bekämpft und die Hautschutzcreme die Sommersonne.

Klar, immer schon hat der Mensch sich gewappnet,

Schuhe getragen, um nicht barfüßig über spitze Steine laufen zu müssen, doch angesichts dieser nicht ganz billigen Trekkingschuhe fragte ich mich allen Ernstes, ob es vielleicht so war, daß all diese Gegenstände bloß den Teil einer gewaltigen Armee darstellten, die im Kampf gegen die Natur sich des Menschen bediente, den Menschen in parasitärer Weise nutzend.

Genau das sagte ich, lachte aber laut auf und meinte: »Früher hätte ich jemandem, der so daherredet, einen Besuch in der Klinik empfohlen.«

»Ach was«, meinte Kerstin, »so verrückt ist das gar nicht. Die meisten Leute überlegen, daß vielleicht alles umgekehrt ist. Warum, denkst du, handelt jeder zweite Film davon, die Welt sei ganz anders, als wir glauben?«

War ich enttäuscht? Enttäuscht, daß Kerstin meine Verrücktheit als bürgerlichen Allgemeinplatz abtat?

Ich griff nach einem Leichtwanderschuh aus beigem Veloursleder, einem Damenschuh, der weniger knallig war und sehr viel besser zu Kerstins Sommerkleid paßte. Doch der Verkäufer riet ab, nachdem er den Schwierigkeitsgrad unserer geplanten Wanderung bewertet hatte. Das weinrote Modell, welches er in der Folge brachte, war aber gleichfalls recht hübsch.

Ich sagte: »Super! Den nehmen wir.«

»Eigentlich suche ich mir in der Regel meine Schuhe selber aus«, erklärte Kerstin. »Oder denkst du, weil ich ein paar Jahre jünger bin, bin ich ein Kind?«

»Gott, nein, ich wollte …«

Ja, was?

Es war mir einfach wichtig, daß Kerstins Hübschheit auch beim Wandern ungebrochen blieb und sie nicht etwa in so einer Robotermontur alles Liebliche einbüßte und zu einer mit einer synthetischen Wolfshaut überzogenen Wandermaschine mutierte. Aber sie hatte natürlich recht, ich war weder ihr Vater noch ihr bezahlter Modeberater.

Um so peinlicher, noch eins draufzusetzen und zu erklären: »Ich hab's nur gut gemeint.« Genau das eben, was Eltern so gerne sagen. Ich bereute es auch gleich und wollte schon zu einer erneuten Entschuldigung ausholen, als Kerstin meinte, ich hätte ja recht, die Weinroten seien ideal, die könne man später auch auf einer Party tragen.

Offenkundig plante sie nicht, von nun an ständig auf Berge zu marschieren, sondern eben nur auf diesen einen: den *Astri-Berg*.

Auch Simon und ich benötigten geeignetes Schuhwerk, da wir uns bisher einzig und allein auf künstlichen Bergen bewegt hatten, nicht wandernd, sondern kletternd. Simon bekam flotte Outdoorsandalen sowie ein geschlossenes Paar, während ich selbst mich für einen Wanderhalbschuh entschied, der den Namen »Paris« trug, wobei ich jetzt nicht wußte, ob sich das auf die Stadt oder auf den Typen mit dem Apfel bezog. Jedenfalls gefiel mir der rotbraune Ton, der mit dem Weinrot von Kerstins Modell eine schöne Verbindung einging. Simons schnittige Sandalen erinnerten schon eher an robotische Gestaltwandler, wie man sie aus dem Film *Transformers* kannte, nur daß sie nun halt nicht mehr als Sportwagen und Trucks herumliefen, sondern sich in weit unauffälligerer Weise unter die Menschen gemischt hatten. Schuhe statt Chevrolets.

Wir kauften noch Regenjacken für alle Fälle sowie zwei Wanderstöcke für mich und Kerstin. Simon aber wünschte sich eine Skibrille. Ich versuchte ihm zu erklären, daß eine luftige Sonnenbrille in dieser Jahreszeit passender wäre, und zeigte auf ein Regal mit dementsprechenden Produkten. Doch der Junge blieb stur, beließ seine Hand auf dem breiten schwarzen Rahmen mit der khakifarbenen Scheibe. Allerdings war ich entschlossen, nicht jedem seiner Wünsche nachzukommen, bloß weil er ein »besonderer« Mensch war. Ich erklärte ihm, daß wir nicht vorhätten, in den Himalaja zu reisen, zeigte auf die Skibrille und sagte: »Nein!« Ich forderte ihn auf, hinüber zu den schicken Kinderbrillen zu wechseln und sich dort eine auszusuchen.

Er aber blieb stehen. Ich sah die Träne, die aus seinem Augenwinkel trat, eine Spur ziehend, wie ein winzig kleiner Skifahrer, der den steilen Abhang ein kurzes Stück abwärts fährt und abrupt bremst.

»Ich hasse Tränen«, sagte ich laut. »Tränen sind unfair.«

Ich redete mehr zu mir selbst. Doch Kerstin kam herüber und meinte: »Meine Güte, kauf ihm doch die Skibrille. Oder soll ich?«

»Es geht doch nicht ums Geld. Er soll einfach nicht alles kriegen, was er will. Und dann auch noch die Heulerei als Druckmittel einsetzen.«

»Er heult nicht«, sagte Kerstin. »Er weint. Und zwar ziemlich zurückhaltend, finde ich.«

Ich haßte nicht nur Tränen, sondern auch die Toleranz jener, die im speziellen Fall keine Verantwortung trugen. Die mit den Kindern nie zum Zahnarzt mußten, aber ständig meinten, es würde doch auf das eine oder andere Bonbon nicht ankommen. Nun, es kommt auf den einen oder anderen Müllberg auch nicht an, aber die Müllberge zusammen sind dann doch ein Problem. Genau das sagte ich zu Kerstin.

»Na, ein Bonbon kann man vielleicht mit einem Müllberg vergleichen«, gab sie zurück. »Aber eine Skibrille ist doch etwas anderes. In erster Linie nützlich. Und vielleicht hat Simon einen guten Grund, sich genau *die* zu wünschen.«

»Jetzt im Sommer?«

»Jetzt im Sommer. Möglicherweise weiß er was, was wir nicht wissen.«

Ich gab auf. Ich sagte: »Okay.«

Sofort kehrte ein Lächeln in Simons Gesicht ein. Die Träne war nur noch ein Schimmer von blassem Silber.

Was ich folgendermaßen kommentierte: »Also, das Wort *okay* versteht er ganz gut, mein kleiner Sohn.«

»Komm, das hätte jetzt sogar ein Marsianer verstanden«,

fand Kerstin. »Wie du zuerst seufzt und leidest und dich windest und dann halt mit der Schulter zuckst und nachgibst.«

»Was willst du mir eigentlich sagen, Kerstin?« fragte ich.

»Weiß nicht ... vielleicht, wie sehr ich es mag, wenn du kapitulierst. Wenn du *weich* wirst.«

Ich schnaufte und grinste und vollzog eine ironische Körperbewegung, die das Wort »weich« illustrierte.

Einen Tag vor der geplanten Fahrt nach Tirol ging ich mittags mit Simon zum Italiener. Er liebte Spaghetti, nicht allein den Geschmack, sondern auch das Ritual des abenteuerlichen Verzehrs: der Länge der Nudeln Herr zu werden.

Wir waren ohne Kerstin, die sich mit einer Freundin traf oder mit einem Freund, mit jemandem aus Schultagen, der jetzt in Stuttgart lebte, wie sie mir sagte. Aber nicht, um wen es sich handelte und ob die Beziehung zu dieser Person über das gemeinsame Lernen und gemeinsame Schummeln hinausgegangen war. Ein kleiner Stich von Eifersucht plagte mich. Wieso auch diese Heimlichtuerei?

Wir nahmen an dem Ecktisch des kleinen Restaurants Platz und wurden vom Patron persönlich begrüßt. Ich kannte das Lokal seit den Tagen, als ich nach Stuttgart gekommen war. Es lag unweit meiner Wohnung. Man konnte sich hier ganz tief ins Italienische eingegraben fühlen: diese so ungemein nonchalant inszenierte Aufgeregtheit, die Art, wie anstatt einer Speisekarte die Gerichte des Tages mündlich vorgetragen wurden (ich verstand auch nach Jahren kaum, wovon die Rede war und war in diesem Nichtverstehen ganz eins mit Simon) und ich dann stets zwei Portionen Spaghetti aglio e olio bestellte. Doch niemals wäre der Wirt auf die Idee gekommen, die wortreiche Beschreibung der Gerichte auszulassen, zudem hörten wir jedes Mal mit Begeisterung zu, so, als würden wir einer sehr kurzen Oper lauschen.

Als ich mit Simon für einige Tage in Italien gewesen war, hatte ich mit Schrecken festgestellt, wie wenig das tatsächliche Italien an das Italien dieses Stuttgarter Restaurants herankam. Dort waren wir blöde Touristen, die man ohne Scham und Stil beschiß, hier aber willkommene Freunde. Die meisten der anderen Gäste waren Italiener, die alle – nicht nur die Alten – einen Hauch von Marcello Mastroianni verströmten: eine Ungeschicklichkeit, die sich in eine bezaubernde Revuenummer verwandelt hatte. Ein Stolpern als perfekte Form. Die Italiener in Italien wirkten dagegen wie Fälschungen, wie ein großangelegter europäischer Betrug. Eine Klischeemaschine statt einer Kaffeemaschine. So gesehen, war Berlusconi wirklich der richtige Mann. Der Richtige im Falschen.

Übrigens saßen Simon und ich stets nebeneinander, nie einander gegenüber. Wie ein altes Ehepaar hockten wir da, beobachteten die Hereinkommenden oder sahen hinüber zum Stammtisch, wo vor allem Männer in Overalls und zwei, drei Anzugträger mit spitzen Schuhen zusammentrafen. Mitunter nahm Simon einen Zeichenblock heraus und verfertigte Graphiken, die durchaus an seine eigene Sprache erinnerten: abstrakte Formen und Muster, die jedoch den Verdacht nahelegten, gar nicht wirklich abstrakt zu sein, sondern nur für den, der ihren Ursprung nicht kapierte. Was freilich für jede Abstraktion irgendwie gilt.

Kamen die Spaghetti, legte Simon die Stifte zur Seite, griff nach der Gabel und begann nun, eine einzelne Nudel aus dem öligen Nudelberg zu ziehen, sie hoch in die Luft zu heben, eines der Enden zwischen die Lippen zu fügen und sie sich sodann laut saugend und in einem einzigen langen Zug einzuverleiben. Man konnte meinen, er ziehe die Teigschnüre im Mund zu Spiralen zusammen, zu *Unruhen*. In der Folge kaute Simon ein wenig, schluckte, dann angelte er sich die nächste. Nach einigen auf diese Weise verspeisten Spaghetti besaß sein Mund einen öligen Glanz, nicht nur die Lippen, sondern auch Kinn, Wangen und die kleine Nische, die zur Nase hochführte. Sein Gesicht sah dann aus wie ein halb gefirnißtes Gemälde. Ab und zu unterbrach er das Essen, um über den Teller zu langen und an seiner Zeichnung weiterzuarbeiten. Was ich eigentlich hätte verbieten müssen, wie man beim Essen das Fernsehen verbietet, andererseits heißt es ja immer, man solle während der Nahrungsaufnahme Pausen einlegen, um der Verdauung Zeit zu geben. – Man kann nicht alles haben. Weshalb ich ihn gewähren ließ.

Jedenfalls liebte ich diese Momente des Zusammenseins. Und genehmigte mir auch gerne ein Glas Wein, einen Mittagswein, was natürlich die Einstiegsdroge zum Alkoholismus war, bevor schließlich der Vormittagswein oder gar der Frühstückswein oder Vorfrühstückswein einen wahrhaftigen Trinker aus einem machte. Was keineswegs mein Plan war. Vor allem wegen der Figur. Immerhin besaß auch der Alkohol seine Schokoladenseite.

Allerdings empfand ich den Zustand, den der Mittagswein nach sich zog, als höchst angenehm: als hätte die Schwerkraft leicht abgenommen – nicht so stark wie auf dem Mond, man brauchte sich also nicht als dick eingepackter Astronaut zu fühlen. Aber da war eine Verzögerung, eine feine Leichtigkeit, eine Welt, die weniger wog. Und der es guttat, daß sie weniger wog.

Mitunter nahm ich einen solchen Mittagswein auch zu mir, wenn ich meine bademeisterliche Tätigkeit ausübte, was natürlich verboten war. Wäre jemand ertrunken und man hätte gleichzeitig festgestellt, daß ich … Na ja, ich tat so was auch nur im Winter und Herbst, wenn die Alten im Wasser waren, die alle exzellente Schwimmer waren und auf dem Wasser ein sehr übersichtliches Badehaubenmuster bildeten. Kaum Risiko. Es war nur wichtig, daß niemand es roch, wenn ich trank, weshalb ich mir als Konsequenz solch milder Sedierung immer einen Schuß Mundspray verabreichte.

Was freilich bei unserem Stammitaliener nicht geschehen

mußte. Ich nippte ganz sorgenfrei an meinem Glas und drehte dann wieder meine Gabel durch das Nudelwerk. Simon setzte noch einige Striche und rätselhafte Piktogramme aufs Papier und kehrte dazu zurück, in Chaplinscher Manier eine Nudel nach der anderen einzusaugen.

Während wir aßen, läutete mein Handy. Es war Kerstin, die wissen wollte, ob wir uns nicht in der Staatsgalerie treffen könnten, die an diesem Tag bis acht Uhr am Abend geöffnet hatte. Kerstin sagte: »Es gibt dort eine Skulptur von Picasso, die ich nur von Abbildungen kenne und schon lange mal sehen wollte.«

»Du magst Picasso?« fragte ich.

»Warum überrascht dich das? Paßt das nicht zu mir?«

Nun, ich war tatsächlich etwas erstaunt. Wenn schon Kunst, dann hätte ich eher gedacht, sie würde so ein zeitgenössisch-flippiges Damien-Hirst-Zeug mögen: in Alkohol eingelegte Haie. Beinahe hätte ich gesagt: »Bist du nicht etwas zu jung für Picasso?«

Na, das hätte ich mich selbst fragen können.

Aber es war in Wirklichkeit etwas ganz anderes, was mich beschäftigte und was ich nun auch aussprach: »Bist du denn schon fertig mit deinem Freund?«

»Es ist jetzt kurz nach zwei«, sagte sie. »Also, wenn wir uns um sechs im Museum treffen, habe ich ja noch ein paar Stunden. Das paßt auch für mehr als einen raschen Fick. Mach dir keine Sorgen um mich.«

Einen Moment war ich erstarrt. Mein Mund offen wie bei einem toten Fisch.

Sie fragte: »Warum schnaufst du so laut?«

»Ich …«

»Komm, laß dich nicht ärgern von mir. Es ist eine Freundin, mit der ich zusammen bin. – Aber ich mag es, wenn du eifersüchtig bist. Ehrlich! Das ist süß.«

»Picasso also!« fand ich meine Sprache wieder. »Picasso um sechs.«

»Genau. Ich liebe dich.«

Sie legte auf, bevor ich reagieren konnte. Es war das erste Mal, daß sie in dieser definitiven Weise von Liebe gesprochen hatte.

Ja, ich liebte sie auch. Ein Lächeln strich über mein Gesicht wie bei einer Eklipse. Es war also nicht mein eigenes Lächeln, sondern das von jemand anderen: das Lächeln eines Monds.

Um sechs stand ich vor Picassos Badenden, einer Gruppe überlebensgroßer schlanker Stelen, die auf einem Kiesbett plaziert waren. In meinen Augen erinnerten die Badenden eher an ein kleines Orchester, das ein letztes Mal innehielt, bevor es ins Wasser ging. Ich dachte an diese Musiker aus *Titanic*.

Simon befand sich bereits einen Raum weiter und stand gebannt vor einem Mädchentorso aus rotem Stein, einem Mädchen mit sehr schlanker Taille und vollen runden Brüsten mit geradezu unnatürlich großen Brustwarzen, was auf der dazugehörigen Erklärungstafel verschämt als »plastische Akzentuierung der Teilformen« beschrieben wurde.

Mir war nicht ganz wohl dabei, wie nahe Simon an der Figur stand. Und auch der Museumswärter war herangetreten und beobachtete den Jungen, wie um rasch eingreifen zu können, für den Fall, daß er …

Ja, was? Nach den Brüsten griff?

Ich rief nach ihm. Aber er rührte sich nicht, bloß der Wärter sah zu mir herüber. Nicht unfreundlich, eher besorgt. Besorgt um das Kind *wie* um die Plastik.

Das war schon das Besondere an der Kunst, diese beträchtliche Kühnheit. Klar, Nackte gab es auch in Heftchen und auf Titelseiten, aber die dortige Offenheit war eine befangene. Nicht aber in einem Museum, wo die Nacktheit so unverhüllt daherkam wie der Tod. Der tote Christus und pralle Brüste in einem Raum! Hier war das möglich.

Gerade wollte ich losgehen, um Simon wovon auch immer abzuhalten, als ich eine Hand auf meinem Rücken spürte, Kerstins Hand. Und gleich darauf ihre Stimme an meinem Ohr: »Wenn man hier hereinkommt und dich sieht, könnte man meinen, du gehörst zur Skulptur.«

»Ach!« gab ich von mir. »Schaue ich denn aus wie von Picasso gemalt?«

»Das nicht. Aber doch so, als hätte dich ein anderer Künstler nachträglich dazugestellt. Um den Picasso zu ergänzen.«

»Du meinst, ich bin so eine Art fotorealistische Plastik.«

»Nein, nein, du bist, wie du bist, aber als Kunstwerk. Als Vervollständigung eines Picassos. Eines wirklich schönen Picassos, finde ich.«

»Lieb von dir«, sagte ich, eher ein Kompliment als einen Scherz annehmend.

Kerstin hängte sich in meinen Arm ein, ließ ihren Kopf auf meine Schulter fallen und fragte: »Wo ist Simon?«

»Dort drüben, bei dem Mädchen.«

»Mädchen?« Sie bog den Kopf nach hinten und schaute an meinem Rücken vorbei in den Nebenraum. »Das ist ein Lehmbruck.«

»Was?«

»Die Skulptur. Wilhelm Lehmbruck.«

Ich sagte »Schau mal an!« und fragte sie, was es eigentlich mit ihr und der Kunst auf sich habe, so wie man jemanden fragt, wieso er denn für kleine, weiße Pudel schwärme.

»Unerfüllte Liebe«, sagte Kerstin.

»Wieso?«

»Ich hab versucht, Malerei zu studieren. Aber die wollten mich nicht.«

Ich gab zu bedenken, daß es einigen sehr berühmten Leuten genauso ergangen sei. Daß man die zuerst auch nicht wollte.

»Ja«, meinte Kerstin seufzend, »manche werden mit der

Ablehnung stärker. Die meisten aber brechen zusammen. Ich bin zusammengebrochen.«

»Das paßt gar nicht zu dir«, stellte ich fest.

Sie sagte: »Täusch dich nicht, ich habe eine dünne Haut. Nicht viel dünner als der Durchschnitt, aber dünn genug. Wenn man mit einer Mappe voller Zeichnungen durch die Gegend rennt, in die Akademie, in die Galerien, und immer diese mitleidigen Gesichter sieht, das hält man nicht lange aus. Da kommt dann der Moment, da ist man lieber Kellnerin als Künstlerin.«

Ja, was wußte ich eigentlich von ihr? So gut wie nichts. Sie war ja logischerweise nicht als Taipeh-Sekretärin auf die Welt gekommen. Doch ihre Liebe zur Kunst irritierte mich noch immer. Mit einem einzigen Blick einen Lehmbruck zu erkennen. Zugleich machte es mich traurig, daß sie offenkundig aufgegeben hatte. Aber in der Tat schien es das wesentlichste Merkmal der wirklichen Künstler zu sein, *einfach nicht aufzuhören*. Die Kunst kam vom Weitermachen.

»Was tut der denn da?« fragte Kerstin.

»Simon?«

»Nein, nicht Simon. Der Museumswärter?«

»Nun ja, er scheint aufzupassen. Vielleicht, weil er Angst hat, Simon könnte den Lehmbruck anfassen.«

»Komm, laß uns hingehen.«

Das taten wir. Gleich, als wir neben Simon zu stehen kamen, vollzog der Aufpasser auf seinen Schuhabsätzen eine kleine Drehung und entfernte sich.

Kerstin und ich schauten nun auf Simon hinunter, schauten auf sein Schauen, auf seine gespannte Haltung, wobei sein Blick nicht auf den vollen, glatten Busen gerichtet war, sondern auf das Gesicht der Dargestellten.

Simons Mund öffnete sich. Und es war nun das erste Mal – das wirklich allererste Mal! –, daß Simon etwas von sich gab, das ich auf Anhieb erkannte und verstand. Er sagte: »Lana.«

»Mein Gott«, wandte ich mich so aufgeregt wie flüsternd an Kerstin. »Hat er Lana gesagt?«

»Hundertprozentig«, versicherte Kerstin. »Kein Zweifel. Der Name seiner Mutter.«

»Aber er war erst ein Jahr alt, als sie starb«, erinnerte ich.

»Na, du kannst davon ausgehen, daß seine Pflegemutter ihm von seiner richtigen Mutter erzählt hat, ihm bestimmt auch Fotos gezeigt hat. Das wäre nicht weiter verwunderlich. Natürlich kennt er ihren Namen.«

Ich erwiderte, daß dieses Gesicht hier, dieses Lehmbrucksche Mädchengesicht, in keiner Weise an Lana Senft erinnere.

»Dich nicht«, meinte Kerstin. »Simon schon. Und wer weiß, vielleicht ist es eine bloße Vorstellung von seiner Mutter, die er sich jünger denkt, als sie bei seiner Geburt gewesen ist. Da gibt es einige Möglichkeiten, sich so was zu erklären.«

Wir standen noch eine ganze Weile so da. Simon sprach kein Wort mehr. Ich versuchte seinen Blick zu deuten, etwas wie ein Wiedererkennen, eine Freude oder Trauer zu gewahren. Doch sein Blick wirkte starr, und in seinen Augen spiegelte sich derart das Rötelrot des Steingusses, daß ich nun einen ähnlichen Eindruck hatte, wie ihn kurz zuvor Kerstin mit mir erlebt hatte: wie sehr nämlich Simon Teil des Kunstwerks war, in ihm wie in einem freundlichen Gefängnis steckte.

Folglich war es nötig, Simon aus dem Bannkreis dieses Kunstwerkes mit ein wenig Druck zu entfernen, ihn aus der Aura des Torsos herauszuholen. Aus der Kunst zu befreien.

Als wären wir auf dem Rummelplatz, sagte ich: »So, genug davon. Jetzt gehen wir was trinken.«

Dabei schob ich ihn ein wenig an. Er protestierte nicht, aber im Weggehen wandte er sich noch mehrmals nach der Figur um.

Nach dem Besuch des Museumsrestaurants fuhren wir nach Hause, und ich schickte Simon gleich ins Bett. Es war reichlich spät, und immerhin würden wir am nächsten Tag unsere Reise nach Tirol antreten, unsere Fahrt in Richtung auf den Astri-Berg.

Die Taschen waren gepackt. Unser Wagen mit einer online bestellten österreichischen Vignette ausgestattet. Simon schlief. Kerstin hatte sich mit einem Glas Wein vor den Fernseher gesetzt und döste vor einem *Tatort* dahin. Ich selbst saß am Computer, befand mich auf der Website der Staatsgalerie und hatte Lehmbrucks Darstellung eines sich umwendenden Mädchens aus dem Jahre 1914 aufgerufen. Ich starrte auf die Figur und versuchte eine Ähnlichkeit zu Lana herauszulesen. Es gelang mir nicht. Eher dachte ich an Astri. Die Schwermut in diesem feinen, schmalen, aber im Vergleich zum Rest des Körpers unfertigen Antlitz.

Aber wahrscheinlich hatte Kerstin recht. Die Kunst war frei. Und zwar in dem Sinn, daß jeder darin sehen durfte, was er sehen wollte und konnte. Der Mädchentorso war für Simon ein Abbild seiner Mutter, für mich ein Abbild meiner Schwester. Und für Kerstin schlichtweg ein Meisterwerk von Lehmbruck.

Nach Mitternacht ging ich ins Bett, legte mich zu Kerstin und preßte mich an ihren warmen Rücken. Ich war wie ein Telefonhörer, der aufgelegt wird. Endlich Ruhe!

22

Ich war noch nie ein guter Autofahrer gewesen. Vielleicht auch, weil ich so rasch nach Abitur und Führerschein vom Fahrenden zum Fliegenden geworden war, bis zu dem Moment, da ein heftiges Gewitter meinem Unverkrampftsein bei Luftreisen ein Ende gesetzt hatte. Als ich dann nach Stuttgart gezogen war und damit auch entschieden hatte, die räumlichen Bewegungen auf das Mindestmaß meiner Bademeisterexistenz zu beschränken, hatte ich mich zum Nutzer des öffentlichen Verkehrs gewandelt. Zwar besaß ich einen Wagen, aber der verbrachte die meiste Zeit auf einem gemieteten Standplatz. Es handelte sich um den Opel meines Vaters, den er mir geschenkt hatte, wobei ... nun, ursprünglich war der Wagen ein Präsent von mir an ihn gewesen. Doch gleichzeitig mit dem Verlust meines Vermögens am Ende meiner Ehe mit Lydia, und damit auch am Ende meiner Beziehung zu Wallace & Gromit, hatte sich bei meinem Vater eine Augenkrankheit eingestellt. Etwas Schleichendes, schleichend und unabwendbar. Jedenfalls war es sinnlos geworden, den Opel zu behalten, weshalb mir mein Vater den Wagen mit nach Stuttgart gab, nicht ohne den Hinweis, dies sei ja ohnehin die ultimative Autostadt. Faktum war freilich, daß ich mich scheute, das Ding zu benutzen. Mir fehlte die Routine, und im Grunde stand der Wagen sehr sicher auf seinem Parkplatz. Es war perfekt, weil ich das Vehikel niemals umzustellen brauchte, perfekt auch, weil er nicht etwa in einer dunklen Garage verkümmerte, sondern im Licht des Tages und unter den Sternen des Nachthimmels sein Leben lebte.

»Artgerecht ist das aber nicht«, werden jetzt einige Leute einwenden. Das stimmt sicherlich. Andererseits kann es einem Wagen lieber sein, an einer bestimmten Stelle *gut* zu stehen, als an verschiedenen Orten *schlecht* gefahren zu werden. Auch wusch ich ihn regelmäßig. Klar, er kam auch hin und wieder zum Einsatz, etwa, wenn ich einen Ausflug in die nähere Umgebung unternahm, vornehmlich auf die Schwäbische Alb, die vor Urzeiten bis nach Stuttgart reichte, als Stuttgart noch lange nicht existierte. Es scheint, als sei die Alb vorsorglich auf Distanz gegangen. Wie sich jemand scheiden läßt, der noch gar nicht verheiratet ist. So zu handeln, das würde eine Menge Leute retten.

Nun aber stand nicht der kurze Weg zur Alb auf dem Programm, sondern der etwas längere hinunter zu den Alpen (ich sage »hinunter«, weil mein geographisches Bewußtsein, wie das der meisten Menschen, von einem Schulatlas geprägt ist).

Aus praktischen Gründen – wegen der Ausrüstung und einer gewissen Flexibilität – hatten wir uns gegen die Bahn und für das Auto entschieden. Nur daß auch Kerstin keine begeisterte Autofahrerin war und sich damit rausredete, dieser Opel sei immerhin *mein* Opel, und Männer würden sich bekanntermaßen schwertun, Frauen beim Fahren zuzusehen.

Ich sagte ihr, das sei ein Klischee.

Sie sagte: »Ja.«

Ich fuhr.

Immerhin war das Wetter ideal. Leicht bedeckt, so daß keine Sonne blendete, aber auch frei von Regen, welcher sich ungut zwischen den Opel und die Fahrbahn hätte drängen können.

»Fahr nicht so schnell«, bat Kerstin.

Sie hatte recht. Ich war zu rasch unterwegs, wie um die Strecke schleunigst hinter mich zu bringen, und in der Hoffnung, die Unsicherheit verliere sich in der Rasanz. Wohl der häufigste Irrtum auf dieser Erde.

Ich bremste etwas herunter. Kurz darauf bog ich auf einen Autobahnrastplatz ein. So einen mit einer Toilette aus Sichtbeton und einigen Mülleimern und herumstehenden Wurstbrotessern und Zigarettenrauchern. Und dahinter einem kleinen Wald. Zwischen den dichten Blöcken von Verkehrslärm hörte ich das Rauschen der im Wind aufeinanderschlagenden Blätter. Eine nicht endende Ovation derer, die sich selbst beklatschen.

Simon lief umher, ganz in der Art seiner Altersgenossen, eingeschlossen in seine Phantasie, Unsichtbares jagend und von Unsichtbarem gejagt. Dazu gab er Kampfgeräusche von sich, Geräusche von Flugmaschinen, sich lösenden Torpedos, explodierenden Sternen und unter Schwerthieben gebeugten Zyklopen oder Romulanern, oder wer da auch immer gnadenlos niedergestreckt wurde und dies ganz sicher verdiente.

Kerstin und ich hatten uns ans Ende eines Tisches gesetzt, dessen hölzerne Fläche patiniert war von verschütteten Säften und der Asche toter Zigaretten. Wir saßen uns gegenüber und hatten eine Tupperwareschüssel zwischen uns, darin griechischer Salat, in dem wir herumstocherten, wie um das Vorurteil der häßlichen Deutschen zu bestätigen, die mit spitzen Gabeln eine uralte Kultur traktieren.

Eher aus dem Nichts heraus fragte ich Kerstin, ob sie denn die Malerei wirklich völlig aufgegeben habe. Ich konnte mir das nicht vorstellen.

»Warum kannst du das nicht?«

»Kann man denn eine Leidenschaft beenden?« fragte ich. Und meinte noch: »Öffentlich sicher. Aber im geheimen hört man doch nicht auf ... Ehrlich! Im geheimen wird weitergemalt und weitergedichtet und weitergeliebt, oder?«

»Willst du mir auf diese Weise sagen, daß dein Herz noch immer für Simons Mutter schlägt und daß da kein Platz ist für jemand anders?«

Verdammt, war es das, was ich sagen wollte?

Ich erklärte: »Jetzt bist *du* aber eifersüchtig. Gut so, dann gleicht sich das wenigstens aus. Dann sind wir beide eifersüchtig. – Aber das ist keine Antwort, ob du noch malst oder nicht.«

»Na, deine Antwort ist aber auch keine«, meinte Kerstin.

Stimmt. Eine Weile schwiegen wir.

Dann wechselte Kerstin das Thema und fragte mich, wieso Astri ohne Begleitung auf diesen Berg gestiegen sei. Warum sie das Risiko eingegangen sei, solo zu klettern.

»Das war bei ihr die Regel«, sagte ich. »Natürlich, in der Kletterhalle war sie gezwungen, sich von irgendeinem Freund sichern zu lassen. Draußen aber, am Berg … Wo sie allein sein konnte, da war sie auch allein. Das hat übrigens für fast alles gegolten. Ich will mal so sagen: Selbst wenn sie hin und wieder eine Beziehung hatte, war sie lieber mit sich selbst zusammen.«

»Na, wenn man manche Typen anschaut, braucht das kaum zu wundern.«

»Ja, aber bei ihr war das keine Frage hoher Ansprüche. Eher war es so, als wäre sie … ich sage jetzt mal, *eine Seelilie* und das Zusammensein mit Menschen irgendwie abartig. Weil's aber sonst kaum Seelilien in ihrer Umgebung gab, ist sie oft allein geblieben.«

»Eine kletternde Seelilie? Ich meine, die leben im Meer, oder?« Kerstin hob ihre Brauen, die übrigens so aussahen, als würde sich Kerstin zumindest an dieser Stelle durchaus malerisch betätigen. Aber im eigenen Gesicht war schließlich jede Frau eine Künstlerin. (Und wenn das ein Klischee ist, welches wäre keines?)

Richtig, anstatt Astri als Seelilie zu bezeichnen, hätte ich sie eigentlich mit einem alpinen Tier vergleichen müssen.

Doch der Begriff gefiel mir einfach, zudem dachte ich an die vielen hübschen Versteinerungen fossiler Stachelhäuter.

»Also gut«, sagte Kerstin, wollte jetzt aber wissen, ob dies gleichfalls für meine Eltern gelten würde, daß nämlich auch sie Seelilien seien und es darum zwischen meiner Schwester und ihnen soviel inniger zugegangen sei.

»Nein«, sagte ich, »auch wenn sie Astri geliebt haben, so richtig verstanden haben sie sie genausowenig … Wie die meisten anderen Eltern wollten sie auch nur, daß ihre Tochter mal heiratet und Kinder kriegt – oder zur Not halt berufstätig ist und heiratet und Kinder kriegt. Klar, dem Vater hat das mit der Bergsteigerei gefallen, aber die Ausschließlichkeit, mit der sie das getan hat, hat ihn dann doch verstört. Ich sag mal so: Meine Eltern haben sich davor gefürchtet, ihre Tochter sei nicht ganz normal. In mehrfacher Hinsicht.«

»Sexuell nicht normal?«

»Zum Beispiel. Sie hat zuletzt ihre Wohnung mit einer Frau geteilt. Aber die war genauso asexuell wie Kerstin. Darum waren die beiden ja zusammen, um die Miete zu teilen, aber nicht das Bett. Vielleicht mochten sie sich auch. Wie man Dinge mag, die man nicht anzufassen braucht, um sie zu mögen. So was wird schwer verstanden heutzutage, wo uns jede noch so schräge Perversion näher ist, als wenn jemand keinen Sex will.«

»Ich mochte auch lange keinen.«

»Sag jetzt aber nicht, ich hätte dich geheilt.« Ich zwinkerte ihr zu.

»Nein, geheilt hab ich mich selbst. – He, wo ist eigentlich Simon?«

Ich schaute mich um. Auf der Wiese war er nicht zu sehen. Vielleicht war er ein Stück in den Wald gelaufen, spielte hinter einem Busch. Ich rief seinen Namen, den er ja durchaus verstand und auf den er in der Regel wie die meisten Kinder und Katzen reagierte, nämlich *manchmal*. Oder eben erst beim dritten oder vierten Mal. Weshalb ich jetzt wiederholt nach ihm rief. Aber er tauchte nicht auf.

Ich stand von meinem Platz auf. Ziemlich ruhig noch. Warum auch nicht? Wahrscheinlich stand er bloß ungünstig. Ich machte einige Schritte und rief erneut. Und sagte mir: »Na, weit kann er ja nicht sein.«

Sagen das nicht alle, bevor dann die Einsicht folgt, daß es eben doch weiter sein kann als gedacht? Weiter und gefährlicher. Etwa, wenn ein Kind ins Wasser fällt. Wenn es in ein fremdes Auto steigt. Und der Alptraum beginnt.

»Ist dort ein Fluß?« fragte ich. »Hinter dem Wald?«

»Ich weiß nicht«, sagte Kerstin. »Wieso? Hörst du was rauschen? Außerdem … der Simon kann doch schwimmen! Ich meine, als der Sohn eines Bademeisters, ha!« Sie lachte. Aber es war eine Unsicherheit in diesem Lachen. Auch Kerstin hatte sich erhoben, drehte den Kopf gleich einer Eule.

Ich spürte die Panik in mir hochsteigen. Panik im Blut. Freilich noch geteilt von der Erfahrung der letzten Jahre, daß die Kinder dann eben doch kamen, manchmal mit einer Schramme, manchmal mit Tränen, manchmal mit einem Schrecken, aber eben wieder auftauchten. Es waren die anderen, bei denen sie für immer verschwanden, andere, die man in der Regel nur aus der Zeitung und dem Fernsehen kannte. Und betete, daß es auch so bleiben würde.

Die meisten Kinder haben einen Schutzengel. Mir erschien das nicht nur als eine dümmliche Phrase, sondern durchaus real, vielleicht keine Wesen mit Flügeln, aber doch war da etwas: ein Begleiter – ja, ein kleiner kluger Mond, der die Kinder umkreiste. So klein er war, hatte er die Kraft, die Bahn der Kinder zu lenken, sie in entscheidenden Augenblicken einen schnellen Schritt machen zu lassen oder sie genau von diesem Schritt abzuhalten. Oder der Mond dämpfte ihren Fall. Schaffte es, sie um Haaresbreite an einer Stoßstange vorbeizuwinden. Schaffte es, daß sie es sich in letzter Sekunde überlegten und *nicht* mit einem Fremden mitgingen. Und wofür dieser fürsorgliche Trabant sonst alles sorgte.

Natürlich waren da noch die Eltern und Erzieher und andere Erwachsene, die als Beschützer der Kinder fungierten. Aber es gab Grenzen. Nicht bloß, weil die Kinder größer wurden und man sie nicht einsperren konnte. Auch weil die Konzentration versagte. Selbst die, die mit Argusaugen wachten, versagten. Sosehr man sich anstrengte, man sah nicht jedes Auto kommen. Was nützte es, tausend Jahre keinen Fehler zu machen, aber in einer einzigen Sekunde statt nach links nach rechts zu schauen? Darum gab es sie, die kleinen, schutzengelhaften Monde, die alles taten, um genau auf diese Sekunde vorbereitet zu sein. Nur in gewissen Augenblicken … in gewissen Augenblicken war der Mond müde oder untengegangen und der Himmel leer.

»Simon!!« In meinem Ruf steckte jetzt Wut. Verdammt noch mal, wo steckte der Bub? Warum taten die Kinder einem das an? Immer wieder.

Kerstin meinte: »Er wird dich nicht hören können, da drinnen im Wald.«

»Ja«, sagte ich, »laß uns nachschauen. Du dort drüben, ich auf der anderen Seite.«

Wir gingen los. Wir liefen nicht, aber es war ein Fieber in unseren Schritten.

Einen richtigen Weg in den Wald hinein gab es nicht, bloß einen engen Pfad, den wohl diverse Notdürftige geschaffen hatten. Von einem Moment auf den anderen geriet ich aus der Helle in das tiefgrüne Dunkel, schlug Äste zur Seite, schlug Mücken zur Seite, war aber zu langsam, um einem Spinnennetz auf Kopfhöhe auszuweichen. Die Fäden legten sich als feines Gitter auf mein Gesicht. Ich wischte das Zeug weg, kämpfte mich weiter, rief den Namen meines Sohns, laut und schrill, nun vollständig in der Angst und Sorge angekommen. Auch meinte ich die gurgelnden Geräusche eines Gewässers zu vernehmen.

Wie hieß dieser Film, wo zu Beginn ein Kind ertrinkt? Richtig, *Wenn die Gondeln Trauer tragen*. Am Ende stirbt Donald Sutherland, weil er einer kleinen Gestalt folgt, die er ebenfalls für ein Kind hält. Er will seinen Fehler nicht wiederholen und macht einen neuen.

Simon war ein Kind der Berge, nicht des Wassers. Und was nützte der Schwimmkurs, wenn man vorher mit dem Kopf auf einen Stein aufschlug und …?

Ich geriet aus dem Wald hinaus. Da war kein Fluß. Überhaupt kein Wasser. Ich mußte mir das eingebildet haben. Einzig die weite Fläche eines erdigen Ackers tat sich vor mir auf. Und in der Mitte … Ich konnte es nicht wirklich glauben. Ich war in Erwartung von etwas Schrecklichem oder von etwas vollkommen Normalem gewesen. Doch die Wirklichkeit bot mir einen Anblick gleich einer Fotocollage.

Simon stand auf dem Feld. Und keine zwei Meter von ihm entfernt ragte die mächtige Gestalt eines Straußenvogels empor. Simon sah hoch, und der Vogel blickte auf ihn hinunter. Beide ganz ruhig, das gewaltige Tier und das schmächtige Kind.

Auf den Moment erlösender Verwunderung folgte nun doch wieder die Furcht, weil ich mich erinnerte, gelesen zu haben, ein ausgewachsener Strauß könne mit einem einzigen Tritt seiner kräftigen Füße einen Menschen töten. Im Falle Simons hätte wohl die halbe Kraft eines solchen Stoßes gereicht.

»Vorsichtig weggehen!« rief ich und näherte mich umgekehrt mit raschen Schritten.

Der Vogel drehte seinen Kopf und sah zu mir herüber. Nun, ich hatte natürlich Simon gemeint. Jedenfalls blieb ich augenblicklich stehen. Das war nämlich das schlimmste, diese Lebensretter, die erst die wirkliche Katastrophe auslösten. Türen eintraten und dabei die hinter den Türen Stehenden umbrachten. Zum Bruce Willis einer tragischen Realität wurden.

Ich tat nun keine Bewegung mehr und senkte meine Stimme, als ich erneut Simon aufforderte, langsam zu mir herüberzukommen. Was er aber nicht tat, sondern unverwandt zu dem Laufvogel aufblickte, der nun gleichfalls wieder seinen kleinen Kopf auf den Jungen richtete. Dabei aber den Hals völlig gerade hielt. In diesem Augenblick meinte ich zu begreifen, daß das Tier dem Kind nichts tun würde.

Über einen Feldweg kam jetzt ein Jeep angefahren, der eine Sandwolke hinter sich herzog. Man konnte meinen, man wäre in Afrika.

»Mensch, was ist das?« vernahm ich Kerstins Stimme in meinem Rücken.

Nicht, daß sie noch nie einen Strauß gesehen hatte.

»Wahrscheinlich ist er ausgebrochen«, sagte ich. »Die haben hier in der Nähe wohl eine Straußenfarm.«

»Und Simon? Versucht er ihn einzufangen?«

»Also ehrlich gesagt, ich glaube eher, er redet mit ihm.«

Denn tatsächlich erkannte ich, wie Simon seinen Mund bewegte. Wegen der Entfernung und wegen des Windes konnte ich nichts verstehen, aber es war eindeutig, daß er zu dem Strauß sprach, der da einen Meter über ihm aufragte. Ob der Strauß nun ebenfalls redete oder einfach nur nach Luft schnappte, hätte ich wirklich nicht sagen können.

Der Wagen hatte angehalten, und mehrere Leute waren ausgestiegen. Zwei trugen lange Stecken mit Schlingen. Einer hielt eine Apparatur, die aussah wie eine zu groß geratene Taschenlampe. Ein automatisches Fangnetz wohl. Sie gaben Geräusche von sich, die das Tier beruhigen beziehungsweise anlocken sollten.

Ein Schrei!

Ich selbst hatte geschrien. Denn für einen Moment hatte ich gedacht, der riesenhafte Vogel würde jetzt doch noch auf Simon zuspringen. In Wirklichkeit aber bewegte er sich an Simon vorbei, ohne diesen im geringsten zu berühren, und ging alsdann in einen raschen Trab und noch rascheren Lauf über. – Daß diese Viecher schnell sein können, ist ja allgemein bekannt. Und war vor Ort deutlich zu erleben. Auch die Fänger beeilten sich, rannten zurück zu ihrem Wagen, wendeten diesen und rauschten wieder davon.

»Abgefahren!« sagte Kerstin.

Ich ging zu Simon und nahm ihn in die Arme. Ich hielt ihn ganz fest. Er hielt mich auch ganz fest. Er spürte wohl, wie sehr ich das jetzt nötig hatte.

Kerstin kam dazu und reichte dem Jungen die Hand. Er nahm sie und lächelte. Kerstin sagte: »Im Zoo schauen sie kleiner aus, finde ich.«

Wir gingen zurück zum Wagen, stiegen ein und fuhren weiter.

Im Radio gaben sie gerade durch, daß ein Strauß entlaufen sei und auf welchen Strecken man die Fahrer zu erhöhter Aufmerksamkeit aufrufe.

»Witzig!« kommentierte Kerstin.

Die Sache war übrigens noch in Deutschland geschehen, für alle, die meinen, so eine Szene zwischen Traum und Wirklichkeit könne sich allein in Österreich zutragen.

23

Doch Österreich kam, und es kam mit den Bergen, für welche dieses Land ja so berühmt ist, obgleich es gar nicht nur aus solchen besteht. Aber ähnlich der Schweiz wird so getan, als handle es sich hierbei um ein europäisches Tibet, ein gewissermaßen nicht von den Chinesen, sondern von den Touristen besetztes Gebiet.

Wir hatten die Fenster offen, so daß der Opel etwas vibrierte. Aber ich fühlte mich jetzt sehr viel sicherer am Steuer, vielleicht wegen der Gewöhnung, vielleicht auch, weil hier alle langsamer fuhren und die ganze Straße sich nicht mehr so nervös anfühlte. Denn Straßen und Autos und Fahrer leben ja ebenfalls in einer Symbiose, wo einer den anderen ansteckt. Im Guten wie im Schlechten.

Nach etwa vier Stunden fuhren wir in Innsbruck ein, wo wir eine erste österreichische Nacht verbringen und uns zuvor noch ein wenig die Stadt ansehen wollten. Das Hotel lag im Zentrum, der Parkplatz im Untergrund, und vom Fenster aus wirkten die Berge ungemein nah, jedoch vom Dunst leicht verhüllt, gedünstet. Den Nachmittag verbrachten wir flanierend in der Altstadt, in welcher die Japaner dominierten. Wie alle anderen standen wir lange vor diesem goldenen Dach. Simon sprang in der üblichen Weise herum, ein imaginäres Laserschwert schwingend. Doch diesmal ließ ich ihn nicht aus den Augen. Wie so viele Eltern schwor ich mir, das soeben

Geschehene als Warnung zu begreifen. Als Warnung dafür, was alles passieren konnte, wenn es einmal kein freundlicher Laufvogel wäre, dem das Kind begegnete. Sosehr ich wußte, daß man sein Kind nicht immer und überall schützen konnte, war ich dennoch entschlossen, die Herausforderung des Schicksals anzunehmen. Zumindest ein Auge mußte auf dem Kind bleiben. Gleich einem Aufkleber auf seiner Stirn.

Mit dem anderen Auge betrachtete ich das Dach, welches *Dachl* hieß und das Wahrzeichen der Stadt bildete. Das Licht fiel günstig und ließ das Gold glühen. Ich sah, wie Simon einen Laserstahl in Richtung der Schindeln abfeuerte. Kerstin hatte sich bei mir eingehakt und las mir aus dem Fremdenführer vor, nannte die Zahl der Schindeln, erwähnte die Figuren, die das Relief des spätgotischen Prunkerkers bevölkerten, erwähnte die mysteriösen, sich hinter den Figuren als Schriftband fortsetzenden Inschriften. Es fielen Namen und Lebensdaten und wem welches Wappen zuzuordnen sei und wer hier einst öffentlich verbrannt worden war. Ich hörte zu, aber so wie in der Schule, wenn gerade keine Prüfung ansteht und man sich eher dem angenehm einschläfernden Klang einer Frauenstimme hingibt. Ich hörte zu, ich sah mit einem Auge auf das Dach, mit dem anderen auf Simon, und trotzdem fühlte ich mich wie in einem Bett, das senkrecht aufgestellt war und mir im Stehen einen weichen Halt bot.

Ich hätte noch lange so verharren können, mit einem Bett im Rücken und der Stimme im Ohr, aber irgendwann hatte Kerstin zu Ende gelesen und meinte, es sei Zeit für die Konditorei, für Kuchen und Kaffee.

Gleich um die Ecke fanden wir ein Lokal, wo man draußen sitzen konnte. Simon bekam einen Becher mit Eis, Kerstin ihre Torte. Ich selbst war weiterhin auf Diät. Man kann sagen, ich hatte seit den Tagen, da ich wieder mit dem Sport angefangen hatte, nicht mehr damit aufgehört, den Süßigkeiten aus dem Weg zu gehen. Dabei sehnte ich mich nach ihnen wie andere nach zärtlichen Momenten. Und war es denn nicht auch zärtlich zu nennen, wie so ein Stück Kuchen im Mund zerging?

Keine Frage, hätte mir jemand verbindlich sagen können, die Welt würde demnächst untergehen, ich hätte augenblicklich diese wunderschöne Maronitorte bestellt, vielleicht auch einen umfangreichen Proviant an Trüffelpralinen besorgt. Aber der Kampf um meine Figur hatte eben auch etwas Lebenserhaltendes. In einer weiterhin bestehenden Welt schien mir die relative Makellosigkeit meines Körpers – abseits der ästhetischen Frage – als Garant dafür, daß die Welt eben *nicht* untergehen würde. Fett an den Hüften wäre mir als ein Verstoß erschienen, eine Anmaßung und Provokation. – Klar, das mochte ziemlich religiös klingen. Und klar auch, daß man sich dann fragen mußte, wieso angesichts der vielen fetten Menschen auf der Welt sich selbige noch immer drehte (mag sein, in einem bedenklichen Zustand, aber bedenklich im Sinne einer Fußballmannschaft, die Jahr für Jahr mit Ach und Krach *nicht* absteigt).

Dennoch, ich war gefangen in meiner Haltung und beschränkte mich darauf zuzuschauen, wie ein zugleich flokkiges wie von butteriger Schwere beherrschtes Stück Schwarzwälder Kirschtorte zwischen den Lippen Kerstins verschwand. Ich konnte es geradezu schmecken, wie da auf ihrer Zunge diese mühevoll zusammengesetzte Konditorware sich wieder in ihre Einzelteile auflöste und diverse Assoziationen auslöste, von denen aber kaum eine unmittelbar den Schwarzwald betraf. Schon eher die Schwarzwälderinnen (wobei eine von deren Trachten auch in der Tat das Aussehen dieser Torte bestimmt haben könnte).

Ich spürte also, wie da ein in Schwarz und Weiß und mit rotem Bollenhut gewandetes kleines Schwarzwaldmädel sich nach und nach zerteilte, wie es zerging und verschwand. Natürlich kam dieses »Nachempfinden« nicht heran an ein tatsächlich verspeistes Stück Torte. – Wieso eigentlich nicht? Warum war es nicht möglich, das eigene Hirn genau in dieser Weise zu manipulieren und solcherart völlig kalorienfreie Geschmackserlebnisse von höchster Realistik zu ermöglichen?

Wie gerne hätte ich mit Lana darüber diskutiert.

Später spazierten wir noch ein wenig umher, kauften Lebensmittel für unsere Bergwanderung ein und kehrten schließlich ins Hotel zurück. Von meinem Fenster konnte ich auf den Eduard-Wallnöfer-Platz sehen, so benannt nach Tirols langjährigem Landesvater: eine weite, mit kleinen und größeren Erhebungen ausgestattete Fläche aus weißem Beton, man könnte sagen eine »Dauerwelle« von öffentlichem Raum. Die Bäumchen, die aus runden Löchern ragten, waren möglicherweise echt, muteten aber in diesem Ensemble an, als hätte man die Blätter aus grünen Aluminiumfolien gestanzt.

Kerstin fand den Platz toll, eine einzige große Skulptur, die quasi mitten in der Landeshauptstadt gestrandet war. Ein verfestigter Sandstrand für moderne Robinson Crusoes.

Ich merkte allerdings an, daß die meisten Passanten dieser »Bodenplastik« eher auszuweichen schienen. Hatten sie Angst vor der Kunst? Weniger verlegen waren hingegen die vielen Jugendlichen, die die glatten Bodenwellen nutzten, um sie mit ihren Skateboards zu bezwingen. Dabei erzeugten sie ein knirschendes Geräusch, das wolkengleich über dem Platz hing. Wie auch in meinen Ohren.

»Du bist spießig«, meinte Kerstin.

»Ich bin nicht spießig, sondern empfindlich. Wenn ich Skateboards höre, werde ich verrückt. Außerdem ist es ein dummer Sport.«

»Findest du über Hürden zu laufen soviel intelligenter?«

»Es ist ruhiger und eleganter.«

»Na, das kommt darauf an, wer da drüberspringt.«

Ich mochte es nicht, wenn sie in diesem Zusammenhang von »springen« sprach, und das wußte sie.

Wir hatten noch keinen richtigen Streit gehabt, aber es

gab häufige Sticheleien (und so war es ja von Beginn an gewesen). Noch war das kein Problem. Die Sticheleien stachen nicht, sie berührten auch nicht, sondern flogen vorbei. Kleine Fliegen, die sich leicht verjagen ließen. Würde das aber so bleiben? Oder würden Wunden entstehen, in die dann die Fliegen ihre Eier legen konnten?

Während Simon auf dem Bett lag, seine Beine zu einem Pult angewinkelt, und auf dem iPad *Angry Birds* spielte – ein Spiel, in dem Vögel Schweine angreifen und sich die geklauten Eier zurückholen –, ging ich mit Kerstin ins Badezimmer, und wir stellten uns gemeinsam unter die Dusche. Liebe machen, wenn das Kind draußen spielte, war etwas merkwürdig, allerdings besser als in der Nacht, wenn jedes Geräusch ungleich schwerer wog und auch das kleinste Stöhnen am Klangteppich strickte. Allerdings hatte ich die Tür bloß angelehnt, selbst auf das Risiko hin, Simon könnte eintreten. Andererseits, wer in *Angry Birds* vertieft war, stand nicht so schnell wieder auf.

Sex mit Kerstin war unkompliziert. Leidenschaftlich, aber ohne dieses Bemühen, eine alles vernichtende Explosion zu bewerkstelligen. Sowenig bigott wie pervers. Sie mochte meinen Körper, ich den ihren. Nur hinterher meinte Kerstin, ich müsse ein wenig aufpassen mit meinen Muskeln. Das sei hübsch anzusehen, aber an der Grenze.

»An der Grenze wohin?«

»Na, zum Absurden. Zum Manierismus. Muskeln, die dann aussehen wie viele kleine Frauenbrüste. Und alle mit Silikon verstärkt.«

Ich lachte und stellte mir vor, wie das wäre, die eigenen Muskeln mit einer Vielzahl von BHs zu verdecken. Sodann versprach ich: »Keine Angst. Ich werde aufpassen.«

»Fein«, meinte Kerstin. Zur Belohnung rieb sie eine Pflegelotion in meine Haut.

Jetzt hörte ich sie wieder, die knirschenden Rollen der Skateboards.

24

Die Autofahrt am nächsten Tag wurde ein Fiasko. Nicht wegen des Wagens, der brav seine Dienste verrichtete, und auch nicht wegen des Wetters, das besser nicht hätte sein können. Der leichte Dunst vom Vortag war einem klaren Himmel gewichen, aus dem alle Feuchtigkeit verschwunden schien. Ein trockenes Tuch aus Blau (die »Geheimmalerin« Kerstin hätte gesagt: ein deutsches Blau, ein Expressionistenblau). Nein, das Problem war ich selbst. Und zwar als Folge der völlig unnötigen Entscheidung, die Brennerautobahn zu meiden, mir die Bezahlung der Maut zu ersparen und statt dessen die Nebenstraße zu nehmen, die ja landschaftlich sicher die reizvollere war.

Sparsamkeit neigt dazu, sich gegen den Sparenden zu wenden.

Wobei »reizvoller« natürlich stimmte, da sich die Landesstraße im Gegensatz zur sehr gerade dahinführenden und für die Umgebung geradezu blinden Autobahn nahezu tänzerisch gab, die Landschaft umgarnte und umspielte. Da ein Handkuß, dort ein Nicken, eine Verbeugung, eine Drehung, eine Wendung. Daß das natürlich länger dauert, ist klar. Fast alles Gute und Schöne dauert länger.

Was ich freilich völlig unterschätzt hatte, war der Umstand, wie sehr der talseitige Rand der alten Bundesstraße steil nach unten führte, zumindest nach meinem von Höhenangst dominierten Bewußtsein. Auch fehlten an vielen Stellen durchgehende Leitplanken, und es waren allein Pflöcke, die mehr in den Abgrund einluden, als ihn zu separieren. Ja, der Abgrund wirkte als ein potentieller Teil der Straße.

Klar, hier war nicht Indien oder die Türkei oder wo auch immer Busse in Schluchten fielen, und doch fühlte ich mich elend. Mir stand der Schweiß auf der Stirn, und ich sah sehnsüchtig hoch zur kompakten Brennerautobahn, die sich immer wieder keck zeigte. Meine Hände hielten das Steuer, als handelte es sich um die Kante eines Felsens, an dem ich hing.

Wie so oft beim Hallenklettern fragte ich mich auch jetzt: »Was tue ich hier bloß?«

Simon saß hinten und befand sich mit Donald Duck auf Abenteuer im Dschungel.

Endlich bat ich Kerstin, sie möge statt mir fahren. Aber sie weigerte sich. Sie erklärte, ihr fehle die Routine für eine solche Strecke.

»Mir auch«, gab ich zurück.

»Aber es ist *dein* Wagen. Du kennst seine Macken.«

»Er hat keine Macken«, sagte ich. Meine Stimme bebte.

»Wenn er keine Macken hat, warum willst du dann, daß ich ihn fahre?«

»Mein Gott«, fuhr ich sie an, »weil ich diese Straße unmöglich finde. Schau doch, wie es da runter geht.«

»Also, so schlimm ist das wirklich nicht.«

»Wenn das nicht so schlimm ist, warum tauschen wir dann nicht?«

»Weil ich – wie ich dir schon gesagt habe – ungeübt bin«, erklärte Kerstin. Und fügte an: »Wenn ich fahre, dann mit 'ner Automatik. Außerdem machst du das eh ganz okay.«

Ich machte es mitnichten »eh ganz okay«. Weshalb ich nach viel zu langer Qual den Wagen ausfahren ließ und am bergseitigen Rand der Straße parkte.

»Was ist denn jetzt los?« gab Kerstin von sich. Es war ein Keifen in ihrer Stimme. Ich hoffte sehr, daß dieses Keifen mit der Zeit nicht zunehmen würde. Keifen war das Schlechteste, was jemand für seinen Teint tun konnte. Der ständig keifende Mensch wurde grauer als jede Taube. – Vor allem aber fragte ich mich, ob sich Kerstin dumm stellte oder nicht. Mir war klar, daß ihr diese Fahrt genauso unangenehm war wie mir. Bloß befand sie sich dank des Beifahrersitzes meistens auf der Seite der Steigung, wenn sie nicht ohnehin die Augen geschlossen hielt, freilich vorgab, sich ausruhen zu wollen. Sie betete wohl, es möge bald vorbei sein. (Für die meisten Autofahrer mochte eine solche Strecke nicht das geringste Problem darstellen, aber die meisten Autofahrer fuhren gerade woanders, etwa da oben auf der Autobahn.)

Und genau dorthin wollte ich nun ebenfalls.

»Wir kehren zurück bis zur nächsten Auffahrt und erledigen den Rest auf der Autobahn.«

»Du bist der Kapitän.«

»Stimmt.«

»Soll ich Musik spielen?« fragte sie.

»Nein, keine Musik.«

Ich wendete und fuhr zurück, nun immerhin ein ganzes Stück lang mich auf der Bergseite wissend. Kerstin *schlief*.

Wir erreichten also die Brennerautobahn, die hier A13 hieß, ich bezahlte meine »Strafe« (denn genau als das empfand ich in diesem Moment die Mautgebühr, freilich als eine Strafe, die absolut gerechtfertigt war), und wir gerieten auf eine Strecke, die in ganz wunderbarer Weise vergessen ließ, wie hoch man sich eigentlich befand. Ein Kokon von Autobahn, für welchen der Beton und der blaue Himmel die Hülle bildeten.

So fuhren wir angstfrei dahin und erwarteten die Ausfahrt, die uns nach St. Jodok bringen würde. Nur leider fehlte eine solche Ausfahrt. Beziehungsweise waren wir gezwungen, über den anvisierten Ort hinaus weiter auf der Autobahn zu bleiben und diese erst ein Stück später zu verlassen, wo sich aber keinerlei Möglichkeit fand, auf die richtige Seite des

Tals zu gelangen. Wenn's nicht etwa daran lag, daß wir einfach zu blöd waren, die Anweisungen des Navis zu befolgen. Jedenfalls mußten wir eine ganze Weile auf der falschen Seite zubringen und gelangten schließlich auf eine Straße, die sich als die schlimmste überhaupt herausstellte.

»Scheiße, du Armer!« sagte Kerstin, als wir die Serpentinen abwärts rollten und allein der Umstand dichter Bewaldung die Angst milderte. So konnte man das Gefühl haben, bei einem möglichen Absturz zwischen den Stämmen hängenzubleiben. Aber »Scheiße, du Armer!« war gar nicht das, was ich hören wollte. Auch machte es mich wütend, daß Simon auf der Rückbank zu singen angefangen hatte. Er schaute fortgesetzt in sein Comicbuch und trällerte ein unbekanntes Lied.

»Kannst du jetzt vielleicht Ruhe geben!« Dabei wandte ich mich reflexartig zu ihm um.

»Meine Güte«, sagte Kerstin und faßte mich am Arm, »nicht umdrehen!«

Sie hatte recht.

Und alle zusammen hatten wir das Glück, daß uns kein Wagen entgegenkam. Die Straße war so eng, es hätten kaum zwei Wagen nebeneinandergepaßt. Es war eher eine Straße für Matchboxautos.

Doch wir schafften es. Wir erreichten Steinach und fuhren von dort wieder auf der recht eben verlaufenden Landesstraße nach Stafflach, wo wir in ein Nebental einbogen, das uns nach St. Jodok führte. Als die Straße aber kurz nach dem Ortsende erneut anfing, steil zu werden, erklärte ich: »Schluß! Es reicht. Für den Rest nehmen wir den Bus.«

Ich wendete und parkte den Wagen im Ortskern gegenüber einem kleinen, wirklich kleinen Supermarkt. Wo sich der Begriff »Super« zu einer größtmöglichen Intimität verdichtete.

Keine halbe Stunde später saßen wir im Postautobus, der nun jene Stelle hochfuhr, die zu bewältigen ich mich gescheut hatte. Ironie des Schicksals war, daß es nach dieser kurzen Passage nur noch flach dahinging, bis ans Ende des Valsertals. Ebener ist kaum noch möglich. Zudem so gut wie kein Verkehr. Das hätte ich mit Leichtigkeit geschafft. Freilich wäre mir dann der Mann entgangen, der nun mit einer Flinte in der Hand in den Bus einstieg, sich links vorn hinsetzte und sich mit dem Fahrer und zwei alten Frauen unterhielt. Simon machte große Augen. Während Kerstin flüsternd überlegte, ob man hier für ein Gewehr wohl einen Extrafahrschein zahlen müsse.

Als sei das eine ernste Frage, meinte ich: »Also, wenn du der Förster bist, sicher nicht.«

Ich versuchte zu begreifen, worüber sich die vier Einheimischen unterhielten, aber keine Chance. Selbst im Ansatz nicht. Ich verstand genausowenig, wie ich verstand, wenn mein Sohn sprach.

Von meinem Standpunkt aus gesehen, war auch Tirolerisch eine Geheimsprache. Zumindest, wenn diese Alten es redeten. Eine deutsche Sprache und dennoch geheim.

Der Mann mit der Flinte und die beiden Frauen stiegen schon etwas früher aus, während wir drei bis zum Ende dieses so ungemein locker besiedelten Tales fuhren. Letztendlich hielt der Bus am absoluten Ende der Straße, an einem einzelnen Haus, einer Wirtschaft namens *Touristenrast*.

Obgleich ich einst – aus einem geborstenen Flugzeug geworfen – auf den Weiten eines fremden Meeres dahingetrieben war, hatte ich hier zum ersten Mal das Gefühl, wirklich am Ende der Welt zu sein beziehungsweise am Anfang vom Ende der Welt. Das Haus als Grenzstation, sodann ein Gatter und dahinter ein lange sich streckender, sachte ansteigender Güterweg, den wir nun in der Mittagshitze aufwärts marschierten. Entlang einem Gebirgsbach, dessen Stimme dröhnend den enger werdenden Kessel füllte. Hoch oben die Berge des Tuxer Kamms, der aber nicht zu den Tuxer Alpen gehörte, sondern zu den Zillertaler. Laut Kerstin.

Simon hatte sich seine Skibrille aufgesetzt. Was überhaupt nicht lächerlich aussah. Ich fragte mich im nachhinein, wieso ich ein solches Theater wegen des Kaufs gemacht hatte. Andere benötigten eine Brille für den Sommer und eine für den Winter, nicht Simon.

Der Weg zog sich. Ein Glück, daß man sich immer wieder am kalten Wasser, das hier überall aus dem Berg strömte, erfrischen konnte. Nirgends Menschen. Erst kurz nachdem wir die Talstation eines Materiallifts passiert und die schattige, aber nun zusehends steil und steiler aufsteigende Waldzone erreicht hatten, kamen uns ein paar Leute entgegen. Sie bedachten uns mit dem hiesigen »Griaß Eich!«. Ich bemühte mich um ein ebensolches. Kerstin beließ es bei einem »Grüß Gott!«. Simon hob die Hand und streckte einen Daumen. Er fühlte sich sichtlich wohl, als nun der Weg schwieriger wurde, große, grobe Steine, kreuz und quer, so daß jeder Schritt auch die Gefahr barg umzuknicken. Gleichzeitig mit der wachsenden Erschöpfung wuchs die Anforderung an die Aufmerksamkeit, nämlich zu schauen, wohin man trat, die Steine im Blick und nicht die Umgebung. Pausen legten wir kaum ein, zu sehr bestimmte Simon den Rhythmus.

Als wir aus dem Wald gerieten – erneut ein Gatter erreichend, hinter dem das Grün einer Alm saftig und fett dalag –, sah ich ihn zum ersten Mal in natura: Astris Berg. Eine Pyramide aus Granit, helles Grau, silbrig, auch bläulich, gefleckt vom Schatten einer Wolke. Und mein erster Gedanke war, daß das in der Tat ein wirklich schöner Berg war und daß es für mich keineswegs unwichtig war, ob Astri auf einem schönen oder weniger schönen Berg gestorben war. Ich will nicht sagen, er, der Berg, wäre es wert gewesen, dort umzukommen. Aber ich glaube, daß Astri es *genau so* formuliert hätte. Andere starben für Vaterländer oder Gewinnsteigerungen, nicht wenige für die vielen ungesunden Mahlzeiten ihrer Erdjahre und manche eben für Berge. Und ein Glück, wenn es nicht der falsche Berg war.

Das war nun mal mein Gefühl, als ich die Erhebung jetzt zum ersten Mal sah, wie *richtig* dieser Berg war.

Ich machte ein Foto mit dem iPad. Was natürlich komisch aussieht, als halte man sich da ein Brett vors Gesicht. Simon lachte. Kerstin meinte, es erinnere sie an diese Aluminiumfolien, die sich die Menschen in den Sechzigern zum Braunwerden unters Kinn gehalten hatten.

Ein iPad, mit dem man braun wird! – Mein Gott, früher wäre das eine Idee gewesen, aus der ich ein Geschäft gemacht hätte.

Wir gingen weiter, durchquerten hochwandernd die Alm und gerieten wieder an einen Bach, der in seinem Felsbett steil nach unten schoß und den man auf einer kurzen Brücke überqueren mußte. Nie war eine Brücke simpler gewesen: vernagelte Bretter mit schmalen Ritzen, die ohne jegliches Geländer auskamen. Selbst in vielen Abenteuerfilmen gab es Brüstungen, warum nicht hier? Auch war das Ding bloß mit einem Draht fixiert worden.

Es sah wirklich gefährlich aus. Ich verspürte einen kindlichen Zorn in mir. So einen, der dazu führt, daß man stur die Arme verschränkt und erklärt: »Ich gehe da nicht drüber. Und wenn ihr euch aufhängt. Und wenn ich hundert Jahre Fernsehverbot bekomme.«

Aber noch bevor ich dergleichen von mir geben konnte, hatte Simon nach meiner Hand gegriffen. Er hatte seine Skibrille hochgezogen und schaute mich mit seinen schwarzen, großen Augen an, deren lange Wimpern eine Allee bildeten, Wimpern, von denen manche Frauen in Stuttgart meinten, es sei eine Gemeinheit, daß dieser Junge sie besitze, wo er sie doch gar nicht nötig habe. Erst jetzt fiel mir ein, wie sehr Simons lange Augenhaare zu denen eines Straußenvogels paßten. Aber das war in diesem Moment nicht der Punkt. Sondern wie sehr der Junge bemüht war, mir die Angst zu nehmen. Sein Lächeln umklammerte meine Sorge.

Keine Frage, er war bereit, mich an der Hand über den

Steg zu führen, der freilich nicht nur ohne Geländer war, sondern auch recht schmal. Seite an Seite wäre es zu eng gewesen.

»Geh du vor«, bat ich Simon.

Er verstand mich, marschierte los. Ich in seinem Schatten. In der Mitte aber blieb ich plötzlich stehen. Und zwar nicht aus Panik – obgleich ich durchaus eine solche verspürte –, sondern um dieser Panik eins auszuwischen. Denn sowenig ich den Anblick des Abgrunds ertrug, zog ich ausgerechnet jetzt das iPad aus dem Rucksack, hielt es mir erneut vors Gesicht, öffnete das Fotoprogramm und tippte auf das Symbol des Auslösers. Dabei meinte ich, meine Beine nicht mehr zu spüren. Nicht nur einfach taub, sondern aufgelöst, verschwunden. Mein Rumpf schwebte. Aber er schwebte etwas unruhig, schaukelte im Wind. Gleichzeitig empfand ich eine Begeisterung ob meiner Handlung. Ich fiel nicht um und auch nicht in Ohnmacht, sondern packte das iPad wieder ein und beendete den Gang. Gewissermaßen das kurze Stück auch ohne Beine überwindend.

Nachdem wir alle die Brücke passiert hatten, fragte mich Kerstin: »Was war das denn grad?«

»Der Triumph des Willens.«

»Du weißt aber schon, daß das der Titel von einem Nazifilm ist.«

Stimmt. Doch daran hatte ich nicht gedacht und sagte einfach: »Jetzt ist es halt *mein* Titel.«

Im Grunde war das auch ein schöner Ausspruch. Wie sehr das Wollen imstande war, die eigene Schwäche auszuheben (ironischerweise war es bei den Nationalsozialisten eigentlich umgekehrt gewesen). Aber Kerstin ließ mich nicht gewähren. Sie fragte: »Ist dir eigentlich klar, daß oberhalb von der Hütte ein Bergwerk ist, das die Nazis betrieben haben? Mit Zwangsarbeitern.«

»Wie bitte?« Ich hatte nicht die geringste Ahnung. »Was für ein Bergwerk denn, um Himmels willen?«

»Du heute mit deinem Willen!« Sie wunderte sich über mich. Daß ich nichts gelesen hatte über den Berg, auf dem meine Schwester gestorben war. Den Berg und was hier alles geschehen war.

»Ich weiß, wie hoch er ist«, sagte ich, aber nicht einmal das stimmte wirklich.

Kerstin klärte mich auf. Dort, wo der Astri-Berg im südlichen Kammverlauf auf seinen Nachbarberg traf, lag eine Scharte, unterhalb derer die Nazis ein Stollensystem zur Gewinnung von Molybdän errichtet hatten.

»Molyb… was?«

»Molybdän. Man hat das zur Härtung von Stahl benötigt. – Panzerrohre!« erläuterte Kerstin und fügte an, daß neben der Berghütte, zu der wir uns gerade bewegten, noch das erste Lager der Zwangsarbeiter zu erkennen sei.

Ich fragte mich, ob man eigentlich irgendeinen Flecken in diesen Ländern Österreich und Deutschland finden konnte, der nicht auf diese Naziweise vergiftet war. Von der Geschichte verdreckt, hier um so mehr, als über das Schicksal der Menschen, die man in der alpinen Höhe verschlissen hatte, nichts bekannt war. So berichtete wenigstens die belesene Kerstin, die auch viel besser wußte, in welcher Position wir uns gerade befanden, wo im Norden, wo in den Zillertaler Alpen und in welcher Entfernung zu Hütte und Gipfel und Bergwerk. Kerstin hatte einen Kompaß in ihrem Kopf.

Doch so prächtig, wie das Wetter war, brauchten wir einfach nur dem markierten Weg zu folgen.

»Klaaf-quaol!« rief Simon und zeigte mit dem Arm nach oben.

Jetzt sah ich sie, die Flagge in der Ferne, Flecken von Blut, die im Wind wehten, wahrscheinlich das Rot-Weiß-Rot der Österreicher. Was sonst? Die Flagge und dann die Hütte, ein vor über hundert Jahren vom Alpenverein in die Landschaft gepflanztes steinernes Haus, welches – wie Kerstin erzählte – interessanterweise lange Zeit der Sektion Gera

(Gera in Thüringen) gehört hatte, jedoch nach dem Krieg – nicht ganz unpassend – von den Russen den Österreichern zugesprochen wurde, um freilich später wieder an die Deutschen, diesmal an die bayerischen Landshuter, *zurückgegeben* zu werden. Die Berge und das Rot-Weiß-Rot waren aber österreichisch geblieben.

Jedenfalls war es eine schöne Hütte, die wir nun schweißnaß erreichten, viel Holz und Stein, kompakt, auf eine hübsche Weise wetterfest, ein Haus, das seinen eigenen Schwierigkeitsgrad bewältigt hatte, ohne verhärtet anzumuten, dazu eine Terrasse, von der man einen herrlichen Weitblick besaß, während im Rücken die aufschießende Gestalt des Astri-Bergs den Himmel deutlich verkleinerte, so nah war man jetzt an dem Brocken aus Granit.

»Auf Astri«, sagte Kerstin, als feierten wir ihren Geburtstag.

»Auf Astri!« rief ich und nickte mit dem Kopf.

Simon tat es mir gleich und sprach ein Wort, das sich anhörte, als würde ein kleiner Helikopter aus seinem Mund schlüpfen und den Berg hochkreiseln.

25

Wir wurden von der Hüttenwirtin herzlich begrüßt und in unser vorbestelltes Vierbettzimmer geführt, einen vollständig in Naturholz eingekleideten Raum, der mir das Gefühl gab, mich in einem der Schlafzimmer der allbekannten sieben Zwerge zu befinden (und tatsächlich existierten auch Matratzenlager für sieben Personen). Wir deponierten das Gepäck und beeilten uns, hinaus auf die Terrasse zu gelangen und unseren Durst zu löschen. Die Wirtin setzte sich zu uns an den Tisch und wollte wissen, welche Pläne wir hätten. Ihr Tirolerisch war in keiner Weise geheim: Deutsch als Gebirgsbach, gurgelnd, aber verständlich.

Ich vermied es, von Astri zu sprechen, die vor ihrem Tod ja ebenfalls auf dieser Hütte gewesen war. Statt dessen erkundigte ich mich nach dem Weg zum ehemaligen Bergwerk.

»Das sind hin und zurück noch mal drei Stunden«, erklärte die Hausherrin und verwies auf die Geröllhalden, die man zu queren hatte.

»Gefährlich?« fragte ich.

»Anstrengend«, antwortete sie und empfahl uns, auf den nächsten Tag zu warten. Immerhin seien fünfhundert Höhenmeter zu bewältigen. Ihr Mann würde morgen eine kleine Gruppe von Wanderern zum Bergwerk führen. Wenn wir wollten, könnten wir uns anschließen. Und den Jungen hierlassen.

Was ich ganz sicher nicht tun würde. Eher war zu überlegen, ob man sich das Bergwerk sparen solle. Aber es reizte mich schon, mir das anzusehen. Einen Stollen in derartiger Höhe, eine dieser Nazimaßlosigkeiten. Wobei mir die Wirtin erzählte, es sei zwar bis zum Ende des Krieges gegraben worden, man hätte aber nie auch nur ein Gramm Molybdän erzeugt. Die Planer waren von viel zu optimistischen Annahmen ausgegangen, den Berg als ein verpacktes Geschenk begreifend, bei dem man sich einen bestimmten Inhalt wünschte. Aber so ist das oft mit den Geschenken. Einmal ausgepackt, ist es schlimmer, als hätte man gar nichts bekommen.

Jedenfalls entwickelte sich das Ganze zum Desaster. Es war der übliche »Triumph der Blödheit«. Obgleich bereits im zweiundvierziger Jahr das Wirtschaftsministerium die Sinnlosigkeit des Unterfangens erkannte, und später dann, 1944, auch das Rüstungsministerium, hörte man trotzdem nicht auf, wohl aus der »Logik« heraus, schon einmal damit angefangen und bereits eine Menge Geld investiert zu haben. Und so investierte man weiter, ohne jemals einen Nutzen zu erhalten. (Klar, das war bei den Nazis gewesen. Solche Dinge geschahen heute nicht mehr.)

Nach dem Krieg hatte man sich auch im Valsertal dem Vergessen hingegeben (wie man sich mangels eines vergebenden Gottes eben selbst vergibt), und 1989 war das Österreichische Bundesheer angetreten, eine letzte Bereinigung vorzunehmen, indem man die bei der Nockeralm gelegene Aufbereitungsanlage sprengte. Die Namen der Menschen, die man unter Zwang hierhergebracht hatte, um unter extremen, mitunter todbringenden Mühen in den Berg einzudringen, waren quasi mitgesprengt worden.

»Na und!« könnte ein Zyniker sagen. »Die Leute, die beim Bau heutiger Hochhäuser und Staudämme und Tunnels beteiligt sind, kennt man ebensowenig beim Namen, oder? Und die sind nachher auch nicht alle gesund und fröhlich.«

»Die werden aber nicht gezwungen.«

»Nein? Wirklich nicht?«

Als die Wirtin gegangen war, sah ich auf die Uhr. Es war vier Uhr am Nachmittag, der Tag lange nicht vorbei. Wir hatten Ende August, und die Sonne würde erst um acht untergehen. In solcher Höhe konnte man ihr Abtauchen auch wirklich beobachten, nicht bloß ahnen, weil irgendeine Häuserwand rötlich schimmerte.

Ich beschloß, noch ein wenig nach oben zu marschieren. Näher an Astris Berg zu geraten.

Kerstin staunte. »Bist du gar nicht erschöpft?«

»Nein. Eher etwas aufgedreht. Vielleicht so eine Art Höhenrausch.«

»Na, ich jedenfalls bleibe hier«, sagte Kerstin. Sie wollte den Rest des Tages auf der Terrasse zubringen und in einem Buch lesen. Als sie bereits darin versunken war und ich in ihrem Rücken stand, konnte ich für einen Moment die Bleistiftkritzeleien sehen, die den gesamten Rand der Buchseite schmückten. Kritzeleien von ihrer Hand, der frühpensionierten Künstlerin. Was auch sonst? Sehr fein, fadenförmig, ein Gewebe, das sich an manchen Stellen zusammenzog, dunkel wurde, dicht, eine Gestalt entwickelte, aber nie konkrete Züge annahm, wie man sagt, ein Gesicht oder ein Tisch seien konkret. Floral, aber geometrisch floral: Man stelle sich vor, ein Geometriebuch könnte blühen. – Nicht, daß ich viel hatte sehen können, aber es erinnerte mich doch recht stark an die Zeichnungen, die Simon anzufertigen pflegte. Freilich stellt die Parallele zwischen Kind und Künstler heutzutage einen Allgemeinplatz dar.

Einerseits.

Andererseits … ich kehrte zurück, um nochmals Kerstin über die Schulter und ins Buch schauen zu können.

Sie wandte sich abrupt um. »Was ist denn?«

»Gar nichts. Ich wollte dir nur noch einen Kuß geben.«

Sie klappte das Buch zu und beugte sich zurück. Ich drückte meinen Mund auf ihre Stirn. Es zischte ein bißchen, so feucht waren meine Lippen und so sehr glühte ihre Haut von der niederbrennenden Sonne. Man könnte auch sagen, es zischte, weil dieser Kuß eine Lüge war, denn meine Augen waren auf das Buch gerichtet. Irgendein Krimi, was mich ziemlich enttäuschte. Banales Zeug. Allerdings war es mir gelungen, vor dem Zuklappen noch einen weiteren kurzen Blick auf das kunstvolle Gekritzel zu erhaschen, einen Blick, der meinen ersten Eindruck nicht nur bestätigte, sondern auch verstärkte. – Total simonlike!

Nun war freilich nicht auszuschließen, daß es ja auch tatsächlich Simon gewesen war, von dem das hier stammte, etwa, weil Kerstin ihm erlaubt hatte, in diesem in jeder Hinsicht billigen Taschenbuch seine graphischen Kürzel zu verewigen.

Wenn aber nicht?

War es nicht Kerstin gewesen, die mit aller Kraft – und möglicherweise mit diversen illegalen Tricks – die Ausreise Simons aus Taiwan betrieben hatte? So wie seine Adoption durch mich? Und noch was: Vor Kerstin auf dem Tisch lag zwischen ihrem Halstuch und dem Brillenetui ein Bleistift.

Während ich da meine Lippen wieder von ihrer Stirn löste, stellte ich mir vor, daß Kerstin durchaus in der Lage war, Simon zu verstehen und zu begreifen. Stellte mir vor, die beiden würden über ein gemeinsames System von Zeichen verfügen. Und daraus folgend auch über eine gemeinsame Sprache. Gleich zwei alten Tirolern.

Ich grinste ob solcher Gedanken.

»Was grinst du so?« fragte Kerstin, die noch immer ihr Gesicht nach hinten gerichtet und das Buch geschlossen hatte.

»Ich dachte mir grad«, sagte ich, »daß du also *doch* zeichnest. – Ich meine, weil dort ein Bleistift liegt.«

»Den hat mir dein Sohn geliehen.« Und dann sagte sie: »Geht endlich los, damit es nicht zu spät wird.«

»Du weichst mir aus.«

Sie sagte »Ja« und vollzog mit ihrer Hand die wegwerfende Bewegung eines Verkehrspolizisten. Als schmeiße sie mich aus ihrer Wohnung.

Ich machte mich mit Simon auf den Weg in Richtung zur sogenannten Alpeiner Scharte. Vor uns Astris Berg, dessen Wände im Wechsel von Sonnenlicht und rasch dahinziehenden Wolkenschatten an die schillernden Schuppen eines Fisches erinnerten.

Warum mußte ich immer wieder an Fische denken? Nur wegen dieses Wals, der ja gar kein Fisch gewesen war? – Nun, die Welt der Assoziationen liebt auch die Irrtümer. Die Irrtümer ganz besonders.

Kurz nach der Hütte, dort wo ein letzter Streifen von sattem Grün einen Bergteppich bildete, kamen wir an ein Hinweisschild. Rechter Hand wiesen sämtliche Pfeile hinüber zur Scharte, die man überwinden mußte, um zu weiteren Hütten zu gelangen.

»Na, schauen wir mal«, sagte ich zu Simon.

Er nickte mir zu, nun wieder mit »verbundenen« Augen. Die khakifarbene Spiegelung seiner Skibrille verlieh ihm eine kosmonautische Wirkung. Ein kleiner Russe.

Es wurde jetzt wirklich steil, allerdings in einer Weise, die meine Beine beanspruchte, aber nicht meine Höhenangst. Keine Schluchten, keine schmalen Brücken. Zudem bemerkte ich eine Euphorie, eine gewisse Leichtigkeit, als wäre der Wind, der hier oben kräftig pfiff und einen umkreiste, ein perfekter Panzer.

Wenn man auf einen Berg geht, dann schaut man die meiste Zeit auf den Boden. Nur hin und wieder blieb ich stehen, um den Felsen hochzusehen, wobei wir uns gewissermaßen auf der »falschen« Seite befanden, auf der Südseite, während Astri beim Aufstieg über die klassische Nordkante verunglückt war. Andererseits war es so, daß, wenn sie überlebt hätte, sie etwa an dieser Stelle heruntergekommen wäre.

Nach einer Dreiviertelstunde – nun mit Blick auf einen

Klettergarten am Fuße der Südwand, einen Garten, in dem ein paar bunt behelmte Menschen gleich Früchten hingen – entschied ich, eine Pause einzulegen. So wie ich entschied, hernach wieder zurück zur Hütte zu marschieren. Ich packte die Brote aus und zerteilte einen Apfel mit einem Taschenmesser, fein säuberlich das Kerngehäuse herausschneidend.

Wir saßen auf Steinen und aßen präparierten Apfel. Während mein Blick hinunter ins Tal und hinüber auf die fernen Gipfel ging, lehnte Simon an meinem Rücken und betrachtete den Klettergarten. Ich konnte mir vorstellen, wie sehr er sich danach sehnte. Aber ich wollte nicht, daß er im natürlichen Fels kletterte. Noch nicht. – Man wäre kein richtiger Vater, wären da nicht auch Verbote.

Ich schloß die Augen. Meine Zähne steckten in einem süßlichsauren Kugelausschnitt. Halb schlief ich ein.

Ich bemerkte nicht gleich, wie sich Simons fliegengewichtiger Gegendruck von meinem Rücken löste. Als ich mich schließlich umdrehte, war er schon ein ganzes Stück den Berg weiter nach oben marschiert. Er winkte mir. Ich winkte zurück, aber zu mir hin, um ihm klarzumachen, er möge zurückkehren.

In der Regel verstand mich Simon. Auf die eine oder andere Weise. Und in der Regel folgte er dem, was ich verlangte. Jetzt aber nicht. Er ging einfach weiter.

»Verdammt noch mal! Was soll das?« fluchte ich. »So viel Zeit haben wir nicht.«

Aber das war unrichtig. Wir hatten genügend Zeit. Es würde sich ganz gut ausgehen, das Bergwerk zu erreichen und vor Einbruch der Dunkelheit wieder zurück an der Hütte zu sein. Das schon. Aber es erschien mir einfach vernünftiger, erst morgen ... Simon war schließlich ein erst neunjähriges Kind!

Ja, aber was für eins! Ein in den Bergen groß gewordenes. Gemsengleich.

Ich darf sagen, meine Philosophie war immer die: Alles,

was geschieht, ist ohne Alternative. Die Alternative bilden wir uns nur nachträglich ein. Das ist vielleicht überhaupt unsere einzige Freiheit zu phantasieren, wie es hätte sein können.

Ich schüttelte den Kopf, nahm den Rucksack, löste das verschwitzte Hemd von meiner Haut – so daß der Wind seine kühle Hand dazwischenlegen konnte – und beeilte mich, hinter Simon herzukommen.

Hätte ich eine Gefahr wahrgenommen, ich wäre auch bereit gewesen, ihn an der Hand zu packen und nach unten zu zerren. Und keine Träne (und eben auch keine Alternative) hätte mich davon abgehalten. Aber es ging zügig voran, und der Himmel war eine einzige fröhliche Wetternachricht.

Und dann endlich erreichten wir die Überreste des Bergwerks: das Metallgerüst einer Seilbahnstütze, das Fundament des Barackenlagers sowie das Mundloch, einen gemauerten Stolleneingang, der von außen an einen mächtigen Pizzaofen erinnerte, aber für einen Bergwerksschacht eher heinzelmännisch anmutete.

Wir hatten es also geschafft. Wobei ja genau das *nicht* das Ziel gewesen war, so spät am Tag hierherzukommen.

Wie auch immer, ich sah auf die Uhr und sagte: »Immerhin, Simon, wir waren echt flott.«

Ich legte dem Jungen die Hand auf die Schulter und tat dabei ein wenig mehr Gewicht in meine Hand, ohne aber zu drücken. Eher so, als hätte ich noch etwas Butter auf meine Hand geschmiert.

Simon drehte seinen Kopf nach rechts, schaute auf die weite Bergwelt und rief: »Kandall!«

Ich schmunzelte bei dem Gedanken, er könnte das Wort *Skandal* gemeint haben und wie sehr eben die Schönheit der Natur auch einen Skandal darstellte, etwas Unerhörtes.

Wir stiegen die wenigen Meter zum Mundloch hoch und taten einige Schritte in den Stollen.

So interessiert ich gewesen war, diese Anlage zu Gesicht zu bekommen, scheute ich mich jetzt, tiefer einzudringen. Ich empfand Stollen und Höhlen als die Verwandten der Klettersteige und Felswände. Gefährliche Orte, die alle aus einer Familie stammten, jener, zu der auch die Tiefsee und das Weltall gehörten. Das Innere der Berge schien recht absichtsvoll sowenig für den Menschen geschaffen wie die hohen Lüfte und der kalte Raum.

Doch Simon sah das wohl ganz anders. Er wies mit dem Arm in die dunkle Röhre und wiederholte seinen begeisterten Ausruf: »Kandall!«

»Aber nur ein Stück«, mahnte ich und deutete mit den Zeigefingern der linken und rechten Hand eine kurze Strecke an. Um in der Folge die Stirnlampen aus dem Rucksack zu kramen. Das elastische Band fügte ich um Simons Kopf und drückte gegen den Schalter der Lampe. Gleich zwei Lichter rechts und links im Gehäuse sprangen an. Es sah aus, als hätte Simon ein kleines Motorrad an der Stirn kleben.

Mit Licht an unseren Köpfen drangen wir weiter in den Berg ein. Bald war der Stollenausgang nur noch eine weißblau leuchtende Scheibe. Ein Teller an der Wand.

Ich sagte: »Okay, das genügt jetzt. Da kommt kein McDonald's mehr.« Und griff nach Simons Schulter.

Aber ich griff ins Leere. Er war bereits einige Schritte weiter.

»Nicht schon wieder«, rief ich ihm hinterher.

Er war aber trotzdem verschwunden. Wie verschluckt.

Doch noch bevor mich eine ähnliche Panik wie am Vormittag erfassen konnte, erkannte ich den Torbogen an der rechten Stollenwand. Ein kleiner Raum tat sich auf, ein Kabinett, und darin Simon, der sich in einen Sessel hatte fallen lassen.

In dem nischenartigen Zimmerchen, das man vor sieben Jahrzehnten in diesen Berg geschlagen hatte, standen zwei alte Ohrensessel, dazwischen ein kleiner Tisch. Von der Decke strömte ein feiner Luftzug herab, Fäden von Luft. Was hier aber vor allem auffiel, waren der ungemein fein gearbeitete Parkettboden wie auch der Umstand, daß kaum Staub lag. Das kam doch einigermaßen überraschend, wobei der Raum sichtbar verlassen war, der Stoff der Sessel verschlissen, die Bücherregale ohne Bücher. Und nirgends eine Öffnung im Fels, die Tageslicht eingelassen hätte. Aber wie gesagt, der Parkettboden besaß einen gediegenen Glanz und verfügte über ein Muster. Ein Muster, auf das ein gelblicher Schein fiel, nachdem Simon zwei Kerzen angezündet hatte, die jemand auf dem niedrigen Tisch zurückgelassen hatte. Simon war nie ohne Streichhölzer unterwegs.

Ich vermutete, daß man hier ab und zu saubermachte, dann, wenn Touristen an den Ort geführt wurden. Oder Leute sich ausruhten, die auf der Suche nach Nazidevotionalien und Nazischätzen in das Bergwerk eindrangen.

»Kandall«, sagte Simon erneut, diesmal aber ohne Ausrufezeichen, sehr ruhig, ganz im Ton der Zufriedenheit dessen, der angekommen ist, wo er auch ankommen wollte. Dementsprechend tief war er in den Sessel gerutscht. Dabei hatte er sein Donald-Duck-Heft hervorgeholt – er mußte es wohl hinten in der Hose transportiert haben – und begann wieder darin zu lesen. Es sah so ungemein selbstverständlich aus, als wären wir bei uns zu Hause.

Ich hätte jetzt etwas sagen müssen, vor allem, wie lange wir schon hier waren, oder auch, daß das nicht nur kein McDonald's, sondern ebensowenig die Comiczentrale oder Stadtbücherei sei, ließ den Jungen aber in Frieden und betrachtete statt dessen den mit Kreuz- und Sternformen versehenen und in quadratische Einheiten unterteilten Bodenbelag aus alter Eiche. Obwohl ich danach suchte, konnte ich kein Hakenkreuz entdecken. Die sichtbaren Kreuze schienen frei von Ideologie, allein im Dienste der Dekoration stehend.

Fragte sich freilich, wessen Raum das gewesen war. Der eines Aufsehers? Eines Bergwerkingenieurs? Ein Ruheraum? Ein Leseraum?

Ich fühlte jetzt eine große Müdigkeit. In den Beinen wie im Kopf. Und ließ mich in den anderen weichen Fauteuil sinken. Im gekreuzten Licht der Kerzen und meiner Stirnlampe sah ich den Staub hochsteigen, Bergstaub, der hier quasi Wohnungsstaub war. Meine Nase kitzelte, und ich mußte niesen. Endlich schaltete ich meine Stirnlampe aus und schloß die Augen.

»Nur ganz kurz«, sagte ich mir, wie man sich das oft sagt, bevor man in den Schlaf fällt wie eine Kuh, die aus einer dieser russischen Transportmaschinen fällt, aber eben nicht auf einem japanischen Walfangschiff landet, sondern ins Meer stürzt, ein wenig umhertreibt, um dann erneut abzusinken, in die Tiefsee zu gleiten, ins absolute Dunkel: eine tote Kuh, umgeben vom Blitzlichtgewitter jagender Anglerfische. So war das mit dem Schlaf, dem die Phrase *Nur ganz kurz!* vorausging.

Ich erwachte in einem Traum und war mir dessen augenblicklich bewußt, obgleich ich mich genau dort befand, wo ich auch schlief: im Fauteuil dieses gehöhlten Nazikabinetts. Nur daß der andere Sessel leer und Simon auch sonst nirgends zu sehen war, soweit ich etwas erkennen konnte. Denn es war jetzt ungemein warm und feucht und selbst im Traum nur schwer auszuhalten. Der Schweiß klebte dick und saftig auf meiner Haut, selbst über den Augen, so daß es mir vorkam, als würde ich die Umgebung durch Aspik betrachten. Und durch dieses Gelee hindurch realisierte ich, allein zu sein. Wobei es aber nicht blieb. Endlich erkannte ich die verschwommene Gestalt, die im Torbogen stand. Indem sie näher kam, löste sich auch die Sülze von meinen Augen und meiner Haut, es wurde endlich kühler, auch trockener, und ich sah nun in das Gesicht …

»Astri?« stieß ich hervor.

Wenn es Astri war, dann war sie um einiges älter als damals, als sie gestorben war.

Ich fragte noch einmal: »Astri?«

»Ja«, sagte sie. »Hallo, Bruderherz.« Auch ihre Stimme hatte sich verändert, war reifer geworden, besaß eine Oberfläche von Grau, silbrig, wie von einem Bleistift, mit dem jemand über ein weißes Papier schrubbt und auf diese Weise die durchgedrückten Stellen sichtbar werden läßt. Denn das macht ja das Alter mit uns: die gelebten Jahre sichtbar und hörbar werden zu lassen. In den frühen Jahren ist das Leben eine Zeichnung, die verfliegt. Sich aber durchdrückt. Das Durchgedrückte ist später unser Gesicht. Der Graphit macht die Falten sichtbar. Und auch unsere Stimmen haben Falten.

Stellte sich freilich die Frage: Altern denn die Toten?

Andererseits war es nicht das, worüber ich unser Gespräch beginnen wollte. Immerhin war es das erste Mal seit ihrem Tod, daß mir Astri begegnete. Da sagte man nicht: »Meine Güte, bist du alt geworden.« – Soweit ich mich erinnern konnte, war sie mir nie zuvor im Traum erschienen. Etwas, was mich durchaus beschäftigt hatte, nicht in den Träumen selbst, aber hinterher.

Ich sagte: »Wir haben uns lange nicht gesehen.«

»Ja, Sixten. Früher ging nicht.«

»Bist du … wirklich … ich meine …«

»Ja, ich bin tot. Und ich bin keine Einbildung.«

»Aber das hier ist doch ein Traum, nicht wahr?« stellte ich den Ort unserer Begegnung fest, damit auch die Möglichkeit des Unwirklichen.

»Weißt du«, sagte Astri, »wenn man tot ist, und das bin ich ja, gibt es zwei Wege: Man kann sich von den Lebenden entfernen oder unter ihnen bleiben.«

»Und du hast dich also fürs Hierbleiben entschieden?«

»Das kann man sich nicht aussuchen«, erklärte Astri. »Alle, die als junge Leute oder auch nur als Mittelalte sterben, bleiben. Nur wenn du richtig alt stirbst, gehst du weg.

Die Jungen aber nicht. Das ist eigentlich umgekehrt zur realen Welt, wo ja in der Regel die jungen Leute wegziehen.«

Astri ergänzte, welche Illusion es sei, sich vor seiner Zeit umzubringen, in der Hoffnung, dem Leben zu entgehen. Denn man müsse seine Zeit quasi »absitzen«, und sei es als Geist, der durch die Träume der Lebenden wandert.

Ich fragte sie: »Und wo wandert man sonst noch so als Geist?«

»Nirgends. Allein in den Träumen. Außerhalb der Träume ist es so, daß man die meiste Zeit bewußtlos ist.«

»Du meinst, auch die Toten schlafen und träumen?«

»Nein, wir treiben dahin, ohne Gedanken, ohne Bilder im Kopf. Wir geben bloß hin und wieder ein Schnaufen oder Stöhnen von uns oder knirschen mit den Zähnen. Das sind dann genau die Geräusche, von denen die Lebenden meinen, es handle sich um einen Spuk. Ist ja auch einer. Aber nicht viel mehr als ein Atemwind oder Räuspern. Wobei solche Geräusche natürlich die meiste Zeit ohnehin keiner bemerkt. Sie geschehen meistens dann, wenn die Lebenden wach sind. Sind Lebende aber wach, machen sie Lärm, und im Lärm geht vieles unter. Eben nicht nur das Rauschen des Windes oder wenn ein Ast bricht oder jemand mit einer viel zu kleinen Stimme nach Hilfe ruft. Sondern auch der Spuk. Die supergescheiten Aufgeklärten, die höhnisch anmerken, wie komisch es sei, daß es immer nur in alten, einsamen Schlössern spukt, sollten sich mal fragen, *wieso*.«

Spuk hin oder her, ich hatte jetzt das Bedürfnis, aufzustehen und meine alte Schwester zu umarmen. Aber es war schon so, wie das aus vielen Träumen bekannt ist. Ich klebte fest.

Immerhin, meine Zunge klebte nicht fest, auch fielen mir nicht – wie so oft – sämtliche Zähne aus dem Mund. Meine Sprache war ein ruhig dahingleitender Zug, den nichts behinderte. Ich erklärte Astri, mich einfach nicht erinnern zu können, ihr schon früher mal im Traum begegnet zu sein.

»Bist du ja auch nicht. Es ist heute wirklich das erste Mal.«

»Und warum?«

»Weil es vorher zu gefährlich war.«

»Wieso zu gefährlich?«

»Wenn man sich durch den Traum eines Lebenden bewegt, sollte es ein guter Traum sein, ein freundlicher, und wenn schon kein freundlicher, wenigstens einer, in dem nicht ständig Türen aufgehen, hinter denen maskierte Folterer stehen oder irgend jemands Vater mit heruntergelassener Hose und alte Frauen mit riesenhaften Brüsten. Nichts gegen ein Abenteuer im Traum, eine Schwierigkeit, einen Schmerz, aber viele Menschen träumen entweder einen Horror oder eine Geschmacklosigkeit. Klar, es gibt Tote, die mögen das, finden's geil, wie da im Traum alles, was sie an Schrecken kennen, noch ein wenig absurder daherkommt. Diesmal aber ohne Strafverfolgung. – Ist dir schon mal aufgefallen, wie selten es in Träumen Polizisten gibt? Also, ich meine nicht Polizisten, die einen prügeln oder quälen, sondern einen retten.«

»Stimmt«, sagte ich, äußerte dann aber die Vermutung, daß möglicherweise wenigstens die Polizisten selbst solche Träume von »guten Polizisten« besaßen.

Astri gab ein abfälliges Geräusch von sich, als würde eine alte Dose Katzenfutter von selbst aufgehen.

Ich fragte sie … nein, ich behauptete, meine Träume könnten doch in all diesen Jahren nicht ganz so fürchterlich gewesen sein.

»Tendenziell schon«, sagte Astri, »vergiß aber nicht, nur weil ich tot bin, kann ich ja nicht in die Zukunft sehen, also auch nicht in die Zukunft eines Traums. Ich kann also nicht sagen, was hier bei dir als nächstes geschieht. Andererseits hat jeder Träumende einen Ruf, einen guten oder schlechten. Deiner war nicht gut … bis vor kurzem. Wobei sich ein neuer Ruf erst noch durchsetzen muß. Das muß ja erst mal auffallen, daß jemand begonnen hat, anders zu träumen als bislang. Bei einem Drogenbaron, der in die Sozialarbeit wechselt, braucht es schließlich auch eine Weile, bis man ihm das ernsthaft glauben kann und nicht Angst haben muß, einem perfiden Schwindel aufzusitzen, oder?«

»Du hast recht«, sagte ich, auch wenn ich den Vergleich mit einem Drogenbaron etwas hoch gegriffen fand. Dann meinte ich: »Mein Leben hat sich stark verändert, jetzt mit dem Kind.«

»Ja, ich weiß, es ist sehr, sehr gut, daß du Simon hast und er dich.«

»Nur mit dem Reden ist es ein bißchen schwierig.«

»Ach, die Lebenden überschätzen gerne die Sprache. – Ihr beide kommt doch gut zurecht, oder?«

»Woher willst du das wissen? Ich dachte, die Toten lebten allein in den Träumen der Lebenden. Und ansonsten wär's eher so, wie die Atheisten sich das Totsein vorstellen. Vom Stöhnen und Räuspern mal abgesehen.«

Astri kam jetzt ganz nahe heran und setzte sich wie ein kleines Mädchen auf meine Schenkel. Auch wenn sie gealtert war, war sie noch immer so federleicht wie in ihrer Jugend, nicht gewichtslos, wie man sich das bei einem Geist vorstellt, sondern eben einfach so, als sei kein Gramm hinzugekommen. Wovon auch? In den wenigsten Träumen wird viel gegessen. Eher hungern die Leute und dursten im Angesicht mysteriös sich leerender Gläser. Der Traum von riesigen Schnitzeln ist bloß ein kolportierter der Lebensmittelindustrie. Die Traumwirklichkeit sieht anders aus.

Ich konnte jetzt ihren Mund sehr deutlich sehen: die schönen, vollen Lippen, die mir schon früher als viel zu sinnlich erschienen waren, so, wie die alten Bergianerinnen die langen Wimpern Simons »beklagt« hatten. Was brauchte ein asexueller Mensch solche Lippen, erst recht, wenn er tot war? Aber die Verteilung der Gaben in der Natur ist prinzipiell ungerecht und oft sinnlos.

Aus diesen sinnlos schönen Lippen drang nun der warme Wind der Worte. Astri betonte, wie sehr der Alltag eines

Menschen in seine Träume übergehe. Man müsse sich das wie eine lange Reihe von Fotos vorstellen, die die Gänge eines Traums ausgestalten und eine Biographie widerspiegeln. Und zwar sehr viel genauer als diese Bücher, die da heißen *Mein Leben* oder *Unter Wölfen* oder *Gesammelter Briefverkehr*, oder auch nur als geheime Bekenntnisse in den Beichtstühlen der Priester oder den Praxen der Analytiker ein ätherisches Fossil bilden. Nein, auch wenn sie erst vor kurzem diesen Raum betreten habe, meinen Raum, wisse sie ganz gut Bescheid, wisse, wie sehr der Umstand, mit diesem Kind zusammen zu sein, mein Leben verändert habe. Mein Leben und daraus folgend meine Träume. Träume, durch die man nun schreiten könne, ohne daß irgendwelche Brotlaibe ihre Mäuler aufrissen und ein Gebiß scharfer, spitzer Zähne offenbarten.

Das widersprach nun stark meiner eigener Vorstellung Träume betreffend. Ich hatte es bislang für naiv gehalten zu meinen, die besseren Menschen hätten auch die besseren Träume. Aber *so* hatte es Astri ja auch nicht gesagt, sondern allein einen gewissen Komfort für sich selbst behauptet. Eine geringere Gefahrendichte. Weniger einstürzende Brücken und explodierende Bankkonten. Nicht ständig eine Mutter, die die Beine spreizt und angesichts deren sich in der Folge der Träumende zu Unaussprechlichem versteigt. Keine ausgeweideten Leiber und Rasierklingenspiele. Keine Schoßhunde, die sich in ein Wesen aus einem Roman von Dean Koontz verwandeln, und ähnliches. Astris Anspruch bezog sich nicht auf eine reine Idylle, auf eine quasi umgekehrte Verdrängung, bei der das Unterbewußtsein alles Häßliche aussonderte, sondern ... nun, man könnte es als *Normalität* bezeichnen, eine Welt des Gleichmaßes. Eine Welt, in der Brotlaibe auch mal alt und hart oder verschimmelt sein konnten, ohne darum spitzzahnige Dämonen zu beherbergen.

Träume ohne Extreme.

Ja, aber war Astri nicht genau das gewesen, zumindest in einer Sache: nämlich extrem?

Ich fragte sie: »Kletterst du noch?«

»Du meinst auf Bergen.«

»Oder auf Kirchen oder Hochhäusern oder worauf die Leute im Leben und im Traum sonst noch herumkraxeln.«

»Ja, es gibt solche Träume, aber man muß schon sagen, es wird dort selten glücklich geklettert.«

Wie sollte ich das verstehen? Daß, wenn dem Träumenden ein Mißgeschick zustieß, es damit auch Astri zustieß?

»Das nicht«, sagte sie, »aber es geht um die Atmosphäre. Es tut nicht gut, in einer Welt zum Bergsteigen zu gehen, wo alle um dich herum abstürzen, ein ums andere Mal. Wie Blätter im Herbst. Viele Bergsteiger träumen durchaus gute Dinge, von der Liebe, von Tieren und Kindern, aber nie vom guten Klettern. Sobald sie träumend in den Fels steigen, geschieht ein Unglück.«

»Ein Unglück wie das, das dir wirklich zugestoßen ist«, stellte ich fest.

»Ich kann mich nicht mehr so gut daran erinnern«, erklärte Astri.

»Das ist nicht dein Ernst!«

»Oja. Es ist sehr verschwommen.«

»Du wurdest von einem Blitz getroffen, Astri, oder zumindest von einem Blitz aus dem Fels geschleudert.«

»Ich weiß nicht«, meinte sie mit einem Haarriß in ihrer Stimme, so einer winzig kleinen wunden Stelle im Material, die imstande ist, ganze Flugzeuge zum Absturz zu bringen, »ich weiß nicht, ob das stimmt.«

»Ja, was denn sonst?«

»Ich könnte gesprungen sein. Ich könnte auch gestoßen worden sein.«

Erneut sagte ich: »Das ist nicht dein Ernst.«

Kerstin hätte sich jetzt sofort beschwert, ich würde mich dauernd wiederholen, aber Astri wirkte nachdenklich und traurig. Sie schien wirklich nicht mehr sagen zu können, was damals geschehen war. Ihr Sterben war ihr ein Rätsel. Gut, es stand ja auch am Anfang des Totseins. Vergleichbar der Geburt und den ersten Monaten eines Lebens, woran sich auch keiner mehr erinnern kann. Für einen Toten war sein Sterben der verschollene Moment.

Als wäre sie genau das, ein Kind, schmiegte sich Astri jetzt an mich. Sie legte ihren Kopf auf meine Schulter. Ihre warme Stirn ruhte an meinem Hals. Ich begann, sie zu wiegen.

In das Schweigen und Wiegen hinein fragte ich: »Bist du Lana einmal begegnet?«

»Wer ist Lana?«

»Simons Mutter.«

»Ach ja, ich hatte nur ein Bild von ihr, keinen Namen. – Nein, ich habe sie nie getroffen. Aber weißt du, es kommt sowieso selten vor, daß zwei Tote sich begegnen. In den Träumen sowenig wie außerhalb. Wie ja auch zwei Lebende selten den gleichen Traum träumen.«

»Vielleicht weiß Lana noch nichts von meinem guten Ruf und bleibt mir darum fern.«

Ich hatte es eigentlich ironisch gemeint. Doch Astri nickte. Nickte, sagte dann aber: »Die meisten toten Mütter halten sich fast immer nur in den Träumen ihrer lebenden Kinder auf. Das ist ganz normal, wenn du stirbst und dein Kind ist noch klein, oder?«

Jetzt war ich es, der nickte. Ich dachte an die Frauenskulptur von Lehmbruck, bei deren Anblick Simon das erste und letzte Mal den Namen seiner Mutter genannt hatte. Und damit überhaupt das einzige Wort aus einer für ihn fremden Sprache.

Ja, ich nickte.

Das Nicken ging über in ein Wiegen und Schmiegen. Es fühlte sich an, als sei Astri meine Zwillingsschwester. Meine lebendige Zwillingsschwester.

Und dann endlich stellte ich die Frage, die sich so unmittelbar aufdrängt, wenn man einem Toten begegnet. Ich fragte nach Gott.

Astri lachte und meinte: »Also, weißt du, so sicher unsereins natürlich sagen kann, es bestehe ein Leben nach dem Tod – und das ist ja nicht nichts –, führt das leider überhaupt nicht dazu, sagen zu können, ob ein Gott existiert oder nicht. Geister ja, man ist ja selber einer. Man kann sich also selbst beweisen, aber trotzdem nicht die Frage beantworten, ob sich hinter alldem ein höheres Wesen verbirgt und das Ganze einen Sinn und Zweck besitzt.«

Schau einer an! Eine bemerkenswerte Möglichkeit, daß nämlich das sogenannte Leben nach dem Tod auch nur eine weitere Laune der Natur darstellt. Eine Fortsetzung des Daseins, aber nicht minder bedeutungslos. Daß letztendlich nicht nur der Leib des Menschen zu Staub zerfällt, sondern irgendwann auch seine Seele.

Woraus sich die Frage ergab, inwieweit der Tod über ein Ende verfügte und nach dem Jenseits ein weiteres Jenseits folgte.

»Es heißt, der Tod endet«, sagte Astri, »dann, wenn man eben alt genug ist und sich von der Erde entfernt. Aber was danach kommt, darüber kann man nur spekulieren. Ich weiß von keinem Toten, der wegging und wiederkam.«

War ich enttäuscht? Nicht wirklich. Im Endeffekt gehörte Gott zu diesen Dingen, deren größter Reiz darin bestand, sich auf sie freuen zu dürfen. Ein Gutschein, dessen Einlösung leicht zu einer Enttäuschung führen konnte. Weil die Dinge selten so großartig waren, wie man sie sich dachte. Nein, im Gutschein selbst lag das ganze Glück. Gott mochte tatsächlich existieren, aber seine schönsten Blüten trieben in unserer Vorstellung.

Astri lächelte. Ich sah, wie sie begann, sich in ihrem Lächeln aufzulösen. Ein sprudelndes Lippenpaar. Ewiges sinnliches Vitamin C. Faktum war freilich, daß ich sie verlor, mich selbst aus meinem Traum herauslöste und in der Folge erwachte.

Schwarz!

Die Kerzen waren ausgegangen und die Stirnlampen abgeschaltet. Ich vernahm den Atem des Kindes, das Schnaufen des kleinen Schläfers. Mir kam es vor, als würde draußen jemand rufen. Aber ich war zu betäubt, um mich aufzurichten. Vielleicht suchte man nach uns. Ganz sicher sogar. Ein Kranz von schlechtem Gewissen umgab mich, half mir aber nicht, in die Aufrechte zu gelangen. Nein, ich blieb liegen und überlegte dumpf, nach meinem Handy zu greifen. Unmittelbar darauf kam mir der Gedanke, wie wenig es hier funktionieren würde, am Berg und im Berg, und schlief erneut ein. Tief und fest.

Was auch immer ich noch träumte, Astri sah ich in dieser Nacht nicht mehr. Was nicht zu bedeuten brauchte, sie sei nicht dagewesen, denn soviel hatte ich bereits begriffen, wie umfangreich meine Träume waren und daß ich selbst nicht an allen Ecken und Enden gleichzeitig sein konnte. Wie ja auch der Architekt eines Hauses leibhaftig nur an einer Stelle stehen kann.

26

Der Tag kam, freilich ohne daß sich ein Schimmer frischen Morgenlichts auf dem Parkett unseres Bergzimmers gespiegelt hätte. Doch Simon hatte bereits wieder seine Stirnlampe angedreht und schmökerte in seinem hundertmal gelesenen Donald-Duck-Heft.

Im Grunde war unsere eigene Situation ein typisches Donald-Duck-Ereignis, das Bürgerliche der Einrichtung mit dem Abenteuerlichen des Ortes verbindend.

»Morgen, Simon!« sagte ich zu meinem Jungen. Er drehte sich zu mir hin und hüstelte – wie eine kleine Maschine, die erst einige Probegänge durchläuft, bevor sie in der Lage ist, einen doppelten Espresso oder dergleichen herzustellen.

Ich ließ ihn noch eine Weile in Ruhe, dann erhob ich mich und sagte: »Komm, Schatz, Kerstin macht sich sicher große Sorgen.«

Ich reichte ihm die Hand, und er ließ sich aus dem Sessel herausziehen. Wir traten zurück in den Stollengang und bewegten uns auf die zunehmende Scheibe des Ausgangs zu. Sodann standen wir in dem steinernen Bogen und schauten hinaus aufs Land.

Was hatte ich erwartet? Eine andere Welt, nur weil mir meine tote Schwester im Traum begegnet war?

Dann aber …

Ich formte mit der flachen Hand ein Vordach entlang meiner Augenbrauen und schaute hinüber zur …

Ich sah sie, ich sah die Sonnen.

Nicht *eine* Sonne, sondern *drei*. Eine große und zwei kleine.

Das war doch ... Stimmt, ich erinnerte mich, von solchen Erscheinungen einmal gelesen zu haben. Einem optischen Phänomen, bei dem das Licht auf horizontal in der Luft stehende Eisplättchen traf und auf der einen Seite der Eisprismen eintrat und an der übernächsten Seite wieder aus. Daraus resultierten die Lichtkörper rechter oder linker Nebensonnen oder auch beidseitiger, wobei sich selbige stets auf gleicher Höhe mit der tatsächlichen Sonne und in einem Abstand von etwa zweiundzwanzig Grad befanden. Es existierte zwar eine noch seltenere Hunderzwanzig-Grad-Spezialversion ...

Nun, das hier war eine Zweiundzwanzigerfassung, allerdings erstaunlich, daß etwas Derartiges in unseren Breitengraden geschah. Daß polare Eiskristalle von ebenmäßigem Wuchs in den Tiroler August gerieten. Als schlüpften Pinguine aus Hühnereiern.

Drei Sonnen sah ich am Himmel steh'n.

Ein altes Schubertlied. Schubert war auch so etwas, was ich von Little Face hatte.

Im Lied von den Nebensonnen erwähnt der Held seine eigenen drei Sonnen, von denen die besten zwei verlorengingen. Nun sehnt er sich nach dem Dunkel, das auch das Abhandenkommen des dritten Sterns mit sich brächte.

Im Dunkel wird mir wohler sein.

Doch so rasch würde es bei uns nicht finster werden. Und auch der Tod, wie ich in dieser Nacht erfahren hatte, bescherte einem nicht das ewige Dunkel. Nicht, solange geträumt wurde.

Simon hatte sinnvollerweise wieder seine Skibrille aufgesetzt, blickte hinüber zu der himmlischen Dreifaltigkeit und rief: »Kladoor fa! Kladoor fa!«

»Ja, kladoor fa!« gab ich zurück, meinerseits mit Sonnenbrille das Phänomen bestaunend.

Doch lange hielt das »Wunder« der drei Sonnen nicht an. Die beidseitigen Haloerscheinungen lösten sich im warmen Strahl jener Quelle auf, die sie verursacht hatte. Später würde ich feststellen, daß kein Mensch von den drei Sonnen sprach. Als wäre dies niemals geschehen, als hätte ich mir das – in eine Schubertsche Wahnvorstellung geratend – bloß eingebildet. Wäre da nicht Simon gewesen, der ein »Kladoor fa!« von sich gegeben hatte. (Aber das wäre den anderen so erschienen, als berichte jemand von einer Ufosichtung, um dann als Beweis anzuführen, sein Hund sei auch dabeigewesen.)

Wir machten uns auf, um hinunter zur Hütte zu gelangen. Auf halbem Wege kam uns Kerstin entgegen, die von drei Männern der Bergrettung begleitet wurde. Dieselben hatten bereits in der Nacht, mitten in einem überraschend aufgezogenen Sturm, der an mir und Simon völlig unbemerkt vorbeigegangen war, versucht gehabt, zum Bergwerk hochzugelangen, hatten aber umkehren müssen, um nicht vom Berg heruntergefegt zu werden.

Simon und ich schlossen Kerstin in die Arme. Sie zitterte. Ihr Gesicht brannte von Tränen. Aus ihrem trockenen Mund drang eine ungewohnt schwache Stimme: »Ich wußte doch nicht, wo ihr seid.«

»Im Bergwerk«, sagte ich. Und konnte nicht anders, als zu meinen: »So gesehen, hat uns dieser Naziwahnsinn also gerettet.«

»Ohne den wärt ihr doch gar nicht hochmarschiert«, entgegnete Kerstin. Ihre Stimme klang jetzt schon wieder deutlich stärker.

Der Notarzt unter den Bergrettern stellte nun unsere absolute Unversehrtheit fest. Wobei zu meiner Überraschung keiner von den dreien mir eine Predigt, eine »Bergpredigt«, hielt und mir vorwarf, mich und das Kind und letztendlich auch die Retter selbst in Gefahr gebracht zu haben.

Dies bekam ich dann später zu hören, als wir die Hütte

erreichten, wo noch weitere Leute der Bergrettung und ebenso die Gäste zusammengekommen waren. So groß die Freude war, uns wohlauf zu sehen, und so freundlich die Blicke, die Simon empfing, so streng fielen jene aus, die mir, dem Vater und Erwachsenen und Erziehungsberechtigten, galten. Ich verspürte den Impuls, davon zu berichten, wie mir Simon quasi davongelaufen war, zuerst den Berg hoch zur Scharte und dann tief hinein in den Bergwerkstollen.

Aber genau das geht natürlich gar nicht, daß man sich auf das eigene Kind herausredet, so berechtigt es sein mag. Nein, ich mußte alles an Schuld auf mich nehmen, zudem einige Formulare der Bergrettung unterzeichnen, was auch immer da an möglichen Kosten auf mich zukam. So ganz entschieden war das jetzt noch nicht und hing wohl vom Bericht des Einsatzleiters ab, immerhin waren sie ohne Hubschrauber und ohne Krankenhaustransport ausgekommen, und der Bergretter sagte ja auch, wenn hier jemand wirklich gelitten habe, dann Kerstin, und wenn hier etwas gutzumachen sei, dann betreffe es »die Mutter des Kindes« – das fand ich wiederum sehr schön, daß er es auf diese Weise ausdrückte. Ich versprach ihm, demnächst Fördermitglied der Tiroler Bergrettung zu werden, auch wenn es Leute gibt, die diese Einrichtung als ein reines Nebenprodukt der Tourismusindustrie ansehen, vergleichbar der Blasmusik und den Skilehrern, und finden, daß die nicht so zu jammern bräuchten wegen der vielen Einsätze und der hohen Kosten.

Kerstin freilich erzählte ich, wie mir Simon enteilt war und wie ich gezwungen gewesen war, ihm tief in den Stollen zu folgen, dort, wo der Boden mit Parkett ausgelegt war.

»Ach was?« meinte Kerstin. »Das wächst dort also, das Parkett? Oder machen so was die Stollenwichtel?«

»Du darfst mir das ruhig glauben. Simon kann …«

Ich wollte sagen, er könne das bestätigen, so wie er die Haloerscheinung hätte bestätigen können, aber ich unterließ es und meinte: »Jedenfalls war es doch eigentlich ein Glück, daß wir dort geblieben sind. Ich meine, angesichts des Unwetters in der Nacht. Von dem wir nicht das geringste bemerkt haben.«

»Vielleicht wart ihr betäubt von den Dämpfen.«

»Was für Dämpfe?«

»Na, zum Beispiel vom Parkettreiniger oder dem neuen Decklack oder so.«

»Wir gehen da noch mal zusammen hoch, und ich zeig dir das Zimmer, das sie dort oben haben.«

»*Wer* hat das Zimmer dort?«

Es war mitunter wirklich anstrengend, wenn Kerstin alles, was ich sagte, lektorierte. Was fand sie überhaupt an mir, wenn sie mich für einen Deppen hielt? Ich sagte nur noch: »Du wirst schon sehen.«

Dann ging ich unter die Dusche, zum Zähneputzen und Rasieren. Durchaus in der Hoffnung, Kerstin würde mir dorthin folgen, um auch mein Duschen zu lektorieren. Berechtigte Hoffnung, wie ich sagen darf. Simon war derweilen unten bei den Wirtsleuten und ließ sich ein großes Frühstück servieren. Eine Eierspeis, anderswo Rührei genannt. Ich brauchte die Portion nicht zu sehen, um zu wissen, daß sie versuchen würden, den Jungen zu mästen, so dünn, wie er wirkte, erst recht nach dieser Nacht, die er wegen seines verantwortungslosen Vaters in einem Stollen hatte zubringen müssen.

Nach dem Duschen und dem Sex und der Eierspeis machten wir zu dritt einen kleinen Spaziergang, wirklich nicht mehr. Aber das Wetter war wieder traumhaft, die Luft vom nächtlichen Sturm wie von allem Bösen und Schlechten gereinigt. Der Boden warm. Wir saßen im Gras, und Kerstin und Simon zeichneten. Beide hatten einen kleinen Block auf ihren Schenkeln und führten ihre Bleistifte übers Papier. Ja, inmitten von Grün und Braun und Blau vollführten sie schwarzweiße Notizen. Leider zwangen sie mich, etwas abseits zu sitzen. Auch weigerte sich Kerstin, mir ihre Skizzen zu zeigen. Das gehe mich nichts an. Anders Simon, der mir nachher sein Blatt präsentierte.

Es war ein Schock!

Und zwar wirklich. Es wäre so gewesen, als hätte Simon mit einemmal eine Folge klar verständlicher Sätze von sich gegeben, in deutscher Sprache und äußerst gewählt. Denn was ich da sah, war eine so präzise wie stimmungsvolle Studie jener Landschaft, die sich vor uns auftat: Bergketten und Himmel, Wälder nach unten hin, das Gefunkel aus dem Berg tretenden Wassers, ganz am Rand die im zahmen Wind nur leicht bewegte Flagge der Austriaken.

Wenn man an die kunstvollen, aber rein abstrakten (oder scheinbar abstrakten) »Kritzeleien« dachte, die Simon bisher verfertigt hatte, zu Hause wie in der Schule, und nie etwas anderes, dann mutete diese Zeichnung hier wie die Beweisführung eines Künstlers an, *so was* eben auch zu können. Und sich damit den Respekt der Zweifler und Banausen zu verschaffen. Jedoch nicht auf die simple Art purer Nachmalerei der Natur. Denn auch in dieser Zeichnung stach die Kunst heraus – als ein Untoter, aber ein schöner Untoter. Die Zeichnung zeigte, wie sich das Licht der Sonne in den Gegenständen der Natur eine Oberfläche suchte, um sichtbar zu werden. Und sich dabei auch des Artefakts einer Nationalflagge bediente.

Das alles war verblüffend, vor allem natürlich auch wegen der Plötzlichkeit, mit der es geschehen war. Wie damals, als der Junge das erste Mal eine Kletterwand hochgestiegen, vielmehr hochgelaufen war.

»Schau dir das mal an«, sagte ich zu Kerstin, die sich herüberbeugte. Aber jetzt war es Simon, der den Block zuklappte und die Ansicht verbarg. Womit ich nicht gerechnet hatte, doch offensichtlich besaß Kerstin zwar das Privileg, sich Bleistifte ausborgen zu dürfen, aber nicht das der Betrachtung. Zumindest nicht in diesem Moment.

Ich fragte mich, ob das früher auch schon so gewesen war, daß Simon seine Zeichnungen Kerstin vorenthalten hatte.

Ich war mir wirklich unsicher.

In jedem Fall, es tat mir gut. Das ist nun mal nicht zu ändern, egal, wie aufgeklärt wir uns als Eltern geben und ständig behaupten, es sei völlig okay, wenn die Kinder ihre Liebe verteilen und unterschiedlich ausdrücken. Die Wahrheit ist doch die: Sobald sich das Baby, das Kleinkind, der junge Mensch, schlußendlich der alte Mensch, wenn dieser noch immer unser Sohn oder unsere Tochter ist, an uns schmiegt und nicht an den anderen, tut uns das nicht nur gut, sondern wir erleben es als Triumph. Die Erwachsenen sind die wahren Kinder.

Obgleich diese Zeichnung jetzt unter dem Deckblatt des Blocks verschwunden war, so war es doch *meine* Zeichnung. Ich lächelte. Kerstin sah scharf zu mir herüber.

Den Nachmittag verbrachten wir zu dritt – ohne Bevorzugungen und scharfe Blicke – auf der Terrasse. Gegen vier kam eine größere Gruppe an, die sich über mehrere Tische verteilte.

Ich kann sagen, daß ich immer für die Zahl drei geschwärmt habe. Als Kind etwa sagte ich beim Beten immer dreimal amen. Und wenn ich jemanden verfluchte, dann stets in einer dreifachen Steigerung. Der Spruch von wegen, aller guten Dinge seien drei, entsprach ganz meiner Vorstellung und Idealwelt. Wenn in einer Reihe nur zwei gute Dinge standen, empfand ich es als ein schlechtes Omen.

Nach dem »traumhaften« Erscheinen Astris und der wundersamen Zeichnung Simons entsprach es somit der von mir bevorzugten Tripelform, daß sich unter den neuen Gästen ein Mann befand, der vollkommen meiner Erinnerung an den Allesforscher, an Little Face, entsprach.

Natürlich war er es nicht. Dies hier war kein Traum. Abgesehen davon, daß Little Face ja in hohem Alter gestorben war und darum kaum noch im Traum eines Lebenden aufzutauchen brauchte. Faktum jedoch blieb, wie sehr dieser Mann hier dem Allesforscher meiner Kindheit ähnlich sah, beziehungsweise besaß er die gleiche gestreckte, schmale Wirkung, die ihn für mich größer erscheinen ließ, als er war. Erst recht, wenn er vor mir stand, was bald geschah, weil ich ihn, während er gegen die Brüstung gelehnt eine Zigarette rauchte, ansprach. (So wie er rauchte, sah es aus, als wäre dies eine Art photosynthetischer Prozeß, als würde er die Luft eben nicht schlechter, sondern besser machen.)

Ich erfuhr, daß es sich bei diesem Mann um einen Messerwerfer handelte. Einen Artisten, einst ein Star, der nun, als älterer Herr, Kurse gab für Leute, die diese Kunst erlernen wollten. Unten im Tal hielt er in einem Bauernhof, den er gekauft und hergerichtet hatte, Seminare ab, so eine Mischung aus Zen und Fingerfertigkeit, jedenfalls war der versammelte Lehrgang für zwei Übernachtungen zur Hütte hochgestiegen.

Der Mann hieß natürlich nicht Little Face und besaß auch keinen unaussprechlichen slawischen Namen, sondern trug den Künstlernamen Mercedes, Marc Mercedes, was in keiner Weise an das bekannte Auto erinnern sollte, es aber dennoch tat.

»Und Sie haben wirklich nichts mit Elementarteilchen zu tun?« fragte ich ihn.

»Wie kommen Sie nur darauf?«

Ich sagte ihm, er würde mich an jemanden erinnern, den ich gekannt hatte, als ich Kind in Köln war.

»Ein guter Mann?«

»Der beste, der mir je untergekommen ist!« versicherte ich und erzählte, warum ich diesen geliebten Menschen und väterlichen Freund als Allesforscher bezeichnet hatte.

»Nun, tut mir leid«, meinte Mercedes, »ich war immer schon Messerwerfer, ich stamme aus einer Artistenfamilie. Welche mit mir ihr Ende nimmt. Wie die ganze Profession, die ich treibe. Es ist schon peinlich, diese Leute zu unterrichten, anstatt sie zu unterhalten. Zu den Krankheiten unserer Zeit gehört, daß die Menschen alles selbst machen wollen.«

»Warum treten Sie denn nicht mehr auf?«

»Ich bin jetzt sechsundsiebzig und habe mein ganzes Leben lang nie einen Punkt getroffen, den ich nicht auch hatte treffen wollen. Das soll so bleiben und bleibt auch so. Aber es ist *eine* Sache, Kunst zu tun, eine ganz *andere,* dabei vor einem Publikum zu stehen. Im Publikum, in einem jeden Publikum, sitzen Leute, die wollen partout, daß etwas schiefgeht, daß ein Elfmeter verschossen wird, der Pianist neben die Taste greift, die Sängerin sich verschluckt und der Messerwerfer den Arm seiner Assistentin trifft. Gegen diese Leute – gegen den Geist dieser Leute – muß man ständig ankämpfen. Man ist nicht auf die konzentriert, die sich freuen ob der Vorstellung, sondern auf die anderen: die Feinde, die Sadisten, die Kritiker. Glenn Gould nannte es ›eine Kraft des Bösen‹. Er hat zu Recht behauptet, im Konzertsaal würde der Lynchmob regieren. Und genau dafür, den Lynchmob in seine Schranken zu weisen, fehlt mir die Kraft. Außerdem wollen die Menschen heutzutage ohnehin ganz andere Sachen sehen. Ich müßte mit lebenden Haien werfen oder das halbe Europäische Parlament auf eine Zielscheibe binden. Die Zuseher verlangen nach Illusionisten oder Terroristen. Das ist es, was sie begeistert.«

Ich wendete ein, daß die Menschen, die er unterrichtete, doch auch eine Art von Publikum seien.

Er entgegnete: »Die suche ich mir einzeln aus. Und scheide die Böswilligen aus. Hier kann ich das, nicht aber, wenn ich auf einer Bühne stehe.«

»Würden Sie mir das auch mal zeigen, wie Sie werfen?«

»Sie meinen, ich könnte Ihnen trauen?«

Ich lachte ihn an und sagte: »Ich gehöre zu den Guten, ehrlich. Der böse Geist, der einmal in mir steckte, ist verschwunden. Sogar aus meinen Träumen.«

Er nickte in der gleichen knappen, eigentlich nur das Kinn bewegenden Weise wie Little Face früher. Also verließen wir das Gebäude und spazierten ein Stück bergauf. Bei einer Bank angekommen, wies mich Mercedes an: »Setzen Sie sich, und bleiben Sie ganz ruhig sitzen.«

»Werden Sie auf mich werfen?« fragte ich, während ich Platz nahm und meine gestreckten Arme rechts und links über die Oberkante der Rückenlehne spannte.

»Im Grunde«, sagte Mercedes, »geht es darum, nicht danebenzuwerfen. Ich meine, man darf sich nicht auf die Person konzentrieren, die man verfehlen möchte, sondern auf das Stück Holz, das man *nicht* verfehlen möchte. Um so wichtiger, daß die Person vollkommen ruhig bleibt und nicht etwa mit dem Bestimmungsort darum konkurriert, ein Ziel abzugeben.«

Es versteht sich, daß ich mich keinen Millimeter rührte, nur insofern, als mein Brustkorb beim Atmen auf und ab ging, aber sonst nichts von mir.

So schnell, wie nun alles ablief, konnte ich wirklich nicht sagen, wo Mercedes sein Messer hervorgezogen hatte – vielleicht aus der Hose, vielleicht aus dem Ärmel seiner Jacke –, erkannte allein die Bewegung, mit der er das Wurfobjekt kreiselnd in die Höhe beförderte. So, als werfe er eine Bocciakugel.

Mit einem kleinen Geräusch – als sage das Holz *Autsch!* – landete das Messer mit seiner Spitze auf der Sitzfläche der Bank. Rechts neben meinem Schenkel, keine zehn Zentimeter entfernt. Da ich mit den Beinen leicht gespreizt saß, wäre Mercedes ebenso in der Lage gewesen, das Messer zwischen meinen Beinen, in unmittelbarer Nähe meines verletzlichen Geschlechts, aufkommen zu lassen. Darauf aber verzichtet zu haben zeigte seine Meisterschaft. Meister protzen nicht, und sie versetzen nicht in Schrecken. Sie verblüffen.

Und in der Tat war ich verblüfft. Ich sagte: »Gut, daß ich mich nicht bewegt habe.«

»Gut, daß Sie folgen können.«

»So«, sagte ich, »und jetzt zeigen Sie mir, wie Sie das machen.«

»Nicht so gerne.«

»Sie haben es mir versprochen.«

Mercedes aber erklärte, daß zum Messerwerfen ein idealer Werfer genauso gehöre wie ein idealer Assistent, obgleich es meistens Assistentinnen seien, jedenfalls Personen, die vor dem eigentlichen Ziel posierten oder im Falle einer rotierenden Scheibe sich festschnallten und dem Publikum – dem Lynchmob und den anderen – die Möglichkeit eines Nervenkitzels bescherten. Ein Bild erfüllend, das Bild von der Lebensgefahr. Niemand würde sich für einen Messerwerfer interessieren, der bloß auf eine Scheibe wirft, egal, wie genau er dort einen Punkt trifft.

»Sie sind der perfekte Assistent«, sagte Mercedes. Und fügte an: »Es wäre nicht gut, wüßten Sie mit den Messern auch umzugehen.«

Ich schüttelte den Kopf und dachte mir: »Komischer Alter.« Dann zog ich das Messer aus dem Holz und reichte es ihm. Ich dachte aber auch, daß er recht hatte. Und natürlich mochte ich ihn.

Wir spazierten noch ein wenig durch die Gegend, und Mercedes erzählte mir von seinem Leben in den Varietés, auch von seiner Frau, die übrigens nie seine Assistentin gewesen war, sondern als Konzertpianistin aufgetreten war. Mir schien, sie müsse tot sein, so, wie er von ihr redete, war mir aber nicht sicher und fragte auch nicht nach.

Später am Abend saßen wir alle in der Hütte, das gesamte Messerwerferseminar, mehrere Bergsteiger, die am nächsten Morgen auf den Astri-Berg gehen wollten, sowie meine kleine Familie und das Wirtsehepaar. Oben in einer Ecke klebte ein Fernseher. Unbeachtet lief ein alter Film. Ich hatte zuerst auch nicht so richtig hingesehen, aber während die anderen über das Wetter redeten wie über eine schrullige

Alte, die nicht sterben will und wahrscheinlich alle überlebt, blickte ich hoch zu der Kiste. Stimmt, ich kannte den Film, besaß zumindest eine vage Erinnerung. Er war einige Male im Fernsehen gelaufen, während meiner Kindheit und Jugend, ein alter Film, so aus den Sechzigerjahren, der auf einem Schiff spielt, 1933, auf dem Weg von Veracruz nach Bremerhaven, ein Film, in dem die Charaktere der Menschen auf exemplarische Weise vorgestellt werden. *Das Narrenschiff.* Das war der Titel, das wußte ich noch, aber nicht viel mehr. Es waren bloß Splitter hängengeblieben. Richtig, Rühmann spielte mit, ausgerechnet er in der Rolle des braven Juden, wie auch alle anderen Figuren zwar stereotyp ausfielen – deutsche Berserker, amerikanische Primaten, an der Welt leidende Kunstmaler –, aber von ganz wunderbaren Schauspielern verkörpert wurden. Ein in jeder Hinsicht schwarzweißes Meisterwerk.

Ich hatte diese alten Dinger immer schon gemocht, mir viele davon auch mit dem Allesforscher angesehen, und schaute jetzt gebannt hoch. Mein Gott, Oskar Werner als herzkranker Schiffsarzt und Simone Signoret als drogenabhängige Freiheitskämpferin in einer Liebesszene: betörend, purer, feiner Schmerz. Während sie miteinander reden, sind sie beide eigentlich schon tot. Sie fragt: »Empfinden Sie etwas für mich?« Oskar Werner darauf mit der Stimme eines wirklichen Erzengels: »Nein, natürlich nicht.« Nie hat jemand schöner »Ja« gesagt. Und dann sein Gesicht auf dem ihren, sie verdeckend. Signorets Hand legt sich auf Werners Hinterkopf. Man sieht den Kuß also nicht, man spürt ihn. Werner küßt nicht nur die nicht mehr ganz junge, schon ziemlich aufgeblähte und abgelebte Simone Signoret, sondern jeden, dem so ein Kuß fehlt. Und das sind ja nicht nur die Ungeküßten. Darum solche Filme.

Und dann Schnitt.

Grober Schnitt. Man sieht zwei Männer in der Bar, einen Zwerg und einen Riesen, zumindest einen großgewachsenen

Sportsmann. Beide betrunken, Mr. Tenny, der von Lee Marvin verkörperte Baseballspieler, und Carl Glocken, der Kleinwüchsige. Tenny erklärt nun mit hörbarer Verzweiflung, es nie geschafft zu haben, einen abgefälschten Ball in der Außenecke zu treffen. Glocken, der kleine Mann (keine Ahnung, wer ihn spielte), darauf: »Verzeihung! Wie bitte?«

Tenny beschreibt nun die Tragödie seines Lebens, spielt sie nach, die Szene, wie er als Schlagmann einer Baseballmannschaft versuchte, einen Ball zu treffen, »und gerade wie der Ball auf dich zukommt, taucht er drunter durch und ist weg. Wummm! Ich hab das verdammte Aas nie treffen können.«

Glocken sagt (und sein Gesicht meint das Gegenteil): »Verstehe.«

Tenny aber schreit ihn an, er, Glocken, habe ja keine Ahnung, wie das sei: »Wenn man draußen steht, die Menge brüllt, und dir geht der Arsch auf Grundeis. Und dann das Gequatsche von den Werfern: *Der kann ja keinen abgefälschten Ball an der Außenecke treffen.* – Und von da hagelt's nur noch so abgefälschte Bälle in die Außenecke.«

Lee Marvin als Mr. Tenny (kurz darauf von Vivien Leigh mit einem »and here comes the ape« bedacht) erzählt nun, daß er noch heute seinen Vater von der Tribüne rufen hört, obwohl der nie dort war: »Großmaul! Du bist ein Blindgänger!«

Glocken wendet ein, Mr. Tenny sei etwas streng zu sich selbst, um in der Folge zu behaupten, es sei komisch, daß die Menschen ihre wirklichen Fehler nicht erkennen, aber ihre kleinen Schwächen furchtbar aufbauschen würden. »Zum Beispiel, es gibt auf der Welt sicherlich ca. 873 Millionen Menschen, die keine Ahnung haben, was ein abgefälschter Ball in der Außenecke ist. Ich halte es für außerordentlich übertrieben, daß Sie glauben, ein Blindgänger zu sein, nur weil Sie einen Ball nicht treffen konnten, abgefälscht oder nicht. – Verstehen Sie, was ich damit sagen will, Mr. Tenny?«

Lee Marvin als Tenny betrachtet mit herabgezogenen

Mundwinkeln den kleinen Mann, und zwar unglaublich lange, mit dem Gesichtsausdruck eines Vollidioten, ohne etwas zu sagen. Endlich meint er: »Nein.« Um gleich darauf anzuschließen: »Wissen Sie, was *ich* glaube?«

Jetzt ist es der Zwerg, der lange schweigt, genauso lange, schließlich schluckt und sagt: »Nein.«

Woraufhin der Baseballer Tenny erklärt: »Ich halte Sie für einen zu kurz geratenen Intellektuellen.«

Nach einer kurzen Pause verfallen beide in ungehemmtes Gelächter.

Ich lachte nicht, aber ich spürte das Lachen tief in mir. Diese zwei Filmszenen, zuerst der Kuß, dann der abgefälschte Ball in die Außenecke, erschienen mir als eine vollkommene Beschreibung der Welt. Ich fühlte mich getroffen. Das Messer dieses Films steckte in meiner Brust und machte mich traurig. Traurig und fröhlich.

Vor lauter abgefälschten Bällen, die unter unseren Schlägern wegtauchen und uns, die wir in allen möglichen Außenecken stehen, blöd aussehen lassen, erkennen wir das richtige Leben nicht. Wie recht doch dieser Zwerg hatte. Und wie wenig sich daran ändern würde, daß er recht hatte, weil abgefälschte Bälle in Außenecken über ein realpolitisches Privileg verfügen. Sie kosten Karrieren, Vermögen oder die Ehre.

»Was ist mit dir?« fragte Kerstin.

»Hast du grad gesehen? Lee Marvin und davor Oskar Werner.«

Kerstin, die mit dem Rücken zum Fernseher saß und sich die ganze Zeit mit einem jungen Bergsteiger unterhalten hatte, fragte: »Lee wer? Meinst du Lee Pace, der den Elbenkönig im Hobbitfilm spielt? Und wer ist Werner?«

Wie bezeichnend für uns beide. Nicht, weil ich so viel wußte und sie so wenig. Sondern immer der eine etwas, was der andere nicht kannte. Ich eben alte Schauspieler und sie neue, ich die Toten und sie die Lebenden. Vom neuen Hobbitfilm wußte ich sowenig wie darüber, wer letztes Jahr den luxemburgischen Thronfolger geheiratet hatte. Es gab Bereiche, da war ich eher fünfzig oder hundert als die tatsächlichen sechsunddreißig. Ja, es war überhaupt so, daß ich von dem Moment an, als ich praktisch Asien und Köln und die große weite Welt aufgegeben hatte, um nach Stuttgart zu ziehen – und als ich vom Manager zum Bademeister gereift war, vom Kinderhasser zum Mustervater –, einhalb Jahrzehnte übersprungen hatte. Ich glich nun tatsächlich mehr einem Fünfzigjährigen, trotz meiner guten Figur … Oder anders gesagt, ich war wie diese Fünfzigjährigen, die wieder mit dem Sport angefangen hatten und ihrem drohenden Ende mit einer Idealfigur trotzten, und welche gerne erklärten, vor zehn, zwanzig Jahren lange nicht so gut in Schuß gewesen zu sein.

Zwischen mir und Kerstin lagen also nicht nur die rechnerischen zehn Jahre Unterschied, sondern eigentlich fünfundzwanzig Jahre, ein Zeitraum, der sich für die bekannte Du-könntest-meine-Tochter-sein-Floskel eignete.

Natürlich hätte man auch sagen können, daß Kerstin und ich uns ergänzten. Aber es war eben kein Ergänzen, sondern ein oftmaliges Mißverstehen. Wir befanden uns jeweils in der anderen Gruppe von 873 Millionen Menschen. Unsere Liebe war ein Dennoch.

Kurz nach elf gingen wir in unser Zimmer. Alle drei.

Das Beste war, daß hier in der Hütte, am Berg, in den Ferien, Simon zwischen uns im Bett lag. Ich spürte und roch den Jungen, und Kerstin praktisch durch den Filter des Jungen. Auch Menschen konnten Filter sein, selbst in einem optischen Sinn. So gut Humphrey Bogart grundsätzlich ausgesehen hatte, hatte er noch viel besser gewirkt, wenn er hinter Lauren Bacall gestanden hatte: metallischer, edler.

Und das galt eben auch für Kerstin. Im Weichzeichner Simons war sie doppelt so schön.

Der Anblick tat gut.

Weniger gut tat der Traum, den ich in dieser Nacht hatte und der nun absolut kein Beweis dafür war, daß meine Traumwelt eine soviel bessere geworden war, wie Astri behauptet hatte. Bezeichnenderweise tauchte meine Schwester in diesem Traum auch gar nicht auf. Sondern zwei bewaffnete Männer. Sie traten mit großer Heftigkeit die Tür zu unserem Raum auf, in dem Simon, Kerstin und ich im Bett lagen. Sie sahen nicht aus wie Barbaren, trugen weder Bärte noch Militärjacken, doch ihre automatischen Waffen hielten sie gleich Zeigefingern auf Kerstin gerichtet und sagten: »Wir wollen die Frau. Das Kind darf bleiben.«

Im Gegensatz zu meinem Traum vom Vorabend – in einem parkettierten Bergwerkskabinett – war mir jetzt in keiner Weise klar, daß ich träumte und diese Gestalten also entweder Figuren meiner Einbildung waren oder aber Tote, die sich in meinen Traum eingeschleust hatten und die es sicher nicht störte, wenn es ruppig und pervers zuging.

Sie sahen studiert aus. Doktoranden auf dem Gewalttrip. Jedenfalls war ich entschlossen, nicht zuzulassen, daß sie Kerstin mitnahmen. Ich sprang aus dem Bett und nahm eine breite Haltung an. Ich spürte meinen Brustkorb. Er schmerzte vor lauter Breite. Dann aber griff Kerstin nach meiner Hand und sagte: »Es ist okay so. Sie werden mir nichts tun.« Und an die beiden gerichtet: »Stimmt doch, oder? Ihr werdet mir nichts tun.«

»Wenn du mitspielst«, sagte der eine, »wird es nicht so schlimm werden. Wir sind schließlich keine Monster.«

Nun, das behaupten Monster gerne, keine zu sein. So, wie auch Betrüger sich ungern Betrüger heißen lassen. Theoretisch sind wir alle Engel.

Ich tat einen Schritt auf die beiden zu.

»Müssen wir erst ein Exempel statuieren?« fragte der eine und richtete den Gewehrlauf auf mich.

»Hört auf«, sagte Kerstin, »ich komme ja schon.« Sie drückte Simon an sich. Löste sich und fuhr mir mit der

Hand über meine Wange, was mir vorkam, als tätowierte sie mir – mit Stichen in Lichtgeschwindigkeit – ihren Namen auf die Haut. Damit ich ihn, den Namen, auch nie vergessen würde. Sodann ging sie auf die zwei Männer zu.

In diesem Moment erkannte ich hinter den beiden Doktoranden einen Schatten und in diesem Schatten etwas Blitzendes. Ich reagierte so rasch wie intuitiv, indem ich aber nicht etwa eine Attacke startete, sondern neben Simon trat, der jetzt am Bettrand stand, und ihm meine Hand vors Gesicht hielt, um ihn blind zu machen.

Blind für das, was nun geschehen würde.

Der Mann, der hinter den beiden Waffenträgern in den Raum getreten war – vollkommen tonlos –, schlitzte beiden die Kehlen auf. Ohne daß sie auch nur einen Schuß abgeben konnten. Ihre Körper sackten zusammen und fielen zur Erde wie leere Mäntel.

Wie konnte jemand überhaupt so schnell sein? Nun, es war Mercedes. Mercedes, der Messerwerfer, auch wenn mich sein Äußeres, sein Gesicht, seine insgesamt baumlange und baumelnde Gestalt jetzt noch stärker an Little Face erinnerte. Jedenfalls verstand es dieser Mann, ein Messer zu bewegen: als spreche er einen sehr kurzen, aber aussagekräftigen Satz oder eine Phrase, eine Vokabel, eine Formel, eine ewige Weisheit. Eine Weltformel!

Diese Weltformel hatte die beiden Doktoranden das Leben gekostet und uns das Leben bewahrt. Eine gute Formel!

»Was machen wir mit den Leichen?« fragte ich, während ich noch immer die Hand vor Simons Augen hielt. Dabei merkte ich, wie er mit der Zunge über die Handinnenfläche strich, gleich einem Hund oder einer Katze, wenn sie das Salz von der Haut eines Menschen lecken.

Mercedes pfiff zwei Leute aus seinem Messerseminar herbei, welche die beiden Toten mit Leichtigkeit schulterten. Die Lachen von Blut hingen wie Kunststoffschleppen von ihren Hälsen, der Boden dagegen war jetzt blitzblank. Ein dritter Mercedesmann sammelte die Waffen ein und brachte sie fort. Es ging alles so ungemein sauber vonstatten. Vielleicht hatte Astri eben doch recht, und die positive Verwandlung meiner Träume galt auch dort, wo fortgesetzt Bedrohungen stattfanden. Die Perfektion dieser Hinrichtung und die praktische Hygiene waren doch ganz anders als die üblichen Gemetzel.

Ich wollte mich jetzt bei Mercedes bedanken, statt dessen stellte ich eine merkwürdige Frage: nämlich, welchen Beruf ich demnächst ergreifen solle. Offensichtlich hatte ich völlig vergessen, Bademeister zu sein und wie wenig ich daran etwas ändern wollte.

Mercedes hingegen schien die Frage in keiner Weise absonderlich oder unpassend zu finden. Während er mit einem seiner langen Finger über die Schneide des Wurfmessers strich und dabei ein Geräusch erzeugte, als steppe ein Tausendfüßer über eine hauchdünne Tanzfläche, sagte er zu mir: »Werde Geburtshelfer.«

»Meine Güte!« rief ich aus. »Wie soll das gehen?«

Doch Mercedes behauptete, er habe es eilig. Und schon war er verschwunden.

Ich rief ihm etwas nach. Dabei reckte ich beide Hände in die Höhe, so daß ich endlich Simons Gesicht freigab. Ich erkannte seine freundlichen Augen. Er sah aus wie immer. Ganz offensichtlich konnte ihm der Wechsel ins Traumland nichts anhaben.

»Wie hast du geschlafen?« fragte Kerstin über Simons Kopf hinweg.

Aber das geschah dann schon nicht mehr in meinem Traum. Simon schlief noch.

Ich sagte, ich hätte gerade eben geträumt.

»Ich auch«, meinte sie verärgert.

Ich sah ihrem Gesichtsausdruck an, was sie meinte. Es

kam immer wieder vor, daß ich – oder jemand, der mir ähnlich war – in einem ihrer Träume auftauchte und dort grob wurde. Ohrfeigen, Tritte und mitunter ein Beischlaf, den ich mir mit Gewalt nahm. Etwas, das im wirklichen Leben noch nie vorgekommen war und ganz sicher auch nie geschehen würde. Kerstin war die Lana meiner zweiten Lebenshälfte (auch wenn ich es ihr gegenüber niemals so ausdrücken würde). Das Absurde war, daß Kerstin mir gerne vorwarf, welches Verhalten ich in ihren Träumen an den Tag legte. Ich beschwerte mich dann natürlich: »Aber das bist doch du, die das träumt.«

Worauf sie erwiderte, nicht für alles im Traum sei der Träumende verantwortlich und auch dort bestehe eine objektive Wahrheit.

»Eine Wahrheit schon, aber ...«

Einmal hatte ich mich dazu verstiegen zu meinen, daß die Vergewaltigung möglicherweise auf einen geheimen Wunsch ihrerseits abziele.

Sie hatte geantwortet: »Idiotenpsychologie der Männer.«

Nun, es war einfach schwer, sich gegen etwas zu wehren, was man im Kopf eines anderen Menschen tat.

So wie auch jetzt.

Ich sagte: »Schau mich nicht so bös an.«

Sie schnaufte verächtlich. – Im Grunde war sie ein Morgenmuffel und brauchte halt ihre Zeit, bevor der Ärger über die letzten Minuten des Traums und die ersten Minuten eines neuen Tages verraucht war.

Nach dem Frühstück brachen wir auf. Wir mußten zurück nach Stuttgart. Montag begann die Schule. Ich bedauerte, daß es sich nicht mehr ausging, noch einmal zum Bergwerk hochzusteigen. Ich hätte Kerstin gerne das Zimmer und den Parkettboden gezeigt. Aber wie es schien, hatte sie das unbedingt vermeiden wollen. Ich denke, sie wollte einfach recht behalten mit der Annahme, ich würde hin und wieder ein wenig meschugge sein und mir Dinge einbilden. Einmal sagte sie: »Ich finde, ein Mann, der mit einem Wal zusammengestoßen ist, braucht nicht ganz normal zu sein.«

»Ich bin aber normal«, erklärte ich.

»Ach!«

Es gibt Achs, mit denen könnte man Atomkerne schmelzen.

Bevor wir losgingen, gab ich Herrn Mercedes meine Telefonnummer und meine Mailadresse. Ich gestand ihm allen Ernstes, er habe mir im Traum das Leben gerettet.

»Sie meinen aber nicht«, sagte er, »daß ich darum jetzt verpflichtet bin, Sie auch mal im richtigen Leben zu retten.«

Ich lachte und versicherte ihm, er brauche sich keine Sorgen zu machen. Ich würde mich nur melden, um ihm hin und wieder einen Gruß zu senden. Vielleicht ein Foto aus dem Bad Berg, wo *ich* der Meister sei.

Es war dann aber er, Herr Mercedes, der mich anrief. Drei Wochen später, als ein ausgesprochen warmer September dem Ende zuging und kurz nachdem sich Simon seinen ersten Titel im Sportklettern geholt hatte. Mein Wunderkind.

27

Vorher aber geschah es, daß ich, als der Bademeister, der ich war, tatsächlich jemanden vor dem Ertrinken rettete. Allerdings doch ganz anders, als ich mir das vorgestellt hatte. Ich rettete weder eine herzkranke Seniorin noch einen von den Bodybuildern, die an heißen Tagen durch das lenden-, nabel- oder brusthohe Wasser flanierten und immerhin in die Gefahr gerieten, einen Hitzschlag zu erleiden. Denn heiß wurde es durchaus in diesen Tagen.

So anders es auch kam, keineswegs undramatisch.

Klar, mancher Leser wird jetzt sagen: »Bei dem Kerl ist auch gar nichts normal.« Und kritisieren, daß ich nicht wie andere Leute einfach mit einem fremden Auto zusammenstoßen kann, sondern mir dazu einen Wal aussuche, daß ich im falschen Flugzeug sitzen muß, daß ich nicht Vater werden kann wie andere auch und ein Ausflug aufs Land bei mir in eine Nazistollengeschichte mündet. Und daß ich nicht wie andere Bademeister schlichterdings Badegäste rette. Aber was sollte ich tun? Ab einem bestimmten Moment hatte mein Leben begonnen, eine komplizierte Figur zu beschreiben.

Und wie schon einmal erwähnt, im Bad Berg war es nicht leicht zu ertrinken, das Wasser zu seicht und die Disziplin der Gäste beispiellos.

Zu den Besonderheiten dieser Badeanstalt gehörte, daß ein Entenpaar mit großer Regelmäßigkeit das Außenbekken aufsuchte und in der Manier einer gewollten Bruchlandung auf der Wasseroberfläche aufkam, um dann eine Weile zwischen den Badegästen dahinzutreiben. Manche fanden das süß, andere wiederum versuchten, die beiden wegzujagen. Als Bademeister war ich eigentlich dazu angehalten, die zwei Stockenten zu verscheuchen, doch vom Beckenrand aus war das ziemlich unmöglich, und zu diesem Zweck ins Wasser zu steigen wäre absolut übertrieben gewesen. Zudem waren die Enten ein Beweis für die Qualität des Wassers. Denn das gleiche Paar besuchte auch das nahe gelegene Schwimmbad Leuze, um dort zwischen den Liegenden und in der Sonne Bratenden um Futter zu betteln oder verlorene Krumen aufzuklauben, doch soweit ich informiert war, gingen sie dort niemals zum Baden hin. Anders bei uns, wo weniger gebettelt und mehr geschwommen wurde.

Drei Tage nachdem wir von unserem Tirolausflug zurück waren, stand ich nachmittags am Rande des mit Menschen locker bevölkerten Beckens und beobachtete die beiden Enten, wie sie auf der glatten Fläche des von mir kontrollierten Gewässers landeten. Ein älterer Mann mit blauer Badehaube beschwerte sich, hieb ins Wasser und spritzte die Tiere an. Wurde aber von anderen Badegästen aufgefordert, dies zu unterlassen. Es gab ein kleines verbales Hickhack, während die Enten in einen anderen Teil des Beckens wechselten und dort ruhig herumtrieben. Der Enterich allerdings hatte plötzlich Schlagseite. Wie leicht betrunken. Er erinnerte mich an dieses Pferd aus dem Film *Cat Ballou – Hängen sollst du in Wyoming*, auf welchem ... richtig, auf welchem der betrunkene Lee Marvin sitzt, und auch das Pferd ist betrunken und lehnt schief gegen die Wand und ... Der arme Enterich hier war aber ohne Wand, kippte um und geriet mit seiner Oberseite unter Wasser.

Weil man von Enten ja kennt, wie sie mit dem Kopf unter Wasser und dem Schwanz in die Höhe gehen, schienen im ersten Moment alle einen normalen, bloß etwas ungeschickten Tauchgang zu vermuten. Aber es war eben doch ganz anders: Nicht der Schwanz war in der Höhe, sondern die Beine. Und dabei blieb es auch. Jemand meinte lachend, das sei wohl eine Zirkusente. Dann aber entwickelte sich eine gewisse Aufregung, die darin bestand, daß die Leute auf das Tier hinzeigten, diverse Rufe und Töne ausstießen, niemand aber es wagte, dem Umgekippten zu Hilfe zu eilen. Wer faßt schon eine Ente an? Und wer kann sich ernsthaft vorstellen, eine Ente könnte ertrinken?

»Herr Sixten!« riefen mehrere Damen.

Sollte ich das Hemd ausziehen? Tun das Bademeister, bevor sie ins Wasser springen? Oder eigentlich nur Männer in Filmen, die jede Situa tion ausnutzen, um ihre nackten Oberkörper zu zei gen? Und war es angesichts eines zu rettenden Entenvogels überhaupt angebracht zu springen, an statt über eine der Treppen ins Becken zu stei gen?

Doch die Treppen waren zu weit weg und jede Rettung verlangt auch eine ge wisse Vehemenz.

Ich befreite mich mit einer einzigen zügigen Bewegung von meinem Leibchen und sprang mit einem sehr flachen Kopfsprung ins Wasser, tauchte mehrere Meter, brach kurz durch die Oberfläche, sank wieder tief ein und tauchte unter die Ente.

Obgleich die Sichtverhältnisse in diesem Wasser eher dem eines natürlichen Sees entsprachen, fiel das Licht günstig genug, um klar zu erkennen, wie leblos der Kopf des Erpels »herunterbaumelte«. Das war ganz sicher keine Tauchübung, die der kleine Kerl praktizierte. Ich griff mit einer Hand nach dem Körper, und indem ich hochkam, beförderte ich zugleich das Tier aus dem Wasser, faßte es nun auch mit der anderen Hand und marschierte mit dem regungslosen Wesen an Land. Hinter mir einerseits ein paar besorgte Badegäste, andererseits das Entenweibchen, welches aber nicht etwa drohende Laute von sich gab, sondern eher »vernünftig« schien, einfach nur in der Nähe blieb. Am Beckenrand legte ich den Enterich seitlich auf den warmen Beton.

Und was jetzt? Hat je ein Mensch versucht, eine Ente wiederzubeleben?

Ich stand hilflos vor dem flach dahingestreckten Körper.

»Tun Sie doch was!« mahnte jemand hinter mir.

Eine Dame aber fauchte: »Mein Gott, was soll er denn tun?«

Jemand dritter erkundigte sich allen Ernstes, ob nicht irgendwo ein Arzt sei.

»Man könnte einen ausrufen lassen«, schlug eine vierte Person vor.

»Hat jemand Riechsalz?«

»Ein totes Tier ist verdammt noch mal ein totes Tier.«

Andere sagten anderes. Hilfreiches hielt sich dabei in Grenzen.

Ich kniete mich hin, umfaßte mit meinen Händen den Entenrumpf und massierte den Leib. Mir fiel einfach nichts Besseres ein, als gewissermaßen Bewegung in diesen bewegungslosen Körper hineinzutreiben. Wie man ein Rad dadurch in Gang bringt, daß man in die Pedale tritt. – Was ich tat, mochte lächerlich anmuten, aber esoterisch war es nicht.

Nun, es war nicht einmal lächerlich. Denn mit einemmal …

Eines der beiden Augen des Tiers ging auf, nur eines, dann hob der Enterich den Kopf und schnappte nach mir. Ich zog meine Hände zurück und stand auf. Auch der Erpel rappelte sich hoch und geriet auf die Beine, auf denen er aber sehr unsicher stand, stark gespreizt. Ich sah, daß sein rechtes Auge noch immer geschlossen war. Er bewegte sich jetzt langsam nach vorn. Das Weibchen näherte sich ihm, allerdings zögerlich, mit vorgestrecktem Hals. Es schien, als sei sie nicht sicher, ob ihr Partner der war, der er gewesen war, bevor er umgekippt und für einige Zeit unter Wasser geraten war. Wobei Enten ja …

Wie lange konnten Enten unter Wasser bleiben? In der Tat wurde genau diese Frage von den Badegästen diskutiert. Jemand sprach von sechs Minuten, wurde aber darauf hingewiesen, daß so was zwar für irgendwelche Spezialenten gelten mochte, aber sicher nicht für Stockenten, bei denen sei es sehr viel kürzer.

Weniger als beim Menschen?

Ein kleiner Streit entspann sich, während das betroffene Tier noch immer im Stil des Angeknockten über den Weg torkelte, sein Weibchen in gebührendem Abstand hinter ihm. Nun bereits unbeachtet von den Badegästen, die fortgesetzt über Tauchzeiten bei Menschen und Tieren diskutierten oder sich wieder ihren Büchern und Cremes und Tageszeitungen und elektronischen Geräten zugewandt hatten (einige zum Thema des Luftanhaltens googelnd).

Als am nächsten Tag das Entenpaar in der bekannten Art auf dem Bergwasser landete, schien der Erpel vollständig hergestellt zu sein. Es war noch recht früh am Tag und nur wenige Leute im Wasser. Die zwei Tiere trieben auf den schwachen Wellen, die einige Dauerschwimmer verursachten (nie haben Menschen langsamer gekrault, ohne dabei unterzugehen).

Ich spazierte am Beckenrand entlang und beobachtete das Entenpaar. Dabei sah ich, daß das männliche Tier noch immer das eine Auge geschlossen hatte. Ich fragte mich, ob es möglich war, daß der kleine Kerl einen Schlaganfall erlitten hatte und sein rechtes Auge – besser gesagt, das schlaffe Lid – nun eine Folge davon war, so wie bei Menschen die herabhängenden Mundwinkel. Immerhin schien die Persönlichkeit des Enterichs sich nicht verändert zu haben. Er war nicht unverschämter als üblich, schwamm nicht näher als zuvor an die Badenden heran, wirkte aber auch nicht scheuer oder ängstlicher, zudem war seine Partnerin wieder in der gewohnten Weise an seiner Seite und er an der ihren. Nur das eine Auge war zu, und das würde auch in Zukunft so bleiben.

Einige der Gäste tauften ihn darum *Einauge*. Sie schauten in den Himmel, und wenn zwei Punkte sich näherten, sagten sie: »Ah, da kommt schon wieder Einauge.«

Das Weibchen aber blieb ohne Namen. Wie es schien, war es die Deformation, der Defekt, das Stigma, welches die Menschen animierte, Dingen Namen zu geben, die sonst keine besaßen. Oder sich Namen verunfallter Dinge besser zu merken als andere. Kein Schiffsname war so bekannt wie der eines untergegangenen Dampfers. Selbst die *Queen Elizabeth* konnte da nicht mithalten.

Jedenfalls rechnete man mir hoch an, Einauge gerettet zu haben. Obgleich ich eigentlich befürchtet hatte, einiges an Spott aushalten zu müssen. Aber nichts dergleichen geschah. Die meisten Leute betrachteten das Vorgefallene mit größtem Ernst. Selbst jene, die prinzipiell oder aus hygienischen Gründen gegen die Ente waren, begrüßten mein Einschreiten. Auch wenn der eine oder andere die Enten gerne tot gesehen hätte, nicht auf diese Weise, nicht durch einen Schlaganfall, der zum Ertrinken führte. Hätte die Stadt für die Rettung von Enten Medaillen vorgesehen, man hätte sie mir gegeben.

Was ich dann eine Woche später erhielt, war ein Anruf. Es war Mercedes. Ich dachte, er wollte sich bedanken für die kleine Serie von iPad-Bildern, die ich auf der Berghütte aufgenommen und ihm geschickt hatte. Er aber sagte: »Herr Braun, ich habe Ihre Schwester getroffen.«

»Wie bitte?«

Zur Erinnerung: Ich hatte Astri ihm gegenüber mit keinem Wort erwähnt. Und soweit ich wußte, hatte auch Kerstin nicht über meine Schwester geredet oder gar erzählt, daß Astri genau an diesem Berg ums Leben gekommen war. – Nun, vielleicht meinte er jemand anderes, den er fälschlicherweise für meine Schwester hielt. Ich fragte: »Welche Schwester?«

»Astri natürlich.«

»Wie soll ich das verstehen?«

»Ich war nie jemand«, sagte Mercedes, »der sich gut an seine Träume, erinnern konnte. Das ist jetzt aber anders. Seitdem Ihre Schwester bei mir auftaucht, erinnere ich mich an meine Träume, wie man sich an das erinnert, was gestern oder vorgestern geschehen ist.«

Sowenig er sich im Traum darüber bewußt sei zu träumen, so klar und deutlich sei hinterher seine Erinnerung an das Geschehene. Und eben auch, daß in all diesen Träumen Astri in Erscheinung trete. Mercedes sagte: »Sie verlangt von mir, daß ich ihr das Messerwerfen beibringe.«

»Meine Güte, wozu das denn?« fragte ich.

»Ja, das wollte ich auch von ihr wissen.«

»Und?«

»Sie sagt, weil es sie interessiere und sie im Leben dazu nie die Gelegenheit gehabt habe. – Aber ich glaube ihr das nicht.«

Ich erwähnte nun, ihm gegenüber niemals von Astri erzählt zu haben.

»Ja«, sagte er, »aber sie von Ihnen. Sie hat mir gleich gesagt, wer ihr großer Bruder ist und welcher Berg es war, an dem sie gestorben ist. Wobei mir scheint, daß sie gar nicht weiß, was wirklich geschehen ist damals. Sie zermartert sich das Hirn, aber … Absurd, nicht wahr, daß Ihre Schwester in meinem Traum ist und ich auch noch behaupte, sie würde sich ein Hirn zermartern, welches längst zerfressen und zerfallen ist.«

Erst in diesem Moment wurde mir so richtig bewußt, daß Astri seit der Nacht, die ich mit Simon im Bergwerk zugebracht hatte, nicht wieder in meinen Träumen aufgetaucht war. Beziehungsweise hätte ich nicht sagen können, was zuletzt in meinen Träumen geschehen war. Hätte ich in einem davon einen Mord begangen, ich hätte jetzt dagestanden ohne die geringste Ahnung und ohne das geringste Schuldgefühl. Hätte es deswegen einen Prozeß gegeben, ich hätte mit gutem Gewissen auf *unschuldig* plädiert.

Anders ging es Mercedes, der offensichtlich begonnen hatte, Nacht für Nacht meine Schwester in der Fertigkeit des Messerwerfens zu unterrichten. Und zwar mit dem unangenehmen Gefühl, mehr als ein Interesse zu fördern, mehr als die pure Freude – und sich auf eine gewisse Weise *schuldig* zu machen.

Ich sagte ihm: »Sie könnten sich weigern.«

Er aber meinte: »Ihre Schwester ist sehr überzeugend.«

»Droht sie Ihnen?«

»Nein, aber sie kommt einfach, wie es ihr paßt. Und ich bin in diesen Träumen ziemlich stumm. Argumente fallen mir erst ein, wenn ich aufwache. – Ich würde das alles gerne mit Ihnen besprechen, aber nicht am Telefon.«

»Wieso? Werden Sie abgehört?«

»Wir werden alle abgehört«, sagte Mercedes. »Aber das ist es nicht. Mir wäre einfach lieber, wenn Sie hier sind. Ich würde Sie und Ihre Frau und Ihr Kind gerne einladen, nach Tirol zu kommen.«

»Da waren wir doch gerade.«

»Ich würde mich trotzdem freuen, wenn Sie kommen könnten. Übers Wochenende oder auch länger, ganz wie Sie mögen.«

»Ich muß arbeiten und das Kind in die Schule gehen.«

»Ich kann Sie nur bitten«, sagte Mercedes, der übrigens weder Tiroler noch Österreicher war, sondern aus dem Norden Deutschlands stammte. Während es sich bei seiner Frau, der Pianistin, um eine Italienerin handelte: Clara Foresta. Ich hatte sie gegoogelt – das tat man heutzutage mit der gleichen Unverschämtheit, mit der man an fremder Unterwäsche schnüffelte – und festgestellt, daß sie in den Sechzigern und Siebzigern durchaus berühmt gewesen war, dann aber in Vergessenheit geriet. Einige Kritiker hatten sie mit dem frühen Glenn Gould verglichen. Wie dieser war sie vor allem durch ihre Interpretationen Bachs aufgefallen, hatte sich daneben aber auch den Kompositionen eines Tonkünstlers gewidmet, von dem nicht klar gewesen war, ob er tatsächlich gelebt hatte oder von ihr erfunden worden war. Diese Geschichte hatte sie in Verruf gebracht – der Verdacht, eine Fälschung begangen zu haben – und letztendlich auch ihre Karriere ruiniert. Heutzutage kannte kaum noch jemand ihren Namen. Sowenig wie den Namen des Komponisten, den sie entdeckt *oder* erfunden hatte.

Nun gut, allein diese Person kennenzulernen hätte als Grund für eine Reise genügt.

»Weiß Ihre Frau von Astri?« fragte ich.

»Um Gottes willen, nein!« rief Mercedes aus und fragte: »Werden Sie kommen?«

Ich sagte ihm, ich wolle es mir überlegen.

Er darauf: »Wir müssen feststellen, was Ihre Schwester vorhat.«

»Meine Güte, sie ist tot.«

»Mir kommt sie sehr lebendig vor«, sagte Mercedes. »Und im übrigen ist sie absolut talentiert.«

»Sie meinen im Messerwerfen?«

»Ja.«

Ich versprach, mich zu melden, sobald ich eine Entscheidung getroffen hatte.

Am Abend diskutierte ich die Sache mit Kerstin, die Einladung, nicht den Umstand, daß es um Astri und ihre »Lebendigkeit« in den Träumen des Herrn Mercedes ging.

Kerstin war sehr dafür, die Reise zu machen. Diesmal ohne Auto, uns auf die Bahn verlassend.

»Du nimmst dir ein paar Tage frei«, sagte sie, »und wir fahren schon Donnerstag und kommen Montag zurück.«

»Da müßte ich Simon für drei Tage von der Schule befreien lassen.«

»Na und? Davon wird die Schule nicht umkommen und der Simon auch nicht.«

Nun, eine Menge Schüler hätte das sofort doppelt und dreifach unterschrieben. Ich konnte mir sogar eine kleine Lüge ausdenken, ohne daß später die Gefahr bestand, daß Simon sich und mich verriet. Verstand ihn ja keiner.

Allerdings würde sich erst die nächste Woche ausgehen, einerseits wegen meines Dienstplans und andererseits, weil Simon vorher noch an einem Kletterwettbewerb teilnahm.

In welchem er sodann in einer Weise brillierte, die ohne Hysterie auskam, obgleich der Wettbewerb an sich voll von Hysterie war, angefangen beim Moderator, der unter Drogen schien und in sein Mikro brüllte, als wäre dieses sein größter Feind. Simon und Mick, sein Trainer, blieben hingegen ruhig und gelassen. Simon kletterte auf und davon. Und als man ihn interviewte, sagte er: »Gleifax – dr!« Alle nickten.

Wenige Tage nach Simons Triumph brachen wir zu unserer zweiten Reise nach Tirol auf. Wir hatten ein Abteil für uns, und ich war sehr froh, diesen Zug nicht selbst steuern zu müssen.

28

Kerstin saß mir und Simon gegenüber, hatte Kopfhörer in den Ohren und Musik im Kopf und beide Augen geschlossen. Offen hingegen war das Auge, das Simon soeben zeichnend zu Papier brachte. Der Junge versetzte mich immer wieder in Staunen. Ich sah ihm zu, wie er da mit feinem Strich ein neues Bild auf seinem Block entstehen ließ. Und zum zweiten Mal ein gegenständliches, auch wenn die anfängliche Schraffur etwas Abstraktes nahelegte. Aber im Detail war eben so gut wie alles abstrakt: das Deckblatt eines Käfers genauso wie der winzige Ausschnitt eines Computerbildschirms, der Seifenschaum genauso wie ein gedruckter Buchstabe. Ging man nahe genug an einen Buchstaben heran, blieb nur ein schwarzes Tableau von einiger Tiefenwirkung übrig – ein Abgrund.

Im Falle von Simons Zeichnung erwies sich die anfänglich so ungegenständliche Struktur als eine Anordnung von Federn. Federn, die zu einer Ente gehörten. Ja, das, was hier auf dem Blatt Papier nach und nach zu einer bestens vertrauten Kreatur anwuchs, war eine Stockente. Und ganz zum Schluß erhielt dieses im Profil dargestellte und gegen den Westen des Papiers ausgerichtete Tier eben ein Auge, ein offenes, sein linkes.

Nicht, daß Simon dabeigewesen war, als ich die Ente gerettet hatte. Er hatte dieses Tier nie gesehen, nicht vor und nicht nach dem Unfall. Allerdings hatte ich am Abend der

Rettung Kerstin davon erzählt, und da war auch Simon dabeigewesen. Klar, er kannte diese Tiere aus der Schule und aus der Natur – dort, wo die Stadt Natur war. Das Wort »Ente« war ihm freilich noch nie über die Lippen gekommen. Die Zeichnung jedoch war so perfekt wie jene, die er oben am Astri-Berg geschaffen hatte.

Worauf ich nun wirklich keine Antwort geben konnte, war die Frage, ob es sich bei der von Simon so fein ausgearbeiteten Ente um eine bestimmte handelte. Diese Tiere sehen sich schon sehr ähnlich, sind lange nicht so unterschiedlich wie jene Verwandten, die in Entenhausen eine von Fortpflanzung und Alterung freie Existenz führen.

Das war übrigens mein erster Verdacht, daß Simon diese Ente nur darum gezeichnet hatte, um damit auf das Vorbild des von ihm so geliebten Donald Duck zu verweisen.

Andererseits …

Ich tippte auf den Rand der Zeichnung und fragte ihn: »Ist das etwa *Einauge?*«

Er hätte nicken oder den Kopf schütteln können. Tat er aber nicht, sondern setzte letzte kleine Punkte in das glänzende Auge des Erpels.

Ich überlegte, daß, obgleich man auf diesem Blatt Papier nur die linke Flanke und die linke Gesichtshälfte des Tiers erkennen konnte, dennoch auch die andere Seite existierte. So ist das nämlich immer bei der Kunst. Wenn wir von Goyas nackter Maja nur die Vorderseite sehen – ihre Scham, ihren Nabel, ihre Brüste, ihr Gesicht –, so bedeutet das nicht, sie würde keinen Rücken haben. Eine Maja ohne Rücken, das wäre ja völliger Unsinn, oder?

Und so war – ungesehen, aber doch – natürlich auch eine rechte Seite dieser Ente vorhanden. Und damit auch ein rechtes Auge. Eines, das entweder geschlossen oder offen war. Was ich niemals erfahren würde.

So wie es *Schrödingers Katze* gab, gab es eben auch *Simons Ente.*

Es war vereinbart worden, daß wir in St. Jodok den Zug verließen. Dort würde Mercedes auf uns warten und uns zu seinem Haus chauffieren.

»Was denkst du«, fragte Kerstin, »was unser Herr Mercedes für einen Wagen fährt?«

Ich lachte. Das war eine wahrlich nette Vorstellung, der Messerwerfer würde jenen besternten Wagen gleichen Namens fahren. Ein Mercedes in einem Mercedes.

Es war dann aber ein japanisches Auto, mit dem unser Gastgeber uns abholte. Er begrüßte Kerstin und Simon mit einer Umarmung, mir reichte er die Hand. Ich wunderte mich ein wenig über die Intimität zwischen ihm und Kerstin. Mir war nicht aufgefallen, daß sie oben am Astri-Berg viel miteinander geredet hätten. Na gut, der Mann war sechsundsiebzig, da durfte er auch Frauen umarmen, mit denen er noch nicht soviel geplaudert hatte.

Das Wetter war traumhaft wie damals, als wir das letzte Mal hier gewesen waren. Aber das Licht hatte sich ein klein wenig verändert. Man konnte ruhig sagen: Es war älter geworden. Nicht schwächer, aber milder, was ein Unterschied ist, schwächer wird man gegen seinen Willen, milder wird man absichtlich. Ein absichtsvoll mildes Licht.

Es gibt wenige sechs Kilometer auf der Welt, die so ruhig und sanft anmuten wie dieses Valsertal, ohne darum gleich Teil einer Wüste oder eines Ozeans zu sein. Ungefähr in der Mitte dieser Landschaft bogen wir rechts von der Hauptstraße ab und gelangten auf einer schmalen Zufahrt zu einem ehemaligen Gehöft, welches vor dem Hintergrund des aufsteigenden Waldes wie eine rechteckige Faust in der Erde steckte. Nein, es waren zwei Fäuste, weil ja der angrenzende Stall ebenso wuchtig und fast gleich groß wie das Hauptgebäude war. Eine dunkle Faust, der Stall, während das Wohnhaus einen hellen Anstrich besaß, mit kleinen, grün gerahmten Fenstern und über der Eingangstür eine Nische, in der eine bemalte Statuette stand.

»Die heilige Anna«, erklärte Mercedes, während er mir meine Tasche reichte. Offensichtlich hatte er meinen fragenden Blick bemerkt. Und ergänzte: »Jesus' Oma.«

Das klang irgendwie despektierlich und entsprach dennoch vollkommen den Tatsachen. Wahrscheinlich war es der Begriff »Oma«, der mich irritierte, als wäre Jesus auch nur ein Lausbub mit einer stinknormalen Sippe gewesen.

Schon von hier draußen vernahm man die Musik, die drinnen gespielt wurde. Den Klang des Klaviers. Bach. Natürlich Bach. Ich hatte mich diesmal ein wenig vorbereitet. Im Unterschied zu unserem ersten Besuch in dieser Gegend, als mir Kerstin so viel hatte erklären müssen. Diesmal nicht. Ich wußte, wer da spielte, ich erkannte sogar, daß es sich weder um das *Wohltemperierte Klavier* noch um die *Goldbergvariationen* handelte, sondern um etwas anderes, anders, aber von Bach. Was ich freilich *so* nicht sagen konnte.

»Die Allemande aus der *Partita* Nr. 1«, erklärte Mercedes, »Carla spielt diese Partita seit Wochen, nur das, rauf und runter. Daran muß man sich gewöhnen. Immerhin, sie spielt die sechs Stücke schöner als jeder andere. Außer Gould damals vielleicht.«

Kerstin zog ihre Stirn in leichte Falten. Klassische Musik war nicht ihr Thema. Für mich selbst war diese Musik eine typische Allesforschermusik. Bei ihm, über den Dächern von Köln, hatte ich derartiges gehört, eben nicht nur die drei Sonnen Schuberts, sondern auch Bach, Beethoven, selbst Schönberg und Webern. Nach dem Tod des Allesforschers war für mich auch diese Musik gestorben.

Die tote Musik drang nun aber durchaus lebendig an mein Ohr, als wir ins Haus traten, dessen Räume überraschend modern gestaltet waren. Man vergaß, daß man sich im tiefsten Tirol befand, und zwar in einem Haus, dessen Hülle in vollkommener Übereinstimmung mit der Tradition der Gegend stand.

Modern, aber nicht kalt. Großzügig in dem Sinn, daß die

einzelnen Objekte und Möbel sehr viel Platz besaßen. Es war wie mit den Planeten, die ja auch zu einem System gehören, aber einiges an Leere zwischen sich haben. Damit jedoch überhaupt erst ein Bewußtsein für diese Leere schaffen – indem sie die Leere *tragen*.

Wir stellten unsere Sachen ab und folgten Mercedes in einen Raum mit weißem Kunststoffboden und einer Decke aus dunklem Stein. Darin stand einzig ein schwarzer Flügel, vor dessen Klaviatur die dünne Gestalt der Clara Foresta aufragte. Nein, *dünn* war das falsche Wort, aber auch *ausgehungert* wäre das falsche gewesen. Sie hatte etwas von einer Liane. Einer geschminkten Liane. Sehr vornehm und eigentlich sehr natürlich, als wäre das Rot der Lippen und das Türkis auf ihren Lidern und das Altrosa auf ihren Wangenknochen immer schon dagewesen und diese Person ohne ein Make-up vollkommen undenkbar. (In der Tat verstecken sich solche Frauen, sobald sie ungeschminkt sind, sie verbergen aber nicht ihr wahres Gesicht, sondern ganz im Gegenteil eine Fratze, die vom Teufel stammt und dem Wesen dieser Frauen in keiner Weise entspricht – manches Make-up ist schlichte Teufelsaustreibung.)

Ich stellte mich so, daß ich sehen konnte, wie Clara Foresta mit ihren langen, dünnen Fingern über die Tasten glitt, wobei sie sehr gerade und aufrecht saß und ihr Körper so unbewegt schien wie ihr Gesichtsausdruck. Nur die Hände waren in Bewegung. Man hatte ihr darum den Beinamen »die Puppe« verliehen, wegen dieser starren und unbewegten Haltung. Ein Kritiker hatte geschrieben, wenn Foresta eine Puppe wäre, dann wäre er sofort bereit, auch eine zu werden, um nämlich Bach so spielen zu können, so frei vom Ballast der Musikerziehung, vor allem der Gefühlsaufwallung, mit der andere Pianisten vor dem Klavier sitzend sterben oder sich in lackierte Monster verwandeln würden. Er schloß: »Die Puppe lebt.«

Ja, und nun war sie eine alte Puppe, die noch immer lebte,

wobei ihr Anschlag mit einer Leichtigkeit erfolgte, als würden im einzig richtigen Moment in ihren Fingerkuppen Bleigewichte entstehen und gleich wieder verschwinden, kommen und gehen, kommen und gehen …

»Du bist ja ganz verzaubert«, flüsterte mir Kerstin zu.

Stimmt.

Als dieses verzaubernde Spiel beendet war, erhob sich Clara Foresta und tat einen Schritt vom Klavier weg. Ihr Mann stellte uns vor. Ich nahm ihre alte, stark geäderte Hand und … ich konnte es einfach nicht unterlassen, ihr die Hand zu küssen. Soweit ich mich erinnern konnte, hatte ich das bisher ein einziges Mal in meinem Leben getan. Damals bei Lana, als ich sie zum Abendessen in die Krankenhausküche eingeladen und sie genau auf diese ältliche Weise hatte überraschen wollen. So affektiert der Handkuß in der Regel auch anmutet, man kann damit etwas ausdrücken, was sich eben weder mit einer Verbeugung noch mit einem profanen Schütteln der Hand, einem Wangenkuß oder einer Umarmung ausdrücken läßt: Der Handkuß bedeutet eine lustvolle Unterwerfung. Vergleichbar nur noch dem Kniefall, den ein geschlagener Feldherr unternimmt und mit dem er im Moment der Niederlage sich selbst adelt.

Ja, indem ich die Hand dieser Frau küßte, unterwarf ich mich, und zugleich adelte ich mich.

Kerstin schüttelte den Kopf.

Mercedes zeigte uns unser Zimmer, wo wir uns umzogen, Kerstin und ich, während Simon bei Clara blieb, die ihm eine kalte Limonade servierte.

Als Kerstin und ich wenig später aus dem Haus traten und uns zu unseren Gastgebern an einen im Schatten liegenden Holztisch setzten, fragte ich besorgt, wo denn Simon sei.

Es war Kerstin, die mir erklärte: »Er ist wirklich kein Baby mehr.«

Eigentlich wollte ich sie an die Geschichte mit dem Vogel Strauß erinnern, auch wenn die Geschichte ja gut ausgegangen war. Doch bevor ich etwas sagen konnte, meinte Frau Foresta, ich bräuchte mir keine Sorgen zu machen, mein Sohn habe bereits eine Spielkameradin gefunden, die Tochter der Familie von gegenüber. Dabei zeigte sie Richtung Talboden, dorthin, wo die Busstation lag. Ich erkannte, ganz klein, zwei Gestalten, die direkt an der Straße saßen.

Ich hätte jetzt etwas von wegen der Gefahren des Verkehrs sagen können, aber es war weit und breit kein Auto zu sehen.

Mercedes öffnete eine Flasche Weißwein und schenkte in vier Gläser ein. Wir stießen an und tranken. Das Gespräch, das folgte, war zuerst dem Haus gewidmet, dem aufwendigen Umbau der Gebäude, der Schönheit der Gegend und den idealen Bedingungen, um Klavier zu spielen. Die Ruhe, die man hier habe, nicht zuletzt die Möglichkeit, auch während der Nacht zu üben, ohne in anstrengende Diskussionen mit einer Hausgemeinschaft zu geraten.

Kerstin blickte zu mir herüber, als wollte sie sagen: »Na gute Nacht!«

Einmal fragte ich: »Was machen die beiden Kinder eigentlich?«

»Vielleicht unterhalten sie sich«, meinte Clara Foresta.

Es war ihr Mann, der ihr erklärte, daß Simon nicht der Junge sei, der sich unterhalte. Worauf sie sich verwundert zeigte. Sie meinte, sie habe nichts bemerkt. Sagte dann aber, an mich gerichtet: »Sie verzeihen, ich bin manchmal etwas verwirrt und höre Leute reden, die schweigen, und umgekehrt.« Dabei zündete sie sich eine nächste Zigarette an. Sie rauchte die ganze Zeit, nur während des Klavierspiels nicht. Mir fiel auf, wie sehr ihre Hände zitterten. Was ich erstaunlich fand angesichts dessen, wie die gleichen Finger punktgenau die Tasten des Klaviers getroffen hatten. Ich hätte sie gerne gefragt, wie sie das machte. Später vielleicht.

»Ich schau mal zu den Kindern, wenn's recht ist«, sagte ich.

»Ja, gehen Sie nur«, meinte Mercedes, »ich zeige Frau

Heinsberg unseren Garten. Unsere Rosen. Wir haben hier viele Spätblüher, noch dazu bei dem Wetter. – Mögen Sie Rosen, Frau Heinsberg?«

»Ich rieche gerne an ihnen.«

»Das ist die richtige Antwort«, sagte der Messerwerfer.

Es versteht sich, daß ich Kerstin noch nie an einer Rose hatte riechen sehen. Kam ein Rosenverkäufer, schüttelte sie widerwillig den Kopf. Klar, es gab solche und solche Rosen. Auch fragte ich mich, ob sie etwa ein Faible für ältere Männer besaß. Ältere als mich, den mit sechsunddreißig Jahren Fünfzigjährigen.

Wie auch immer, ich begab mich hinüber zur Straße, an dessen Rand Simon zusammen mit einem Mädchen hockte, jünger und kleiner als er und genauso dünn. Sie trug ein weißes Kleid, das sie anscheinend selbst bemalt hatte. Die beiden saßen nebeneinander auf einer Matte, zwischen sich einen Schirm, der sie vor der Sonne schützte. Vor ihnen auf dem Boden waren mehrere kleine Spielsachen ausgebreitet. Neben jedem Objekt lag ein kleiner Zettel, und darauf stand der Preis der Ware. Zudem hatten sie mehrere Trinkbecher aufgestellt und ein Gefäß mit Wasser sowie einen Karton Orangensaft. Der Orangensaft war mit *1 Euro* ausgewiesen, während auf der Wasserkaraffe ein Zettel mit einer *2,–* klebte.

Ich schaute mich um und dachte mir: »Mein Gott, es kann Ewigkeiten dauern, bis hier der nächste Kunde vorbeikommt.«

Was ich nicht gleich begriff, war, daß ich ja selbst der »nächste Kunde« war. Und tatsächlich sahen mich Simon und seine kleine Freundin erwartungsvoll an. Das Mädchen ließ ihren Arm über die ausgestellte Ware gleiten und empfahl mir: »Schauen Sie sich nur um, mein Herr.«

»Wie heißt du?« fragte ich sie.

»Sonja.«

»Hallo, Sonja«, sagte ich und erklärte ihr, wer ich war,

nämlich der Vater des Jungen, neben dem sie saß. Und sagte ihr auch, daß er Simon heiße.

Sie aber meinte nur: »Auch wenn Sie sein Vater sind, können Sie doch trotzdem bei uns einkaufen. Oder?«

»Natürlich, Sonja, ich wollte nur …«

Ja, was? Ihr erklären, wieso Simon nicht redete. Oder nicht so, daß man ihn verstand. Für Sonja schien das aber nicht wirklich ein Problem zu sein. Sie war in erster Linie an ihrem Geschäft interessiert. Und wohl froh, dabei nicht allein in der Hitze hocken zu müssen. (Wobei es Unsinn war zu glauben, sie hätte sich mit jedem anderen Jungen ebenfalls hierher gesetzt, nur um nicht allein zu sein, so was taten Frauen erst, wenn sie älter waren, einen Irgendjemand dem Alleinsein vorzuziehen.)

Ich strich mir über die Stirn und sagte: »Also, vor allem habe ich Durst.«

»Wasser, Orangensaft pur oder Orangensaft gespritzt?«

Eigentlich hätte ich die Kleine darauf aufmerksam machen müssen, daß von »gespritzt« nur bei Mineralwasser die Rede sein konnte, nicht aber bei Leitungswasser, das war wohl eher »gemischt« zu nennen. Es war dann jedoch der merkwürdige Preisunterschied zwischen dem teuren Wasser und dem billigen Orangensaft, auf den ich sie ansprach.

Sie fragte mich, ob ich denn nicht gehört hätte, daß sauberes Wasser immer wertvoller werde und man es als das Gold der Zukunft bezeichne, welches bald wichtiger sein werde als Benzin. Von Orangensaft würde niemand so etwas behaupten.

»Aber im Orangensaft ist auch Wasser«, sagte ich.

»Aber nicht soviel wie im Wasser«, antwortete sie.

Ich hatte keine Chance und bestellte einen Orangensaft gespritzt. Für den Sonja mir drei Euro berechnete. Ich trank den Becher halb aus und sah mir nun die präsentierte Ware an. Alte Plastiktiere, die Glieder einer Puppe, mehrere Puzzles, einige Comics. Auch erkannte ich Sachen von Simon.

Er hatte tatsächlich sein Donald-Duck-Büchlein beigetragen, zudem stammten mehrere Steine von ihm, die er immer in seiner Hosentasche trug, und er hatte seine wunderbare Entenzeichnung ausgestellt.

Ich verhielt mich wie diese Leute, die meinen, am Flohmarkt ein besonders wertvolles Stück entdeckt zu haben, aber bemüht sind, sich nichts anmerken zu lassen. Ich griff nach einer zerschürften Kunststoffkuh für 2,50 Euro und faßte wie beiläufig auch nach der Zeichnung, die aber ohne ein Preisschild war. Sodann schaute ich fragend zwischen den Kindern hin und her. Wieviel?

Das Mädchen beugte sich zu Simon und flüsterte ihm etwas ins Ohr. Dann hob sie wieder den Kopf und lächelte Simon an. Er nickte.

»Okay«, sagte Sonja und wandte sich mir zu, »fünfzig Euro.«

Das war nun eine ganz merkwürdige Situation, weil die Forderung von fünfzig Euro für eine Plastikkuh und eine Kinderzeichnung natürlich viel zu hoch war, auch wenn der Käufer sich gegen die jungen Verkäufer großzügig zeigen mochte. Andererseits war diese »Ente« ein Meisterwerk, das hätte auch jeder andere Erwachsene erkannt. Diese Graphik mutete an wie das Frühwerk von jemandem, der später mal der Picasso seiner Zeit sein würde. Fünfzig Euro waren, so betrachtet, ein Witz. Nicht mehr dafür zu bezahlen wäre eigentlich ein Betrug gewesen. Doch mehr zu geben hätte die Kinder wiederum verwirrt. Man gab nicht mehr als verlangt. Mehr wäre ein Ausdruck dafür gewesen, die Geschäftsfähigkeit dieser Kinder zu bezweifeln.

Ich griff nach meiner Geldbörse und zog drei Zehner und einen Zwanziger hervor und hielt sie zwischen die beiden Gewerbetreibenden. Es war Simon, der die Scheine nahm. Er steckte sie alle in seine Hosentasche. Ohne daß dies Sonja störte. Keine Ahnung, wie sie am Ende abrechneten. Sosehr es mich interessierte, hielt ich meinen Mund.

»Drei Euro fehlen noch«, erinnerte Sonja. »Der Saft.«

Richtig, der mit Wasser und dann noch einmal mit Wasser verdünnte Orangensaft. Ich reichte Simon die drei Münzen. Es war jetzt aber Sonja, die ihre Hand aufhielt. Sie für das Harte, er fürs Papier.

Soeben kam der Postautobus. Vier Leute stiegen aus. Einen erkannte ich: den Mann mit der Flinte, den wir bei unserer ersten Reise gesehen hatten, als sich Kerstin gefragt hatte, ob er für sein Gewehr eine Fahrkarte benötige.

Alle vier Personen blieben vor Simons und Sonjas ebenerdigem Laden stehen. Jeder wählte ein Getränk aus. Ich ging zurück zum Haus, mit Ente und Kuh, nicht zuletzt im Bewußtsein, daß Simon dort, wo er jetzt war, nichts geschehen konnte, niemand ihn in sein Auto zerren oder sonst etwas Schlimmes tun würde. Ich wußte es einfach. Und war ganz ruhig, als ich mich zu der einst berühmten Pianistin setzte, während der Messerwerfer Mercedes noch immer mit Kerstin zwischen den Rosen stand und ihr die Namen der Blumen nannte. Sie hörte ihm zu. Ich sah es aus der Ferne, wie friedvoll sie war, indem sie einfach zuhörte und hin und wieder ihre Nase über eine Blüte hielt.

Nach dem Abendessen, das Mercedes zubereitet hatte – Clara sagte, daß sie nicht nur wenig esse, sondern auch wenig koche –, setzten sich die beiden Frauen mit Simon in die Bibliothek, wo zur Freude Simons auch ein Stapel mit Comicheften sehr ordentlich ein Regal füllte.

Ich trat mit Mercedes vor das Haus. Wir hatten beide ein Glas Wein in der Hand. Der kühle Wind zerteilte die Reste eines warmen Tages in der Weise, wie eine leichte Ohrfeige rechts und links verabreicht wird. Solcherart wurde man daran erinnert, daß der Sommer vorbei war. – So ein Sommerende hat schon todesartige Züge. Der Herbst – gleich, wie golden er ist – ruft einem unweigerlich ins Gedächtnis, daß der Sinn des Lebens darin besteht, zu Ende zu gehen.

»Sie hätten mir von Ihrer Schwester erzählen müssen«, eröffnete Mercedes das Gespräch, das seine Einladung begründet hatte.

»Wieso denn? Sie haben mir von Ihrer Schwester auch nicht erzählt«, sagte ich. Nicht, daß ich wußte, ob er eine hatte oder nicht.

Mercedes antwortete: »Ist meine Schwester denn in Ihren Träumen?«

»Nein, das nicht.«

»Eben. Ihre aber in meinen.«

»Wie hätte ich ahnen können, daß sie bei Ihnen auftauchen wird?«

»Hat sie denn nichts gesagt?«

»Kein Wort«, beteuerte ich und stellte fest: »Sie will also Messerwerferin werden. Statt des Kletterns, das ihr alles bedeutet hat, als sie noch lebte.«

»Ich glaube nicht«, meinte Mercedes, »daß es ein Ersatz fürs Bergsteigen sein soll. Es kommt mir nicht so vor, als wollte sie sich bloß ein neues Hobby aneignen.«

»Im Ernst, lieber Herr Mercedes«, sagte ich, »worüber reden wir hier? Ich meine, was auch immer Astri tut oder nicht, sie ist tot. Und wird ganz sicher nicht auferstehen, um irgend jemanden mit einem Messer niederzustrecken. Was fürchten Sie? Daß man Ihnen die Unterstützung einer kriminellen Tat vorwerfen kann?«

»Ihre Schwester mag tot sein. In meinen Träumen kommt sie mir aber sehr lebendig vor. Lebendig und fordernd. Sie kommt Nacht für Nacht. Wissen Sie, wie anstrengend das ist? Tatsächlich so, als würde man doppelt leben und nicht wirklich zum Schlafen kommen. Wer nicht schläft, wird verrückt. – Nein, ich will, daß Ihre Schwester verschwindet. Reden Sie mit ihr!«

Ich erklärte ihm, daß ich derzeit keinen Kontakt hätte, mich zumindest an meine Träume nicht erinnern könne.

»Können Sie nicht, oder wollen Sie nicht?« fragte Mercedes.

Es wirkte so verzweifelt wie verärgert. Obgleich ihm Astri ja nicht in Form eines Alptraums erschien, sondern als Schülerin. Aber eben als eine, die er sich nicht ausgesucht hatte. So, wie er sich nie sein Publikum hatte aussuchen können.

Ich erkannte die Müdigkeit in seinem Gesicht, die tiefen Einschnitte, als seien zu den Tagesfalten die Nachtfalten hinzugekommen und dadurch die Furchen in seinem Gesicht doppelt so tief.

»Was mich zusätzlich irritiert«, meinte der Zerfurchte, »ist Ihre Behauptung von neulich, Herr Braun, ich hätte Sie in einem Ihrer Träume gerettet. Nicht wahr, das haben Sie doch gesagt? Davon weiß ich aber nichts.«

»Ich schon«, sagte ich, »Sie haben zwei Typen die Kehle aufgeschlitzt.«

»Reizend«, tönte Mercedes.

»Es war der einzige Weg«, versicherte ich ihm. »Sie haben das Richtige getan. Die zwei hatten Gewehre, und sie wollten Kerstin mitnehmen. Ich glaube nicht, daß man mit denen hätte diskutieren können. – Sie haben mir in diesem Traum übrigens prophezeit, ich würde Geburtshelfer werden.«

»Wieso das denn?«

»Ja, das wollte ich auch von Ihnen wissen.«

»Es ist nicht meine Art, Antworten schuldig zu bleiben«, erklärte Mercedes. »Jetzt abgesehen davon, daß es nicht meine Art ist, Kehlen aufzuschlitzen, von wem auch immer.«

»Wie gesagt, es war eine gute Tat.«

Wir schauten uns unsicher an. Dann tranken wir.

»Gehen wir schlafen«, schlug Mercedes vor, »vielleicht sind wir nachher gescheiter.«

Das war wohl der Grund dafür, daß er mich hierher eingeladen hatte. Er hoffte, daß meine Nähe etwas bewirkte. Denn wenn am Astri-Berg *er* in meinem Traum gewesen war, war es vielleicht möglich, daß *ich* nun in seinen geriet und dort mit Astri ein ernstes Wort sprechen konnte.

29

Es war wohl diese hohe Erwartungshaltung, die es mit sich brachte, nicht einschlafen zu können. Ich drehte und wendete mich, als wollte ich an sämtlichen Stellen gleich knusprig werden. Und überall waren Geräusche: der ruhige Atem Kerstins neben mir, das entferntere Schnaufen Simons, der hier sein eigenes Bett hatte, der Wind, der die Büsche und Bäume zum Sprechen brachte. Vor allem aber vernahm ich die Stimme des Klaviers, diesen von einer vornehmen alten Dame angetriebenen schwarzen Flügel. Wobei ich mich schon sehr konzentrieren mußte, um zwischen den anderen Lauten auch die Musik zu hören. Vor allem das zweite und sechste Stück aus der Partita gefielen mir so gut, daß ich darauf wartete, bis sie innerhalb der Schleife erneut erklangen.

Eine Schlafschleife war es nicht.

Endlich stand ich auf, zog mich an und ging nach unten. Leise, und zwar nicht nur, um die anderen nicht zu wecken. Ich schlich mich an das Klavierzimmer heran, dessen Tür glücklicherweise angelehnt war, so daß ich lautlos den Spalt etwas vergrößern konnte und auf den großen glänzenden Klangkörper und die Pianistin sah.

Nicht, daß ich über das geübte Gehör verfügte, welches nötig gewesen wäre, um die Qualität und Außerordentlichkeit von Forestas Spiel zu beurteilen. Ich denke, ich *wollte* es ganz einfach, ich *wollte* die Außerordentlichkeit. Wie man eben *will,* daß jemand ein Genie ist.

Erst als ich Jahre später einen Film über Glenn Gould sah, wurde mir die eigentliche Parallele bewußt. In dieser Dokumentation erzählt ein Cellist, daß er, als er das erste Mal den jungen Gould hörte, sich fragte: »Wer ist das, der so eloquent mit der Rechten als auch der Linken spielen kann, daß man fast meint, hier würde jemand ein Duett mit sich selbst spielen?« Genau das war es, was ich soeben erlebte, ohne daß ich es auf diese Weise hätte ausdrücken können: ein Duett mit sich selbst. Eine so autistische wie virtuose und, körperlich gesehen, völlig unmögliche Darbietung. Denn niemand war zwei, wenn er allein war (außer natürlich man begriff das Klavier als den anderen Menschen).

Die zweite Unmöglichkeit jedoch war mir schon am Nachmittag bewußt geworden, wie sehr nämlich Clara Forestas Hände zitterten, wenn sie rauchte oder eine Gabel hielt oder ein Glas, und wie wenig, wenn sich die Tasten unter dem Gewicht ihrer Finger senkten. Was aber, wenn ich mich täuschte, und sie zitterte auch dann, wenn sie spielte? Nur, daß es nicht auffiel und auch nicht zu hören war. Ein Zittern, das dieses Spiel vielleicht sogar begünstigte. Weniger ein Zittern als ein Federn. War das möglich? Jedenfalls hätte ich jetzt gerne einen genaueren Blick auf die Hände Forestas geworfen. Blieb jedoch vor dem Türspalt stehen, wagte es nicht einzutreten. Mir war, als beobachtete ich heimlich eine nackte Frau.

In dieser Position schlief ich allen Ernstes ein, gegen den Türrahmen gelehnt: ein Wyoming-Pferd. Als ich erwachte, war es still, und das wenige Licht stammte allein von der beginnenden Dämmerung. Ich stand nicht mehr, sondern war an derselben Stelle zusammengesunken. Ich fühlte mich ein wenig erschossen. Überlegte aber sogleich, wovon ich geträumt hatte. Doch die Erinnerung war verschwommen, da waren bloß noch Fetzen im Kopf. Fetzen, auf denen sich weder das Antlitz Kerstins noch das von Mercedes abzeichnete, sondern ...

Nun, es war ein Mann in einem Taucheranzug in meinem

Traum gewesen, eine kleine, stämmige Person, deren Gesicht hinter einer Taucherbrille verborgen gewesen war. Im klassisch-surrealen Stil eines Traums war er aus einem mit Wasser gefüllten Schrank gestiegen, wobei das Wasser folgerichtig eine stabile senkrechte Wand gebildet hatte, ein im wahrsten Sinne *stehendes* Gewässer.

»Ostchinesisches Meer!« dachte ich jetzt und erinnerte mich an jenen Menschen, den ich so vollkommen aus meinem Gedächtnis verbannt hatte. Keinen hatte ich mehr verdrängt als ihn. Ihn, dem ich höchstwahrscheinlich inmitten eines abgestürzten und versinkenden Flugzeugs seine Schwimmweste heruntergerissen hatte und der mich mit einer Klage bedroht hatte, um sich schlußendlich im Zuge glücklich-unglücklicher Umstände den Schädel einzuschlagen, ohne daß ich etwas dafür konnte. Dafür nicht. Allerdings hatte ich seinen Leichnam sicherheitshalber der See übergeben, was ihn zwar nicht toter machte, als er schon gewesen war, aber den Hintergrund seines Ablebens doch sehr veränderte.

In dem Moment, da ich ihn von der Boje ins Wasser beförderte und die Wellen ihn davontrugen, hatten auch die Wellen in meinem Hirn diesen Mann entfernt. Und nun also war er in beiderlei Bedeutung des Wortes aufgetaucht, aus einem mit Wasser gefüllten Kleiderschrank.

Wenn er es denn wirklich gewesen war. Ich konnte mich ja nicht einmal an seinen Namen erinnern. Hatte ich seinen Namen überhaupt je erfahren? Seinen richtigen Namen? Mir fiel jetzt ein, ihn seiner Erbschaft wegen den *Zehn-Millionen-Mann* getauft zu haben.

Die Frage war nun, ob das Auftreten des ehemaligen Militärtauchers, der nicht mehr dazu gekommen war, seine Millionen auszugeben, irgendeine Bedeutung besaß oder bloß einer Laune der Natur meiner Traumwelt zu verdanken war, gleich dem zufälligen Aufblättern einer vom Wind bewegten Buchseite.

»Eine Laune der Natur«, bestimmte ich, weil mir eine noch so unangenehme Laune lieber war als ein guter Grund. In diesem Fall wäre ein guter Grund nämlich zugleich ein schlechter gewesen.

Ich erhob mich und ging nach oben. Kerstin und Simon schliefen noch. Ich trat auf den Balkon und sah der Landschaft zu, wie sie stückweise – als drehte ein Spieler nach und nach seine Karten um – aus der Dunkelheit auftauchte. Es würde erneut ein herrlicher Spätsommertag werden.

Wir frühstückten im Freien, an dem großen hölzernen Tisch. Clara aber fehlte.

»Kommt Ihre Frau später?« fragte ich Mercedes.

»Sie hat bis in der Früh geübt.«

Erst jetzt kam mir die Vorstellung, wie Clara beim Verlassen des Klavierzimmers über mich gestolpert sein mußte. Wobei der Raum allerdings auch eine zweite Tür besaß. Ich konnte nur hoffen, daß sie durch diese gegangen war.

Mercedes sagte, daß seine Frau nie viel schlafe, und fügte an: »Sie ist wohl zeitig am Morgen losmarschiert. Das kommt hin und wieder vor, daß sie zu einer Wanderung aufbricht, ohne mir etwas zu sagen. In der Regel läuft sie hoch zur Hütte.«

»Herrje!« meinte ich. »Das ist ein langer Weg von hier.«

»Sie fährt mit dem ersten Bus bis ans Ende des Tals und marschiert dann hoch.«

Nun, das war genau die Strecke, die wir beim letzten Mal gegangen waren. Ich sagte: »Das ist immer noch ein langes Stück.«

»Clara ist zäh«, meinte Mercedes. »Lassen Sie sich von ihrer Kettenraucherei und den zittrigen Händen nicht täuschen. Ihre Ausdauer ist beachtlich. Nicht bloß, wenn sie Bach spielt.«

In der Folge unterhielt sich Mercedes nur noch mit Kerstin. Sie redeten viel über Malerei. Offensichtlich hatte sie keine Scheu gehabt, ihm von ihrer Leidenschaft und verhinderten Profession zu berichten. Mercedes erwies sich als Kenner englischer Nachkriegsmalerei: Lucian Freud, Francis Bacon, Ben Nicholson, Graham Sutherland, solche Sachen. Er redete darüber, als hätte er da überall mitgemalt.

Simon wiederum hatte sich in großer Eile mehrere Brote mit Schokoladecreme in den Mund geschoben und hatte auf mein »Du sollst nicht so stopfen!« mit einem »Quadrant!« geantwortet, womit aber kaum der Abschnitt einer Ebene gemeint sein konnte. Jedenfalls behielt er sein Eßtempo bei und war dann auch schnell verschwunden.

»Keine Sorge«, sagte Kerstin, die günstiger saß als ich. »Er ist zu seiner kleinen Freundin gegangen.«

»Ich sorge mich nicht«, sagte ich. »Ich will nur an seinen Tischmanieren etwas ändern.«

»In dem Alter ißt man halt so«, sagte sie, »weil das Essen einen nur abhält von den wichtigen Dingen. Das Essen ist ein Zeitfresser, wenn man neun Jahre alt ist.«

Nun, es muß gesagt werden, daß auch Kerstin beim Essen eher zum Schlingen neigte. Was mir gar nicht gefiel. Die Art, wie sie aß, machte sie in diesen Momenten häßlich. Nicht, daß sie schmatzte oder rülpste, so schlimm war es nicht. Aber man konnte den Eindruck bekommen, sie würde über das Verdauungssystem einer Schlange verfügen und wäre also in der Lage, ganze Krokodile hinunterzuschlucken. Wenn ich dagegen daran dachte, wie Lana gegessen hatte … wunderbar! Nicht etwa in der spatzenhaft pickenden Manier der Magersüchtigen oder Möchtegernmagersüchtigen, denn sie war ja weder das eine noch das andere gewesen, sondern so, daß jeder Bissen wie ein kleines Geschenk in ihren Mund wanderte. Und wenn sie kaute, dann in der Art, wie sie redete. Es war in beidem eine Überlegenheit gewesen.

Ich idealisierte sie, keine Frage.

Und hoffte inständig, daß Lana niemals in meinen Träumen erscheinen würde. Sie war in meiner Erinnerung so viel besser aufgehoben.

Nach dem Frühstück legte sich Kerstin mit einem Buch zwischen die langblühenden Rosen, so daß ich mit Mercedes allein war und ihn fragen konnte, was letzte Nacht geschehen war, ob ich in einem seiner Träume erschienen war.

»Ich habe Sie gesehen, das stimmt«, sagte Mercedes, »aber nur kurz und aus der Ferne. Sie waren wirklich weit weg. Ich glaube, Sie sind vor einem Kleiderschrank oder so gestanden. Keine Ahnung, was das zu bedeuten hat. Ein Symbol natürlich. Aber ein Symbol wofür? – Danach kam jedenfalls Ihre Schwester und hat wie üblich von mir verlangt, daß ich mit ihr trainiere. Sie wird immer besser, sie ist richtig gut. Kaltes Blut, präziser Wurf. Aber noch wichtiger ist, sie besitzt Intuition. Sie spürt, ob sich das Ziel bewegen wird oder nicht – und wenn, wohin. Sagen wir so: Ich möchte nicht ihr Feind sein.«

»Nun, Sie sind ihr Lehrer.«

»Das schließt kaum eine Feindschaft aus, oder?«

Das stimmte.

»Und Sie?« fragte mich Mercedes. »Was war in Ihren Träumen los?«

»Keine Ahnung«, sagte ich. »Es gibt nichts, woran ich mich erinnern könnte.«

Ich verlor kein Wort über den Schrank und den Taucher und wie sehr dies eine Vermischung unserer beider Träume nahelegte. Ich wollte abwarten. Wollte sehen, ob sich der Schranktraum wiederholte und ich mir sicher sein konnte, es wirklich mit dem Zehn-Millionen-Mann zu tun zu haben. Schwer genug, Mercedes zu erklären, was damals im Ostchinesischen Meer geschehen war. In dieser alten Geschichte lagen die Schuld und die Unschuld so nahe beieinander, daß man leicht das eine für das andere halten konnte.

Es wurde ein ruhiger Tag. Kerstin mit ihrem Buch zwischen den Rosen. Simon mit dem Mädchen namens Sonja erneut am Straßenrand auf Kunden wartend. Kunden, die an diesem Ort zwar selten kamen, aber wenn sie kamen, auch kauften. Ich selbst wiederum half Mercedes bei der Ausbesserung einer Scheunenwand. Doch so ruhig der Tag verging, er blieb es nicht. Denn als gegen Abend Clara Foresta nicht zurück war, wurde Mercedes nervös.

»Sie geht immer ohne Handy«, sagte er, »abgesehen davon, daß in dieser Gegend die Handys auch im Sommer gerne Winterschlaf halten.«

Ich meinte, er solle in der Hütte anrufen. Oder eine Mail senden.

Aber Mercedes scheute sich. Er sagte: »Clara mag nicht, wenn ich sie kontrolliere.«

»Sie machen sich Sorgen. Das muß man verstehen«, erklärte ich, der ich ja selbst durchaus bewandert war im Sorgenmachen.

Aber Sorgen gingen halt oft in Kontrolle über. Das war wie mit der Schuld und Unschuld. Jedenfalls wartete Mercedes. Erst als es dunkel wurde, nahm er Kontakt zur Hütte auf. – Clara war gut dort angekommen, aber noch um die Mittagszeit wieder aufgebrochen, nicht jedoch, um ins Tal zurückzukehren, sondern um das fünf Stunden entfernte Tuxer Joch und das dortige Schutzhaus zu erreichen.

Sosehr Mercedes die Fitneß seiner Frau betont hatte, war ihm das nun doch zuviel. Er schimpfte in das Telefon hinein. Von wo allerdings die Antwort kam, daß man auch Personen, die auf die Achtzig zugingen, nicht verbieten konnte, auf markierten Wanderwegen zu marschieren. Rauchend, zitternd, egal! Die Berge waren frei, und es gab dort wahrlich verrücktere Leute als die rüstige und bestens ausgerüstete Clara Foresta.

Mercedes versuchte nun, jene andere Hütte am Tuxer Joch

zu erreichen. Telefonisch aber war dies zur Zeit nicht möglich, und wohin auch immer seine Mail hinreiste, nicht den Berg hoch. Zudem war Mercedes kein Amateurfunker (Leute, die zur Not auch zu Mond und Mars eine Verbindung herzustellen verstanden).

»Hören Sie, Herr Mercedes«, sagte ich und legte dem Mann eine Hand auf die Schulter, »Ihrer Frau geht es gut.«

Er betrachtete meine Hand wie einen an den Rändern schwarz gewordenen Pfannkuchen und fragte: »Woher wollen Sie das wissen?«

Ja, woher?

Anstatt zu antworten, machte ich ein gleichermaßen wissendes wie zuversichtliches Gesicht, als bestehe *zuerst* ein Gesichtsausdruck und *dann* die Wirklichkeit, die sich an diesen Ausdruck anpaßt.

Was Mercedes aber nicht genügte, weshalb er die Bergrettung anrief und die Umstände bekanntgab. Die Möglichkeit, daß absolut alles in Ordnung war. Und die Möglichkeit des Gegenteils.

Auch in der folgenden Nacht konnte ich schlecht schlafen und wußte am Morgen noch weniger, was in meinen Träumen geschehen war. Ich ging hinunter in die Küche und traf den Messerwerfer, der noch in der Nacht informiert worden war, daß seine Frau wohlbehalten am Tuxer-Joch-Haus angekommen war und dort Quartier bezogen hatte. Mercedes ließ sie freilich ausrichten, ihre Wanderung fortsetzen zu wollen. Wohin genau, sagte sie nicht.

»Sie macht das immer wieder«, erklärte er und strich Butter auf ein Brot, »und ich frage mich, was sie damit bezweckt. Will sie mir angst machen? Weil ich einmal gesagt habe, ich hätte nie in meinem Leben Angst verspürt. Um mich nicht und auch nicht um die Menschen, auf die ich meine Messer geworfen habe.«

Ich schlug Mercedes vor, ebenfalls in die Berge zu gehen.

Zusammen mit Kerstin und Simon. Ich sagte: »So schön es hier unten im Tal auch ist, spürt man dennoch … wie heißt das? Na, daß der Berg ruft.«

Kerstin kam gerade herein, hörte mich und äußerte, wohl in Erinnerung an meinen *Triumph des Willens:* »Das klingt schon wieder so nazimäßig, mein Schatz.«

Ach ja, sie meinte diesen Film mit Luis Trenker.

Es war nun Mercedes, der behauptete: »Luis Trenker war eher ein typischer halber statt ein typischer ganzer Nazi.« Präziser wurde er nicht. Jedenfalls gab er mir recht. Wir sollten das gute Wetter nutzen. Eine Nacht auf der Hütte würde auch dem Kind gefallen.

Vor allem aber, dachte ich, wollte er seiner Frau auf der Spur bleiben.

30

Mit Mercedes' japanischem Wagen fuhren wir nach Kasern und stiegen dort zur Hütte hoch. Simon war zuerst nicht wirklich begeistert gewesen, seinen Verkaufsstand und damit auch Sonja aufgeben zu müssen, aber ich erklärte ihm eindringlich, daß wir die Berge, die wir im Tal ja nur von fern sahen – in der Tat wie in einem Fernseher –, nun endlich wieder aus der Nähe würden erleben können. Dort, wo die Felsen waren und der Himmel zum Greifen nah. Und immerhin würden wir am nächsten Tag wieder zurück sein, und dann könnte er den ganzen Sonntag Nachmittag mit Sonja spielen.

Ebendiese Sonja stand daneben und meinte: »Wir spielen nicht, wir verkaufen. Und am Sonntag haben die Geschäfte zu. Oder wußten Sie das nicht?«

Ich dachte mir: »Gott, du kleines, obergescheites Monster!« Und stellte mir den armen Mann vor, den diese vorlaute Göre einmal heiraten und welchen sie dann durch ständige Besserwisserei in den Wahnsinn treiben würde. Andererseits war deutlich zu sehen, wie sehr diese Sonja und mein Simon ein Herz und eine Seele waren und wie sehr sich die beiden blind verstanden und stumm kommunizierten. Ich war mir übrigens sicher, Simon dabei beobachtet zu haben, wie er ein Porträt von ihr gezeichnet hatte. Ich hatte zu weit weg gestanden, um es hundertprozentig sagen zu können. Aber die Art, wie er sie betrachtet und sich sodann wieder über das Papier gebeugt hatte, dies in ständigem Wechsel, war unverkennbar gewesen. Der Maler und sein Modell. Ich hätte die Skizze wirklich gerne gesehen, aber bezeichnenderweise wollte Simon mir diese Stelle seines Block nicht zeigen.

Ich war mir sicher, es hatte die kleine Sonja ziemlich beeindruckt, wie perfekt ihr neuer Freund es verstand, ihr Gesicht aufs Papier zu bringen. Jetzt abgesehen von der Möglichkeit, daß Simon auch die Kunst der Idealisierung beherrschte.

Bezüglich der Sonntagsfrage jedenfalls wußte ich mir nicht anders zu helfen, als der jungen Dame zu erklären: »Auch wenn die Geschäfte geschlossen haben, kann es ein schöner Tag werden.«

»Pah!« meinte Miss Sonja und ging. Dabei streifte sie Simon und lächelte ihn an ... Wie alt war sie? Sieben? Also, ich fand, es war ein ungemein keckes Lächeln. Die pure Verführung. In ihrem Lächeln lag ein Versprechen für Dinge, von denen weder sie noch Simon eine Ahnung besaßen. Und doch war es ein Versprechen.

Mittags erreichten wir auf über 2300 Metern jene Schutzhütte, die nur noch einige Tage geöffnet hatte, bevor der Oktober begann und man dort eine Herbstpause einlegte. Obgleich bei dem herrlichen Wetter der Herbst eher an ein leeres Versprechen erinnerte. Aber sagen wir mal so: Der Herbst in diesem Jahr würde sich als ziemlich raffiniert, hinterlistig und bösartig erweisen.

Offensichtlich hatte Mercedes gedacht, man würde ihm auf der Hütte sagen können, welchen Weg seine Frau gewählt hatte. Was aber nicht der Fall war. Allerdings erreichte ihn nachmittags die Nachricht, Clara sei in der Lizumer Hütte angekommen.

Ich sagte: »Sehen Sie?«

»Was soll ich sehen?«

»Wie sich alles zum Guten wendet.«

»Also, besser wäre gewesen, wir hätten Clara hier und jetzt getroffen.« Und fügte noch an: »Wahrscheinlich meinen Sie auch, daß, wenn Ihre Schwester Astri das Messerwerfen bei mir lernt, etwas Gutes dabei herauskommt.«

»Eigentlich schon«, sagte ich. Wie auch sollte ich mir etwas Schlechtes bei Astri vorstellen?

Nach einem Besuch der Sommerbergalm und der Rückkehr zur Hütte sowie einem ausgiebigen Abendessen gingen wir früh zu Bett. Diesmal schlief ich derart rasch ein, daß ich Kerstin noch reden hörte, obgleich ich schon woanders war. Ja, ich hörte sie fortgesetzt erzählen, aber so, als wäre eine Wand zwischen uns und die Stimme, die ich da vernahm, die einer Nachbarin, die ich noch nie zu Gesicht bekommen hatte.

Zu Gesicht hingegen bekam ich den Mann im Neoprenanzug. Es stand diesmal außer Zweifel, um wen es sich handelte. Nachdem er erneut aus einem sich öffnenden Kleiderschrank aufgetaucht war, stand er nun triefend vor mir und zog sich die Maske vom Gesicht – ein altes, ein sehr altes Gesicht, aber unverkennbar das des Mannes aus dem Flugzeug und der chinesischen Rettungsboje.

Ich war geistesgegenwärtig genug, ihn sofort auf einen Widerspruch aufmerksam zu machen. Ich meinte: »Ist es denn nicht so, daß nur die, die jung oder zumindest mittelalt sterben, durch die Träume der Lebenden wandern? Aber nicht die anderen, die schon alt genug sind, wenn der Tod sie ereilt. Das stimmt doch, oder?«

Der Zehn-Millionen-Mann antwortete mit einer Stimme, die klang, als rede er in ein Wasserglas hinein. Er sagte: »So alt war ich gar nicht, als Sie mich umbrachten.«

»Reden Sie keinen Quatsch«, wehrte ich mich. »Ich habe Sie nicht umgebracht. Seien Sie ehrlich, Sie wissen doch gar nicht genau, was damals geschah. Kein Toter erinnert sich so richtig, wie er starb. Nur ungefähr. Soviel habe ich schon mitbekommen. Sie brauchen nicht zu versuchen, mich anzuschwärzen.«

»Ich weiß noch sehr gut«, erregte sich die Wasserglasstimme, »wie Sie mir die Rettungsweste heruntergerissen haben.«

»Mag sein, aber davon sind Sie nicht gestorben.«

Der Zehn-Millionen-Mann preßte die Lippen zusammen. Es war unverkennbar, wie absolut recht ich hatte. Der Mann besaß nur noch eine vage Erinnerung an das, was sich in der Boje zugetragen hatte. Zugleich sah ich seinen Haß, seinen unbedingten Willen, mich für seinen Tod verantwortlich zu machen. Das war der Grund, weshalb er noch hier war. Nichts war so sehr imstande wie der Haß – eins der stärksten Gefühle bei den Lebenden wie den Toten –, gewisse Gesetze oder Regeln außer Kraft zu setzen.

Der tote Greis hätte sich längst von der Erde entfernen müssen. Aber er war noch immer hier. Er meinte, eine Rechnung offen zu haben.

Ich sagte ihm: »Sie bilden sich das nur ein. Und gleich wie schlimm es für Sie auch sein mag, aber Sie haben umsonst so lange gewartet. Ihnen wird bei mir nicht die Gerechtigkeit widerfahren, die Sie sich erhofft haben. Auch wenn Sie sie vielleicht verdienen. Aber nicht hier, sondern woanders. Versprochen!«

»Das werden wir schon noch sehen«, sagte er. Seine Stimme war jetzt sehr schwach, und seine Gestalt löste sich auf. Es war, als hätte ich eine gewisse Kontrolle über meinen Traum und damit auch über ihn. Das war mir neu. Der Zehn-Millionen-Mann konnte sich nicht halten. Er wurde durchsichtig, immer wäßriger und fiel zurück in den Schrank.

Mein Gott, wenn das bei allen so funktionierte, die einen gerade nerven!

Als ich erwachte, war bereits der Tag im Zimmer und erleuchtete die Stube. Ich sah Simons Gesicht und Kerstins Gesicht, beide noch im Schlaf, und dachte mir: »Was für Engel!«

Draußen vorm Haus traf ich Mercedes. Er stand auf einem Stein, sah über das Land und inhalierte eine Zigarette. Aus seinem Mund drang der Rauch hell und sauber. Ich sagte: »Guten Morgen.«

»Morgen, Herr Braun. Gut geschlafen?«

Diesmal erzählte ich ihm von dem Taucher, der aus dem Schrank kam.

»Aha«, meinte Mercedes, »ist das der gleiche Schrank, der auch in meinem gestrigen Traum war?«

»Sehr gut möglich«, sagte ich.

»Und wer ist der Taucher? Kennen Sie ihn?«

»Jemand von früher.«

»Aus Köln? Wie dieser Allesforscher, dem ich angeblich so ähnlich sehe?«

»Nein, nicht aus Köln. Ich habe den Mann gewissermaßen auf dem Meer kennengelernt.«

»Nun, das ist ungewöhnlich, aber wieder nicht so ungewöhnlich, wenn es sich um einen Taucher handelt.«

Ich erklärte Mercedes, daß dieser Mann in meinem Traum annehme, ich sei sein Mörder.

»Und sind Sie es?«

»Natürlich nicht«, antwortete ich.

»Er glaubt es aber.«

»Er glaubt unbedingt daran. Es ist aber wie bei Astri. Er kann sich nicht wirklich an seinen Tod erinnern. Astri freilich gesteht sich das ein. Der alte Knabe nicht.«

»Und wieso kommt er immer aus einem Schrank?« fragte Mercedes.

»Ich denke, der Schrank ist so eine Art Portal. Oder vielleicht könnte man auch sagen: das Transportmittel des Tauchers durch die Träume der Lebenden. Sein spezielles U-Boot.«

»Wenn ich uns zuhöre«, sagte Mercedes, »könnte man meinen, wir hätten den Verstand verloren.«

»Die Idee kam mir auch schon. Doch am eigenen Verstand zu zweifeln löst nicht wirklich ein Problem. Außerdem zweifle ich eher am Verstand von diesem Taucher.«

Nun, dies war ohnehin der übliche Weg: am Verstand von jemand anderem zu zweifeln.

Es war nun Mercedes, der das Thema wechselte. Er sagte, er müsse mich bitten, den Rückweg ins Tal, hinunter nach Kasern, zurück zum geparkten Wagen, ohne ihn anzutreten. Er selbst wolle in den Bergen bleiben und sich weiter auf die Suche nach seiner Frau machen. Er erklärte mir: »Ich nehme an, Clara ist hinüber zum Glungezer marschiert. Ihrem Lieblingsberg. Sie ist dort mit einer Hüttenwirtin befreundet. Ich war nie da. Aber ich denke, es ist jetzt an der Zeit. Verzeihen Sie mir.«

Er wollte mir die Schlüssel geben, den für den Wagen und den fürs Haus.

Ich entgegnete aber, ich wolle das erst mit Kerstin besprechen. Und das tat ich dann auch. Ich sagte ihr, ich würde Mercedes gerne begleiten. Es wäre nicht richtig, ihn allein gehen zu lassen. Und dann fügte ich an, Kerstin könne zusammen mit Simon und einer Gruppe anderer Wanderer demnächst ins Tal hinuntersteigen und mit dem Wagen zurück zu Mercedes' Haus fahren, zurück ins Valsertal. Ich erklärte ihr, ich fände es gut, wenn sie, Kerstin, auch einmal mit Simon allein sei.

»Prinzipiell hast du recht«, meinte Kerstin. »Aber ich denke, in diesem Fall sollten wir zusammenbleiben. Das sollte man immer in den Bergen. Es war schon ein Fehler, als ihr ohne mich zu dem Stollen marschiert seid.«

Nun, es war schwer zu sagen, wie sich die Sache auf der Alpeiner Scharte entwickelt hätte, wäre Kerstin dabeigewesen. Jedenfalls beharrte sie darauf, sich diesmal nicht zu trennen. Ich denke, es war ihr nicht weniger wichtig als mir,

Mercedes weiter zu begleiten, ihn nicht allein zu lassen. Dennoch wollte sie von mir wissen: »Bist du ihm was schuldig, dem Herrn Messerwerfer?«

Was konnte man dazu sagen?

Natürlich hatte ich nicht vergessen, wie er mich im Traum – mich und Kerstin und letztlich auch Simon – gerettet hatte, indem er zwei Männern mit einem sauberen Schnitt die Gurgel durchtrennt hatte.

Zu Kerstin allerdings sagte ich: »Es wäre einfach zu früh, um wieder runterzugehen. Wir wollen doch lieber eine richtige Wanderung machen, oder? Nicht nur so einfach in den Bergen vorbeischauen.«

»Für einen Mann mit Höhenangst bist du wirklich unglaublich.«

»Ich bin gerne unglaublich«, sagte ich, ohne daran zu erinnern, daß sie selbst ja auch einmal behauptet hatte, mit der Höhe auf Kriegsfuß zu stehen. Aber das war vielleicht eher eine Koketterie gewesen.

Kerstin lächelte schief und fragte: »Haben wir überhaupt soviel Zeit?«

»Zur Not«, meinte ich, »hängen wir noch einen Tag an. Das geht schon.«

»Du mußt es wissen. Du bist der Vater, und du bist der Bademeister.«

Da hatte sie recht. Am ehesten war zu bedenken, daß Simon auf diese Weise nicht zum geplanten Zeitpunkt zu Sonja zurückkehren konnte. Andererseits gab es nun mal Dinge, die ich einfach entschied. Nicht, ohne sie ihm zu erklären, mitunter allerdings zweifelnd, ob Simon meine Erklärungen auf irgendeine Weise verstand. Wie jedes andere Kind auch konnte er eingeschnappt oder bockig oder traurig sein. Was wiederum nicht zu bedeuten brauchte, er hätte mich nicht verstanden.

Als wir jedoch nach einem späten Frühstück aufbrachen und nicht wieder hinunter ins Tal gingen, sondern gegen

Norden hin marschierten, mit dem Ziel, die Lizumer Hütte zu erreichen, schien Simon einzig und allein im Zustand des Vergnügens. Vielleicht, weil er nicht begriff, was geschah, vielleicht, weil es ihn nicht störte, was geschah.

Natürlich hätte sich auch angeboten, die Reise mit dem Auto zu machen, die Fahrt über die Täler wählend, nach Innsbruck und von dort nach Tulfes, um mittels Sessellift auf jenen Berg zu gelangen, auf den sich Clara Foresta vermutlich soeben zubewegte. Doch für Mercedes war es wichtig, quasi den Fußstapfen seiner Frau zu folgen und den gleichen Weg zu nehmen, von dem er dachte, auch sie hätte ihn genommen. Zudem war zu bedenken, daß, wenn ihr etwas geschehen war oder sie auch nur eine längere Pause einlegte, wir sie eher fanden, wenn wir hier oben blieben.

Für mich und Kerstin und Simon war das Ganze einfach ein Abenteuer, ein bürgerliches Abenteuer: gut ausgerüstet, auf markiertem Weg, bei bestem Wetter – ein Tiroler Abenteuer. Wie aus der Broschüre. Das Weltall schien so greifbar, daß man das Gefühl hatte, von sämtlichen Satelliten beobachtet zu werden, den meteorologischen wie den nachrichtendienstlichen. Was nicht störte. Eher fühlte es sich wie eine Begleitung an. Und es wunderte mich darum gar nicht, daß Simon mehrmals freundlich nach oben winkte (während ja in Filmen immer nur ein Stinkefinger himmelwärts gerichtet wird, um auf diese Weise die Amerikaner zu ärgern).

Während in der ersten Tageshälfte noch ein leichter Dunst über den tiefen und hohen Landschaften gelegen hatte, wurde am Nachmittag der Himmel so klar und rein, als hätte der liebe Gott sich von Picasso inspirieren lassen und heute seine eigene *Blaue Periode*. Und um beim Kunstvergleich zu bleiben: Die aufsteigende und niedersinkende Sonne wirkte in diesem Zusammenhang wie eine bewegliche Signatur, welche die Unverwechselbarkeit dieses einen Weltenlenkers bewies und das Original als solches bestätigte.

Freilich hätte der Allesforscher – mein alter Freund in Köln – darauf verwiesen, daß man ohne eine dementsprechende »Kartei« auch von einem Fingerabdruck auf keine bestimmte Person, kein bestimmtes Gesicht schließen könne. Selbst eine noch so schöne und kräftige und lebenspendende Sonne änderte nichts daran, daß Gott im Grunde unsichtbar blieb. Einzig durch einen Abdruck präsent. Wie bei diesen Gespenstern, bei denen man allein die feuchte Fußspur sieht, wenn sie aus der Dusche treten.

Und noch eines hätte Little Face zu bedenken gegeben, daß nämlich nicht nur Bilder gefälscht wurden, sondern auch Signaturen, und es hin und wieder sogar geschah, daß ein Künstler seine eigenen Werke kopierte. Was also, wenn diese Welt zwar tatsächlich von Gott stammte, aber trotzdem eine Fälschung war? Und dies der insgeheime Grund dafür, wie unglücklich viele von uns wurden, sobald sie anfingen nachzudenken.

Aber natürlich kann das Leben auch in einer Fälschung Spaß machen. Bei solchem Wetter!

Während der zweiten Tageshälfte hielt die Blaue Periode an, und der Wind führte trotz beachtlicher Höhe eine lauwarme Luft an unsere Haut. Sie streichelte uns richtiggehend. Allerdings wurden wir beim Gehen deutlich langsamer. Kerstin tat ihr linkes Bein weh, und wir waren gezwungen, immer wieder eine Pause einzulegen. Ich sah die Tränen in ihren Augen. Aus Ärger? Oder der Schmerzen wegen? Wahrscheinlich sowohl als auch. Da nützte selbst die Creme nichts, die Mercedes ihr auf den Schenkel schmierte. Jedenfalls waren wir noch weit von unserer Zielhütte entfernt, als die Sonne hinter dem Horizont verschwand und die Blaue Periode in die Rosa Periode überging.

Aber ohnehin hatten wir überlegt, im Freien zu kampieren. Wir stellten zwei Zelte auf, ein kleines für Mercedes und ein größeres für mich und meine Familie. Es ging wirklich schnell. Wir hatten auf der Fahrt hierher, auf einem der Parkplätze, ein bißchen geübt. Es war eine gute Stelle, windgeschützt, seitlich eines Felsens, aber mit bestem Blick. Und als die Nacht kam, kamen auch die Sterne, die ja immer da sind. Und dennoch hat man das Gefühl, als würden sie praktisch *angedreht* werden. Der Himmel aus und die Sterne an! Wobei man hier oben natürlich einen besonderen Blick besaß, dank wolkenlosem und vergleichsweise unverdrecktem Firmament. Man konnte das breite Band der Milchstraße sehen, die Galaxie, in der man selbst steckte, benannt nach einem Schokoladeriegel. (Zumindest hatte ich das als Kind geglaubt und war darin bestärkt worden, als ich erfuhr, daß dieser Riegel von einem gewissen Frank C. Mars erfunden worden war, der sich wiederum von einem Milchshake hatte inspirieren lassen. Ich hatte mir gedacht: »Wenn jemand schon so heißt! Das kann nie und nimmer ein Zufall sein.«)

Alle vier saßen wir eingehüllt in unsere Schlafsäcke im Freien, etwas abseits des Lagerfeuers, um die dichte Schar der Sterne zu betrachten.

»Wir werden morgen noch vor der Lizumer Hütte abzweigen«, erklärte Mercedes. »Und direkt zum Glungezer marschieren. Beziehungsweise zur Tulfeinalm.«

Selbige lag nördlich des Gipfels, und an diesem Ort war auch die Wirtschaft, die Clara Foresta des öfteren aufzusuchen pflegte.

»Was ist dort so besonders?« fragte ich.

»Es ist eine Frauenwirtschaft«, erklärte Mercedes.

»Na, es kommt schon mal vor«, meinte ich, »daß Hütten und Wirtshäuser von Frauen geführt werden …«

»Die Verhältnisse dort sollen schon eher einem Matriarchat ähneln«, sagte Mercedes.

Ich erkannte jetzt die Klinge seines Messers, welches er auf Brusthöhe hielt. Auf dem glatten Stahl spiegelten sich die Sterne. Erneut mußte ich daran denken, wie er die beiden Männer getötet hatte, die Kerstin hatten mitnehmen wollen.

Wie perfekt das gewesen war. Messerscharf in jeder Hinsicht. So, wie vielleicht ein Engel oder Heiliger töten würde, müßte er.

Nachdem wir lange genug auf den heimatlichen Sternhaufen geschaut hatten, kehrten wir zu unserem Feuer zurück und rieben unsere Hände an der Wärme.

Später dann, im Zelt, lag Simon zwischen mir und Kerstin. Wir waren jetzt auch eine Art von Milky-Way-Riegel: zwei dicke Schichten Schokolade und in der Mitte ein schlankes Band weißlicher Creme.

Ich sagte: »Kafka-loh!«

Das war Simons Begriff für »Gute Nacht!« Ich sprach es ein klein wenig anders aus als er, gewissermaßen mit einem deutschen Akzent und im Bewußtsein, dabei an einen bestimmten Schriftsteller von weitreichender Bedeutung zu erinnern.

Kerstin beschied sich mit einem: »Süße Träume, ihr zwei Schlafschweinchen.« Auch nicht schlecht.

31

Auch in dieser Nacht begegnete ich im Traum dem bereits vertrauten Kleiderschrank. Ich sah ihn von fern und war entschlossen, einen großen Bogen um das Ding zu machen. Aber je mehr ich mich um ein Ausweichen bemühte, desto näher geriet ich an das Objekt. Was für einen Traum ja ganz normal war, diese Aufhebung allgemeiner Gesetze zugunsten spezieller.

Dies begreifend, gab ich es auf zu flüchten und setzte meine Kraft nun ein, auf den Schrank zuzurennen. Dieser war bereits offen, und ich konnte die Gestalt im Taucheranzug erkennen, allerdings auch die Spitze einer ... nun, es mußte sich um eine Harpune handeln.

Die Waffe bemerkend, spürte ich sofort den Impuls, jetzt doch einen »großen Bogen« zu beschreiben, riß mich aber zusammen und versuchte weiter, mich dem Schrank zu nähern.

Mein Plan ging auf. Ich überlistete den Traum. Indem ich bemüht war, mich auf die Bedrohung einzulassen, geriet ich ebenso rasch von ihr fort. Ich meinte noch den wütenden Ruf des Zehn-Millionen-Manns zu hören, aber da hatte ich mich schon so weit entfernt, daß ich kaum noch das Möbelstück, geschweige denn den daraus hervortretenden Taucher erkennen konnte.

Es war geschafft!

Die Träume, die jetzt noch folgten, blieben schrank- und

taucher- und im Grunde bedeutungslos. Es waren allein Ornamente, die dominierten. Dazu paßte, daß ich im letzten Traum an einen Ort geriet, der mich an Wien erinnerte, wo ich ja einmal zur Fortbildung gewesen war. Überall lagen kleine Stücke von Hundekot herum, aber nicht eklig, eher vergoldet, als seien sämtliche Hunde Jugendstilkünstler. Klimt auf vier Beinen.

Als ich erwachte, in meinem Zelt erwachte, stammelte ich: »Was ... wollte er mit der Harpune?«

»Welche ... Harpune?« stammelte Kerstin zurück und betrachtete mich mit ganz kleinen verschlafenen Augen.

»Ach, ich ... nun, er war immerhin Berufstaucher und ...«

»Wer war Berufstaucher?«

Ich richtete mich etwas auf. Zwischen uns lag Simon. Ich konnte ihn riechen. Er roch so frisch.

Doch es war jetzt weniger dieser Geruch, der mich beschäftigte, und auch die Frage nicht weiter, wieso der Zehn-Millionen-Mann diesmal neben Maske und Anzug über eine Harpune verfügt hatte, sondern vielmehr der Umstand eines heftigen Geräusches von außerhalb des Zeltes. Es stürmte. Nicht nur das. Denn obgleich ich es noch nicht sehen konnte, ahnte ich bereits, wie heftig draußen der Schnee fiel.

Schnee, der sogleich eindrang, als ich den Zippverschluß öffnete. Das waren mehr als ein paar verirrte Flocken. Ich griff mit der Hand ins Freie und tauchte sie in die Wächte, die sich vor dem Zelt angehäuft hatte. Der Schnee war weich und auf eine gewisse Weise sogar *trocken* zu nennen. Einen Moment lang dachte ich, er stamme aus der Produktion einer zur Probe aktivierten Schneekanone. Aber Kitzbühel war weit weg.

Im Geflirre des Schneegestöbers sah ich Mercedes näher kommen, der jetzt natürlich seinen Anorak trug. Er kniete sich zu mir herunter und sagte: »Das ist dumm, meine Lieben.«

»Absolut.«

»Jedenfalls müssen wir warten, bis es vorbeigeht.«

»Gerne«, sagte ich.

»Packen Sie sich da drinnen warm ein«, empfahl er.

Ich fragte ihn: »Wollen Sie nicht zu uns kommen?«

»Danke, das ist freundlich. Aber dann wird es zu eng. Da paßt maximal noch ein zweiter Simon hinein.«

Meine Güte ja, es stimmte, im Grunde hätte ich noch einmal Vater werden können. Diesmal leiblicher. Allerdings nicht mit Kerstin als Mutter. Doch eine andere kam für mich nicht in Frage. Ohnehin fühlte ich mich in meiner Rolle so ungemein komplett. Es fiel mir schwer, mir neben Simon ein zweites Kind vorzustellen.

Ich sah Mercedes hinterher, wie er in seinem Zelt verschwand. Mir war klar, wie sehr er sich gerade jetzt nach seiner Frau sehnte. Ich dachte mir: »Na, immerhin hat er sein Messer.«

Und sprach es auch noch laut aus.

Kerstin hörte mich und sagte: »He, hast du dich schon mal an ein Messer gekuschelt?«

Als verlange diese Frage ernsthaft eine Antwort, sagte ich: »Nein, aber ich hatte als Kind ein Holzschwert, das habe ich immer mit ins Bett genommen. Egal, wie sehr sich meine Eltern aufgeregt haben, weil die gemeint haben, mit einer Waffe schläft man nicht.«

»Das klingt jetzt, als hätten sie Angst gehabt, du könntest mit dem Ding onanieren.«

»He, Vorsicht«, sagte ich und blickte zu Simon, von dem ich ja nie wußte, was er verstand und was nicht. Dann meinte ich: »Entscheidend war, daß ich immer das Gefühl hatte, mit dem Schwert sei ich sicher.«

Meine Güte, wo war dieses Schwert wohl hingekommen? Lag es noch bei meinen Eltern? Dort in Köln? Ich wußte es nicht.

Ich kroch zurück in meinen offenen Schlafsack und bildete mit Kerstin und Simon eine erneute Milchstraßenverbindung.

Es war übrigens nicht so, daß wir uns beim Aufbruch am Vortag nicht über das mögliche Wetter informiert hatten. Doch einen solchen Umschwung hatte niemand prophezeit, auch nicht das Internet, wo gerne und viel gewarnt wird. Aber nicht vor diesem Schnee, der auf einen der schönsten denkbaren Spätsommer folgte.

Da war er nun, der raffinierte Herbst, einer, der sich zuerst als Sommer verkleidet hatte und jetzt als Winter.

Als wir aus einem Wechsel von Schlafen und Dösen und zeitweiligem halbbewußten Geblödel, in das Simon sich einfügte, endlich so richtig wach wurden, war es Mittag. Und es war draußen sehr viel leiser geworden. Sonnenstrahlen brannten auf das Zelt und trugen die grüne Farbe der Hülle ins Innere.

Als ich aus dem Zelt schlüpfte, sah ich ein letztes Stück der Wolkenfront Richtung Italien verschwinden. Die Blaue Periode war zurückgekehrt, aber warm war es nicht mehr geworden. Die Berge weiß, damit leider auch der markierte Wanderweg. Dennoch mahnte Mercedes zum sofortigen Aufbruch. Die Gunst der Stunde war zu nutzen, und zu hoffen, es würde eine lange Stunde sein.

Ein Glück war auch, daß es Kerstin mit ihrem wehen Bein schon sehr viel besserging, obgleich es nicht einfach war, auf der nachgebenden Schneedecke zu marschieren. Simon freilich bewegte sich mit der Fröhlichkeit und Leichtigkeit eines jungen Hundes. Mercedes wiederum wußte auch im Schnee, wohin es ging. Ich meinerseits trug das schwerste Gepäck. Meine Stärke war mein Rücken.

So gut wir auch vorwärts kamen, den Glungezer erreichten wir an diesem Tag nicht mehr, sondern schlugen zwei Berge vor dem Ziel unser Lager auf. Zelt und Lagerfeuer und Bohnensuppe.

Während Mercedes mit Simon in der Suppe rührte und sie darauf achteten, daß das Feuer nicht ausging, stand ich mit Kerstin ein wenig abseits, und wir blickten auf den sich verdunkelnden Himmel. Ein Himmel frei von Flugzeugen. Offensichtlich hatte der Wintereinbruch auch seine Auswirkungen auf den Flugraum. Es war, als würden in Hitchcocks *Die Vögel* plötzlich die Vögel fehlen. Darum auch meinte Kerstin: »Ein Himmel so ganz ohne Kondensstreifen wirkt fast unnatürlich. Ich sage jetzt nicht, daß ich die Luftverschmutzung gut finde, aber … ich meine, wenn in einem Gesicht, welches dir vertraut ist, plötzlich die Nase fehlt, bist du auch verunsichert.«

»Du übertreibst«, sagte ich, »einen Himmel ohne Flugzeuge kann man ganz gut aushalten.«

Aber Kerstin beharrte darauf, daß es sie traurig mache, diesen auf eine gewisse Weise *leeren* Himmel zu betrachten. Menschenleer, um genau zu sein. War doch jedes Flugzeug nichts anderes als ein fliegendes Haus mit Leuten drin.

Ich fragte sie: »Sag, kann es sein, daß du vergißt, daß ich mal abgestürzt bin?«

»Ja, was?« entgegnete sie. »Und jetzt findest du, es wäre besser, wenn nie wieder ein Flugzeug aufsteigt?«

»Gott, Kerstin, wir reden manchmal aneinander vorbei. Weil, so habe ich das wirklich nicht gemeint.«

»Und wie hast du's gemeint?« fragte sie und zog mit dem Finger eine Spur durch die Luft, als kratze sie einen weißen Strich in den nachtblauen Himmel. Worauf ich meinte: »Gut so, mach dir deinen eigenen Kondensstreifen.«

Ich nahm sie in den Arm. Es war schon komisch zwischen uns. So wirklich gut verstanden wir uns nicht, andererseits …

Ich wußte, daß sie meine letzte Frau sein würde. Egal, wie lange mein Leben noch dauerte.

32

Wenn ich früher als Kind hochgesehen hatte zu einer vorbeiziehenden Wolke, ihre Form feststellend, ihre Ähnlichkeit mit Tieren und Menschen und Gegenständen, mitunter sogar mit Wörtern, hatte ich mich oft gefragt, ob ich genau diese eine Wolke später noch einmal erblicken würde. Dann, wenn sie die Erde umrundet hatte und ein gütiger Wind es unternahm, sie wieder genau an die Stelle hinzublasen, wo ich lebte. Natürlich war mir klar, daß ich dann auch im richtigen Moment draußen sein mußte, um nach oben zu schauen. Ich wußte bereits, was das Wort »Timing« bedeutet.

Zugleich hatte ich die Möglichkeit bedacht, so eine spezielle Wolke könnte auf halber Strecke umdrehen, eine scharfe Kurve beschreiben und denselben Weg zurück nehmen. Um dann freilich schneller zu sein als bei einer Weltumseglung.

Wie auch immer, es war mir mehrmals so vorgekommen, als könnte ich eine bestimmte Wolke wiedererkennen, selbst wenn ihre Gestalt sich gewandelt hatte. Denn so gescheit war ich auch zu wissen, daß Wolken während ihrer langen Wanderungen sich veränderten, wie auch ich selbst mich veränderte. – Gott, bist du groß geworden, sagten die Leute. Oder: Ich hätte dich gar nicht erkannt. Oder: Mit den kurzen Haaren schaust du jetzt wie ein richtiger Bub aus. – Ja, manchmal waren die Wolken gewachsen, oder aber sie hatten Kurzhaarschnitte bekommen. Und trotzdem war ich mir sicher gewesen, die eine oder andere schon einmal gesehen zu haben.

Als ich am nächsten Morgen in unserem Zelt erwachte – ohne Erinnerung an Schränke oder vergoldete Exkremente – und bemerkte, wie der Wind gegen die Plane peitschte, dachte ich mir, daß dieselbe Wolkenfront, die uns am Vortag zu schaffen gemacht hatte und die nach Italien abgezogen war, aus Italien zurückgekehrt war – wie nach einem sehr kurzen, enttäuschenden Urlaub –, um nun erneut in den Tuxer Alpen ein vitales Schneetreiben zu veranstalten.

Und genau das war der Fall. Durch die alpine Waschküche zog ein wildes Heer von Flocken.

Dennoch entschied Mercedes, daß wir uns auf den Weg machen sollten. Er meinte, wir seien nahe genug am Ziel. Zur Not müsse man eben unterwegs ein neues Lager aufschlagen.

Wir gingen los, in den frühen Winter hinein.

Einmal sagte ich zu Kerstin, wobei ich aber zu Simon schaute: »Ein Pferd für eine Skibrille.«

»Eigentlich heißt es *ein Königreich*«, verbesserte mich Kerstin und meinte dann: »Erinnerst du dich, ich hab gleich gewußt, daß der Junge das Richtige tut.«

Stimmt. Genau so war es gewesen.

Immerhin, wir hatten alle gute Schuhe und feste Jacken und Creme im Gesicht und heißen Tee im Magen und marschierten nun hinter dem Messerwerfer wie hinter einer Entenmutter her. Mercedes wirkte jetzt wieder ungleich größer, als er tatsächlich war, ganz im Stile des Allesforschers.

In unseres Führers Windschatten gelangten wir über Kreuzjöchl und Gamslahner (nicht, daß ich in diesem Moment wußte, wie sie hießen, die Berge, die so gut wie unsichtbar im Schneesturm steckten) und hätten nun eigentlich die Glungezerhütte erreichen müssen und damit auch eine Unterkunft, die wir bei diesem Wetter dringend nötig hatten.

Ich kann wirklich nicht sagen, ob Mercedes uns so geschickt an der Hütte vorbeilotste, daß wir sie nicht zu Gesicht bekamen, oder wir alle im Schneegestöber gar nicht bemerkten, knapp daran vorbeimarschiert zu sein. Keine Frage, daß Mercedes so rasch als möglich zu seiner Frau wollte, die er ja auf der anderen Seite des Berges vermutete, in der tiefer gelegenen Almhütte.

Wie auch immer, wir verfehlten die Glungezerhütte.

(Mir ist klar, wie viele Leute jetzt den Kopf schütteln wegen der Nachlässigkeit, mit der ich meinen Sohn in eine solche Situation gebracht hatte. Aber ich war immerhin bei ihm und mit ihm. Andere setzen ihre Kinder vor den Fernseher oder den Computer und stellen Schalen mit Chips hin oder drücken ihnen Geld in die Hand und sagen »Geh ins Kino!« und behaupten, damit die Unabhängigkeit ihrer Sprößlinge zu fördern. Jede Abschiebung, vom Kindergarten an, wird heutzutage von einem Selbständigkeitstheater begleitet.)

Wir gerieten infolge unserer Hüttenverfehlung alsbald an einen steilen Abhang, wobei an manchen Stellen der Weg fast frei lag, blank geputzt vom Wind. Was sich wieder änderte, als es flacher wurde. Nun sanken wir bis zu den Knien ein.

Einmal rief ich nach vorn zu Mercedes und erkundigte mich, ob wir noch auf dem richtigen Weg seien.

»Sehen Sie hier einen Weg?« brüllte er zurück. »Aber die Richtung stimmt, keine Angst.«

Das hoffte ich sehr. Ich war jetzt wirklich erschöpft, Kerstin ebenso, und selbst Simon wirkte müde. Meine Finger schmerzten in einer Weise, als würden sich zehn kleine Nager an meine Kuppen klammern und verbissen saugen. In die Schuhe waren trotz Gore-Tex die Kälte und die Feuchte eingezogen. Ich hätte mich gerne in den Schnee gesetzt, anstatt mit jedem Schritt einzubrechen. Aber Mercedes trieb uns weiter an. Eine Entenmutter war eine Entenmutter.

Es wurde zusehends dunkler. Dabei war es erst zwei Uhr. Wenigstens auf den Uhren.

»Ich kann nicht mehr«, dachte ich und formte auf meinen Lippen den gleichen Satz, der dort aber augenblicklich eine gefrorene Form bildete.

Mir war jetzt, als würden sich meine Knochen auflösen, bröselig werden, als wollten sie sich letztendlich in einen tiefgekühlten Brühwürfel verwandeln. Mit einem Brühwürfel kann man nicht gehen. Folgerichtig stürzte ich.

Es gibt da diesen Spruch: *Und wenn du denkst, es geht nicht mehr, kommt von irgendwo ein Lichtlein her.*

Erbärmlich und kitschig. Aber mitunter richtig. Man wird gleich sehen, warum ich das sage.

Ich stürzte also, tauchte ein in das weiße Pulver, mit dem Kopf voran, tauchte so vollständig in die lockere Masse von Schnee. Ganz Schneemann.

Und wenn sich nun ein anderer erbärmlicher und kitschiger Satz anbot, dann sicherlich der, man könne nicht tiefer fallen als in Gottes Hand.

Ich blieb liegen. Wollte nicht mehr aufstehen. Spürte nun aber eine Hand auf meinem Rücken. Simons Hand, keine Frage, obgleich sie ja in dicken Handschuhen steckte, doch ich meinte ganz deutlich ihre Form zu erkennen, die schmalen Finger, mit denen er sich so gekonnt an winzigen Vorsprüngen festzuhalten verstand: einen Cliffhanger an den anderen reihend.

… *nicht tiefer fallen als in Gottes Hand.* In ganz ähnlicher Weise fühlte sich Simons Hand an, auch wenn sie nicht *unter* mir, sondern *auf* mir lag. Aber im Universum gibt es ja kein wirkliches Oben und Unten.

Mich im Banne von Simons kleiner, göttlicher Hand wissend, spannte ich meinen Körper an, tauchte mit dem Kopf hoch und …

»Dort!« brüllte ich.

Zwischen mehreren Tannen, die von der Last des Schnees geradezu fett wirkten, erkannte ich einen Lichtschein. Welchen ich gar nicht hätte sehen können, wäre ich nicht genau in der liegenden Position gewesen, in die mein Sturz mich befördert hatte. Denn als ich mich nun wieder ganz aufrichtete, verschwand der gelbliche Lichtschein aus meinem Gesichtsfeld.

Ohne diesen Sturz wären wir an der Hütte vorbeimarschiert. Und das ist der Punkt, will man den Satz *Und wenn du denkst, es geht nicht mehr, kommt von irgendwo ein Lichtlein her* ernst nehmen. Man muß vorher stürzen!

»Mannomann!« sagte Mercedes und vollzog eine Rechtskurve, die uns an die Hütte heranführte. Aus den Fenstern strömte Licht, ungemein einladend, weihnachtlich.

Doch für einen kleinen Moment – in dem ich mir nicht sicher war, ob das hier nicht etwa ein Traum war und diese Hütte das Gefahrenpotential eines Kleiderschranks und einer daraus hervorgehenden Harpune besaß – hielt ich inne. Ich fragte mich allen Ernstes, ob wir in eine Falle gingen. Mußte mich allerdings auch fragen, inwieweit es überhaupt eine Alternative gab. Inmitten dieses Schneetreibens. Noch dazu für jemanden, der überzeugt war, daß alles geschah, wie es geschehen mußte.

Wir waren wirklich am Ende unserer Kräfte und mußten froh sein, wenn wir nicht in den nächsten Tagen mit unseren Namen (und zu jedem Namen das Alter in der Klammer) in den Zeitungen stehen würden.

»Was ist denn los? Komm doch endlich!« Es war Kerstin, sie griff nach Simons Hand. Welcher sich aber sträubte und zu mir zurücksah. Kerstin wiederholte: »Meine Güte, Sixten, ich will hier nicht erfrieren.«

»Ach was denn, wirklich?« Und dachte mir: »Du blöde Kuh!«

Ja, sosehr ich sie liebte, dachte ich das manchmal.

Sodann aber löste ich mich aus meiner Starre und war rasch auf einer Höhe mit ihr und Simon.

Zu dritt erreichten wir Mercedes, und zu viert traten wir in die Hütte.

33

Wenn es in einem Filmtitel Fellinis heißt *Stadt der Frauen*, dann war dies hier eine *Hütte der Frauen*. Was nicht bedeutete, daß es allein Frauen waren, die die dunklen, niedrigen Räume füllten und an allen Ecken und Enden ein dichtes Menschengedränge bewirkten. Die Männer waren sogar in der Mehrzahl. Aber auch Plankton ist in der Mehrzahl. Oder dunkle Materie. – Stimmt, Mercedes hatte mich vorgewarnt. Doch auch ohne diese Vorwarnung hätte ich rasch begriffen, wie sehr die Verhältnisse in diesem Gebäude – ein Gebäude, das quasi eine Insel war – von den Frauen bestimmt wurde. Ihre Macht war augenblicklich spürbar. Wie ein Geruch, der auch in verstopfte Nasen dringt.

Wir waren natürlich nicht die einzigen, die von diesem Wetterumschwung, dieser jahreszeitlichen Rochade überrascht worden waren. Die meisten Leute hier waren Gefangene des Wetters und damit auch Gefangene der Gastronomie. Und bald wurde zudem klar, wie wenig dieser Wetterumschwung bloß ein kleines Intermezzo darstellte und demnächst die Wärme zurückkehren und das Wasser in Strömen vom Berg rinnen würde, gleich einem Langhaarigen, der unter der Dusche steht.

Nein, keine Dusche ergab sich, sondern eine dicke, mit Mehl gepuderte weiße Perücke der Zeit um 1700, welche Stunde um Stunde anwuchs und es unmöglich machte, hinunter ins Tal zu gelangen. Man war, wie man so sagt, von der

Welt abgeschnitten. Wir vier waren die letzten »Schiffbrüchigen«, die auf die Insel der Tulfeinalm geraten waren.

Wie ich sehr bald feststellte, wurde die Hütte von einer fünfzigjährigen Frau und ihren Töchtern betrieben. Es gab zwar auch einen Wirt, der jedoch von der Chefin (in der Tat wurde sie von allen als solche tituliert) in ihrem Zimmer … nun, wie soll ich das ausdrücken: *aufbewahrt wurde?* Ich meine, er war selbstverständlich am Leben, nicht etwa ausgestopft oder so, durfte dieses Zimmer aber nicht verlassen. Vielleicht wegen einer Krankheit oder Entstellung, vielleicht … Ich wußte es nicht und brachte es auch niemals in Erfahrung. Möglicherweise existierte dieser Mann nicht wirklich, und es bestand allein das Gerücht. Ein Gerücht, das die Chefin der Hütte schmückte. Jeder hier hatte Angst vor ihr. Aber eben eine Angst, in der dieselbe Lust steckte, die uns dazu bringt, uns Horrorfilme anzusehen und Kriminalromane zu lesen.

Am wichtigsten war freilich, daß Clara Foresta es ebenfalls geschafft hatte, die Hütte zu erreichen. Allerdings hatte sie sich unterwegs verletzt, war am Gipfel der Sonnenspitze ein Stück abgerutscht. Glücklicherweise waren zwei Bergsteiger in der Nähe gewesen und hatten sie geborgen. Die alte Dame hatte jedoch darauf bestanden, nicht in die nahe gelegene Gipfelhütte des Glungezer gebracht zu werden, sondern hinunter zur Tulfeinalm. Zur Chefin. Und so kam es, daß Mercedes seine Frau genau an der erwarteten Stelle traf. Mit einem Kreuzbandriß, einigen Prellungen und einer Schnittwunde quer über die Stirn, einem dunkelroten Streifen, der exakt dieselbe Färbung aufwies wie das Rouge auf Forestas Wangen, auch wenn man es umgekehrt sehen konnte. In jedem Fall wirkte die Verletzung als ein Teil der kosmetischen Farbgestaltung dieses Gesichts.

Die Männer, die um Foresta saßen – egal, wie alt sie war, sie verfügte weiterhin über eine magnetische Wirkung –, machten Platz für Mercedes, der nun die Hände seiner Frau ergriff und sich überzeugte, daß diesen nicht das geringste geschehen war. Es war echte Sorge. Allerdings kam mir der Verdacht, daß er sich auch um sich selbst sorgte, weil er fürchtete, in eine wahrhaftige Hölle zu geraten, hätte seine Frau das Klavierspiel aufgeben müssen.

Doch ihre Hände waren vollkommen in Ordnung, die Finger zitterten in der vertrauten Art, und glücklicherweise gab es sogar ein Klavier in diesem Haus. Keinen Steinway-Flügel, das nicht, aber ein ganz ordentlich gestimmtes Piano, auf dem Clara ihre Einstudierung von 825 (so das Bach-Werke-Verzeichnis) fortsetzen konnte. Ja, wir sprachen von nun an nur noch von 825, wenn wir diese Komposition meinten (und außerdem auch meinten, daß 825 eigentlich mehr von Foresta als von Bach stammte und man wegen Forestas Handicap zur Zeit von einer »Kreuzbandrißversion« sprechen konnte).

Auch hier am neuen Ort konnte ich also in der Nacht die sechs Klavierstücke hören, die Foresta übte, wenn alle zu Bett gegangen waren. Und niemand wagte es, etwas dagegen zu haben. Foresta tapezierte die Nacht mit ihrer Musik. Allerdings tat sie dies – wie ich rasch begriff – in einer neuen, dem Original widersprechenden Reihenfolge. Sie kreierte eine den besonderen Umständen und dem Ort geschuldete Spezialversion: 825 *reloaded*. – Ich benötigte eine halbe Nacht, um das neue System definitiv zu verstehen, wobei auf Grund der Schleifenbildung nun jedes der sechs Stücke das erste oder letzte sein konnte. Nicht, daß ich daraus eine Symbolik bezog. Ich war einfach froh darum, die neue Reihenfolge benennen zu können. (Es war eine der mystischen Vorstellungen meiner Kindheit, mitten in der Nacht von einer höheren Macht geweckt und nach etwas scheinbar vollkommen Bedeutungslosem gefragt zu werden, etwa wie viele Eierbecher im Küchenschrank stehen oder ob die Knöpfe auf der Waschmaschine alle weiß sind oder ob meine sämtlichen Plastikindianer eine gerade Zahl bilden oder nicht. Ich war zu dieser Zeit etwas jünger als Simon jetzt, und mir war es so vorgekommen, daß, wenn ich eine solche Frage würde beantworten müssen, es dann um Leben und Tod ginge. Die richtige Zahl an Eierbechern würde die Welt retten, eine falsche den Untergang bewirken. Kinder denken so was, Erwachsene nicht. Zumindest lassen sich die wenigsten Erwachsenen dabei erwischen, wenn sie vor einem Küchenschrank stehen und murmelnd Zahlen memorieren.)

Man kann sagen, daß die Stimmung in der Hütte bestens war. Offensichtlich gab es nicht nur ein gut ausgestattetes Lager an Lebensmitteln, sondern auch an alkoholischen Getränken. Man würde hier schon eine ganze Zeit durchhalten können. Ja, es war deutlich zu sehen, wie wenig die Leute sich nach einer unmittelbaren Rettung sehnten und wie sehr das Abgeschnittensein von der Welt sie erfreute.

Und in der Tat: Es herrschte ein Matriarchat.

Aber ein kluges. Zweifellos. Die Männer wurden hier nicht zu Sklaven gemacht, sondern blieben Gäste und wurden als solche behandelt. Die gutgebaute Wirtin war weiterhin Wirtin, ließ sich nicht etwa bedienen, sondern bediente, servierte also die Getränke und das Essen und kassierte. Nur wenn zuviel Arbeit zusammenkam oder eine ihrer kellnernden Töchter eine Pause machte, wurde ein Mann herbeigewunken, und man nahm ihn in die Pflicht. Manch einer bekam dann einen Klaps auf den Hintern.

Unmöglich hingegen, daß ein Mann sich seinerseits einen solchen Klaps hätte erlauben dürfen. Es hatte sich ausgeklapst. Hätte es einer von ihnen versucht, die Wirtin hätte ihn hinausgeschmissen. Und keiner hätte ihm geholfen. Das erste, was nämlich im Matriarchat verschwindet, ist die Solidarität der Männer. Sie geben sich in dieser Hinsicht völlig auf.

Das Ganze hier wirkte schon ungemein organisch: die

Hütte als Pflanze, voll mit Wesen, die mit und in der Pflanze lebten und über eine Königin verfügten.

Die Art, wie die Frauen (alle waren in irgendeiner Weise mit der Chefin verwandt oder befreundet) mit den Männern sprachen, war so vergnügt wie anzüglich. Aber es war eben mehr eine Koketterie – man könnte auch sagen: ein Sexismus –, als daß wirklich etwas geschehen wäre. Auf den Punkt gebracht: Hier wurde niemand vergewaltigt oder zu etwas gezwungen, was er nicht wollte.

Es war sehr bezeichnend, daß sowohl Mercedes wie auch ich selbst dadurch respektiert wurden, daß wir Frauen hatten, beziehungsweise die Frauen uns. Kerstin hatte mich und Foresta ihren Mercedes, welcher in höchstem Maße bemüht war, seine vom Sturz verwundete Frau zu betreuen. Er wich kaum von ihrer Seite. Und brachte erneut seine selbstzubereitete Salbe zum Einsatz, die auch bei Kerstin letztendlich gewirkt hatte. Er trug sie gleichermaßen zärtlich wie bestimmt auf die verletzten Stellen seiner Frau auf. Die Chefin sagte einmal: »Der Mercedes würde mir auch gefallen.« Aber sie ließ ihre Finger von ihm. Die Klugheit der Tulfeinalm-Frauen bestand nicht zuletzt darin, einander in diesem Punkt nicht in die Quere zu kommen, gleich, wer welche Position innehatte. Ob Dienstmädchen oder Hohepriesterin. Die Chefin sagte also, »Der würde mir auch gefallen«, unterließ es aber, Marc Mercedes auch nur komisch anzusehen.

Es war wirklich unglaublich eng in dieser Hütte, überall waren Menschen, auch viele Kinder, im großen Gastraum genauso wie in den Zimmern und Fluren. Zudem war es sagenhaft warm, und in der Luft hing ein Dschungelgeruch. Man fühlte sich wie in den Tropen, nur daß diese Feuchtigkeit stark vom Schnaps durchmischt war. Als würden die Wände Alkohol schwitzen. Aus der offenen Küche drangen die Geräusche geschlagenen Fleisches und der Geruch werdender Mehlspeisen. Die Hütte war schon immer für ihren

Kaiserschmarrn und ihren Apfelstrudel berühmt gewesen sowie für eine Suppe, in der ein flachgedrücktes, aus Semmelknödelteig und Bergkäse hergestelltes und mit Schnittlauch bestreutes kreisrundes Laibchen schwamm, was insgesamt eine sogenannte Kaspreßknödelsuppe ergab. Jedes servierte Laibchen verfügte über eine ungewöhnliche Einbuchtung am Rande, die ohne Funktion war, jedoch als Markenzeichen fungierte. Denn man bildete sich hier nicht wenig auf seine Kaspreßknödel ein. Sehr zu Recht, wie ich sagen muß. Die besten Knödel ihrer Art herzustellen schien der unbedingte Ehrgeiz des Kochs und seiner beiden Gehilfen zu sein, die man fast immer nur in ihrer »Werkstatt« sah. Kamen sie einmal heraus, so standen sie kurz an der Theke, wo sie eine Zigarette rauchten und ein Bier sowie den obligaten hellen Schnaps tranken. Einer der Gehilfen war ein Asiate, der mir sogleich auffiel, weil er recht großgewachsen war, vor allem aber wegen der Art und Weise, wie er seine Zigarette hielt, was ungemein aristokratisch anmutete. Der ganze Mann wirkte, als wäre er der Kaiser von China, der gerade Europa besuchte, um die Herstellung von Kaspreßknödeln zu studieren und anschließend in die chinesische Küche zu integrieren. Allerdings erfuhr ich dann, daß der Mann Auden hieß. Ich meine, welcher Chinese bitte schön heißt Auden? Noch dazu mit Vornamen. Auden Chen.

Als ich das erste Mal mit ihm ins Gespräch kam – sein Deutsch besaß einen französischen Akzent, einen Aznavourschen Tonfall –, bestätigte sich mein Verdacht betreffs der Vornehmheit dieser angeblichen Küchenhilfe. Allein seine Haltung! Gleich einem Herrenschirm, der aber nie aufgespannt wird, sich keinen Moment um einen blöden Regen kümmert, sondern einzig ein stilvolles Flanieren unterstützt. Zudem unterließ es Auden Chen völlig, mich auf Simons asiatisches Aussehen anzusprechen. Er erwähnte bloß die Sprache Simons, die er überaus interessant fand. Er sagte, er habe noch nie etwas Derartiges gehört.

»Niemand hat das«, antwortete ich und erklärte, es handle sich um eine Art von Privatsprache.

Ich war nun meinerseits weit weniger zurückhaltend als Auden Chen und wollte von ihm wissen, woher er eigentlich stamme.

»Aus Taiwan«, antwortete er. »Aber das ist so lange her. Ich meine damit, es kommt mir vor, als wäre es vor hundert Jahren gewesen. Mein Leben ist damals sehr anders verlaufen. Die ganze Welt ist anders verlaufen.«

Es versetzte mir einen Stich, wie er da den Namen der mir vertrauten Insel nannte.

Nun gut, derartiges geschah. Menschen, groß und klein, verließen ihre Heimaten und verteilten sich. Es war nicht wirklich ein Wunder, daß zwei Taiwaner in eine Tiroler Hütte gelangt waren. Der eine als Kind, der andere als Koch. Trotzdem verschwieg ich, daß Simon aus demselben Land wie Auden kam. Wobei ich meine Scheu nicht begriff. Was wäre schon dabei gewesen?

Statt dessen fragte ich Auden, woher er seinen Namen habe.

»Von meinen Eltern.«

»Ich meine den Vornamen.«

»Auch von meinen Eltern. Sie sind große Fans von Auden, Auden, dem englischen Schriftsteller.«

»Dablyu-aitsch«, nannte ich die bekannten Initialen, gestand aber gleich, nur ein einziges Gedicht dieses Autors zu kennen, und das aus einem Film.

Wie um mich mit einem solchen Geständnis nicht allein zu lassen, verriet mir Auden, vor etwa zehn Jahren seinen richtigen Namen – also Auden Chen, denn das war ja sein richtiger – abgelegt und mit Hilfe gefälschter Papiere eine neue Identität angenommen zu haben.

»Ich war auf der Flucht«, sagte er. »Aber nicht, weil ich selbst kriminell war, sondern gezwungen, sehr gezwungen, einigen Kriminellen zu entkommen. Das ist aber lange vorbei, und ich denke nicht, daß ich diese Leute noch fürchten muß. Darum habe ich vor kurzem wieder begonnen, meinen alten Namen zu verwenden.«

»Was doch eigentlich bedeuten würde, daß Sie auch wieder heim nach Taiwan könnten.«

»Zurück in mein altes Leben? Nein, wirklich nicht. Es geht mir gut hier.«

»Als Küchenhilfe?«

»Was tun *Sie* denn for a living?« fragte Auden.

»Ich bin Bademeister in Stuttgart«, sagte ich.

»Waren Sie das immer schon?«

Er hatte mich erwischt. Im Grunde befand ich mich in einer durchaus ähnlichen Situation wie er. Vom Manager zum Retter der Enten. – Und er? Was war er vorher gewesen?

Ich stellte die Vermutung an, er sei früher einmal ziemlich reich gewesen.

»Ganz passabel«, antwortete er.

»Und wie ist es so, in der Küche zu stehen?«

»Am Anfang war es Tarnung«, erklärte er. »Ich war froh, daß Marlen, unsere Chefin, mich aufgenommen hat. Hier oben. Als ich noch ein Versteck brauchte. Sie ist eine gute Frau. Streng, aber gut. Früher war ich viel unterwegs. Jetzt stehe ich die meiste Zeit am gleichen Flecken, vor einem Küchenherd. Aber es gefällt mir, wie es mir gefällt, mit den immer gleichen Leuten zusammenzusein. Den Wald vor dem Haus zu kennen, wirklich jeden Baum. Dazu der Ehrgeiz, eine perfekte Suppe zu machen. Nicht der Ehrgeiz, mit dieser Suppe ins Fernsehen zu kommen, Fernsehkoch zu werden oder so prominent zu werden, daß man auch mit einer schlechten Suppe ins Fernsehen kommt.«

»Sie gehören zur Familie, nehme ich an.«

»Sie meinen, ob ich mit einer der Damen …?« Er schüttelte den Kopf.

Ich wunderte mich. Er mit seinem French Style, seiner Charles-Aznavour-Methode! So ungemein gutaussehend und elegant und asiatisch reduziert, auch hieß es, daß unter seinen Fingern die Kaspreßknödel eine besonders form-schöne Gestalt erhielten und er angeblich ein eigenhändig gemischtes, magisch angehauchtes Kräutersalz zur Anwen-dung brachte. Jedenfalls dachte ich mir, daß er der absolut Richtige war, um der Chefin Liebhaber zu sein. Oder einer der Töchter der Chefin. Was aber nicht der Fall war. Ich mußte bald einsehen, daß Auden Chen tatsächlich zu keiner der Frauen gehörte. Und auch zu keinem der Män-ner. Auden war solo, wie man sagen könnte, ein Solitär sei solo.

Ich selbst verblieb vorerst in der Rolle des reinen Gastes. Nie-mand verlangte von mir, etwas zu arbeiten, so wie auch Mer-cedes sich allein seiner Frau widmen durfte. Das war bei den meisten anderen nicht der Fall. Die Chefin bestimmte immer wieder kleine Gruppen – dabei zeigte sie auf die ausgewähl-ten Männer, wie man das tut, wenn man am Gemüsestand das beste Obst aussucht – und wies sie an, Schnee zu schau-feln, den Ofen am Brennen zu halten, Reparaturen vorzu-nehmen, Vorräte aus dem Keller zu holen, die Toiletten in Schuß zu halten oder mit den Kindern vor dem Haus Schneemänner und dergleichen zu bauen. Um die Hütte herum ragten bald gewaltige Figuren in die Höhe. Sollten wir von Außerirdischen angegriffen werden, würden die es sich sicher zweimal überlegen.

Zu nichts davon, auch nicht zur Küchenarbeit, wurde ich ausgewählt. Darum dachte ich, es würde wohl genügen, mit Kerstin zusammenzusein.

Aber das war ein Irrtum.

Es geschah bald etwas Unweigerliches. Eine der Frauen bekam die Wehen. Keine Ahnung, ob sie ohnedies vorgehabt hatte, oben am Berg ihr Kind auszutragen, oder vielmehr geplant hatte, zur rechten Zeit ins Tal zu gelangen, und so-dann vom stark verfrühten Wintereinbruch wie auch auch vom leicht verfrühten Zurweltkommen ihres Kindes überrascht worden war.

Ich saß gerade mit Simon an einem der vollbesetzten Tische, und wir spielten Go, jenes japanische Brettspiel mit schwarzen und weißen »Linsen«, das auch dann nett anzusehen ist, wenn die Spieler wenig zusammenbringen. Wobei Simon in dieser Disziplin einiges an Geschick und Intelligenz bewies, während ich selbst ein verkrampftes Kopfzerbrechen übte und genau die Züge tat, über die man sich im nachhinein nur wundern kann.

Jedenfalls kam die Chefin zu uns herüber und sagte zu mir: »Es ist soweit.«

»Wie bitte?«

»Die Katrin liegt in den Wehen.«

Ich wußte, wer die Katrin war, und hatte natürlich ihren beträchtlichen Bauch wahrgenommen. Sie war noch keine zwanzig und die jüngste Tochter der besten Freundin der Wirtin. Wer der Vater war, konnte ich nicht sagen. *Ich* jedenfalls nicht. Darum irritierte mich die direkte Ansprache. Ich schaute fragend zur Chefin hoch.

Sie hatte die Hände in ihre breiten Hüften gestützt und schenkte mir einen steinigen Blick aus fleischigen Augen. Als schaue eine große offene Kirsche. Im Grunde war sie eine wirklich häßliche Person. Trotzdem hätten die meisten Männer hier viel darum gegeben, mit ihr …

Aber darum ging es jetzt nicht. Sie herrschte mich an: »Willst du denn warten, bis alles vorbei ist?«

Endlich begriff ich. Ich begriff, worin meine Funktion bestand. Und schließlich war es genau das, was mir Mercedes im Traum prophezeit hatte. Wie hatte er gesagt? *Werde Geburtshelfer!*

Ich hätte freilich erklären können, nicht die geringste Ahnung zu besitzen und im Unterschied zu anderen Männern im Haus nicht einmal einen Geburtsvorbereitungskurs besucht zu haben, Simon wäre ja nicht mein leibliches …

Blödsinn! Hier war keine Zeit und kein Ort für Ausreden. Ich erhob mich und sagte: »Ich komme.«

»Hätte ich dir auch geraten, Sixten, mein Junge«, erklärte die Chefin. Sie war ein echtes Goldstück. Ein lebensgroßes Nugget.

Ich gab Simon ein Zeichen, bei dem Go-Brett zu bleiben, und folgte der Chefin in einen hinteren Raum, in dem die werdende Mutter lag, umringt von vielen Frauen. Jede von ihnen war tausendmal geeigneter, den Geburtsvorgang zu überwachen. Aber sie bestanden nun mal darauf, daß ich es tat.

Absolut nichts Ungewöhnliches geschah. Kein Schamanismus oder so. Keine Gesänge, kein Weihrauch, nur eine Frau mit Schmerzen, der ich immer wieder mit einem kühlen Tuch über die Stirn strich. Alles, was ich tat, hatte ich aus dem Kino oder dem Dokumentationsfernsehen. Glücklicherweise verlief die Sache ohne jegliche Komplikation, das Kind hatte offensichtlich nicht vor, nur um meine Unerfahrenheit zu beweisen, sich länger als nötig im Geburtskanal aufzuhalten. Ich rief fortgesetzt *Pressen!* und *Atmen!* und *Atmen nicht vergessen!* und *Ruhig atmen!* und *Durchatmen!* und *Schön atmen!* – es schien, als wäre ich von der Fraktion derer, die meinten, ein Kind könne allein durch richtiges Atmen auf die Welt gebracht werden. Jedenfalls erkannte ich bald den glatten, feuchten, ein wenig blutigen Schädel zwischen den Beinen, mittig ein kleines Büschel heller Haare, und erklärte mit einer ruhigen Stimme, die mich selbst beeindruckte: »Der kommt jetzt.«

»Es ist eine Sie«, sagte die Chefin hinter mir.

Klar, daß sie mehr wußte als ich. Aber ich ließ mich nicht durcheinanderbringen, gab weiterhin Anweisungen bezüglich »guten Atmens« und faßte vorsichtig nach der weichen Schädeldecke des Neugeborenen. Ich tat wirklich nicht mehr, als den Kopf einfach wie eine Melone umfaßt zu halten. Das Kind drehte sich ganz von selbst heraus. Wären die Männer vom Stammtisch dabeigewesen, sie hätten sicher gemeint, die Kleine sei so schnell gekommen, um sich nicht weiter mein Gequatsche von wegen Atmung anhören zu müssen.

Wie auch immer, das Kind flutschte mit Leichtigkeit ins Freie, in die neue Welt. Es war in der Tat ein Mädchen, mit einem Haarschopf, als wäre es schon vor seiner Geburt beim Friseur gewesen. Jetzt dachte ich kurz nach, ob ich die Kleine allen Ernstes kopfüber an den Beinen halten und ihr einen Klaps auf den Po geben sollte. War das heute noch üblich? Oder nur noch in alten Filmen? Und was war mit der Nabelschnur? Sofort durchtrennen? – Man hätte mir Zeit geben sollen, mich zu informieren.

Ich stand einfach da und hielt das Kind in den Händen. Vergaß immerhin nicht, den kleinen Kopf zu stützen. Dabei schaute ich die Mutter an, fragte sie, wie es ihr gehe und wie sie ihr Kind nennen werde.

Die Nachfrage mochte etwas aufgesetzt scheinen – in der Tat betrachtete mich die Chefin mit einer härteren Version ihres Kirschblickes –, die Mutter aber sah mich dankbar an. Sie sagte: »Nana.«

Tirolerisch war das nicht. Aber hübsch. Das sagte ich auch. Und fragte mich, was ich wohl geantwortet hätte, hätte das Kind Nancy geheißen. Aber bei so viel Glück mit der Geburt war eben auch der Name ein Glück.

Die Chefin nahm mir nun das Neugeborene aus der Hand, umwickelte es mit einem Tuch und legte es der Mutter auf die Brust. Was auch immer jetzt noch kam – Nabelschnurdurchtrennung, die Untersuchung der nachfolgenden Plazenta, das Trockentupfen des Kindes –, es war nicht mehr mein Job. Ich durfte gehen.

Es geschah übrigens später nicht, daß mich irgend jemand als »männliche Hebamme« ansprach, auch war ich in keiner Weise in die Pflege des Kindes oder die Pflege der Mutter involviert. Niemand verlangte nach meinen guten Ratschlägen. Auch blieb man mir eine Erklärung schuldig, wieso ausgerechnet ich ausgewählt worden war, diese Geburt zu begleiten.

»Vielleicht«, sagte Auden, »waren Sie für die so etwas wie der gute Geist.«

Bei Geist dachte ich an jemand Toten, der noch immer unter den Lebenden wandelte, wenigstens deren Träume bevölkerte, jemanden wie Astri, jemanden wie den Zehn-Millionen-Mann, wobei der sicher kein *guter* Geist war.

Zu Mercedes sagte ich: »Genau, wie Sie mir im Traum vorausgesagt haben.«

»Und wie war es?«

»Ich hatte Glück mit dem Kind«, sagte ich. »Eine Bilderbuchgeburt.«

Stimmt. Das Kind namens Nana hatte es vermieden, bereits in diesem ersten frühen Stadium das wesentlichste Element des Lebens zu leben: die Komplikation.

34

Mit der Geburt Nanas wurde das Wetter ein wenig besser. Der Schnee fiel gemächlich, und man konnte wieder mehr sehen als bloß die eigene Hand.

Ich stand mit Auden und anderen auf der Terrasse. Ein Trupp Männer war oben auf dem Dach und reparierte die Antenne. Die Chefin kam heraus und warf ihnen einige Flaschen Bier hoch. Dann trat sie zu uns hin, zu mir und Auden, und sagte: »Habt ihr Angst?«

»Wovor?« fragte ich. Und fragte im Übermut: »Vor Ihnen?«

»Nur weil du die Geburten machst, brauchst du nicht zu denken, du könntest frech werden.«

Es war ein deutliches Zeichen ihrer Macht, daß die Chefin alle duzte, jedoch verlangte, gesiezt zu werden. Nur wenigen war erlaubt, sich einen vertraulichen Ton herauszunehmen. Etwa Auden, der schon. Ich fand eigentlich, nach der Sache mit der Geburt dieses Privileg ebenfalls zu verdienen, aber …

»Folgendes«, erklärte die Chefin, »ich will, daß ihr beide zum Gipfel aufsteigt, zur Glungezerhütte. Wir hatten gerade Funkkontakt. Denen ist ein Hund zugelaufen. Der gehört zu uns. Er muß sich verlaufen haben, als das mit dem Schneesturm begann.«

Ich hätte jetzt gerne gefragt, wieso der Hund allein draußen gewesen sei und wieso er nicht dort oben bleiben könne, zumindest bis sich die Verhältnisse deutlich gebessert hätten.

Aber das waren einfach keine Fragen, die man der Chefin stellen konnte. Immerhin wagte ich es, darauf zu verweisen, daß ich weder Bergführer noch Bergretter sei und es sicher hier Männer gebe, die sich eher eigneten, hochzugehen, um einen Hund abzuholen.

Doch die Chefin insistierte: »Ihr zwei macht das. Ihr seid die Richtigen.«

»Mercedes«, sagte ich. »Ich hätte gerne noch Mercedes dabei.«

»Ich glaube nicht«, meinte die Chefin, »daß er von seiner Frau weg will. Er klebt so lange an ihr, bis sie wieder ganz gesund ist.«

»Trotzdem«, sagte ich. »Wir brauchen ihn.«

»Mal sehen«, sagte die Chefin. »Jedenfalls geht ihr heute noch los. Solange das Wetter so ruhig ist. Es soll bald wieder schlechter werden.«

Auden seufzte.

»Hör auf zu seufzen«, sagte die Chefin und ging.

Eine Stunde später standen wir bereit. Ich trug Simons Kinderskibrille, obgleich ich auch eine für Erwachsene hätte haben können. Aber er bestand darauf, daß ich seine nahm. Ich konnte ihm das schwer abschlagen. Außerdem paßte sie ganz gut, ich hatte im Sommer ein wenig abgenommen, scheinbar auch im Gesicht.

Als ich Mercedes sah, dankte ich Gott im Himmel.

Er sagte: »Aber am Abend will ich wieder daheim sein.«

Meine Antwort: »Ich auch.«

Wir gingen los. An den Füßen Tourenskier, deren Laufflächen mit Fellen ausgestattet waren, die ein Abrutschen verhinderten.

Wir kamen gut vorwärts und erreichten auf halbem Wege unsere Zwischenstation, *Heinrichs Schäferhütte*. So hieß sie und war nun wirklich eine Hütte: Steine und Bretter zum Obdach gewachsen. Sogar mit einer Nummer ausgestattet, der Fünf, als stünde hier eine Reihe schnuckeliger Einfamilienhäuser. Allerdings abgeschlossen. Eine windgeschützte Bank lud zur Pause ein. Eine Einladung, der wir folgten. Wir aßen Stücke von Graukäse, die zwischen kalten Scheiben dunklen Brotes steckten, und tranken heißen Tee aus Thermosflaschen.

Wir saßen schön geordnet nebeneinander, schwiegen, aßen. Ich rechtsaußen. Als Mercedes mit seinem Brot fertig war, neigte er seinen Kopf in meine Richtung und berichtete mir, Simon habe gestern abend ein Porträt von ihm und Clara angefertigt. Und dann sagte er in einem Ton, der eher in eine Geheimdienstgeschichte gepaßt hätte: »Sie wissen ja wohl, warum ich Ihnen das erzähle. Der Junge ist … *wie* alt?«

»Neun Jahre.«

»Mit neun Jahren zeichnet so kein Mensch, oder? Heutzutage nicht mal die, die schon an der Kunstakademie sind und dort mit ihren Videokameras spielen.«

»Daß Simon besonders ist, haben Sie doch bereits mitbekommen.«

»Das ist aber schon *sehr* besonders, so zu zeichnen.«

»Nun ja, dafür kann er andere Dinge gar nicht«, bemühte ich mich, bei aller Besonderheit dieses Kindes doch auch seine Normalität zu betonen. Denn im Grunde will man ja weder ein Monster noch ein Genie zum Sohn.

»Sie meinen«, sagte Mercedes, »er kann nicht reden.«

»Zum Beispiel.«

»Möglicherweise ist die Sprache, die er spricht, um einiges komplexer als die unsere.«

»Was wollen Sie andeuten, Herr Mercedes, daß mein Sohn ein Außerirdischer ist?«

»Ich stelle nur fest, daß er zeichnet wie ein Alter Meister.«

»Picasso konnte das auch so früh.«

»Konnte Picasso klettern? Ich habe gehört, Simon sei ein begnadeter Sportkletterer. Und bis jetzt hat auf der Hütte noch jeder beim Go gegen ihn verloren.«

»Er ist ein Kind. Ein Kind mit Höhen und Tiefen, mit Talenten genauso wie mit zwei linken Händen.« In meiner Stimme war Ärger. Und verärgert, wie ich war, fragte ich: »Was wollen Sie mir überhaupt sagen? Daß sich bei meinem Sohn eine Teufelsaustreibung aufdrängt? Oder ich die CIA anrufen soll, in meiner Familie wäre E. T. untergetaucht?«

Mercedes lachte laut auf und legte mir seine Hand auf den Schenkel. Er bat mich um Verzeihung. Dann sagte er: »Für die Kirche und die CIA ist der Simon viel zu gescheit. Oder denken Sie, daß die Leute dort noch eine meisterhafte Zeichnung von einer Stümperei unterscheiden können? Im Ernst, lieber Braun, was ich sagen wollte, ist das folgende: Sie haben ja gemeint, ich würde Sie an einen Mann erinnern, den Sie einst in Köln, als Sie Kind waren, kannten und den Sie den Allesforscher genannt haben. Nun gut, mag ja sein, daß ich dem alten Knaben von damals ähnlich sehe, vielleicht einfach, weil ich jetzt selbst ein alter Knabe bin und sich im Grunde der eine Alte vom anderen Alten nicht wirklich unterscheidet. Was ich aber ganz sicher nicht bin, ist ein Allesforscher, ein Universalgelehrter. Ihr Sohn aber, Simon, er ist genau das. Mir scheint, daß er sich für alles interessiert, alles durchleuchtet. Darum auch zeichnet er. Das ist eine konservative, aber immer noch praktikable Methode, den Dingen auf die Spur zu kommen. Ich sage nicht, er ist ein Außerirdischer, aber wäre er einer, wäre es da nicht auch viel klüger, als Kind daherzukommen und nicht wie ein blöder Tourist mit einer Handykamera alles abzufotografieren?«

Simon als Allesforscher? Als der *neue* Allesforscher? Also nicht etwa als Reinkarnation des Mannes, den ich einst in Köln so geliebt hatte und der mir soviel mehr Vater gewesen war als mein eigener Vater, sondern eben ein Kind, ein Mensch, der in der Tradition der Allesforschung stand.

Ich gestehe, mir gefiel die Vorstellung, mir Simon als Allesforscher zu denken und weder als geistig behindert noch als absonderlich genialen Grenzfall, gleich diesen Leuten, die sich niemals im Leben ein Frühstück zubereiten können, aber unglaubliche Algorithmen im Kopf ausrechnen. Simon konnte durchaus ein Frühstück zubereiten, und zwar genau so, wie man es sich bei einem Neunjährigen vorstellte. Er putzte seine Zähne schlampig und wollte im Kino den neuesten *Ice-Age*-Film sehen und nicht etwa die Godard-Retrospektive besuchen, er konnte weder die Lottozahlen voraussehen noch mittels seiner Gedanken Menschen Nasenbluten bereiten, aber es stimmte, sein Blick auf die Welt war genau und umfassend, und seine Zeichenkunst – die abstrakte wie die konkrete – ein Hinweis auf sein Studium der Welt, die sichtbare wie die unsichtbare.

Er war ein Allesforscher und war dennoch ein Kind.

Ich sagte zu Mercedes: »Ich denke, Sie haben recht.«

»Ich helfe, wo ich kann«, meinte der verdiente Messerwerfer, schaute nun auf seine Uhr und äußerte: »Wir müssen los! Damit sich alles ausgeht.«

Also nahmen wir das steile Schlußstück in Angriff und stiegen in kurzen Serpentinen nach oben zur Hütte. Die Wolkendecke war aufgebrochen und die Blaue Periode als Fragment sichtbar geworden.

Oben am Gebäude standen viele im Freien und genossen die Sonnenstrahlen. Man ahnte auch hier, daß diese »Beruhigung«, diese Erschöpfung eines wahnsinnig gewordenen Wetters nicht lange anhalten würde. Niemand wollte es riskieren, nach unten ins Tal zu marschieren. Die einzigen, die hier etwas riskierten, waren wir selbst, nur um einen Hund abzuholen.

Wir wurden vom Hüttenwirt empfangen, der uns an die Theke einlud und eine Flasche Schnaps öffnete. Wir hoben die gefüllten Gläser, die wie kleine durchsichtige Tulpen zwischen unseren Fingern baumelten, und stießen an.

Da sich die meisten Leute jetzt draußen befanden und ein himmlisches Bruchstück bewunderten, war es hier drinnen verhältnismäßig leer und ruhig. So konnte ich das anrükkende Geräusch vernehmen. Es war ein Tappen. Viele kleine Schritte. Als würde gerade eine Gruppe Zwerge von der Arbeit heimkommen.

Es waren aber keine Zwerge. Es war ein Hund, der sich langsam näherte, in kleinen Kurven, so daß man ihn von beiden Seiten sehen konnte. Er war mittelgroß, hellgrau, mit kurzem, struppigem Fell. Irgend jemand hatte mit roter Farbe je ein Kreuz rechts und links auf sein Fell gesprüht, in Form eines X. Als wären seine Flanken Zielscheiben. Aber das war nur ein dummer Gedanke. Niemand würde den Hund der Tulfeinalmchefin als Zielscheibe verwenden. Die Kreuze waren wohl als Markierung gedacht, damit man das Tier im Schnee besser sehen konnte.

Er knurrte nicht und wedelte nicht, sondern war in einem kurzen Abstand zu uns erstarrt. Er hatte grüne Augen und kleine Ohren und eine Schnauze, die dunkler war als der Rest von ihm. Wären die Kreuze nicht gewesen, hätte man ihn für einen sehr durchschnittlichen Mischlingsrüden halten können.

Einen Moment dachte ich daran, daß solche Kreuze nicht zuletzt auch auf chemischen Produkten zu sehen waren, um dort auf eine Gefahr hinzuweisen. – Hatte man diesen Hund angemalt, um vor ihm zu warnen? War er verflucht, oder war er der Fluch? (Stimmt, besagtes Kreuz als Gefahrensymbol ist Schwarz auf Orange, dieses Hundekreuz aber war Rot auf Hellgrau. Doch vielleicht hatten sie einfach kein Orange und kein Schwarz mehr gehabt, vielleicht …)

Ich sagte mir: »Hör auf zu spinnen.«

»Ein Andreaskreuz«, erklärte Mercedes, der sich als Messerwerfer – und wie er einmal gesagt hatte, als »christlicher Messerwerfer« – mit zielartigen Symbolen gut auskannte.

»Welcher Andreas?« fragte ich.

»Der Apostel, einer der Fischer. Als man ihn kreuzigte, hat man das auf schrägen Balken getan. Und dann ging der Name des Gekreuzigten auf das Kreuz über.«

Mercedes schaute hinunter zu dem Tier und redete mit ihm in jenem leicht vertrottelten Ton, den Menschen gegenüber Vierbeinern gerne anschlagen: »Heißt du Andreas, mein Guter?«

Der Hund kam und strich im Stil einer Katze mit dem Kopf gegen die Beine Mercedes'. – Nun, das hätte er vielleicht auch getan, hätte man irgendeinen anderen Namen gewählt. Doch Auden, der den Hund natürlich kannte, erklärte, der Hund heiße tatsächlich Andreas.

Ich sah Mercedes an und sagte: »He, Sie wußten das vorher schon!«

»Nein, wußte ich nicht. Es war nur so ein Gefühl.«

Ich fragte mich, ob dieser Mann, der mich zumindest optisch an den Allesforscher meiner Kindheit erinnerte, ob dieser Mann ein Lügner war. Denn obgleich er wie ich selbst am Tag zuvor das erste Mal in die Hütte der Tulfeinalm gelangt war, so hatte er von seiner Frau sicherlich vieles über diesen Ort und jene Chefin erfahren. Und dabei auch gehört, es existiere ein Hund namens Andreas. Andererseits wirkte Mercedes jetzt absolut aufrichtig, seinerseits erstaunt, den Namen des Hundes erraten zu haben. Wobei »erraten« das falsche Wort war. Mercedes hatte kombiniert und hatte eben richtig kombiniert. Verwunderlich war es dennoch. So verwunderlich wie der Umstand, daß er mir im Traum prophezeit hatte, ich würde demnächst als Geburtshelfer fungieren. – Konnte es sein, daß der Messerwerfer genau das war: ein Prophet? Freilich ein unbewußter.

Simon als Allesforscher und Mercedes als Prophet?

Passenderweise konnte ich später feststellen, daß der Hund, der Andreas hieß, den Leuten auf der Tulfeinalmhütte wirklich als eine Art Märtyrer galt. Mit dem Hang, in brenzlige Situationen zu geraten. Obgleich er eigentlich als Rettungshund ausgebildet worden war, war er eher ein Hund, der seinerseits des öfteren gerettet werden mußte. Die Kreuze auf seinem Fell waren darum auch dahingehend zu deuten, daß man dank ihrer den Hund besser finden konnte, wenn er wieder einmal verlorengegangen war. Andreas war ein Lawinenhund, der gerne in Lawinen geriet. Ob das nun allerdings wirklich das Martyrium war, für das dieser Hund stand, blieb doch recht unklar. Aber Unklarheit ist ohnehin die Krönung jeglicher Religion.

Wir tranken aus, und Auden und Mercedes gingen noch mit dem Wirt mit, um ein paar Lebensmittel zu holen, die für die Chefin bestimmt waren.

Ich selbst begab mich auf die Toilette, der Andreashund an meiner Seite. Dabei geriet ich in einen langen Flur, wo auf Gesichtshöhe gerahmte und verglaste Fotos aneinandergereiht hingen. Das Übliche: Bilder von Bergsteigern und Bilder von Hüttenfesten und Bilder von Gipfelkreuzen – alte Schwarzweißfotos und auch nicht mehr ganz junge Farbabzüge (manche Farben so blaß, als wären sie weniger einem Alpinismus als einem Albinismus erlegen). Die jüngsten Bilder waren vor einigen Jahren entstanden, das älteste kurz nach dem Ersten Weltkrieg. Auf vielen davon die Unterschriften der im Foto Verewigten.

Kein Grund, den Besuch der Toilette aufzuschieben. Dennoch blieb ich hängen.

Als ich etwa in der Mitte an eine Farbabbildung kam, konnte ich wegen der Spiegelung, die die durchbrechende Sonne verursachte, zunächst einmal nur mich selbst sehen, wie ich da mit zusammengekniffenen Augen versuchte, die Fotografie zu betrachten, und statt dessen nur Gekniffenes erkannte. Ich neigte den Kopf etwas zur Seite, um einen günstigeren Blickwinkel zu gewinnen. So gewahrte ich im Vordergrund des Bildes zwei Männer, bekleidet in der typischen Art von Extremalpinisten. Ihre Haut ledrig, ihre Bärte voll. Sie lächelten in die Kamera. Hinter ihnen befand sich eine Art Monument, und darüber erhoben sich die angezukkerten Gipfel mehrerer Berge. Rechts von den Kletterern, weiter hinten im Bild und damit näher am Denkmal, standen zwei weitere Personen. Bisher hatte ich sie wegen der starken Reflexion nicht wahrgenommen, aber indem nun eine Wolke vor die Sonne zog und dem hereinfallenden Licht einen Schleier verlieh, verlor sich der Widerschein, und ich sah alle Teile des Bildes, auch die zwei Frauen im Hintergrund. Ich klebte mit der Nase an der Scheibe und strengte meine Augen an. Und dann erkannte ich sie: Lana! Sehr viel dünner als in meiner Erinnerung – das Gesicht eine schmale Säule, die Augen dunkel, schattig. Lana trug ein Kopftuch, auf diese geschlossene Weise, wie bei Menschen, die kein Haar mehr besitzen. Die Krankheit, die sich in ihr ausbreitete, erschien als markante Aura. Aber auch Lana lächelte. Am Leib hatte sie ein kreuzförmig gebundenes Tuch – man könnte sagen: ein Andreastuch, und hinter ihrer linken Schulter war der Schopf eines Babys zu erkennen. Keine Frage, es mußte Simon sein. Mitten in seinem ersten Lebensjahr, Monate bevor er dann seine Mutter verlieren würde.

Sosehr Lana auf dem Foto vom Tod gezeichnet war, so eben auch von der Schönheit, die gerade der todkranke Mensch auszustrahlen vermag. Man könnte sagen, dem Genius des Todes gelinge es, den Menschen in seiner ganzen Reinheit zu zeigen. Der vom Tod Gezeichnete ist auch der von Gott Berührte, der ja immer nur die Unglücklichen berührt, nie die Fröhlichen, auch wenn die Fröhlichen sich das in ihrer Fröhlichkeit gerne einbilden.

Obgleich Lana ungemein dünn war, verfügte ihr Busen – von den textilen Balken des Andreastuches noch gestützt und hervorgehoben – über jene Fülle, jenes sichtbare Gewicht, wie es einer stillenden Mutter entsprach. Ja, es konnte gar kein Zweifel bestehen, daß Lana zum Zeitpunkt dieses Fotos Simon noch immer die Brust gegeben hatte.

Eine Brust, die ich nie zu Gesicht bekommen hatte. Und mir alles Mögliche und Unmögliche vorgestellt hatte. Jetzt aber kam mir der Gedanke, daß Lana diesen Körperteil –

sichtbar und greifbar – allein für ihr Kind reserviert hatte. Und keine Scham, keine Narbe, kein Defekt war es gewesen, der sie abgehalten hatte, mich »einzuweihen«.

Wenn es so war, genau so, war es in Ordnung. Sehr in Ordnung.

Unten auf dem Foto hatte einer der Bergsteiger den 5. Juni 2005 notiert, daneben standen chinesische Schriftzeichen, die möglicherweise den Ort bezeichneten. Es folgten zwei Signaturen, gewiß die der Alpinisten, sowie einige Zahlen bezüglich der von ihnen bewältigten Touren.

Bei der Frau, die neben Lana stand, ganz eng an ihr, als wären die beiden zusammengewachsen, handelte es sich um eine Chinesin. Auch sie dünn wie Lana, aber gesund, zumindest körperlich, wenn man bedachte, was letztlich aus ihr geworden war. Denn natürlich konnte das niemand anders sein als die Person, die nach dem Tod Lanas das Kind zu sich genommen und Simon in den folgenden Jahren aufgezogen hatte. Ohne ihm eine bekannte Sprache beizubringen, dafür aber die Fähigkeit behenden Kletterns. Jene Frau, die schlußendlich in irgendeiner Art von psychiatrischer Anstalt gelandet war, was auch immer man tun oder lassen mußte, um in Taiwan als verrückt zu gelten (das mochte ja in den verschiedenen Kulturen nicht immer das gleiche sein).

Daß sich am oberen Rande der Fotografie, über den schneebedeckten Gipfeln, drei helle Punkte abzeichneten, war ziemlich eindeutig auf einen Bildfehler zurückzuführen, einen Widerschein im Moment des Abdrückens oder etwas, das später, bei der Entwicklung des Bildes, geschehen war. Dennoch fühlte ich mich an das Ereignis zweier Nebensonnen nahe dem Astri-Berg erinnert, ein Ereignis, das allein von mir und Simon beobachtet worden war. Simon, der auf diesem Foto ein Baby war. Ein sorgsam auf den Mutterrücken gebundener Säugling.

»Haben Sie was entdeckt?«

Es war Auden. Er stand hinter mir. Sein Atem war ein kleines, warmes Pelztier auf meinem Nacken.

Ich sagte: »Nichts. Alte Fotos. Berge, Bergsteiger. Menschen in kalter Luft.«

Ich verschwieg ihm, genau auf dieser einen Fotografie der Frau meines Lebens aufs neue begegnet zu sein. Und damit auch meinem Sohn, aus einer Zeit, als ich noch gar nicht hatte wissen können, daß er existierte. Dieser »Gruß aus der Vergangenheit« gehörte mir allein, und ich wollte ihn nicht teilen, indem ich vor Auden die ganze Geschichte ausbreitete. Wozu? Nur, weil er ebenfalls aus Taiwan stammte? Wirklich nicht!

Er aber trat an mir vorbei und näherte sich dem Bild, das ich so auffällig betrachtet hatte. Ich hätte ihn gerne weggestoßen, statt dessen machte ich Platz. Er hätte es kaum verstanden, wäre ich jetzt aggressiv geworden. – Sollte er halt schauen.

Wenn ich ihn gerade noch mit einem Pelztier verglichen hatte, so war jetzt zu ergänzen: ein totes Pelztier. Zumindest schien Auden, da er nun die Fotografie betrachtete, mit einemmal ohne Atmung: sein Mund offen, aber in diesem Mund herrschte absolute Windstille.

Er schien paralysiert.

»Waren Sie schon einmal dort«, fragte ich, »ich meine, in diesem Gebirge?«

Er schüttelte den Kopf, wozu er ja weder ein- noch ausatmen mußte.

Doch es war unverkennbar, wie sehr etwas an diesem Bild ihn betroffen machte. Vielleicht nicht in derselben Weise wie mich, der ich darauf Lana erkannt hatte. Vielleicht war ihm, Auden, die Chinesin vertraut. Oder er erkannte in den beiden Bergsteigern, die im Vordergrund posierten, jene Leute, die ihn verfolgt und dazu getrieben hatten, Taiwan zu verlassen und in Tirol ein neues Leben zu beginnen. Quasi vom Millionär zum Tellerwäscher. Wobei es natürlich besser war, ein lebender Tellerwäscher zu sein als ein toter Millionär. Möglicherweise jedoch war es gar nicht der Anblick einer der Personen, der ihn so verstörte. Vielleicht hing es mit den Bergen zusammen. Oder mit dem Monument. Dunkler Stein. – Auden war nicht weniger ein Mann der Geheimnisse als ich selbst.

Die Frage, die mich aber vor allem beschäftigte, war die, ob ich das Foto abhängen und mit nach unten nehmen sollte. Ohne zu fragen. Was auch hätte ich fragen sollen?

Ich besaß kein einziges Bild von Lana. So weit war es nie gekommen. Andererseits schien dieses Foto an dieser Stelle einen idealen Platz gefunden zu haben. Die Reihe von sechzehn Aufnahmen füllte die gesamte Wandfläche, keines zuviel, keines zuwenig. Und obgleich die verschiedenen Abzüge aus verschiedenen Zeiten stammten, verteilt über hundert Jahre, wirkten sie einheitlich, die Welt umspannend. Und in der Tat war ein jeder der sechs Kontinente vertreten. Denn Berge gibt's überall und zu jeder Zeit: der Erde faltige Haut.

Ich beschloß, das Bild an seinem Platz zu lassen. Immerhin kannte ich den jetzt und würde später die Möglichkeit haben, diesen Ort immer wieder aufzusuchen. Wie man eine Kapelle aufsucht. Kapellen nimmt man auch nicht mit nach Hause.

Ich berührte Auden sachte am Arm und sagte: »Gehen wir! Mercedes wartet sicher schon.«

Indem ich Auden anfaßte, begann er wieder zu atmen. Er nickte mir leicht zu und drückte sich aus dem Bannkreis der Fotografie wie aus einer Blase. Ich folgte seiner Spur.

Draußen wartete tatsächlich Mercedes mit leichter Ungeduld. Zwischen Auden und mir trottete der Hund, der Andreas hieß und rechts und links zwei aufgemalte Balken besaß. In der Ferne drohte über den Bergen des Karwendels die nächste Wetterfront. Wir schnallten unsere Skier an und fuhren im hohen, nachgebenden Schnee nach unten.

Tiefschnee: pulverig, schaumig, schwierig!

Ich fiel einige Male hin, Auden ebenso, auch den Hund Andreas fegte es mehrmals von den Beinen, nur Mercedes stürzte kein einziges Mal. Unverletzt aber waren wir alle vier geblieben, als wir im Halbdunkel die Hütte der Tulfeinalm erreichten.

Mercedes kehrte augenblicklich zu seiner Frau zurück, Auden zu seiner Küchenarbeit und ich zu Kerstin und Simon, die beide vor einem Go-Brett saßen – die Frau Schwarz, das Kind Weiß – und mit Steinen (die man als elegante Vorfahren der »vielen bunten Smarties« ansehen konnte) ihre Territorien besetzten und vergrößerten, wobei die zwei geradezu verträumt wirkten. Japan träumend, eine gute Schlacht träumend. Eine Schlacht ohne Blut.

Kerstins Blick blieb fortgesetzt auf das Brett gerichtet, als ich mich neben sie setzte. Sie griff kurz nach meinem Handrücken, drückte ihn leicht und ließ ihn wieder los, um einen Spielstein zu setzen. Dabei fragte sie, ob alles in Ordnung sei. Und ob ich oben auf der Glungezerhütte etwas entdeckt hätte.

»Einen Hund«, sagte ich.

»Ach was! Und sonst nichts?«

»Nein«, log ich.

Es wunderte mich gar nicht, daß noch am gleichen Abend Simon und der Andreashund gute Freunde wurden. Ohne daß Simon sich auf das Tier gestürzt hätte, wie einige andere Kinder das taten, ihn auf eine Weise streichelten, als wollten sie ihm die Ohren abreißen. Simon begnügte sich anfangs damit, den Hund anzuschauen. Der Hund kam dann und lehnte sich gegen Simon wie gegen einen dünnen Baum, an dem er sein Fell und seine roten Balken rieb.

Bald würden die beiden im Schnee herumtollen und gemeinsam vor der Küche stehen, um bei Auden zu betteln. Der Hund würde neben dem Jungen auf der Bank liegen, wenn dieser Go spielte. Sie würden so ungemein geschwisterlich wirken, denn das gibt es ja auch, daß Tiere und Kinder miteinander verwandt sind. Mit dem Unterschied, wie wenig das Älterwerden bei Simon und Andreas dazu führen würde, einander aus dem Blick zu verlieren und sich bloß noch an den Feiertagen zu begegnen, im Rauch ausgeblasener Kerzen stehend.

In der Nacht, die diesem erfolgreichen Tag folgte – ein Hund war gefunden, ein altes Foto entdeckt, ein Aufstieg und eine Abfahrt überlebt worden –, geriet ich in einen Traum, der zunächst ohne größere Bedeutung schien. Da war wieder viel vergoldetes Zeug zu sehen, viel Dekor, verschwommen, dann klar. Ich befand mich auf einer Einkaufsstraße. Die Gestaltung der Auslagen war ein wenig merkwürdig. Viele lebende Leute posierten in den Schaufenstern, hatten Preisschilder auf Stirn oder Wangen gesteckt. Ich dachte mir: »Little Sonja was here.«

Und dann sah ich ihn wieder: den Kleiderschrank. Er stand in einer von diesen Vitrinen, umgeben von Damen in Bikinis, dazu Sand, Strandkörbe, Sonnenschirme, ein gemaltes Meer und ein gemalter Himmel. Aber dies war im wahrsten Sinne Staffage. Wichtig war allein der Schrank, der sich nun öffnete. Der Zehn-Millionen-Mann stieg in der bereits gewohnten Manier – mit seiner Harpune voran – aus dem Wasser, brach in der Folge mit Leichtigkeit durch die Scheibe und landete sicher auf dem Gehweg.

Ich befand mich auf der anderen Straßenseite und war frech genug hinüberzurufen: »Mein Lieber, Sie wiederholen sich.«

Er zog seine Tauchermaske und die Kapuze seines Neoprenanzugs herunter und beutelte kopfschüttelnd die Feuchtigkeit aus dem weißen Haar. Er grinste mit seinen gut erhaltenen Zähnen und erklärte: »Sie irren sich, Sixten Braun, wenn es bloß eine Wiederholung wäre, wäre ich nicht in der Lage, jetzt auf Sie zu schießen.«

Er richtete seine Harpune auf mich. Ein nagelneues Ding,

sehr viel jünger als er selbst. Die Spitze samt Widerhaken glänzte im Sonnenlicht. Sauberster Federstahl. An einer Blutvergiftung würde ich ganz sicher nicht sterben. Aber sehr wohl an der Wunde, die dieses Instrument an und in mir verursachen würde.

Ich lachte verkrampft und meinte: »Absurd, Sie wissen doch auch, daß das hier ein Traum ist. Wie wollen Sie mich da töten? Ehrlich!?«

Der Zehn-Millionen-Mann machte große Augen, schien irritiert.

Was war es, das ihn durcheinanderbrachte? Die Feststellung, daß wir uns – ich lebend, er tot – in einem Traum befanden? Oder die Feststellung, wie wenig es mich real umbringen würde, fiktiv gemordet zu werden? Dann aber folgte ich seinem erstaunten Blick und erkannte … erkannte einen Laster, der um die Ecke kam. Darauf ein gewaltiger Pottwal. Mindestens fünfzehn Meter. Der Schwertransporter hatte Schwierigkeiten mit der engen Kurve. Polizisten halfen. Auch mehrere Passanten. Man hob einen geparkten Kleinwagen ein Stück auf den Gehsteig, damit es sich für den dermaßen beladenen Lkw ausgehen konnte.

»Was hat der Wal hier verloren?« beschwerte sich der Zehn-Millionen-Mann.

Nun, ich wußte es ja auch nicht, sagte aber: »In meinem Traum kann ich so viele Wale auftreten lassen, wie ich will.«

»Das machen Sie nur, um mich zu verwirren.«

»Ehrlich gesagt, verwirrt es mich selbst.«

Mir kam der Gedanke, daß, wenn die Toten in den Träumen der Lebenden unterwegs waren, dies möglicherweise auch für die Tiere galt, jene, die gestorben waren, auch sie vor ihrer Zeit. Ich war mir ganz sicher, daß es sich um den gleichen Wal wie damals in Tainan handelte. Ich hatte ihn mir nicht ausgedacht, ihn nicht herbeigefleht, wirklich nicht. Einmal hatte mir gereicht.

Der Laster schaffte die Kurve und kam nun die Straße

hoch, direkt auf uns zu. Ich ahnte, was geschehen würde. Daß dieser Wal ein zweites Mal explodieren wollte. Sein Schicksal wiederholend. Vielleicht auch, um diesmal *besser* zu explodieren, wenn das noch möglich war.

Der Zehn-Millionen-Mann sah zwischen mir und dem Wal nervös hin und her. Er hatte wohl vorgehabt, seine Tat zu genießen, mich noch einmal zur Rede zu stellen und meine Angst zu verstärken. Möglicherweise hatte er geplant, mir einreden zu wollen, daß das hier gar kein Traum war. Vielleicht hatte er gehofft, mich in den Irrsinn zu treiben. Einen, der anhalten würde, auch wenn ich längst erwacht war.

Doch nun stand der Zehn-Millionen-Mann unter Zugzwang. Keine Zeit für Spielchen.

Er richtete den Lauf seiner Preßluftharpune auf meinen Brustkorb. Sein Finger bog sich um den Abzug. Sein Augenpaar jedoch glitt in die andere Richtung, weg vom Wal, weg auch von mir, ans andere Straßenende. Erneut folgte ich seinem erstaunten Blick: Es war Astri, die er sah.

Sie kam rasch näher, den Arm gehoben.

Der Zehn-Millionen-Mann schrie: »Jetzt reicht's.«

In dem Augenblick, da er dies ausrief, explodierte der Wal.

Traum hin oder her, es ging alles so rasch, als wär's das richtige Leben: wie da die Walteile durch die Luft flogen und der von Preßluft angetriebene Pfeil an einer Schnur auf mich zuschnellte. – Ich sah der Spitze ins Auge.

Doch da war noch eine andere Spitze. Eine Messerspitze.

Bevor mich nämlich der Pfeil erreichte, traf ihn das Messer, welches Astri im selben Moment geworfen hatte, da der Zehn-Millionen-Mann abgedrückt hatte und der Wal explodiert war. Dergestalt geriet die Harpune aus ihrer Flugbahn und wurde in einer Weise zur Seite und ein wenig nach oben abgelenkt, um genau in jenes Stück des Wals einzudringen, das von der rechten Seite auf meinen Schädel zugeschossen kam. Und welches nun einen Fingerbreit an meinem Hinterkopf vorbeiflog.

Das Ganze hätte ein wirklich schönes Rechenbeispiel ergeben, alle einwirkenden Kräfte und Distanzen und Gewichte berücksichtigend, denen zu verdanken war, daß ich nicht gleichzeitig von einem Stahlpfeil in der Brust und einem Stück Walfleisch am Kopf getroffen wurde, sondern völlig unbeschadet blieb.

Ich schaute hinüber zu Astri. Zu meiner hellsichtigen Schwester, die einmal behauptet hatte, nicht in die Zukunft der Träume sehen zu können. Aber eine Ahnung mußte sie gehabt haben und hatte deshalb also darauf bestanden, von Mercedes das Messerwerfen zu erlernen. Sie selbst wäre nicht in der Lage gewesen, rechtzeitig bei mir zu sein, mich umzuwerfen, aus der Zielbahn zu befördern, mich zu retten. Mit dem Messer aber war es gelungen.

Ich wollte ihr etwas zurufen. Aber sie war verschwunden. Verschwunden wie der Wal und der Zehn-Millionen-Mann. Ich würde sie alle nie wiedersehen.

Als ich erwachte, war ich in keiner Weise erschöpft oder erledigt, sondern fühlte mich ausgesprochen frei. – Keine Frage, es ist pure Phantasie, purer Blödsinn zu meinen, wäre ich jetzt im Traum gestorben, hätte dies auch bedeutet, im wirklichen Leben zu sterben. Natürlich nicht. Es war etwas anderes, das sich auswirken würde: Es war die Rettung.

Astri hatte mich gerettet, vorausschauend, klug und mit größtem Geschick. Und dies hatte durchaus eine Folge für mein Leben. Ohne ihr Eingreifen wäre ich in einen Kreislauf von erschöpfenden Alpträumen geraten. Diese Rettung jedoch beruhigte meine Traumwelt und pflanzte sich in mein Wachsein fort.

Es gibt sie, die guten Geister.

Drei Tage später hörte der Schneefall endgültig auf, es wurde wärmer, es taute, und die von der sogenannten Außenwelt abgeschnittenen Täler und Berge fanden wieder Anschluß an das Leben der Hauptorte. Straßen wurden frei geräumt und freigegeben und ein paar Leute ins Krankenhaus gebracht.

Auch Clara mußte zum Arzt, saß aber bald wieder an ihrem Steinway-Flügel und spielte 825 – nun wieder in der traditionellen Reihenfolge.

Andreas wurde unser Familienhund. Denn so leicht es Simon gefallen war, auf Sonja zu verzichten, so traurig wurde er, als ich ihm erklärte, daß wir den Hund nicht mitnehmen könnten. Simon versuchte mir deutlich zu machen, sich um den Hund kümmern zu wollen und stets darauf zu achten, die Farbe der beiden Kreuze zu erneuern, quasi den Hund frisch anzustreichen. Er meinte das ernst. Er wußte, daß Andreas ohne Kreuze nicht der gleiche war und daß davon auch dessen Unversehrtheit abhängen konnte. Indem die rote Farbe eben immer gut sichtbar blieb und nicht etwa im Zuge von Wind und Wetter verblaßte.

Ich redete mit der Chefin. Sie ließ sich ein wenig bitten, gab dann aber relativ schnell nach. Wahrscheinlich hatte sie ohnehin schon begriffen gehabt, wie sehr dieser Hund und dieser Junge zusammengehörten. Allerdings sagte sie: »Mein Chinese bleibt aber!«

»Auden?«

»Ja, ohne ihn ist die Küche nichts wert.«

Ich versicherte ihr, bei aller Sympathie für Auden diesen ganz sicher nicht mit nach Stuttgart nehmen zu wollen. Allerdings geschah es, daß Auden uns wenig später – denn die Hütte auf der Tulfeinalm hatte zwischen Oktober und Dezember geschlossen – von selbst in Stuttgart besuchte. Er kam sogar zu mir ins Bad Berg und schwamm einige Runden im heiligen Wasser. Die Damen dort waren begeistert, sie erklärten, noch nie einen so hübschen, vornehmen und charmanten Asiaten kennengelernt zu haben. Wobei ich mit einigem Erstaunen feststellte, daß Auden sich in sehr beredter

Weise mit den Bergianerinnen über Kosmetik unterhielt und ihnen Tips gab, die sie alle versprachen zu befolgen.

Eine von ihnen meinte: »Aber schwul ist er trotzdem nicht.«

Ob schwul oder nicht, er wurde unser Freund. Kerstins und Simons und meiner. Im Winter fuhren wir immer wieder nach Tirol und verbrachten unsere Zeit in der Hütte, in der auch ohne Schneechaos und gesperrte Straßen weiterhin die Chefin regierte und Auden seine Knödel fabrizierte. Allerdings war er während unserer Aufenthalte auch viel bei uns in der Gaststube oder sogar auf der Piste, wenn wir gemeinsam zum Skifahren gingen. Abends wiederum spielte er mit Simon Go (wirklich nicht mein Ding). Dabei stellte es sich heraus, daß Auden es viel besser als jeder andere verstand, sich Simons Vokabular anzueignen. Auden merkte sich weit mehr Wörter und Betonungen und begriff die spezielle Syntax, vor allem aber erkannte er, wie sehr eine bestimmte Vokabel mittels einer Veränderung der Mimik auch ihre Bedeutung tauschte. So gab es für *Gott* und *Teufel* den absolut gleichen Begriff, der aber einmal mit offenen und einmal mit geschlossenen Augen gesprochen wurde, so daß sich mit einem Wort zwei Dinge sagen ließen. Was für viele Begriffspaare galt, mal nachvollziehbar, etwa bei *Vater* und *Mutter,* mal weniger, zum Beispiel im Falle von *Tod,* wo man sich natürlich als Gegenstück den Begriff *Leben* gedacht hätte. Aber das Zwillingswort zu *Tod* war *Fernglas.*

Jedenfalls lernte Auden die Sprache immer besser zu verstehen.

Hätte ich da nicht eifersüchtig sein müssen? Meine Position als Vater des Kindes in Gefahr sehend?

Nein, eher war es so, daß Auden sich verhielt, als wäre er mein Bruder, ein Bruder, der sich eben Zeit nahm für seinen Neffen und all die Lücken füllte, die zwangsweise auch ein noch so guter Vater hinterläßt. Aber es blieb dabei, daß Simon sich keinem Menschen mit derselben Zärtlichkeit näherte wie mir. Es kam mir so vor, als wäre ich ein lebendes Nest, in das er immer wieder flog und wo er zur Ruhe kam, in der Obhut eines Mannes, der im entscheidenden Moment – damals im Konsulat in München – »Ja« gesagt hatte. Manchmal verbindet ein Ja Männer und Frauen, aber es gibt auch ein Ja, das Kinder und Erwachsene verbindet, und dann kann sie nichts mehr trennen.

Das klingt schon sehr nach Idylle. War es ja auch. Allerdings hatte ich mit Kerstin so meine Schwierigkeiten und sie mit mir. Sie spürte, daß sie nicht die Frau meines Lebens war, wie es Lana gewesen war, und einmal drohte sie, etwas mit Auden anzufangen. Aber mir war klar, daß sie auch für Auden nicht die Frau *seines* Lebens sein würde. Daß Auden in dieser Hinsicht ganz in der Vergangenheit lebte und nichts unternehmen würde, seiner Vergangenheit ein Jetzt gegenüberzustellen.

Er war ein Mönch (ein Bruder).

Ich war ein ewiger Bademeister (und einmaliger Geburtshelfer).

Kerstin die Gegenwart.

Simon die Zukunft.

Andreas ein Kreuz.

Letztes
Sie hören jetzt nicht Schönberg,
sondern Schubert,
und es spricht der Autor

Der Titel des vorliegenden Romans ist eine Wortschöpfung. Sie stammt von meinem Sohn. Unzufrieden mit dem Begriff des Universalgelehrten, fragte ich ihn vor einigen Jahren, wie er eine solche Person bezeichnen würde. Er antwortete prompt: »Allesforscher«. Ebenso prompt war ich in dieses frisch geborene Wort verliebt und wußte auch bald, daß es in die Welt gekommen war, um mir als Romantitel zu dienen. Fehlte noch der Roman. Der kam später. Ein Roman, der im Gegensatz zu meinen bisherigen Büchern weder in einem Stück geschrieben wurde noch in seiner ursprünglichen Fassung erhalten blieb. Vielmehr unterlag er einem mehrmaligen Wandel im Kleinen wie im Großen. Einem Wandel, der ihm, wie ich glaube, gutgetan hat. Wie es guttut, ein paar Kilo abzunehmen und dann wieder ein paar Kilo zuzunehmen, aber nicht dieselben, die man zuvor verloren hat. So ergibt sich, daß man nachher zwar ein fast identisches Gewicht besitzt, aber sehr viel besser und gesünder und frischer aussieht.

Daß die neuen Kilo dieses Romans andere und bessere sind als die alten, habe ich mehreren Personen zu verdanken, die mir beratend zur Seite standen, gleich den Trainern in Fitneßstudios, die aufpassen, daß man beim Sport nicht krank und krumm wird.

Hier die Trainer:

Mein Kollege, der Übersetzer und Kunsthistoriker G. H.

H., hat mir dringend ans Herz gelegt, als den eigentlichen Allesforscher dieser Geschichte den kleinen Simon anzuerkennen. Simon ist es, der mit seinen abstrakten wie konkreten Zeichnungen die Allesforschung konsequent betreibt und der Antwort nach dem »Alles« wohl näher ist als jeder andere. Und keine Frage: Wenn die Wahrheit des Universums in einem jeden Ding steckt, dann natürlich auch in der Feder einer Ente.

Mein Agent Uwe Heldt beklagte zu Recht, daß in den ersten Fassungen dieses Romans der Zehn-Millionen-Mann allein am Anfang der Geschichte auftaucht beziehungsweise untergeht, in der Folge aber keine Rolle mehr spielt. Was auch wirklich ein Witz gewesen wäre. Man verliert nicht sein Leben und damit die Möglichkeit, zehn Millionen auszugeben (vor allem für Anwälte), ohne sich dafür rächen zu wollen. Und sei es, indem man seinem Feind im Traum erscheint.

Dem Verlagsleiter Marcel Hartges und meiner Lektorin Eva-Marie v. Hippel ist vor allem zu schulden, daß die Welt in meinem Roman nicht vernichtet wird. Daß dort weiterhin nur *eine* Sonne am Himmel steht. Denn ursprünglich ergab sich im dritten Teil dieser Geschichte, daß unser bekanntes Zentralgestirn »kalbte« und zwei kleine Sonnen gebar und die Welt aufhörte, in ihrer bisherigen Form zu bestehen. – Aber es war richtig einzuwenden, daß in Film und Literatur schon genug untergegangene Welten und Endzeitszenarien existieren, derzeit mehr denn je, und ein solches Romanende die ganze Geschichte zu sehr befrachten würde. So blieb von den drei Sonnen allein ein bekanntes Schubertlied sowie ein weit weniger bekannter natürlicher Lichteffekt. Und die Konzentration ging von den Himmelserscheinungen wieder zurück zu den Menschenerscheinungen.

Meinem Freund, dem Gleitschirmflieger Eberhard Linckh, ist zu verdanken, daß ich – der ich genauso wie Sixten Braun unter Höhenangst leide – auf den Felsnachbildungen des Kletterzentrums in Stuttgart-Degerloch meinen Weg in die Höhe fand. Es steckt ein gar süßer Geschmack in der Bezwingung. Der Irrtum wäre nur zu meinen, man könne die Angst überwinden. Eher freundet man sich mit ihr an, um dann praktisch Seite an Seite mit der Angst zu klettern und sich gemeinsam mit ihr zu fragen, warum man sich so was überhaupt antut.*

Hier wäre nun der Platz, mich noch für vieles Weitere zu bedanken, jede Bibliothek zu erwähnen, in die ich je meinen Fuß setzte, all die fleißigen Leute, die das Wikipediauniversum füllen, oder die vielen Personen, die durch ihr schlichtes Vorhandensein die Gestaltung meines eigenen Universums beeinflussen. Jemand sagt einen Satz, und – flutsch! – ist der Satz in meiner Geschichte. Wer das nicht will, muß einen großen Bogen um mich machen.

Viele Orte im *Allesforscher* existieren tatsächlich, ich habe sie nicht erschaffen: Tainan, das Ostchinesische Meer, Köln, das magische Bad Berg in Stuttgart, die Kletterwände auf der Waldau, das vergoldete Innsbruck, die Zillertaler Alpen, die in den Berg getriebenen Stollen der Nazis, die Tuxer Alpen, die Tulfeinalm. Dennoch sind diese Orte in meinem Roman nicht die vollkommen selben wie in der Realität. Es kümmert mich nicht, ob an einem bestimmten Tag in meiner Geschichte dasselbe Wetter war wie an den realen Orten.

---

* Der Literaturkritiker Denis Scheck wunderte sich anläßlich einer Buchvorstellung, daß ich meinem Prinzip, in jeden Roman eine einzige Fußnote zu integrieren, diesmal untreu geworden sei. Weil dies nun aber in keiner Weise eine absichtsvolle Handlung darstellte – wie bei den Leuten, die ihr altes Leben hinter sich lassen und die Kneipen von früher meiden –, sondern schlichtweg auf Vergeßlichkeit zurückzuführen war, soll anläßlich des Neudrucks des Allesforschers diese Fußnote hier zur Freude des Herrn Scheck und wider den Gedächtnisschwund ihren schmalen Platz finden.

Der Roman hat sein eigenes Wetter. Die Verhältnisse in der Münchner Taipeh-Vertretung entspringen allein meiner Phantasie. Daß allerdings an einem Januartag 2004 mitten in Tainan ein Wal explodierte, geschah auch ganz ohne meine Phantasie. Die Hütte auf der Tulfeinalm ist von der wirklichen Hütte inspiriert und auch von den Menschen, die ich dort sah. Daß jedoch in meinem Roman daraus ein Matriarchat wird ... nun, das ist wohl so, wie wenn jemand Milch in einen Kaffee gießt und in der Folge die Verläufe der Milch beobachtet. Ohne darum gleich in diesem milchigen Muster das Gesicht von Jesus zu erkennen, vielleicht aber die deutlichen Züge einer perfekten Frauenwirtschaft.

Der begabte Simon, die betörende Frau Dr. Senft, Auden Chen, Kerstin, der Icherzähler Sixten Braun, die Damen im Schwimmbad und die Damen in der Almhütte, der Allesforscher in Köln, der Zehn-Millionen-Mann in einem abstürzenden Flugzeug, die *traumhafte* Astri, das sind alles fiktive Personen. Ich habe sie in den cremigen Schlieren des realen Lebens erkannt. Unter diesen Schlieren fand ich auch die meines eigenen Bruders, Michael Steinfest, der 1985, als er dreiundzwanzig Jahre alt war, am Fußstein, dem Astri-Berg dieses Romans, tödlich verunglückte. Ihm widme ich den *Allesforscher*.

»Heinrich Steinfest ist ein Meister.«

*Cover- und Preisänderungen vorbehalten

Heinrich Steinfest

Die Hai-schwimmerin

Kriminalroman

Piper Taschenbuch, 352 Seiten
€ 9,99 [D], € 10,30 [A]*
ISBN 978-3-492-30153-4

Meisterpolizistin Lilli Steinbeck hat eine Vergangenheit namens Ivo. Als Ivo durch einen rätselhaften Auftrag aus seinem beschaulichen, aber lillilosen Leben als Baumheiler gerissen wird, bekommt diese Vergangenheit plötzlich Gegenwart eingehaucht. Ivo soll für ein Pharmaunternehmen einen Baum aus der sibirischen Tundra holen. Der Auftrag führt ihn in eine unterirdische Verbrecherrepublik – und vielleicht brauchte es genau diesen Umweg, damit Ivo Lilli noch einmal begegnen könnte.

PIPER

Leseproben, E-Books und mehr unter www.piper.de